Uma Virtude Mortal

Uma Virtude Mortal

EMILY THIEDE

Tradução
Isabela Sampaio

Copyright © 2022 by Emily Thiede
Copyright da tradução © 2023 by Editora Globo S.A.

Publicado originalmente nos Estados Unidos por Wednesday Books,
um selo da St. Martin's Publishing Group.

Publicado mediante acordo com Rights People, London.

Todos os direitos reservados. Nenhuma parte desta edição pode ser utilizada ou reproduzida — em
qualquer meio ou forma, seja mecânico ou eletrônico, fotocópia, gravação etc. — nem apropriada ou
estocada em sistema de banco de dados sem a expressa autorização da editora.

Título original: *This Vicious Grace*

Editora responsável **Paula Drummond**
Editora assistente **Agatha Machado**
Assistentes editoriais **Giselle Brito** e **Mariana Gonçalves**
Preparação de texto **Bárbara Morais**
Diagramação **Renata Zucchini**
Projeto gráfico original **Laboratório Secreto**
Revisão **Luiza Miceli**
Ilustração de capa **Kemi Mai**
Design de capa original **Kerri Resnick** e **Olga Grlic**
Adaptação de capa **Renata Zucchini**

**Texto fixado conforme as regras do Acordo Ortográfico
da Língua Portuguesa (Decreto Legislativo nº 54, de 1995).**

CIP-BRASIL. CATALOGAÇÃO NA FONTE
SINDICATO NACIONAL DOS EDITORES DE LIVROS, RJ

T365v

    Thiede, Emily
       Uma virtude mortal / Emily Thiede ; tradução Isabela Sampaio. -
1. ed. - Rio de Janeiro : Alt, 2023. (A última finestra ; 1)

    Tradução de: This vicious grace
    ISBN 978-65-88131-84-8

    1. Romance americano. I. Sampaio, Isabela. II. Título. III. Série.

23-82631

CDD: 813
CDU: 82-31(73)

Gabriela Faray Ferreira Lopes - Bibliotecária - CRB-7/6643

1ª edição, 2023

Direitos de edição em língua portuguesa para o Brasil
adquiridos por Editora Globo S.A.
R. Marquês de Pombal, 25
20.230-240 – Rio de Janeiro – RJ – Brasil
www.globolivros.com.br

*Para as meninas que "falam demais"
e têm sentimentos "intensos demais".
Nunca mudem.*

*E em memória de uma garota muito especial.
Sentimos sua falta.*

Algumas das temáticas retratadas em *Uma virtude mortal* envolvem morte, violência e guerra, com referências a abuso infantil. Para mais informações a respeito do conteúdo potencialmente sensível, visite ekthiede.com, disponível em inglês.

Benedizioni Della Dea
(L'ORIGINALE)
Alla fine del principio,
la Dea creò isole santuario per i fedeli,
benedicendoli con tre doni:
Alcuni nacquero con la magia.
Un salvatore, per proteggerla.
E quando venne il momento della battaglia, i guerrieri sarebbero stati forti,
perché Lei diede loro una fonte di guarigione.

Bênçãos da Deusa
(TRADUÇÃO)
Ao fim do princípio,
a Deusa criou ilhas-santuário para os fiéis,
abençoando-os com três dons:
Para alguns, a magia.
Um salvador, destinado a exaltá-la.
E, aos guerreiros em batalha, a força
Pois uma fonte de cura ela lhes dera.

— TRADUZIDO EM 242 D.I., ESCRIBA DESCONHECIDO

UM

Attraverso la Finestra Divina, la luce riduce i demoni in cenere.
Através da Janela Divina, a luz reduz os demônios a cinzas.

Três casamentos.

Três funerais.

Uma pessoa melhor teria ficado desolada, mas Alessa abaixou a cabeça para esconder os olhos secos enquanto se ajoelhava diante do caixão incrustado de joias no altar. O templo abaixo da Cittadella cheirava a mofo e morte e o ar estava repleto de partículas de poeira que flutuavam feito fantasmas de vaga-lumes.

Ela *ia* chorar. Só que mais tarde. Ela sempre chorava. Afinal de contas, ficar viúva aos dezoito anos era uma tragédia, e nenhum de seus consortes merecera morrer. Mesmo assim, era difícil reunir as lágrimas pela terceira vez.

Hugo, sua terceira Fonte e o morto desafortunado à sua frente, insistira que sua mão só tinha tremido ao entrar em contato com a dela por conta de nervosismo. Alessa deveria ter percebido. E *havia* percebido. Mas os deuses a escolheram e ela o escolhera. Portanto, mesmo sabendo que seu toque poderia ser o último da vida de Hugo, Alessa encostou nele pela segunda vez.

Alessa Paladino, arma divina dos deuses.

Seu vestido de noiva mais recente fora guardado e substituído por um vestido de luto e botas de cano longo, com uma mantilha preta por cima do cabelo. E luvas, claro. Não podiam faltar as luvas. Mesmo assim, o frio úmido alcançava seus ossos. Por mais que estivesse em uma ilha ensolarada, o sol não era capaz de aquecer o que nunca tocou.

Alessa juntou as mãos em conchas como se fosse rezar e formou um minúsculo funil de vento entre as palmas. O eco frágil do dom de Hugo durou apenas um instante, mas, de qualquer maneira, ela lhe devolveu. O espaço vazio deixado pelo dom parecia uma penitência.

Os joelhos de Alessa doíam, mas ela não se levantou até que os últimos retardatários se acomodassem nos assentos. Não era fácil. Cada minuto gasto em luto era um minuto a menos para escolher sua próxima Fonte, e ela não tinha tempo a perder. Aliás, nem Fontes.

De um lado do corredor, os doze membros do Consiglio a observavam com olhos inescrutáveis. Sempre alerta. Sempre à espera. A princípio, aguardavam o momento em que ela teria idade para escolher um consorte. E, em seguida, o momento em que escolheria o próximo. E, depois dela, mais um. Em breve, eles convocariam mais uma vítima.

Consorte. Mais um *consorte*.

Dessa vez, Alessa precisava acertar. Caso necessário, o Consiglio daria um jeito de arrastar quem quer que fosse escolhido para a Cittadella sob a mira de uma espada, mas ela queria alguém *disposto*.

A caminho de seu assento, Alessa parou e fez uma reverência diante de Renata Ortiz, a Finestra anterior, cujo poder havia se extinguido no dia em que Alessa desabrochara, cinco anos antes. Renata a cumprimentou com um aceno de cabeça, fria e distante; já sua Fonte, Tomohiro Miyamoto, lhe ofereceu um sorriso solidário. Eles eram uma boa dupla. Uma ótima dupla. Exatamente o que se esperava de uma Finestra e uma Fonte.

Uma sensação familiar de inveja ameaçou dominar Alessa quando eles entrelaçaram as mãos.

Ela daria qualquer coisa para segurar a mão de alguém. Ou para abraçar alguém.

Ela seria capaz de *matar* por um abraço.

Literalmente.

Alessa sentou-se e pressionou o punho contra a boca antes que uma respiração mais profunda se transformasse em uma risadinha ou, pior ainda, em lágrimas. O tecido preto e rígido repuxava no peito conforme ela estabilizava a respiração. Se soubesse quantas vezes precisaria usar um vestido de luto, teria encomendado um novo depois do primeiro uso.

Adrick deslizou para o lado dela enquanto puxava as lapelas e fazia de tudo para simular desamparo.

— Nenhuma lagriminha pelo bom e velho Hugo, irmã? — murmurou, quase sem mexer os lábios. — Sorte a minha ter um lugar vazio ao seu lado.

— *Sempre* tem um lugar vazio ao meu lado. — Alessa apertou as mãos enluvadas numa tentativa vã de aquecer os dedos.

Do outro lado do corredor, Renata lançou um olhar de advertência para ela.

Se Adrick não sabia respeitar as regras, a culpa não era *dela*. Talvez ele até estivesse disposto a abraçá-la, mas Alessa jamais pediria. Uma Finestra não deveria tocar ninguém, a não ser a Fonte de sua escolha, até passar o Divorando. E era perigoso demais correr o risco. A imagem do irmão gêmeo deitado no altar lhe dava embrulho no estômago.

Ele deveria ter se sentado em outro lugar. Esperava-se da Finestra que ela rompesse todo e qualquer laço com sua vida anterior. Exaltada e à parte. Sempre. Alessa não deveria nem sequer *pensar* nele como irmão gêmeo, que dirá falar com ele.

— Já escolheu o próximo? — gesticulou Adrick enquanto o coral começava a se ajeitar. Meio que gesticulou. O nonno dos dois era surdo, então eles eram fluentes na língua de sinais, mas os sinais "sussurrados" que ele formou no colo eram uma variação da linguagem que só ela era capaz de interpretar. Seu pai morreria de vergonha. Só que seu pai não estava ali. E ele não era mais pai dela.

— Ainda estou decidindo — gesticulou Alessa em resposta.

— Melhor se apressar — disse ele, passando de gestos a um sussurro rouco. — Uns dez já fugiram de Saverio no último mês.

O medo virou um nó em sua barriga. Alessa tinha perdido a conta de quantas Fontes elegíveis ainda restavam na ilha, mas não podia se dar ao luxo de espantar outras. Ela resistiu ao impulso de se virar e ver quem ainda estava ali.

Desde o nascimento, todas as Fontes eram abençoadas com a magia defensiva — fogo, vento, água, terra, eletricidade e assim por diante — e, portanto, eram respeitadas e veneradas, além de serem vistas como um recurso precioso, quer fossem escolhidas para servir ou não. Todas as Fontes recebiam uma generosa remuneração anual, eram dispensadas do serviço militar e protegidas contra o mal.

Até deixarem de ser.

— Já vão tarde — sibilou Alessa. A raiva era mais segura do que o pânico, e ela sabia seu dever: não desmoronar onde alguém pudesse ver. — Qualquer sujeito que abandone seu povo não é digno de ser minha Fonte.

Sem uma Finestra para absorver e ampliar seu poder, o dom de uma Fonte era relativamente fraco, mas pelo menos elas *tinham* poderes úteis. Diferente do dela, que era basicamente inútil sem alguém para alimentá-lo.

Assim sendo, a resposta de Adrick era incontestável:

— Melhor uma Fonte indigna do que nenhuma.

Alessa arriscou olhar feio para ele por uma fração de segundo. Tirando os olhos — verdes em um dia bom, cor de mel na maioria —, o irmão não tinha nada a ver com ela. Alto e esguio, com pele bronzeada do sol e cachos dourados, Adrick levava a vida com um charme natural, enquanto ela puxara os cabelos ondulados escuros e a pele clara que queimava com facilidade da mãe, seu charme e naturalidade apagados por anos de regras e isolamento.

— Bem que você poderia ser mais encorajador — sussurrou Alessa.

Adrick pareceu considerar a possibilidade.

— Alguém tem que rir da situação.

— Não tem graça.

— Claro que não tem. — Sua voz estava levemente trêmula.

— Mas, se eu pensasse no assunto muito a sério, nunca mais me levantaria da cama.

Alessa engoliu em seco. Quando Emer, sua primeira Fonte, morreu, Adrick passou horas berrando cantigas de marujos completamente obscenas do lado de fora dos muros da Cittadella com sua melhor imitação de pirata e só parou quando os soluços dela se transformaram em risadas. Adrick nunca ficava sério, não importava a gravidade do cenário. No entanto, depois de anos desejando que ele levasse sua situação a sério, Alessa não tinha certeza de que seria capaz de lidar com a situação se isso viesse a acontecer.

Um solista começou o "Canto della Dea" na língua comum; em seguida, outro se juntou à melodia na língua antiga, e depois outros, até uma dezena de línguas tecer uma harmonia tão complexa quanto a comunidade.

Juntos, protegemos. Divididos, esmorecemos.

O velho e enrugado Padre Calabrese arrastou os pés escada acima enquanto a última nota morria e pigarreou repetidas vezes, por mais que não houvesse ninguém falando.

— Os deuses são cruéis, mas misericordiosos — começou.

Para ele é fácil dizer isso.

— No princípio, Dea criou a humanidade, mas Crollo insistiu que éramos falhos demais, egoístas demais para sobreviver. Quando Crollo enviou fogo, Dea fez a água para extingui-lo. Ele produziu tempestades e ela forneceu abrigo. E, quando Crollo fez a promessa de limpar a terra e recomeçar do zero, Dea o desafiou, porque tinha fé em nós. "Sozinha", dissera ela, "uma pessoa não passa de um fio que se arrebenta facilmente. Entrelaçados, somos fortes o bastante para sobreviver."

Alessa se contorceu no banco duro. Era só o que lhe faltava, perder a sensibilidade da cintura para baixo e tombar quando se levantasse para ir embora. Bem que Dea poderia ter floreado a oferta e acrescentado tolerância ao desconforto junto do grande poder mortal.

Ao perceber que a atenção do Padre Calabrese tinha se voltado para ela, Alessa endireitou a postura.

— E, assim sendo, Dea e Crollo fizeram uma aposta: Crollo poderia enviar seus devoradores, mas Dea ergueria do mar ilhas-santuário onde os fiéis poderiam se esforçar para viver em harmonia, provando o próprio valor e desafiando o ceticismo de Crollo. E, como nos ama, ela armou seus filhos com dons...

À medida que olhares furtivos disparavam em sua direção, Alessa fez de tudo para passar a imagem de alguém digna de um dom.

Embora fosse tudo *verdade*, e eles obviamente tivessem uma dívida com Dea, bem que a deusa *poderia* ter escolhido uma solução mais simples. Quem sabe um escudo impenetrável. Ou tornar as ilhas invisíveis. Talvez pudesse ter negociado com Crollo apenas *uma* calamidade de dimensões planetárias, e então todo esse absurdo já teria terminado meio século antes. Mas *não*, em sua sabedoria infinita, Dea decidiu dar uma aula de comunidade e parceria aos filhos criando salvadores que, sozinhos, não podiam salvar nada.

A combinação divina existia como lembrete constante de que a força compartilhada era o caminho para a salvação. Assim, uma Finestra só era capaz de ampliar o dom de *outra pessoa*.

De mãos dadas com um cantor de ópera, uma Finestra podia fazer o mais rigoroso dos críticos musicais cair de joelhos. Após tocar um arqueiro, uma Finestra conseguia acertar todos os alvos por alguns minutos. E, junto de uma Fonte, uma Finestra era capaz de derrotar um exército de demônios enviado pelo Deus do Caos.

Era assim que *deveria* funcionar, pelo menos.

Quando Alessa se apresentou ao Consiglio, a fileira de anciãos encarquilhados tinha dado a impressão de que aquilo era tão fácil quanto contar até três.

1. Escolha uma Fonte.
2. *Não* a mate.
3. Amplie a magia da Fonte para salvar tudo e todos em Saverio — ou seja a primeira a morrer.

Alessa deu uma espiadinha no caixão reluzente.

Bom, a *primeira* ela não foi.

Ainda havia quem insistisse que as mortes eram um bom presságio. Terrivelmente tristes, claro, mas reconfortantes. Uma Finestra tão poderosa a ponto de matar sua primeira Fonte por acidente? Eles estariam protegidos durante o cerco. E quanto à segunda morte? Bem, acidentes aconteciam. Além disso, ela era jovem e essas coisas levavam tempo. Com certeza teria mais cuidado da próxima vez. Mas, depois de três funerais, a força de Alessa não parecia mais uma promessa de vitória e o tempo estava se esgotando.

O funeral se encerrou com: "Per nozze e lutto, si lascia tutto, però chi vive sperando, muore cantando". *Em casamentos e momentos de luto, deixa-se tudo para trás, mas quem vive com esperança morre cantando.* Talvez tenha sido a coisa mais triste que ela já ouvira. Hugo certamente não tinha partido deste mundo no meio de uma nota musical.

Conforme os carregadores atravessavam o corredor, os convidados esticavam a mão para tocar a superfície brilhosa do caixão.

Alessa não se moveu. Fosse espírito ou fantasma, o que quer que tenha restado de Hugo certamente preferiria que ela mantivesse distância.

Quando o caixão passou por baixo de um arco de deuses esculpidos em pedra, a multidão murmurou:

— Descanse na companhia dos heróis.

E, em seguida, ele se foi.

Herói talvez fosse um *pouquinho* de exagero — tudo o que ele fizera foi morrer —, mas ela não tinha direito de falar nada.

As pessoas se levantaram, endireitando paletós e juntando as saias com mãos vagarosas enquanto limpavam uma poeira invisível das roupas.

Alessa recuou com a cotovelada que Adrick lhe dera nas costelas e o coração acelerou com a rara sensação de contato físico.

Ah. Todo mundo estava enrolando. E ela não estava captando a mensagem.

Alessa fez um gesto grosseiro para ele por trás das costas. Em seguida, levantou-se e seguiu em direção ao santuário de Dea, de frente para o templo. Todo mundo poderia partir enquanto ela fingia rezar.

Mas que Finestra responsável. *Tão* dedicada. *Tão* obediente.

Protegida de olhares curiosos dentro da alcova, Alessa sentou-se no altar ao lado da Dea de pedra e apoiou a bochecha no ombro frio de mármore. Todas as coisas que ela não tinha lhe deixavam um vazio dolorido no peito.

Família: abandonada.

Amigos: nenhum.

Nem mesmo a fortaleza construída na base da ilha era feita para ela. Quando o Divorando chegasse, outras pessoas — pessoas que *tinham* família e amigos — se agrupariam no escuro, dando graças aos deuses por não serem Alessa.

Quando parecia não haver mais ninguém no lugar, ela subiu sozinha os largos degraus até a piazza lá em cima, lutando para respirar por baixo da compressão do vestido. A temperatura aumentava a cada passo e o tecido grudava na pele, úmido de tanto suor. Ao menos, depois de uma breve experiência com insolação no Baile do Solstício de Verão mais recente, o Consiglio finalmente tinha permitido que ela retirasse o véu durante eventos privados, e a moda atual das saias-capa — cheias e longas na parte de trás, mas transpassadas na altura do joelho na parte da frente — a impedia de cair de cara no chão todo santo dia na capital de Saverio, a Cidade das Mil Escadas.

Alessa saiu, semicerrando os olhos na claridade, para assumir seu lugar ao lado de Tomo e Renata. Os guardas de rosto vermelho alinhados nos largos degraus que levavam à Cittadella bateram continência, suando por baixo dos uniformes, e a multidão que a aguardava se aquietou para se curvar e fazer reverência.

De sua posição estratégica de sempre — uma sacada no quarto andar da Cittadella —, as jovens elegantes de Saverio muitas vezes pareciam um bando de pavões desfilando pela cidade com saias em tons de pedras preciosas. Só que, no momento, vestidas em tons de preto e cinza, elas estavam amontoadas feito pombos sujos nas margens da piazza.

Ninguém olhava diretamente para Alessa, como se ela fosse algo horrível demais para se observar a olhos nus. No entanto, de alguma maneira, o peso dos olhares a pressionava de todos os lados.

Vamos lá. Curvem-se diante da abençoada salvadora que não para de matar seus amigos e familiares.

Ao perceber o olhar severo de Renata, Alessa corou, como se tivesse falado em voz alta a blasfêmia que ocupava seus pensamentos. Apesar das duas décadas que as separavam, Renata aparentava ser jovem o suficiente para ser sua irmã, com a pele marrom, o cabelo dourado e os olhos castanhos brilhantes. Contudo, Renata via Alessa apenas como um dever, não como parte da família nem mesmo uma amiga. Isso ficava dolorosamente óbvio em momentos como aquele.

A expressão de Tomo era afetuosa e encorajadora.

— Lembre-se: pessoas com medo desejam certezas.

— Você é *confiante* — disse Renata em voz baixa. — Você tem a situação *sob controle*.

Alessa expôs os dentes num sorriso "confiante" que fez um dos guardas recuar. Logo em seguida, afrouxou um pouco os lábios.

Verdade seja dita: se ela tivesse que classificar todas as descrições possíveis de si mesma, "confiante e sob controle" não entraria na lista.

Quando fora apresentada naquela piazza pela primeira vez, todo mundo se aglomerara com brilho nos olhos, cheios de esperança, e sorrisos cheios de promessas.

Em um dia, ela era apenas uma garota qualquer. No dia seguinte, passara a ser a salvadora escolhida por Dea. Amada, importante e tão popular que nem sabia para onde olhar primeiro.

Mas não era mais assim. Agora, ninguém competia para virar sua Fonte. Ninguém queria compartilhar seu dom com ela. Se bem que não se tratava *exatamente* de compartilhar, certo? Compartilhar sugeria que eles receberiam algo em troca. Que ambos seguiriam vivos no fim da transação. Essa era uma promessa que Alessa não era capaz de fazer.

Mas ela tentaria. Ela sempre tentava.

Mesmo em meio a um público tão inquieto, era fácil localizar as Fontes, envoltas em um miasma de tristeza. Ela já as tinha visto dezenas de vezes, mas ainda não passavam de pessoas desconhecidas com nomes familiares:

Kaleb Toporovsky, cujo olhar se desviou um pouco depressa demais ao mesmo tempo em que alisava o cabelo acobreado todo brilhoso com uma expressão de tédio eterno.

Josef Benheim, impecavelmente vestido de preto meia-noite e com o olhar tão firme que quase dava para ouvi-lo lembrando a si mesmo de não piscar. Era tão parecido com a irmã mais velha que Alessa sentiu o coração na garganta. Era muito raro ter duas Fontes em uma família só, mas, quando acontecia, era visto como sinal de força, de predileção dos deuses. Ele deveria ter sido um dos principais candidatos de Alessa, mas ela já tinha custado a seus pais uma filha.

Com certa relutância, outras Fontes encontraram o olhar curioso de Alessa: Nina Faughn, Saida Farid, Kamaria e Shomari Achebe.

A maioria tentava se misturar à multidão. Não dava nem para culpá-los. Embora ela mal conhecesse as pessoas que havia matado, todas elas haviam crescido juntas.

Agora, esperava-se que agissem como se estivessem desesperadas para serem escolhidas por uma garota cujo poder era inútil sem o delas.

Dea, me dê um sinal.

O que ela precisava mesmo era de um empurrãozinho. Passava horas e horas observando do alto da cidade, almejando estar entre as pessoas, mas, toda vez que escapulia de sua gaiola dourada, suas asas se esqueciam de como voar.

Alessa só deu três passos antes que uma comoção repentina na multidão a detivesse.

Uma mulher foi abrindo caminho em meio à muralha estreita de pessoas até irromper bem à frente.

Com vestes brancas, ela se sobressaía como uma estrela num céu sem lua. Mas que tipo de pessoa começava um empurra-empurra no meio de um funeral?

A mulher concentrou o olhar em Alessa, e seus olhos ardiam em chamas.

Por um instante bizarro, a Finestra sentiu-se constrangida. Já fazia alguns anos que não via alguém ser dominado pelo fervor religioso na presença dela, e era um momento esquisito para um rompante de arrebatamento.

O rosto da mulher se contorceu todo, o brilho nos olhos foi escurecendo e ela começou a correr.

A pulsação de Alessa acelerou com a batida dos passos contra a pedra.

A mulher de vestes brancas não desacelerou, não titubeou, sequer se importou com os guardas que avançavam de todas as direções. Sem diminuir o passo, ela puxou o braço para trás.

E lançou.

Algo passou assobiando pela cabeça de Alessa com um zunido tão agudo que chegava a doer.

Os guardas deram o bote na mulher e a jogaram no chão enquanto seus corpos abafavam as palavras que ela tentava gritar.

Alessa levou a mão ao pescoço e as pontas da luva ficaram quentes e úmidas de sangue.

— *Dea* — sussurrou. Não era *esse* tipo de sinal que ela queria.

Dois

Chi cerca trova.
Quem procura acha.

Enquanto enxugava o filete quente do pescoço, a respiração de Alessa saía rasa e rápida. O sangue não transpareceria nas luvas e o medo não transpareceria no rosto. Não podia.

Seu olhar seguiu o rastro de gotas rubras na pedra até um raio de luz solar brilhando em uma adaga. Se ela estivesse um passo à esquerda, a lâmina que lhe havia raspado a orelha estaria alojada em seu crânio.

O Capitão da Guarda vociferou ordens e seus soldados formaram um muro protetor ao redor dela. Pela primeira vez na vida, Alessa ansiava pela proteção das muralhas da Cittadella.

— Espere — disse Renata. — Eles precisam ver que ela não está ferida.

Alessa cerrou os punhos. Esconder-se não era uma opção. Não para ela. *Nunca* para ela. O dever a chamava, que se dane o sangue.

— Queixo erguido, Finestra — murmurou Renata. — Mostre a eles que *não* tem medo.

Alessa lutou contra o terrível impulso de gargalhar enquanto levantava a cabeça tão alto que ninguém seria capaz de ver as lágrimas ardendo atrás de seus olhos.

Com seu aceno tranquilizador, uma onda de alívio — pelo menos ela esperava que fosse alívio — se espalhou pela multidão e, por fim, Renata fez um gesto para que eles se retirassem.

— Machucou muito? — perguntou Renata assim que os portões se fecharam.

— Poderia ter sido pior. — Alessa se contraiu ao investigar a ferida. — Por que alguém faria isso?

Não fazia o menor sentido. Uma Finestra morrendo antes do Divorando era inimaginável. Ou, ao menos, ela achava que fosse. Algumas haviam sido feridas *durante* a batalha, mas todas tinham sobrevivido a ponto de subir o Pico da Finestra. Sem uma Finestra e uma Fonte, Saverio estaria completamente desprotegida contra os demônios.

— Quem pode explicar as escolhas de uma pessoa desequilibrada? — disse Tomo, oferecendo o braço para Renata. Os dois trocaram um olhar tenso.

— Se você sabe de alguma coisa, me diga. — Alessa os seguiu pelo corredor abobadado até o pátio interno. Em comparação a Tomo, alto e ainda atlético, apesar das questões de saúde, Renata parecia ainda mais baixinha.

— Você não pode protegê-la para sempre, Tomo.

— Renata — suplicou Tomo; sua pele foi ficando meio cinzenta. — Nós nem sabemos se tem ligação com ele.

Ele? A faca fora lançada por uma mulher.

— Quem? — perguntou Alessa. Os guardas não responderam. Em momentos assim, ela se tornava invisível.

— Eu falei que deveríamos mandar prendê-lo. — A voz de Renata crepitava de fúria. — Deveríamos amarrá-lo no pico e deixá-lo morrer.

— Por falar nas esquinas? — Tomo suspirou como se aquela fosse uma discussão antiga.

— Por incitar violência!

— *Quem?* — repetiu Alessa, aumentando o tom de voz, e eles se viraram para olhá-la como se ela tivesse se materializado ali naquele instante. — Não tem ligação com *quem*? Deveríamos deixar que *quem* morra? Me digam. Eu sou a Finestra, não uma criancinha assustada. — Se ela dissesse isso com a firmeza necessária, talvez até conseguisse convencer a si mesma.

— Um missionário de rua ridículo que diz se chamar Padre Ivini. — Tomo balançou a mão como se estivesse espantando uma mosca. — Ele está só espalhando temores para encher os bolsos.

— E que temores são esses? — Alessa se abraçou, sentindo um frio repentino. Sabia o que *ela mesma* temia: enxames de insetos demoníacos descendo do céu, todo mundo contando com *ela* para detê-los. Mas enfrentar o terror para que os outros se livrassem dessa tarefa era o fardo de uma Finestra.

— Conversa fiada. Todo mundo com bom senso está ignorando o que ele diz. — Tomo olhou para Renata em busca de apoio, mas ela deu de ombros.

— *Todo mundo?* — Alessa apontou para a própria orelha.

— Todo mundo, a não ser meia dúzia de almas desesperadas que buscam certeza em um mundo incerto. Chega desse assunto. — O sorriso de Tomo era gentil, mas, ao mesmo tempo, severo. — Temos questões mais importantes para tratar.

Mais importantes do que a vida dela? Alessa fechou a cara. Ela podia até ter conseguido arrancar uma resposta deles, mas não significava que tinha feito as perguntas certas.

Renata suspirou.

— Não vai acontecer de novo. Tire isso da cabeça.

Claro. As diversas coisas das quais Alessa *deveria* se lembrar tendiam a escapulir como areia por entre seus dedos, mas era bem provável que ela não fosse se esquecer de uma adaga voando em sua direção.

Renata acariciou as têmporas.

— O quanto antes ela escolher uma Fonte, melhor.

— Nem tive a chance de conversar com ninguém — disse Alessa. — Preciso tomar uma decisão acertada. *Preciso* que tudo dê certo dessa vez. Por favor.

Por favor, não me façam matar de novo. Daria no mesmo se ela tivesse dito em voz alta. Eles sabiam o que Alessa queria dizer.

Tomo se moveu como se fosse segurá-la pelo braço, mas, em vez disso, roçou a própria manga, todo sem jeito.

— Que tal uma apresentação? Uma festa onde cada Fonte elegível possa demonstrar seus dons e você possa ter a chance de falar com cada uma.

O esterno de Alessa vibrou de entusiasmo. Ela esperava passar os dias seguintes isolada, implorando a Dea que lhe enviasse um sinal antes de escolher a quem ia se algemar, mas uma demonstração talvez fosse exatamente do que ela precisava para escolher a Fonte certa, só para variar.

— Amanhã. — Renata assentiu. — E ela precisa estar sublime. Quanto mais joias, melhor. Quero que ela transborde de provas do favorecimento de Dea.

Por dentro, Alessa revirou os olhos. Antigamente, talvez até equiparasse riqueza e joias ao valor de uma pessoa, mas agora sabia a verdade: os deuses davam e tiravam de acordo com suas próprias razões incompreensíveis, e apenas tolos tentavam encontrar algum sentido em suas ações.

Ela. *Ela* era a tola. Porque ainda queria entender.

— Perfeito — disse Tomo. — Nossos convidados irão embora dizendo mil maravilhas a respeito da nossa abençoada salvadora, que estará pronta para escolher quem será sua última e *verdadeira* parceria. Isso vai silenciar os pessimistas.

Alessa ainda não sabia o que, exatamente, precisava ser silenciado, mas tinha voltado à invisibilidade, então deixou os dois com seus planos e subiu a escada com passos arrastados.

Adrick saberia o que esse tal de Ivini andava dizendo — ele colecionava fofocas como crianças acumulavam pedras bonitas —, mas ela não fazia ideia de quando o veria outra vez.

Vista de fora, a Cittadella parecia um imenso bloco de pedra, porém, por trás da fachada austera, a construção era uma mistura de fortaleza militar com propriedade elegante, um belo átrio no centro e suntuosos jardins na parte de trás. O térreo e o primeiro andar eram estritamente profissionais, com refeitório, quartel, arsenal e áreas de treinamento, enquanto o segundo andar servia como centro de comando militar.

No entanto, os andares superiores serviam de residência particular para o Duo Divino, o par divino. Ou *pares*, no plural, já que cabia à Finestra e à Fonte anteriores retornar à Cittadella quando uma nova Finestra surgisse e ali permanecer durante os cinco anos que Dea lhes deu para treinar os sucessores.

No entanto, Dea deve ter ignorado as letras miúdas de qualquer que fosse o contrato divino assinado com Crollo, porque, em vez de enviar o Divorando no quinto *aniversário* de ascensão da nova Finestra, Crollo escolhia um mês aleatório *no* quinto ano, e ninguém sabia exatamente quando ele atacaria até a chegada do Primeiro Alerta.

Transcorridos sete meses de seu quinto e último ano, Alessa estava tão perto de encontrar seu companheiro de batalha quanto estivera no dia em que o Consiglio a confirmara como Finestra.

O salão de banquetes no terceiro andar estava vazio e escuro, e Tomo e Renata ainda não tinham voltado para a suíte deles, então Alessa não viu mais ninguém até chegar ao quarto andar, que era todo dela e assim permaneceria até que encontrasse alguém para preencher o restante do espaço. A maior biblioteca de Saverio, uma capela particular e duas suítes para uma garota solitária.

Quando ela chegou ao topo da escada, Lorenzo, o jovem soldado encarregado de proteger seus aposentos, empalideceu. Ele deveria abrir a porta *para* Alessa e fazer uma varredura completa do ambiente antes que ela entrasse, mas o rapaz, assim como a série de guardas antes dele, se recusava a tocar em qualquer coisa de Alessa.

Agora, ela abria suas próprias portas.

Ela jamais diria em voz alta, mas doía feito água congelada contra a pele toda vez que alguém se afastava dela. Ainda mais soldados. Eles tinham se oferecido para enfrentar um enxame de demônios, mas agiam como se Alessa fosse algo ainda pior.

Lorenzo se dignou a dar uma olhada superficial ao redor do recinto e voltou ao seu posto, murmurando algo em voz baixa que soava suspeitosamente como *ghiotte*.

Gananciosa.

Alessa deu um chute na porta para fechá-la.

"Deixe de ser ghiotte", repreendiam seus pais toda vez que ela pedia mais doces do que deveria. Os dois suavizavam a palavra, então parecia quase carinhosa, mas as visões dos ladrões de Crollo se instalaram em sua cabeça. Alessa continuava tendo sonhos frequentes com garras e chifres crescentes.

Toda criança de Saverio crescia ouvindo histórias dos ghiotte. De como Crollo mandara demônios disfarçados de humanos para encontrar o terceiro dom dado por Dea antes do primeiro Divorando. Quando os ghiotte encontraram La Fonte di Guarigione — a fonte curativa criada para os soldados —, eles roubaram seu poder, tornando-se quase imortais e deixando as tropas de mãos vazias. Pegos e condenados por seus pecados, eles foram caçados ou lançados ao mar, e seu único legado fora um alerta a respeito das consequências da ganância e do egoísmo.

Alguns céticos acreditavam que a história não passava de uma metáfora, uma fábula com moral da história para manter as pessoas na linha, mas os anciãos da igreja insistiam que cada palavra da *Sagrada Verità* era ditada pela própria Dea.

A Finestra foi a primeira bênção de Dea.

Os ghiotte roubaram a terceira.

E Alessa não parava de matar a segunda.

Ela arrancou as luvas e as jogou em cima das outras, empilhadas ao lado da cama.

Uma brisa quente e cítrica da varanda soprava as ondas escuras de seu cabelo nos olhos enquanto ela andava, descalça e silenciosa, até uma mesinha posta com uma seleção de pães, queijos e frutas. Os queijos brilhavam de gordura à luz do sol minguante e o pão já estava velho. Não era um banquete digno de uma Finestra, mas não conseguia culpar ninguém pela falta de empenho.

O pôr do sol refletia no oceano lá embaixo, pintando tons de rosa-dourado por toda a cidade, que descia a encosta em um amontoado de construções em cores pastel desbotadas pelo sol. Parecia que as muralhas continham a cidade inteira para que não colidisse com o Pico da Finestra, que pairava sobre a praia das areias escuras onde ela e sua Fonte tomariam seu lugar à frente do exército de Saverio.

Pelo menos sua prisão tinha uma bela vista.

Alessa deveria tomar um banho, lavar o sangue e o suor de ansiedade, mas, em vez disso, se aninhou em uma poltrona, puxando um cobertor até o queixo. Era quente demais, mas a textura percorria seu pescoço e os braços nus, despertando os nervos depois de um longo dia de torpor. Não era um toque humano, mas, pelo menos, era um toque. Qualquer coisa era melhor do que a vaga sensação estática de estar coberta da cabeça aos pés.

Depois de uma infância repleta de deveres de casa esquecidos, pães queimados e lixeiras que ela nunca se lembrava de esvaziar, Alessa finalmente dera orgulho a sua mãe no dia em que havia se tornado Finestra e parado de chamá-la de "mamãe". Mas, mesmo ordenada pelos deuses, ela decepcionara a todos. Claro, era determinada, sempre tentava agradar. Alessa *queria* cumprir suas tarefas, lembrar-se da lista de compras ou dar uma conferida no pão, assim como agora *queria* controlar seu poder concedido pelos deuses. Seus fracassos não acarretavam mais uma ida extra ao mercado, mas Fontes mortas e sangue pisado crepitando em sua pele.

Seu pai sempre falava que qualquer problema parecia melhor à luz do dia, mas seria preciso um nascer do sol extremamente brilhante para melhorar o dela.

Alessa fechou os olhos e deu puxadinhas na parte interna do cobertor, arrancando bolinhas e passando os dedos pela costura.

Você não está sozinha. Você está viva. Você foi escolhida.

Você está sozinha. Você vai morrer. Talvez Dea tenha escolhido errado.

Não tinha jeito. Ela não podia se dar ao luxo de ficar presa numa espiral interminável de preocupações, e a única saída era obter respostas.

Alessa sentou-se e deixou o cobertor deslizar até o chão.

Se ninguém dentro da Cittadella ia lhe contar o que estava acontecendo, ela encontraria alguém que o fizesse.

Três

Dio mi guardi da chi studia un libro solo.
Não confie em um homem de um livro só.

Alessa não tivera muitas oportunidades de se rebelar desde que saiu de casa, mas estava correndo atrás do prejuízo. Com uma capa bem leve debaixo do braço, botas enfiadas em uma das mãos e um esboço dos túneis amolecendo com o suor da outra, ela passou sorrateiramente pela cozinha, onde Lorenzo tentava flertar com criadas indiferentes.

Parou diante do salão de banquetes, ouvindo os altos e baixos da conversa lá dentro. Alessa era apenas uma *semi*prisioneira, com liberdade dentro da Cittadella, mas sua desculpa estaria arruinada caso Renata visse a culpa estampada em seu rosto. Com o raspar da prata na cerâmica, ela prendeu a respiração e disparou na ponta dos pés.

— Por onde — Alessa congelou com as palavras de Renata — começamos amanhã?

A Finestra se apoiou na parede até os joelhos bambos se recomporem, depois seguiu adiante na pontinha dos pés. Através de um arco que saía do pátio, uma escadaria em espiral ligava a Cittadella lá em cima à Fortezza abaixo dela. Apertados e escuros, os antigos degraus de pedra eram mais estreitos no meio, desgastados ao longo de séculos de pisadas.

A Cittadella era formidável, mas nem se comparava ao forte em sua base. O labirinto de túneis e cavernas esculpidos na ilha remontava aos colonos originais, que expandiram os túneis vulcânicos naturais para transformar a ilha inteira em uma fortaleza.

Naturalmente, uma Finestra não explorava. Em circunstâncias normais, Alessa só entrava na Fortezza para frequentar o Templo com Tomo e Renata, mas a chave mestra que ela nunca havia usado entrou facilmente na fechadura.

Tremendo mais de ansiedade do que de frio, ela vestiu a capa e saiu pelo primeiro portão, ultrapassando a linha que marcava a fronteira da Cittadella lá em cima.

Ali fora, o ar quente e pesado carregava a doçura das rosas dos jardins da Cittadella, mas Alessa se afastou das muralhas para seguir os aromas mais humildes de casa. O sol se punha sobre as avenidas tranquilas e as lojas já fechadas para a noite.

Cada terraço desabrochava com sons e cheiros tão distintos que a Finestra era capaz de se guiar pela cidade de olhos fechados. Em uma área com aroma de pimenta e cominho, dedos ágeis arranhavam um violão enquanto calcanhares marcavam o ritmo. Na seguinte, bolinhos de alho e cebolinha chiavam no óleo quente enquanto uma voz tão delicada que devia pertencer a uma mãe cantava uma canção de ninar que mais parecia chuva primaveril caindo no telhado.

Quase todas as casas tinham um limoeiro, muitas vezes sozinho em uma pequena ilha de terra rodeada de pedra, e os galhos secos pairavam sobre as soleiras, arruinando os parapeitos antes irretocáveis com gotas pegajosas de suco ressecado. Dizia-se que isso afastava os demônios de Crollo — chamados de "scarabeo", por conta da semelhança com os escaravelhos —, mas, se de fato funcionasse, Saverio não precisaria de uma Finestra.

Forçando-se a seguir em frente e fingir que era a casa de um desconhecido, Alessa parou perto de uma janela com venezianas azuis.

Dentro da pequena cozinha, sua mãe cuidava de uma panela no fogão. Ela se esticou para pegar o sal e pousou a mão sobre ele, como se tivesse esquecido o que queria fazer. A mesinha no meio do cômodo estava posta apenas para duas pessoas. Talvez Adrick se recusasse a fazer refeições com eles agora. Talvez os jantares em família fossem esquisitos sem ela.

Doce ilusão. Provavelmente ele só estava trabalhando até tarde.

O jantar estava com cheiro de fartura, feito em fogo baixo por horas, com cordeiro e vinho tinto. As memórias se emaranhavam ao seu redor. A mesa lotada, histórias repetidas tantas vezes que perdiam todo o sentido e se tornavam poesia, crianças adormecendo em colos macios...

Alessa enxugou os olhos e seguiu em frente.

Talvez ela nunca mais voltasse a ser uma garota normal que colhia alecrim para o jantar, mas eles precisavam sobreviver.

Os becos se estreitavam à medida que ela descia, os prédios parecendo que esbarrariam uns nos outros, e a ilha impunha sua presença com as flores silvestres que abriam rachaduras nos paralelepípedos e as videiras subindo pelas paredes.

Alessa puxou o capuz ao passar pelos guardas que patrulhavam os portões da cidade, mas eles não lhe deram atenção. Estavam ali para ficar de olho em novas ameaças, não em garotas fugindo para as docas, onde o pessoal ficava acordado até tarde se metendo em encrenca.

Em Saverio, os criminosos eram marcados por seus crimes, e todos aqueles que haviam cometido delitos irremediáveis eram banidos para o continente, onde pereceriam no Divorando seguinte sem nenhuma proteção do Duo Divino e de seu exército. O restante era apenas forçado a conviver com a própria vergonha, mas, quando a população de Saverio se protegia dentro da Fortezza, os indivíduos com marcas ficavam de fora para se defenderem sozinhos. Depois do toque de recolher, ninguém marcado tinha permissão para ficar dentro das muralhas da cidade sem um passe oficial da Cittadella.

Não havia mais ninguém no caminho de terra que levava às docas, mas os sons noturnos se expandiam para preencher o vazio, com criaturas minúsculas se apressando e asas invisíveis tamborilando na grama.

O lamento dos insetos sucumbiu ao rangido dos navios à medida que a estrada se abriu e ficou abarrotada de pessoas e barracas de vendedores. Se a cidade fosse uma refeição de quatro pratos para os sentidos, as docas eram um ensopado bem-servido. O ruído das inúmeras línguas era inebriante e a colisão de corpos tornava uma garota de capa alguém praticamente invisível.

Como a maior das quatro ilhas-santuário originais, Saverio atraiu a mais ampla variedade de pessoas das regiões próximas antes do primeiro Divorando e, até então, quase um milênio depois do primeiro cerco de Crollo ter reduzido os continentes a ossos e poeira, os saverianos ainda se gabavam de serem uma miniatura do mundo inteiro. Um exagero, sem dúvida, mas não restava mais ninguém para contestar a afirmação.

Alessa desacelerou o passo ao ouvir o som de cânticos conforme uma dezena de figuras encapuzadas saía de um beco; suas vestes brancas chamavam a atenção contra o pano de fundo escuro e encardido. Ela semicerrou os olhos para enxergar as palavras rubras bordadas na parte de trás. *Fratellanza della Verità*.

Os passantes se reuniram, fascinados com o espetáculo. Não era difícil ver por quê. Os murmúrios quase inaudíveis do grupo arrepiaram os pelos dos braços de Alessa, e os capuzes que encobriam os rostos davam um ar de anonimato sobrenatural.

O medo enrijeceu seu couro cabeludo quando uma figura se desvencilhou das demais e tirou o capuz, revelando um rosto marcante e cabelos precocemente grisalhos. O homem sorriu com benevolência e algumas pessoas começaram a aplaudir, embora ele não tivesse dito nada.

Estrategicamente velado pelo brilho de um poste de luz, o homem ergueu um grande livro. Não era um exemplar oficial da *Sagrada Verità* — Alessa, mais do que ninguém, reconhecia a diferença entre o artigo autêntico e uma falsificação —, mas os glifos na capa eram parecidos o suficiente para enganar a maioria das pessoas.

As mulheres na parte da frente da multidão disputavam o território na base do empurra-empurra, olhando para o homem com uma devoção extática, e Alessa finalmente entendeu seu nome em meio aos sussurros: Ivini.

— Nossos deuses nos dizem para termos fé — falou o sujeito, num tom de voz baixo e hipnótico. — Dizem que temos a bênção de santos salvadores.

Uma salvadora que você quase conseguiu matar hoje.

— Mas acabamos nos tornando complacentes. Crédulos. Ingênuos. — As feições dele se suavizaram com uma tristeza milimetricamente calculada, mas os olhos mordazes avaliavam a resposta da multidão. — Eu lhes pergunto: vocês têm certeza de que a nossa *estimada* Finestra nos salvará, ou também se perguntam se os deuses estão nos testando?

Uma criança de vestido manchado abriu caminho em meio à multidão crescente. Estendia um chapéu de pedinte, mas a maioria a ignorava, segurando firme as próprias bolsas e evitando contato visual.

— As escrituras perdidas alertam para o dia em que uma falsa Finestra surgirá. — Ivini baixou a voz para um tom monótono sinistro e a multidão ficou em silêncio. — E os fiéis a reconhecerão à primeira vista.

Ele percorreu a multidão com o olhar, mas os olhos oniscientes não passaram mais tempo no rosto de Alessa do que no de qualquer outra pessoa. A tal teoria caiu por terra. Mas ele era um mentiroso convincente. Ivini balançou a cabeça como se fosse se arrepender do que precisava dizer a seguir e pressionou a mão no coração.

— E lá está ela, sentada na *nossa* Cittadella, massacrando *nossas* preciosas Fontes, sendo mimada apesar de toda sua maldade. Enviada por Dea? É o que nos dizem. Mas será que Dea enviaria uma assassina para nos salvar? Creio que não. Não, isso tem a marca de Crollo.

Um rapaz de cabelos escuros desgrenhados e pele bronzeada de sol lançou um olhar de desdém para a multidão ao passar por ali, e os ombros de Alessa relaxaram. Pelo menos *alguém* não estava se deixando levar pela conversa do homem santo.

— Eu lhes pergunto — prosseguiu Ivini com o olhar aguçado —: quando os demônios descerem para devorar cada ser vivo em Saverio, será que nossa *querida* Finestra sequer fingirá lutar ou vai simplesmente rir enquanto nossos valentes soldados são massacrados? Será que vai torcer pelas criaturas enquanto elas roem os portões da Fortezza ou ela mesma os abrirá? E quem vai morrer primeiro? Quem sofrerá mais, senão aqueles de vocês que ficarão trancados do lado de fora?

A jovem pedinte tropeçou e derrubou suas moedas no chão. Seu grito agudo interrompeu o discurso de Ivini, e ele soltou um suspiro alto, fazendo sinal para que um de seus servos de túnica fosse até a menina.

Alessa não podia abrir caminho para ajudar a pobre criança, mas pelo menos alguém ia cuidar disso.

O homem se inclinou para pegar a túnica da garota, forçando-a a se levantar.

— Bem-aventurados sejam os miseráveis, pois eles não sabem o que fazem. Você não precisaria de moeda alguma se tivesse o bom senso de ouvir seus superiores.

Alessa fechou a cara e deu um passo involuntário para a frente.

— Solte-a. — A multidão se separou como manteiga em faca quente quando o rapaz se aproximou, seu sorriso de desdém se tornando mais sombrio, assustador. Devia ser apenas alguns anos mais velho do que Alessa, mas andava com a autoridade de alguém que esperava que os outros saíssem do caminho.

O discípulo de Ivini se endireitou até que os dedos dos pés da menina mal encostassem nos paralelepípedos, segurando-a bem firme.

— Ela está com você? Caso esteja, é melhor lhe ensinar bons modos. Os deuses não gostam de...

— Solte-a ou eu vou fazer você conhecer seus deuses agora mesmo. — O movimento do rapaz foi sutil: seus ombros largos se mexeram numa mera ameaça de investida, mas o servo de Ivini cambaleou para trás, arrastando a menina consigo sem querer.

Ele não foi longe. O rapaz o agarrou pelo pulso e torceu seu braço de forma tão brutal que o obrigou a abrir os dedos.

A menina se soltou e correu para trás de seu salvador para usá-lo de barreira. Com olhos arregalados, a criança observou seu agressor ser forçado a ficar de joelhos, choramingando de dor.

O rapaz o soltou e enxugou as mãos nas calças com uma expressão de repulsa.

O discípulo olhou à sua volta, apertando o braço ferido, mas ninguém veio em sua defesa, nem mesmo seu líder. Aparentemente, o fervor religioso da Fratellanza não se estendia a ponto de colocar o próprio corpo na reta.

— Irmão — disse Ivini com a voz fria; a fúria ardia nos olhos. — Tenhamos compaixão. Até mesmo os mais perversos podem um dia ver a luz. Mais cedo ou mais tarde.

O desconhecido de cabelos escuros se ajoelhou para ajudar a criança a recolher as moedas esparramadas e acrescentou algumas do próprio bolso antes de se levantar e seguir em frente, passeando por vitrines em direção ao ponto em que a rua se estreitava e se tornava pouco mais do que um beco. Ele parou debaixo de um letreiro gasto que dizia *O Fundo do Poço* e abriu a porta, liberando uma explosão de vozes estridentes. Como se pudesse sentir que ela o olhava, o rapaz virou para trás e encarou Alessa, erguendo a sobrancelha em uma afronta silenciosa.

Ela desviou o olhar, corando.

Ivini retomou o sermão, canalizando sua fúria em cada palavra, e a multidão reagiu como uma fogueira reage à lenha seca, inflamando-se depressa.

Um suor frio se condensou na testa de Alessa. Renata e Tomo deram a entender que não passava de meia dúzia de dissidentes solitários, mas aquilo era uma revolta em andamento.

— *Quem* tem coragem? — insistiu Ivini. — *Quem* é valente o bastante para ferir o falso profeta?

— Eu seria capaz — gritou uma mulher, e a multidão rugiu em sinal de aprovação.

Alessa recuou para as sombras.

A morte se aproximava furtivamente, mas não era assim que pretendia encontrá-la.

Quatro

Chi ha fatto il male, faccia la penitenza.
Quem boa cama faz, nela se deita.

Um sino tilintou acima da porta quando Alessa entrou na botica. Por sorte, Adrick era o único funcionário presente. Ele ergueu os olhos e sua cabeleira cacheada balançou quando Adrick se atrapalhou com o pote que estava entregando a uma mulher idosa.

Alessa sinalizou que precisava falar com ele.

Disfarçando os movimentos, ele sinalizou em resposta:

— Está tentando me fazer ser banido?

— Faca. Minha cabeça — ela gesticulou, afastando o cabelo para revelar o curativo.

Ele inflou as narinas e gesticulou um breve "Lá fora, dez minutos" antes de se voltar para a cliente e dizer em voz alta:

— Esse aí é uma infusão com ervas secas, mas, se quiser saber minha opinião…

Alessa fingiu analisar as ofertas da loja, desarrolhando uma garrafinha e tossindo com o conteúdo rançoso.

Adrick olhou incisivamente para a porta aberta do depósito e a irmã saiu para esperá-lo do lado de fora.

Quando Adrick surgiu do prédio escurecido, quinze minutos

mais tarde, ergueu a mão para impedi-la de falar e virou a cabeça em direção à rua principal, disparando sem conferir se Alessa estava indo atrás. Suas pernas eram consideravelmente maiores do que as dela, e ele não fez o menor esforço para ajustar as passadas.

— Você sabia? — perguntou ela, trotando para acompanhá-lo. — Desse tal de Ivini que diz que eu sou uma falsa Finestra?

O silêncio de Adrick já era resposta mais do que suficiente.

— Adrick! Por que você não me contou?

— Eu sabia que seria uma preocupação para você.

— Tem desconhecidos atirando facas em mim. Eu *deveria* estar preocupada.

— Então por que está aqui? — retrucou ele. — Uma faca na cabeça já não foi emoção o bastante por hoje?

Ela empalideceu.

— Faz pouco tempo que parei de usar o véu. Quase ninguém sabe como é a minha cara.

— O Signor Arguelles sabe.

— Bom, ele não me viu.

Quando crianças, eles passaram incontáveis horas esmagando ervas para o vizinho antes de Adrick se tornar seu aprendiz e, embora ela não fosse capaz de imaginar o bondoso senhor a traindo, não seria o acontecimento mais chocante dos últimos tempos.

— Conte o que você ouviu. — Alessa parou de repente, forçando o irmão a voltar.

— Olha. — Adrick suspirou. — Foi um longo dia. A botica anda abarrotada de gente procurando tinturas para remover suas tatuagens, algo impossível, é claro, e médicos precisando de suprimentos para tratar as pessoas que tentaram queimar ou cortar as tatuagens. O povo está em pânico, achando...

— Que eu não posso protegê-los. — Alessa julgava ser a única a passar noites em claro, com medo de decepcionar a todos. Em vez disso, seus medos mais íntimos eram expostos aos gritos em cada esquina.

— Bom, e você pode? — Ele puxou uma orelha.

— Será que dá para você acreditar em mim, *por favor*?

— Eu acredito. É só… — Adrick lançou um olhar cauteloso para um grupo à sua frente, reunido em volta de uma mulher de túnica. — As pessoas andam dizendo um monte de coisa, sugerindo que Crollo a amaldiçoou, ou que você é uma espécie de novo ghiotte enviado para roubar a magia das Fontes. Tem gente pensando até que você é a prova de que Dea nos abandonou e que Crollo finalmente vai acabar com tudo dessa vez. Caramba, existe todo um culto de pessoas que acreditam que todos nós merecemos morrer e que Dea jamais deveria ter desafiado Crollo, para início de conversa.

Por centenas de anos, a população de Saverio sobrevivera contra todas as probabilidades, confiando na proteção de seus salvadores quando as asas perversas desciam. Agora, as pessoas estavam desistindo. E era culpa dela.

Alessa nunca perguntara se algum dos raros navios mercantes havia oferecido notícias das outras ilhas a respeito de seus equivalentes — como quer que fossem chamados —, então era possível que ela não estivesse sozinha nesse navio naufragando. Talvez, em algum lugar do outro lado do mar, outra pessoa estivesse se queixando de sua própria inabilidade de realizar sua tarefa. Isso não mudaria o fato de que, caso Alessa fracassasse, ela seria a única responsável pelas mortes de cada um dos seres vivos de Saverio. Se as outras ilhas se saíssem melhor, seus sobreviventes poderiam, um dia, chegar a Saverio, encontrar orlas desertas e ruínas vazias e, se ainda restasse algum registro, Alessa entraria para a história como um alerta:

Alessa, a última Finestra.

O maior erro de Dea.

Ela engoliu em seco com a garganta apertada.

— *Você* acredita que eu seja um… um novo tipo de ghiotte?

— Eu já vi você de cama com cólica. — Adrick deu uma risadinha. — Um ghiotte seria mais resistente que isso.

Ela mostrou os dentes.

— Adrianus Crescente Paladino, se *você* tivesse cólica, choraria que nem um bebê.

Adrick fez cara de choque ao ouvir seu nome completo.

— Eu sei, eu sei. Você é a guerreira divina e eu não passo do irmão inútil deixado para trás. Por que se importar com o que eu acho? É você que tem a linha direta com Dea. Que tal perguntar a *ela*? — Ele torceu os lábios com uma pitada de ressentimento.

— Não funciona desse jeito. — Ela olhou de relance para o céu escuro.

— Você! — gritou uma mulher de túnica.

Alessa se encolheu, mas não era para ela que a mulher olhava.

— Fica de cabeça baixa e anda logo. — Adrick começou a correr.

— Você a conhece?

— Claro que não. Todos eles são assim.

Ela franziu a testa. A mulher parecia estar falando com alguém que reconheceu. Alessa espiou por cima do ombro. Ela não estava indo atrás deles. Não havia multidão furiosa na cola dos dois. Ainda não.

— Adrick, o que eu faço?

— Prove que eles estão errados. Arranje uma Fonte e deixe que ela sobreviva, para variar.

— Estou *tentando*.

— Eu sei. — Ele a olhou de canto de olho. — Você sempre tenta.

As luzes cintilantes da cidade se aproximavam enquanto os dois caminhavam em silêncio.

Alessa baixou a cabeça e mostrou os punhos sem marcas aos guardas sonolentos responsáveis pela vigilância das muralhas da cidade. Adrick os cumprimentou com um boa-noite caloroso e eles trocaram uma espécie de aperto de mão viril.

Depois de conferir se os arredores estavam seguros, Alessa destrancou a primeira entrada de túnel por onde eles passaram e seguiu em frente.

— Ainda não acredito que você não me contou do Ivini.

— Eu pedi desculpa. — A silhueta de Adrick, iluminada pela lua, foi fragmentada pelas grades. — Tranque.

Alessa girou a fechadura com um clique.

— Satisfeito?

— Jamais. Eu deveria levar suas chaves.

— Roubar as chaves da Fortezza é um crime passível de expulsão.

— Ah, *não, passível de expulsão, não*. Eu *jamais* faria alguma coisa *passível de expulsão*, como desafiar os decretos da igreja confraternizando com você.

— Eles não te *expulsariam*. Só te prenderiam por uns dias.

— Muito melhor. Agora que arrisquei minha liberdade, me conte quem você vai escolher para eu fazer umas apostas.

— Ainda não decidi, e não te contaria se já tivesse decidido. Na verdade, espero que você seja a última pessoa em Saverio a descobrir essa informação *importantíssima*.

— Muito bem. — Ele bufou. — Eu mereço. Mas todo mundo anda perguntando.

— Por que as pessoas esperam que você saiba? Não sou mais sua irmã, lembra? — Ela não conseguia disfarçar o ressentimento. — Você me entregou aos deuses.

— Espere aí — disse ele, olhando para cima. — A *Verità* diz que os *pais* devem abrir mão de um filho escolhido em prol da comunidade. Não diz nada especificamente sobre irmãos.

— Ah, então é por isso que você ainda fala comigo, né? Uma brecha fraternal?

— Só estou dizendo que, aos olhos de Dea, *eu* não estou cometendo nenhum erro aqui.

Ao contrário de Alessa, que *estava* violando as regras sagradas. Que conveniente Adrick sair pela tangente com um detalhe técnico divino e deixá-la com toda a culpa. Ele sempre soube se livrar de apuros na base do charme.

— Bom, com ou sem brecha, mamãe ia te esfolar se soubesse que você estragou todo o sagrado sacrifício dela mantendo contato comigo.

— Ah, Lessa, isso não é justo. Ela ama você, mas também ama Dea, e sabe qual é o dever dela. Assim que você terminar de salvar Saverio e eles te libertarem da sua gaiola dourada, ela vai ser a primeira a correr para te abraçar. — Ele olhou por toda parte, menos para a irmã. — Bom, talvez *abraçar* não.

— Já que você diz... — A voz de Alessa estava alta demais, leve demais.

— Acho bom não chorar. As deusas não podem sair por aí chorando em público.

— Não sou uma deusa. E não estou chorando.

— Que bom. Agora volte logo para o seu palácio e trate de ordenar que uma meia dúzia de guardas fortões te abane enquanto você come bombons ou seja lá o que você faça o dia todo.

Alessa bufou.

— Ah, claro, é puro luxo o tempo todo. Se você quiser se oferecer para ocupar meu lugar, vá em frente.

— Se eu pudesse, era o que eu faria, irmãzinha. — Adrick deu uma risada seca. — Talvez Dea estivesse meio ruim de mira no dia da escolha, né?

— É algo a se pensar. Se você me trouxer uma fornada dos macarons da mamãe na manhã seguinte à festa, *talvez* eu te conte quem vou escolher. Por metade dos seus ganhos.

— Metade? — Adrick voltou a sorrir. — Sem chance. Eu te trouxe duas dúzias na semana passada. Que mera mortal seria capaz de acabar com tudo aquilo tão rápido? — Ele prosseguiu com uma fala arrastada e sarcástica. — Ah, entendi, mas você *não é* uma mera mortal, é?

— Você é terrível.

— E você me ama. Espero que Dea tenha escolhido o gêmeo certo.

Ela bufou.

— Como você ainda tem dúvidas, quando tudo está indo tão bem?

— Ei! — Uma voz masculina chamou. — Vocês, saiam já daí.

— Até a próxima, irmãzinha. — Adrick diminuiu o passo ao fugir. — E vê se tenta não matar mais ninguém antes disso.

CINCO

Chi sta alle scolte, sente le sue colpe.
Quem ouve atrás das portas frequentemente
escuta somente a própria vergonha.

Na noite seguinte, Alessa desembrulhou camadas de papel de seda que revelaram o vestido mais lindo que ela já tinha visto.

Os botõezinhos na parte de trás deveriam ser fechados por outra pessoa, mas ela deu seu jeito, virando o vestido abotoado até a metade de trás para a frente para fechar os botões e, em seguida, girando-o e espremendo os braços para passar pelo decote.

Ela ficou sem fôlego ao se olhar no espelho, e o aperto ao redor das costelas era apenas parte do motivo.

Alessa brilhava feito um mar de diamantes. O corpete estruturado era de seda cor creme, cravejado de pedras preciosas, e tinha um decote baixo que expunha os ombros da Finestra, com uma fenda bem em seu centro. Na parte de baixo, uma saia-envelope reluzia em seda prata e dourada a cada movimento. Alessa não mostrava tanta pele assim em público desde... bem, nunca.

Quando ela entrara na Cittadella pela primeira vez, esperara festas todos os dias e um guarda-roupa cheio de vestidos assim. Depois, descobrira que seus dias seriam dedicados aos estudos, ao treinamento com armas e à análise de estratégias de batalha, e então percebeu que a maioria de suas roupas serviria a uma importante função: esconder cada pedacinho de sua pele letal.

Mas aquele vestido, nossa. *Aquele* era um vestido apropriado para uma princesa de contos de fada. Estava longe de ter sido feito para uma Finestra: a peça pertencia à costureira mais ilustre de Saverio e fora confiscada. No momento, em algum lugar da cidade, uma mulher muito rica devia estar justificadamente furiosa.

Com um suspiro triste, Alessa arranjou luvas de seda mais compridas para cobrir os braços até as mangas curtas e meias-calças que lhe pareciam apropriadas por baixo das camadas sobrepostas da saia. Não conseguia decidir o que combinava mais com brincos de topázio azul: uma longa corrente de pérolas ou um pesado colar de diamantes? Sua mãe sempre dizia que o segredo para aparentar elegância era retirar uma joia antes de sair de casa, mas o objetivo de Renata para o visual de Alessa era que fosse insuportavelmente extravagante, então a Finestra deu de ombros e colocou os dois.

Alessa inclinou a cabeça para o lado e analisou seus cosméticos. Sua intenção era parecer intimidadora? Inofensiva? Bonita? Não era fácil encontrar um visual que dissesse: "Bem-vindos, pretendentes. Por favor, apresentem-se pelo direito de se casar comigo e eu tentarei não matar ninguém."

Ela acabou optando por um delineado fino, lábios cor-de-rosa e uma sombra bronze. Brilhante, mas acessível.

Foram necessários incontáveis grampos ornamentados para prender seus cachos, mas ela estava orgulhosa do resultado, que, com sorte, passava a imagem de "deliberadamente despenteada", não descabelada. Com mais um punhado de grampos, uma cascata de cachos escondeu a orelha ferida. A parte de cima ficaria para sempre com um formato esquisito, mas, sem sangue, não era tão horrível. Se existisse um prêmio por escapar ilesa de um assassinato público, Alessa receberia *pelo menos* uma menção honrosa.

Os saltos delicados que ela desenterrou de uma pilha de sapatos no fundo de seu armário perigavam torcer tornozelos e espremer dedos, mas ela sofreria com estilo. Além disso, não era como se Alessa fosse dançar.

Um dia, após o Divorando, quando conseguisse domar seu poder ou Dea o passasse para a coitada da próxima Finestra, Alessa daria uma festa maior e melhor, com uma orquestra completa, taças de diamante e uma fonte de prosecco. Ficaria acordada até amanhecer, rindo com sua Fonte e dançando a noite inteira com sapatos estilosos *e* confortáveis. Já que era para fantasiar, que sonhasse grande, então.

Ela estava radiante e uma hora adiantada — tempo mais do que suficiente para o discurso motivacional obrigatório que Tomo e Renata davam antes de Alessa cortejar a próxima Fonte. Ela desceu devagar, sapatos bambos, vestido tentando sufocá-la, e agarrou-se ao corrimão para que sua entrada triunfal não culminasse em um tombo de seda e lantejoulas.

Os portões da frente estavam abertos e uma torrente de entregadores, soldados e funcionários entrava e saía, transportando cadeiras e pilhas de linho para a piazza. Dois homens maltrapilhos rolavam um barril fujão de volta para o lugar certo e faziam um gesto grosseiro para os soldados que não se mexeram para ajudar. Conforme Alessa se aproximava do andar inferior, as pessoas se viravam para encará-la, e os olhares estupefatos misturavam apreço e medo. Suas bochechas ficaram quentes. Aparentemente, o Anjo da Morte parecia mais angelical do que mortal, para variar.

Dois jovens serviçais fascinados trombaram, derrubando as bandejas num estardalhaço de porcelana quebrada, e a voz furiosa do Capitão se destacou em meio ao tumulto:

— Em nome de Dea, mas o que…

— Foi minha culpa, Capitão Papatonis — gritou Alessa. — Todas essas joias devem tê-los cegado.

O Capitão Papatonis fez uma careta, mas não podia repreendê-la. Nem negar que ela estava muito brilhante.

Alessa deixou o barulho caótico do átrio e seguiu para o labirinto silencioso de corredores escurecidos, desejando que não fosse deselegante tirar os sapatos para a caminhada.

Enquanto avançava, xingando baixinho a cada pontada de dor que prometia virar bolha, viu de relance um movimento no fim de um longo corredor que levava ao quartel.

Um homem. E não estava de uniforme.

— Com licença — chamou Alessa. — Convidados não podem ficar aí embaixo.

Ele adentrou a área iluminada e a sombra ganhou a forma de cachos escuros, mandíbula marcada, olhos de pálpebras pesadas e uma expressão desafiadora bem familiar.

— Você — disse Alessa em tom acusador — não é um convidado. — Rapazes que lutavam contra cultistas nas docas não eram o tipo de gente que recebia convite para uma festa cheia de brilho na Cittadella.

— Não. — Seu olhar desdenhoso a percorreu, desde os grampos cravejados de diamantes no cabelo até os dedos dos pés calçados de ouro. — O Poço me enviou para entregar uns destilados.

— Isso não explica o que você está fazendo neste lugar específico — respondeu Alessa com um olhar soberbo.

— Me perdi. — Ele se aproximou lentamente, como se tivesse todo o tempo do mundo.

Um grupo de soldados irrompeu do quartel no final do corredor em um tumulto de risadas ruidosas e socos no ombro, com os capacetes enfiados debaixo do braço. As risadas congelaram diante da presença de Alessa e do desconhecido, mas, por motivos que não era nem capaz de começar a entender, ela não ordenou que levassem o intruso embora.

Os soldados trocaram olhares e seguiram adiante, desviando do desconhecido como um riacho dá a volta em uma pedra.

Alessa se espremeu contra as paredes do corredor para deixá-los passar.

Com a testa franzida, o desconhecido a analisou.

— Que foi? — exigiu a Finestra.

— Você está tentando se enterrar na parede?

Suas bochechas pegaram fogo. Tudo bem, ela não era corajosa, não era forte e não estava apta a ser uma salvadora, mas ele não precisava olhar para ela como se *soubesse* disso.

— Eu estava saindo do caminho.

— Por quê? — O sujeito estreitou os olhos.

— Por *educação*. Um conceito que você claramente desconhece. Eles já viram o estrago que eu sou capaz de causar. — O ressentimento marcava suas palavras. — Não dá para culpar ninguém por querer manter distância.

Ele a encarou de frente.

— Então deixe que desviem de você.

Ela nem lhe disse qual direção seguir, mas o homem irritante foi embora a passos largos, deixando Alessa sozinha no corredor, em silêncio, à meia-luz.

Deixe que desviem de você.

Como se fosse fácil.

— Ah, Finestra. — Tomo se levantou, ajustando a bainha de seu paletó verde-esmeralda quando Alessa entrou na sala de registros militares. — Nosso receptáculo abençoado.

Alessa forçou um sorriso tenso. De novo aquela maldita história de receptáculo. Antes, ela era uma pessoa. Agora, era um túnel. Uma bacia. Uma lente. Ou seja lá qual fosse a metáfora que Tomo inventara para ajudá-la a compreender seu papel. Mas *compreender* não era o problema. Ela simplesmente não fazia ideia de como *executá-lo*.

Ele e Renata tiveram anos para praticar juntos antes da batalha, enquanto Alessa daria a mão direita por alguns meses a mais. Bem, talvez não a mão. Ela ia precisar das duas para segurar sua Fonte e uma arma ao mesmo tempo. Quem sabe um pé. Ou uma orelha. Alessa já chegara perto de perder uma naquela tarde e, com o penteado certo, ninguém nem perceberia.

— Nós já dissemos a ela mil vezes, querido. — Renata ergueu os olhos do livro gigantesco à sua frente. — Duvido que outra metáfora faça diferença.

Tomo murchou.

— A ponte para a compreensão é feita de palavras.

— Obrigada por tentar, Tomo — disse Alessa, acomodando-se em uma cadeira. — Você leva jeito para as palavras.

Tomo batucou a caneta na mesa.

— O único auxílio visual em que consigo pensar é um prisma, que decompõe a luz enquanto uma Finestra faz o oposto, mesclando as cores… — Ele se afastou, murmurando a respeito de comprimentos de onda.

O livro de Alessa podia conter os maiores segredos da história, mas fora escrito na língua antiga, então ela jamais o decifraria. Era pesado demais para fechar, e seu gesto dramático tornou-se uma queda de braço enquanto as páginas voltavam na direção oposta.

Renata fechou o tomo antigo à sua frente, levantando uma nuvem de poeira.

— Páginas e mais páginas de prosa cheia de floreios, mas nenhum conselho *de fato*. Um bando de aspirantes a poeta. Eu juro que, se pudesse conhecer as Finestras do passado, colocaria um pouco de juízo na cabeça delas.

— Ah, deixa comigo. — Alessa arriscou um sorriso. — Doeria mais.

Renata atravessou a sala a passos largos e as camadas da saia azul meia-noite se partiram, revelando meias-calças verdes. Depois da morte de Ilsi, as pessoas começaram a olhar para as delicadas luvas de renda e para as sandálias de Alessa como se fossem cobras venenosas, então ela havia decidido se cobrir. Renata acrescentara meias-calças por baixo das saias pouco tempo depois, insistindo que simplesmente amava demais as cores para se contentar com uma só.

— Me conte de novo — comentou Alessa, tentando soar otimista. — Qual deveria ser a sensação?

Renata deixou uma cadeira vazia entre elas e juntou as sobrancelhas escuras ao apoiar o queixo nas mãos.

— Para sustentar uma nota, um cantor reúne a quantidade exata de ar e, depois, modula cuidadosamente o volume.

— Mas como eu faço para saber a quantidade certa? Nenhum cantor aprende a cantar em silêncio.

Tomo deixou cair um prisma na mesa.

— Ah, Renata, me deixe tentar. Ela precisa treinar com *alguém*, e faz meses que eu não tenho nenhum incidente.

— Não, de jeito nenhum. — Renata fechou a cara.

Alessa traçou círculos invisíveis na mesa. Às vezes, o amor entre os dois brilhava tanto que doía só de olhar para eles.

— Uma Fonte existe para servir. — Tomo massageou os ombros de Renata.

— Para servir a *sua* Finestra. Você já cumpriu seu dever. — Renata fechou os olhos com força. — Não vamos descartar a possibilidade para sempre, mas, por favor, Tomo, ainda não.

Renata tinha razão. Tomo havia cumprido seu dever antes do nascimento de Alessa, e anos de treinamento seguidos por uma batalha prolongada prejudicaram seu coração, deixando-o muitas vezes de cama por dias. Ele merecia uma aposentadoria tranquila, não voltar ao combate para treinar uma nova Finestra com fama de drenar a vida de todo mundo que tocava.

— Não — disse Alessa com firmeza. — Preciso de vocês dois vivos. Não consigo sem vocês.

— Tudo bem, tudo bem — respondeu Tomo. — Finestra, que tal tomar um pouco de ar fresco antes que os convidados cheguem?

Renata ainda não abrira os olhos.

Alessa saiu de fininho, encostando a porta no batente, e em seguida esperou, atenta. As palavras de Renata tinham sido estranhamente sugestivas.

Depois de um longo silêncio, Renata falou:

— E se a próxima não der certo também?

— Vai dar certo.

— Nosso tempo está acabando. Se eles tiverem razão, se ela realmente não…

— Tenha fé, Renata. Os deuses não nos abandonariam. — Para alguém que gostava de um debate acalorado, Tomo parecia quase zangado. — Não fale disso de novo.

Renata suspirou.

— Não estou *insinuando* nada, mas precisamos discutir nossas opções.

— Não podemos dispensar quinhentos anos de tradição.

— Ah, então abandonar os precedentes para arriscar sua saúde não tem problema, mas…

— Uma coisa é burlar as regras — rebateu Tomo. — Outra bem diferente é *matar* uma Finestra.

SEIS

Dai nemici mi guardo io, dagli amici mi guardi Iddio.
Que Deus me defenda dos amigos, que dos inimigos me defendo eu.

Dias antes de seu décimo quarto aniversário, Alessa tinha vencido uma corrida e virado Finestra. Os dois acontecimentos não tinham ligação, mas ela já se perguntara muitas vezes se poderia ter evitado tudo isso preferindo ler um livro.

Depois que um colega de classe, alto para a sua idade e com o porte físico de um touro, convenceu as garotas a persegui-lo pelo pátio da escola em vez do contrário, bandos de alunas se tornaram estrategistas militares. Algumas tramavam roubar um beijo, a maioria apenas imitava as outras por diversão.

Alessa não era a mais rápida nem a mais determinada, mas tinha dobrado a esquina certa no momento certo. Ou a esquina errada no momento errado.

Pego de surpresa, seu alvo não tivera a menor chance e, segundos mais tarde, ela estava sentada no peito dele, vitoriosa e ciente de que não tinha ideia do que deveria fazer.

Então, Alessa tocara a testa dele e declarara:

— Perdeu.

E ele morrera.

Pelo menos, era o que ela pensara. Com os tendões tensos como cordas de arco e espuma salpicada de sangue entre os dentes cerrados, ele tivera um espasmo embaixo dela. Quase tinha arrancado a língua de tanto morder e ainda falava com a língua presa. Não com *ela*, claro. Ele gritara tão alto quando, mais tarde naquele dia, ela passara na frente da casa dele escoltada pelos guardas da Cittadella que os oficiais pararam para dar um sermão nos seus pais. Naquela época, os guardas ainda se ofendiam com coisas como desrespeito à Finestra.

Adrick tinha conseguido uma vaga no comboio depois de muita bajulação, insistindo que precisava carregar algumas "heranças de família inestimáveis", e relembrara alegremente cada segundo dos acontecimentos durante a caminhada para o novo lar de Alessa, contando sua versão da história para quem aparecia.

Tomo e Renata ficaram esperando na escada frontal enquanto ele terminava sua imitação e Alessa se forçara a rir, apesar da onda de desconforto. Talvez já tivesse sentido que não seria a última vez que seu toque traria dor, ou que o dom de Dea se tornaria uma maldição.

Alessa precisava que sua fúria continuasse ardente para se manter inteira, mas, enquanto aguardava no arco que levava ao pátio, o sentimento se foi, deixando para trás uma dor profunda.

Tomo e Renata já estavam sentados à mesa principal, sem nenhum traço de dúvida nem medo em seus semblantes orgulhosos.

Alessa sempre soubera que eles eram leais à ilha, não a *ela*, mas, mesmo que não fosse a morte dela em pauta — e era difícil deixar *isso* de lado —, o juramento dos dois era treinar a próxima Finestra, não a matar.

E Alessa pensara que, talvez, eles até se importassem com ela. Nem que fosse um pouquinho.

A Finestra se envolveu com os retalhos de raiva como se fossem uma capa contra o frio quando as trombetas anunciaram sua chegada. Um bumbo ou um violino desafinado teriam sido mais apropriados.

Os cidadãos influentes, selecionados a dedo para a lista de convidados, se levantaram em volta de mesas, que rangiam com o peso de inúmeras velas, e era um milagre ninguém ter pegado fogo ainda.

Nenhuma adaga foi atirada. Ninguém vociferou sua lealdade a Ivini. Ninguém deu nenhum sinal de estar perdendo a fé nela.

Como um cãozinho adestrado, Alessa caminhou por pilares envoltos em trepadeiras floridas, por baixo de fios de luzes decorativas que projetavam um brilho quente e romântico em tudo e todos. Um verdadeiro país das maravilhas de contos de fada para a menos querida das princesas de gelo.

Renata parecia orgulhosa e Tomo sorriu quando Alessa se sentou entre os dois na mesa principal.

Ela não sorriu de volta. Talvez um dia, depois que ela se casasse com sua próxima Fonte e a batalha tivesse terminado, seus mentores se esquecessem completamente que cogitaram matá-la. Alessa jamais esqueceria.

Discretamente, ela se endireitou enquanto cada respiração entrecortada fazia seu corpete decotado escorregar um pouquinho mais. Embora um problema com sua roupa pudesse até atiçar alguns candidatos, Alessa se debulharia em lágrimas se mais alguma coisa desse errado.

— Quer um aperitivo? — ofereceu Tomo, apontando para uma cesta de pães fumegantes.

Que gentileza da parte dele. Quanta consideração. Talvez "Certifique-se de que a Finestra tenha uma dieta balanceada" esteja logo abaixo de "Desencoraje sua companheira de matá-la" no manual do mentor.

De acordo com as histórias, Renata enfrentara seu próprio exército de scarabeo sem suar a camisa, mas os fracassos monumentais de Alessa a abalaram tanto que ela estava cogitando a possibilidade de cometer heresia *e* assassinato. Era quase impressionante, de verdade.

Talvez não fosse justo guardar rancor deles. Só Dea sabia quantos dos pensamentos que passavam por sua cabeça não cairiam nada bem caso ela os dissesse em voz alta. Para sua sorte, ela não tinha ninguém com quem conversar.

Nem se sua vida dependesse disso — e talvez dependesse —, Alessa teria sido capaz de recitar o cardápio do jantar quando as mesas foram limpas, mas seu estômago não estava vazio, então ela tinha comido alguma coisa.

Agora ela deveria *dizer* algo. Seria muito bom se pudesse partir a própria mente em duas e deixar uma metade se obcecar com seu dilema enquanto a outra seguia em frente.

Garçons de libré circulavam com bandejas repletas de um digestivo amargo em tacinhas de cristal. A bebida deixou um rastro de ardência na garganta, mas não fez nada para acalmar seu estômago.

Nem todos os casais de Finestra e Fonte eram românticos, então não era como se Alessa precisasse encontrar alguém *perfeito* para ela. Muitos arrumaram amantes ou consorte depois do Divorando, e isso não diminuiu o vínculo divino. Afinal de contas, corações foram feitos para amar de mais de uma maneira. Seus devaneios podiam até incluir uma Fonte que também era um consorte em *todos* os sentidos da palavra, mas, na vida real, ela se contentaria com um amigo.

Na verdade, a essa altura, ela se contentaria com qualquer pessoa.

Todos se viraram para observar Alessa se levantar e ela se deu conta de que ainda estava segurando seu guardanapo, torcendo-o até fazer um nó. Sutilmente, ela dobrou as pernas até as mãos ficarem abaixo do nível da mesa e o soltou. Salva por uma toalha de mesa.

— Hum. Olá — começou Alessa. Uma gênia da oratória. — Tenho o prazer de recebê-los em nossa gloriosa Cittadella, o pináculo da fortaleza de Saverio e o lar do nosso arsenal, onde nós guardamos nossas maiores armas. — Ah, droga, *ela* deveria ser a maior arma. — Quer dizer, nossa maior arma além do *povo* de Saverio. Como eu. — Mas que desastre. — E nossas Fontes! Nossas Fontes milagrosas, abençoadas por Dea para servir e proteger. E, ao protegerem, servem. — Por que foi que a deixaram falar? — Então, sem mais delongas — e sem mais conversa —, seremos agora brindados com apresentações das nobres Fontes. — Ela assentiu, sorriu, assentiu mais uma vez e se sentou com um baque.

Tomo, abençoado seja, começou a aplaudir, e levou apenas uns mil anos para que outras pessoas se juntassem a ele em uma salva de palmas sem graça.

As Fontes se levantaram de suas respectivas mesas e foram até ela feito barcos relutantes sendo rebocados contra a corrente.

Que comece a brincadeira.

SETE

A conti vecchi contese nuove.
Velhos cálculos, novas disputas.

— **Nosso primeiro artista da noite** será Josef Benheim — apresentou Tomo, dando início a mais uma salva de palmas.

Esguio e longilíneo, com pele marrom-escura e olhos sérios, Josef sempre fora um garoto solene. Apelidado de "homenzinho" pelos professores, seus raros sorrisos ficaram ainda mais raros desde que perdera a irmã. Ou, melhor dizendo, desde que Alessa *tirara* a irmã dele.

A entrada de Josef foi impedida por Nina Faughn, que estava agarrada à mão do garoto. Eles eram os mais próximos de Alessa em idade, então ela os conhecia melhor do que as outras Fontes. Parecia que aquela amizade de longa data havia seguido um novo rumo nos últimos meses.

Depois de se desvencilhar dos dedos de Nina, Josef avançou a passos largos para o meio do espaço de apresentação. A luz brilhou nas bordas douradas de sua túnica azul-royal quando ele se curvou — seu traje era uma homenagem sutil a Ilsi, que havia usado as mesmas cores no dia em que Alessa a selecionara. Josef não era rancoroso, então ela sabia que não se tratava de um ataque, mas foi atingida de qualquer maneira.

Assim como Tomo, o poder de Josef era criar frio, ou, melhor, remover o calor, como Tomo sempre fazia questão de lembrá-la. "O frio nada mais é do que a ausência de calor, portanto, pode-se remover o calor, mas não criar frio." Sem sorrir, Josef congelou o conteúdo de alguns copos à espera. Além de reabastecer a sorveteria dos pais o ano inteiro, o dom de Josef fez de sua família a principal fornecedora de geladeiras de Saverio, e sua casa era uma das melhores da ilha. Não que seus parentes só usassem o dom do rapaz para encher os próprios bolsos — isso seria uma vergonha —, mas distribuir gelo aos pobres não era o que ornamentava seu lar de luxos e, portanto, não era assunto das conversas com muita frequência. De todos os poderes das Fontes, o dele era bem direto — mirar, congelar, assistir aos scarabeo caírem e se despedaçarem —, mas tinha curto alcance, o que poderia resultar em uma batalha longa e prolongada.

Depois de Josef, Nina caminhou delicadamente em um vestido branco simples. Sua pele pálida era quase transparente por trás de uma constelação de sardas, mas as bochechas ficaram rosadas depois da primeira salva de palmas por educação. Nina tinha vindo com adereços — uma coleção de objetos pequenos, como colheres e pedras — e os usou para demonstrar como era capaz de deformar matéria, tornando maleáveis objetos sólidos e mudando suas formas. A plateia ficou satisfeita, mas, quanto mais gente aplaudia, mais vermelha Nina ficava, até seu rosto chegar ao mesmo tom ruivo do cabelo.

O próximo artista não entrou no momento correto.

Tomo conferiu as anotações e examinou as sombras em busca de quem quer que fosse o próximo a se apresentar, e Alessa deixou o olhar vagar pelas passarelas escuras acima da festa reluzente.

Ela estreitou os olhos ao ver um rápido movimento. Os soldados vestiam azul, os criados, preto, então não deveria haver ninguém de branco no terceiro andar, especialmente a essa hora da noite.

— Kaleb Toporovsky? — chamou Tomo, ainda mais alto, e Alessa voltou a se concentrar no assunto em questão.

Visivelmente irritado, Kaleb ergueu os olhos de sua conversa com um garoto bem bonito na mesa mais próxima.

Alessa franziu o nariz.

De cabelos castanhos-avermelhados, olhos azuis e pele perfeitamente bronzeada do sol, Kaleb era quase absurdamente bonito — se você gostasse de idiotas arrogantes —, mas, quando se conheceram, ela tinha treze anos e ele, quinze, e Alessa jamais conseguiria superar a sensação de que Kaleb sempre a via como a criança chata com quem ele era obrigado a interagir, mesmo que agora, com dezoito e vinte anos, as idades deles não fossem tão distantes. Tudo bem que ele olhava para a maioria das pessoas dessa forma, então talvez não fosse pessoal.

Kaleb dirigiu-se para a frente do palco sem pressa.

— Finestra, Fonte... nova Finestra — disse ele lentamente. — Uma honra, com certeza.

Uma honra para ele? Ou ele estava dizendo que *eles* tinham a honra de recebê-lo? Alessa tentou lhe dar o benefício da dúvida, mas não conseguia.

Relâmpagos dançavam sobre a palma de sua mão enquanto ele explicava de má vontade seus poderes, aparentemente irritado por seu dom torná-lo elegível para qualquer coisa que não fosse flanar pela cidade. E, no entanto, a julgar por sua elegância, ele não recusou as vantagens de ser alguém tocado pelos deuses.

A seguir, vieram Kamaria e Shomari, gêmeos de pele marrom-clara com o mesmo semblante de determinação austera. Os olhos de Shomari estavam vazios ao encontrarem os de Alessa, mas os de Kamaria brilhavam com algo que a Finestra não conseguia interpretar. Apesar de serem o único outro par de gêmeos menino/menina que já encontrara, ela não os conhecia de verdade. Eles estudaram na mesma escola antes de Alessa virar Finestra, mas Shomari e Kamaria eram um ano mais velhos, populares e Fontes, enquanto Alessa não era ninguém naquela época. Ela os admirava de longe, mas nunca havia tentado falar com os dois. E agora eles *tinham* que falar com ela, então não contava.

Shomari ergueu a água de um cálice e girou gotículas pelo ar em manobras complexas. Segurando uma vela, Kamaria usou seu controle sobre o fogo para transformar as gotículas em nuvens de vapor, dando piscadelas para a plateia de tempos em tempos. Alessa disfarçou um sorriso por trás da taça. Certas pessoas, como Kamaria e Adrick, nasceram com charme demais para se conter, e era algo que extravasava, não importavam as circunstâncias.

A seguir, Saida conferiu a faixa de ouro que segurava seus cachos pesados antes de criar um funil de vento que fez todos os guardanapos da mesa principal rodopiarem. Ela também era um ano mais velha do que Alessa, mas, quando sorriu com os aplausos, as bochechas redondas formaram covinhas e ela pareceu muito mais nova.

Graças a Hugo, Alessa tinha um pouquinho de experiência com energia eólica, mas não o bastante para automaticamente fazer de Saida uma favorita.

As duas atrações que vieram a seguir eram desconhecidas que deviam ter viajado de fora da cidade. Uma garota controlava o fogo, como Kamaria, e a outra manipulava matéria, como Nina, mas não muito bem.

Houve uma longa pausa antes da próxima apresentação. Um garoto magricela de cabelo preto e brilhoso, ligeiramente afastado do restante do grupo, deu um passo à frente; os braços estavam firmes nas laterais do corpo e uma expressão de coragem determinada estampava seu rosto.

Alessa se sentiu mal.

— Jun Cheong? — sussurrou ela para Renata. — Sério?

— Os pais não ficaram muito animados, mas ele tem idade o suficiente.

— Será que tem *mesmo*?

Jun não podia ter mais que treze anos e, embora a união entre Finestra e Fonte não fosse um tipo de casamento *comum*, Alessa não queria se casar com uma *criança*.

— Não. De jeito nenhum. Eu já fui babá dele.

Renata protestou, como Alessa já esperava, mas Tomo concordou, como ela *também* já esperava. E, em pouco tempo, eles tinham uma perspectiva a menos na lista. Alessa tentou dar um sorriso tranquilizador para os pais de Jun, mas eles não sabiam que ela estava argumentando a favor da eliminação do filho, então só pareceram ficar mais nervosos.

Quando a última apresentação chegou ao fim, Renata teceu elogios efusivos às Fontes — algo tão atípico dela que Alessa se contorceu de vergonha —, depois encorajou os convidados a aproveitarem o restante da noite, com um olhar severo para Alessa.

A Finestra tomou um último gole fortificante de água antes de descer do estrado, examinando as Fontes em busca de um ponto de partida promissor. Um sorriso já era esperar demais, mas talvez alguém olhasse na direção dela sem recuar.

Kaleb e seu belo amigo estavam analisando uma mesa de sobremesas, e uma Fonte com docinhos era mais atraente do que uma Fonte sem eles, então Alessa foi até ele primeiro. Kaleb afastou uma mecha de cabelo da testa e olhou nos olhos de Alessa, fazendo seu coração pular no peito. O domínio de Kaleb sobre a eletricidade poderia fazer dele uma Fonte poderosa, ainda mais se ele estivesse disposto, não sendo forçado. Alessa conseguiria lidar com uma personalidade difícil se Kaleb fosse forte o suficiente para resistir a seu toque. E vai saber? Talvez ele fosse uma daquelas pessoas *aparentemente* zangadas, mas que amoleciam depois de conhecê-lo com calma.

Os lábios de Kaleb se curvaram quando ela se aproximou, e ele se inclinou para comentar alguma coisa com o outro garoto que fez os dois darem risadinhas contidas.

Com o rosto ardendo, Alessa se agachou para consertar um problema imaginário no seu sapato.

Tudo bem. Nada de Kaleb, então.

Alessa achou outro alvo. A rodinha em que estavam se fechou ainda mais à medida que ela se aproximava, mas Kamaria, Shomari, Nina e Josef se mantiveram firmes.

Quando Alessa deu um "olá" inseguro, Kamaria e Shomari se entreolharam, um olhar de relance cheio de palavras não ditas. Kamaria descruzou os braços. Shomari não fez o mesmo.

O silêncio pairou entre eles após uma rodada de cumprimentos tensos. Os outros beberam seus drinques, mas Alessa não tinha nada para segurar, então enfiou as mãos nos bolsos fundos da saia e puxou um fio solto. Se o estado de ânimo de Saverio dependesse do talento dela para jogar conversa fora, as perspectivas eram sombrias.

— Será que algum livro da Cittadella diz quando exatamente o Divorando vai chegar? — Nina puxou sua longa trança avermelhada.

— Não — respondeu Alessa. — Só vamos saber a data depois do Primeiro Alerta.

O conceito dos deuses de contagem regressiva para a invasão final era um mês de pragas, enchentes, tempestades e gafanhotos. Para que as pessoas não se esquecessem de que algo muito pior estava por vir.

— Mas vai acontecer em *algum momento* esse ano. — Nina não pareceu ficar tranquila. — Você não está preocupada?

— Claro que não — falou Josef. — É por isso que Dea envia o Primeiro Alerta, para que a gente saiba quando começar a se preparar, e ainda não aconteceu, então temos um bom tempo.

— Exatamente — disse Alessa. — Ela não vai deixar a gente perder o prazo.

— Certo — disse Nina. — E qual é o tamanho exato dos scarabeo?

Ao que parecia, mesmo depois de grande, Nina não havia superado a tendência de tagarelar sobre assuntos desconfortáveis. Kamaria suspirou.

— Nina, a maioria das pessoas nunca vai ver um. Inclusive você. Certo, Finestra?

— De dentro da Fortezza, não — disse Alessa. — Podem deixar os scarabeo por minha conta. E da minha Fonte, claro.

Os scarabeo eram o último assunto sobre o qual Alessa gostaria de conversar.

Josef pigarreou.

— E aí, já escolheu?

Está bem. Eram o *penúltimo* assunto.

— Ainda não. — Alessa forçou o sorriso como uma corda de violino prestes a arrebentar.

Enquanto o silêncio passava de desconfortável a doloroso, Alessa chamou a atenção de um garçom de passagem, que estendeu a bandeja o máximo que seus braços alcançavam para que ela pudesse pegar um docinho.

— Vocês deveriam experimentar — sugeriu Alessa aos outros, com um sorriso radiante demais. — Eles são de morrer.

As palavras ficaram entaladas em sua garganta enquanto todos se encolhiam. Onde será que estavam os scarabeo quando você *queria* ser despedaçado?

Ela ofereceu um pedido de desculpas silencioso. *Dea, não foi isso que eu quis dizer. Por favor, me dê o máximo de tempo possível.*

Os paralelepípedos não se abriram nem a engoliram como Alessa pedira, então ela sorriu e pediu licença para se afastar do grupo.

Saida Farid estava sentada sozinha e rascunhava o que parecia ser uma receita em um caderninho.

Alessa pigarreou para não assustar a garota.

— Está escrevendo o quê?

Saida corou e pôs o caderno no colo.

— É só um projeto de estimação. Eu gosto de analisar as comidas e tentar descobrir quais são os ingredientes dos pratos para recriá-los. Minha meta é escrever uma história culinária de Saverio, para homenagear as respectivas culturas dos nossos antepassados através da comida.

— Bem ambicioso.

— Começou como um trabalho para a escola, mas me fez pensar em como a maioria das famílias tem pratos especiais que são passados de geração em geração, mas não estão anotados em lugar nenhum. Quero ter certeza de que fique um registro, só para garantir… — Ela parou de falar. — Como está sua… — Saida apontou para a orelha de Alessa.

Constrangida, Alessa conferiu se o penteado ainda cobria a orelha e ocupou um assento vazio.

— Está bem. Sério. Mal dá para chamar de arranhão.

— Mesmo assim. Deve ter sido assustador.

Ao sentir a compaixão da garota, os olhos de Alessa arderam em lágrimas. Ela abriu mais o sorriso para impedir que elas jorrassem.

— As facas são o menor dos meus problemas, não acha?

— Mas você está trabalhando para, hum, dar um jeito nisso, certo? — A pele de Saida ficou pálida.

Droga. Ela estava falando dos scarabeo, não do seu problema de matar Fontes.

— Com certeza. — Alessa se levantou depressa. — Eu estou *confiante* e tenho tudo *sob controle*.

Opa. Não fora sua intenção dizer a última parte em voz alta. Porém, pareceu tranquilizar Saida, então, pelo menos uma vez, sua tendência de pensar alto não tinha piorado visivelmente as coisas.

Já passava da meia-noite quando Alessa retornou para a relativa paz dos seus aposentos. O sono oferecia a única fuga do murmúrio de energia ansiosa que causava espasmos no corpo dela, mas sua cama era mais intimidadora do que convidativa. A insônia nunca parecia mais inevitável do que quando ela se acomodava no meio da enorme monstruosidade de dossel, com hectares de um vazio frio em cada lado.

Em vez disso, Alessa se jogou no sofá.

Ainda não sabia quem escolher. A pessoa mais forte? A que tinha o dom mais prático? Se a Fonte de sua escolha não vivesse o suficiente para lutar, que diferença fazia? Ela precisava de uma Fonte que *sobrevivesse*.

Escolher Emer, sua primeira Fonte, tinha sido facílimo. Seu funeral, insuportável.

No início, ela ficara muito brava quando as pessoas insistiram que ele era gentil *demais*, mas o pensamento se tornou uma tábua de salvação. Ainda era sua culpa tê-lo escolhido, mas talvez a morte dele não fosse inteiramente culpa de Alessa.

Seu coração ingênuo e egoísta quisera o garoto de ouro com um sorriso gentil e os deuses não aprovaram. Mensagem recebida.

Da próxima vez, ela escolheria com mais sabedoria.

Ilsi, a irmã mais velha de Josef, era tão confiante, bonita e poderosa que poderia ter saído dos mosaicos da Cittadella. Todo mundo sabia que *ela* seria forte o suficiente para resistir ao poder de Alessa, inclusive a própria Alessa, que ficara impressionada com a garota mais velha. Por um breve dia, Ilsi iluminou a Cittadella com sua presença carismática e o senso de humor astuto. Alessa ainda nem tinha decidido se *queria* Ilsi ou se queria *ser* Ilsi antes que a Fonte também morresse.

Primeiro, ela havia seguido o coração. E Emer morreu.

Depois, dera ouvidos ao cérebro. E Ilsi morreu.

Assim, Alessa jogara as regras pela janela e escolhera alguém totalmente diferente.

Pobre Hugo.

Valera a tentativa.

Ela poderia jogar o nome de todos eles em um balde e pedir a Dea que guiasse sua mão. Ou ler mais uma dezena de textos históricos em busca de pistas que não existiam. Talvez até reorganizar os nomes para ver se poderia escrever alguma coisa divertida com as letras.

Seria ótimo se Alessa pudesse extinguir os próprios pensamentos como quem apaga uma vela. Sua família sempre brincava carinhosamente dizendo que o cérebro dela era "atribulado", mas não era divertido quando seus pensamentos se recusavam a se acalmar para que ela pudesse descansar.

Já tinha ouvido falar de pessoas que não conseguiam dormir por conta de formigamento nas pernas, mas a inquietação que atormentava suas noites se afundava para além dos músculos. Era uma necessidade incômoda, como se sua pele tivesse encolhido na lavagem e nunca mais voltasse a caber.

Durante o dia, ela conseguia se ocupar a ponto de ignorar a sensação, mas, quando a noite caía, calma e silenciosa, o clamor voltava.

Movimentar-se era seu único remédio, então Alessa passava a maioria das noites andando de um lado para o outro. Mesmo quando não estava particularmente ansiosa — algo raro, mas acontecia —, passava horas andando pelo quarto. Mas ela já tinha passado a noite inteira de pé socializando, se alguém fosse generoso a ponto de chamar horas de conversa fiada artificial de "socialização", então fechou os olhos e guiou os pensamentos até uma praia com bastante areia. Os grãos quentes atravessavam os dedos dos pés enquanto ela esperava alguém especial para remar de volta à orla com peixe fresco para o jantar. O sol, que emitia um brilho ofuscante por trás do pequeno barco a remo, apagava os traços do remador, mas a Alessa imaginária sabia exatamente quem era, e seu coração se encheu…

A escuridão caiu, mas, antes que afundasse completamente, Alessa acordou no susto.

Não conseguia respirar.

Ela abriu os olhos de repente.

Não conseguia enxergar.

Algo — alguém — a prendeu e a encurralou, esmagando sua traqueia. Alessa se debateu e lutou para se libertar. Seus dedos arranharam algo de couro. Mãos, encobertas em luvas grossas, apertavam seu pescoço.

Ela não tinha a força necessária.

A Finestra tentou esticar os dedos e tocou um tecido áspero, peitoral duro, braços grossos — uma lasca de pele nua entre o colarinho e algum tipo de máscara sobre a cabeça.

As mãos do homem fraquejaram. Ela respirou desesperadamente antes de ele estender os braços para manter sua vulnerabilidade fora de alcance.

— Vai com calma — grunhiu ele em um sussurro rouco enquanto contraía as mãos. — Estou tentando ser respeitoso. Basta você se entregar que logo, logo isso acaba.

Estrelas explodiram na visão dela, flashes coloridos na escuridão, como fogos de artifício celebrando sua morte iminente.

Oito

Di buone intenzioni è lastricato l'inferno.
De boas intenções o inferno está cheio.

Não. Alessa se recusava a morrer daquele jeito.

Arqueando as costas, ela fez força até pegar o colarinho do homem e puxá-lo para baixo.

Não precisava ser mais forte do que ele, bastava tocá-lo.

Alessa pressionou um dedo na pele do homem e ele gritou. O peso sufocante despareceu e ela ouviu o ruído da própria respiração ofegante. Depois, lutou para se sentar enquanto a porta se abria de supetão.

— I-intruso — murmurou, apontando a mão trêmula. — Me atacou.

Alessa ajustou a visão e conseguiu enxergar os olhos de Lorenzo se arregalarem enquanto alternava o olhar entre ela e o homem. Ele não era o mais corajoso dos guardas, mas pelo menos estava ali.

Ela tossiu e se encolheu quando a dor ficou mais forte.

Lorenzo examinou o agressor e seu rosto se agitou com pensamentos que Alessa não era capaz de decifrar, mas um ela conseguia: reconhecimento.

Com expressão impassível e postura de soldado da cabeça aos pés, ele levantou o homem, e Alessa o perdoou por todas as vezes que tinha sido um péssimo guarda.

Até ele passar o braço do invasor pelo próprio ombro e dizer:

— Pare de gemer até tirarmos você daqui.

— Você não me ouviu? — Alessa saiu cambaleando do sofá. — Ele tentou me matar.

— Você deveria ter deixado. — Lorenzo cuspiu no chão.

Ela não pôde fazer nada além de observar seu guarda pessoal arrastar e carregar seu pretenso assassino porta afora. Logo em seguida, dois pares de botas idênticas desapareceram ao virar no corredor.

As paredes se curvaram como se tentassem esmagá-la e, quando Alessa se deu conta, estava no corredor em busca de uma segurança que não existia.

A parte sensata de si queria gritar por socorro e exigir que seus conselheiros e o Capitão Papatonis montassem um batalhão de guardas à sua porta. Porém, era possível que eles não movessem uma palha para protegê-la. Talvez a ordem de eliminá-la tivesse vindo deles. Será que ficariam chocados de saber o que tinha acontecido... ou decepcionados por vê-la com vida?

Até onde ia a traição?

Ela estava louca para fugir, se esconder, ficar tão pequena que ninguém jamais a acharia. Mas não conseguia correr, e o único lugar em que dava para se esconder era na capelinha depois do saguão, reservada para as orações diárias da Finestra. Do lado de dentro, Alessa trancou a porta e deslizou até o chão, apoiando a bochecha quente na pedra fria. Com os olhos bem fechados, ela não precisava olhar para os murais de seus antecessores em toda sua glória vitoriosa.

Ninguém veio atrás dela.

Alessa encarou a Finestra idealizada de um mosaico em tamanho real, sentindo os olhos arranharem. Angelical. Perfeita. Serena. Incômoda nos melhores dias.

Estava escuro demais para ler a escrita ornamentada que circundava a cabeça abençoada da Finestra, mas Alessa sabia as palavras de cor.

Benedetti siano coloro per cui la finestra sul divino è uno specchio.

Bem-aventurados sejam aqueles para quem a janela para o divino é um espelho.

Se Alessa tivesse um espelho, ela o quebraria e usaria os cacos pontiagudos para arrancar cada dente opalino.

Bem-aventurada. Ah, com certeza, ela era a garota *mais sortuda* do mundo, defendendo-se de assassinos diariamente pelo direito de viver o suficiente para lutar contra um enxame de demônios doidos para mastigar seus ossos.

As paredes, o chão e o teto da capelinha eram adornados com azulejos e pedras preciosas, mas, no escuro, poderiam muito bem ser de ardósia. Séculos antes, algum pobre artista passara anos esculpindo os mosaicos que contavam a história de Saverio, um imenso esforço para uma plateia de uma pessoa, e estava escuro demais para que Alessa visse mais do que silhuetas.

O sistema de energia elétrica foi se tornando pouco confiável ao longo dos séculos, pois os fios que saíam do moinho d'água para a cidade foram corroídos por vermes e os saverianos não conseguiam produzir os mesmos materiais que os antigos fabricavam. Por isso, Alessa nem se dera ao trabalho de avisar a ninguém quando as lâmpadas ao redor do perímetro do cômodo falharam, queimando uma a uma. Parecia apropriado que as luzes se apagassem durante o seu reinado.

Os olhos rubi do scarabeo de ônix lhe lançavam um olhar malicioso dos cantos superiores da capela, ao lado de silhuetas de ghiotte monstruosos à espreita entre árvores esqueléticas. O artista responsável tinha ideias bizarras a respeito do tipo de arte que motivava uma pessoa ou então um senso de humor sádico.

Alessa se forçou a se sentar e seu cotovelo esmagou as folhas secas de um buquê no altar. *Aquele* tributo não lhe fizera bem nenhum.

— Se você prefere uma flor diferente, existem maneiras mais fáceis de dar a dica. — Ela arrancou uma flor murcha de seu caule ressecado e triturou as pétalas entre os dedos. A planta não merecia a punição, mas desde quando *merecimento* protegia alguém?

Se ela tivesse morrido, outra Finestra poderia estar surgindo para substituí-la. Ou isso ou os saverianos se veriam totalmente desprotegidos. Sua família teria perdido a filha *e* sua última esperança de sobreviver de uma só vez.

Abaixo dos pés descalços havia representações das três ilhas-santuário restantes.

A quarta não aparecia. A ilha perdida havia sido varrida dos mapas, fadada a desaparecer na obscuridade depois de sucumbir durante o primeiro Divorando.

A sobrevivência de Saverio no próximo dependia de Alessa.

Ela se pôs de pé, fazendo uma careta de dor, e rastejou ao redor da estátua até chegar ao painel de vidro na parede. Precisava encarar seus inimigos de frente e, dos participantes em sua lista crescente de inimigos, pelo menos esse estava morto.

A casca de um scarabeo, enrugada e empoeirada depois de séculos em sua tumba sem ar, a espiava com olhos vazios. Como um tipo de besouro Atlas enorme e assustador, ele tinha três chifres curvos e uma carapaça brilhante que parecia preta meia-noite à primeira vista, mas que, na verdade, estava manchada com todas as cores do arco-íris, como se fosse um derramamento de óleo em água escura. O espécime desidratado, uma lembrança do primeiro Divorando, que deveria ser um testemunho da sobrevivência de Saverio, a provocava.

A garota e o monstro, cara a cara. A garota, uma assassina. O monstro, morto. Ou talvez a garota fosse um monstro, prestes a morrer.

Ela curvou os dedos contra o vidro, raspando as unhas na superfície.

Milhares dessas… *coisas*… estavam a caminho. Atrás dela. Atrás de Saverio.

E agora Alessa ainda precisava lidar com adagas atiradas em sua direção e mãos se coçando para torcer seu pescoço.

Pessoas assustadas desejam certezas.

Ela estava assustada, só que, pior ainda, por baixo do medo, do luto e da raiva havia um sopro de alívio. Durante anos, ela se apegara à fé dos pais. Depois, havia se tornado a abençoada Finestra, e era fácil ter fé em um primeiro momento. No entanto, agora que mais ninguém tinha certeza, Alessa acabou descobrindo que não tinha nenhuma fé própria.

Se Ivini tivesse razão, ela desperdiçara seus últimos anos de vida. Isso era insuportável.

Se ele estivesse errado, sua morte seria a ruína de todos. Ela não podia correr esse risco.

Seu pai sempre lhe dizia para não confiar no medo, mas medo era tudo que Alessa sentia.

Medo. Teimosia. E a raiva latente que ela estava reprimindo desde que aquela adaga tirara seu sangue.

Cada vez que engolia, seus olhos se enchiam de lágrimas, mas a ardência em sua garganta ameaçava acender uma chama no peito que se espalharia, a controlaria e a queimaria por dentro até que ela não passasse de uma pilha de cinzas.

E ela ia permitir.

Se fracassasse de novo, Alessa teria a resposta, o sinal que estava esperando. Se as mãos dela matassem mais uma vez, ela se sacrificaria pelo bem maior.

Mas, primeiro, uma última tentativa.

De volta ao quarto, Alessa se pôs diante do espelho com as pernas bambas. Suas olheiras ecoavam os hematomas ao redor do pescoço, mas os olhos brilhavam de determinação.

Ela se vestiu lentamente, colocando um vestido solto até o torso e enrolando com cuidado um xale ao redor do pescoço para esconder as evidências. Se alguém reagisse ao encontrá-la, Alessa precisava saber que era por não esperarem que ela estivesse viva, não pelo choque por conta dos ferimentos.

Ela escolheu as duas faquinhas mais afiadas de sua copa-cozinha e, com cuidado, enfiou uma dentro de cada bota de cano alto.

Quando chegou ao térreo, um regimento passava marchando. Botas. Muitas botas. Todas elas idênticas ao par que *ele* estivera usando.

Alessa ficou paralisada, os músculos se contraindo de pavor. Ela não tinha visto o rosto do agressor. O homem poderia estar entre eles, perambulando impunemente pela Cittadella.

Uma soldada lançou um rápido olhar em sua direção e franziu a testa. Alessa não sabia se a reação da mulher era de pena ou desgosto, mas foi o suficiente para tirá-la do transe.

Alessa repassou seu plano antes de abrir a porta. Se Tomo e Renata mostrassem qualquer sinal de choque ou decepção com sua entrada, ela saberia.

Ela entrou e esperou enquanto a porta se fechava atrás de si.

Renata deu um breve aceno e bocejou dentro de sua xícara de café.

— Bom dia, Finestra. — Tomo empurrou a cadeira para trás e se curvou. — Chegou cedo hoje.

— Não tenho tempo a perder. — A indiferença forçada esfriou a voz de Alessa, fazendo com que demonstrasse uma calma anormal.

Eles não perceberam. Renata esvaziou sua xícara, distraída, e Tomo voltou a atenção ao jornal.

Alessa lutou contra o impulso de expirar. De confiar. Ela não podia se esquecer. Por mais que os dois não tivessem ordenado o assassinato da noite anterior, poderiam ordenar o seguinte. Sua fortaleza sempre tinha sido uma prisão, mas agora parecia uma armadilha prestes a disparar. Seria tolice confiar em qualquer pessoa na Cittadella.

Ela precisava de alguém que a protegesse. Alguém que defendesse os fracos e não desse ouvidos à teoria de Ivini. Alguém que talvez estivesse desesperado por algo que só ela poderia oferecer. Alguém que não recuava — nem saía da frente — de ninguém, principalmente dos soldados da Cittadella.

A esperança se acendeu a ponto de queimar.

Ela precisava ir ao Fundo do Poço.

Nove

Chi ha più bisogno, e più s'arrenda.
Cavalo dado não se olha os dentes.

No fim das contas, o Fundo do Poço não era só um nome engraçadinho.

Aquela região de Saverio — Alessa tampou discretamente o nariz ao entrar no excelente estabelecimento — era um terreno fértil para sujeitos desagradáveis. Eles eram apelidados de "ração". Ou seja, ração de scarabeo. Mesmo se ela conseguisse ignorar o fedor de medo e suor — e não conseguia —, a taverna encardida não tinha nem sequer um músico desafinado para entretenimento. Em vez disso, uma multidão rodeava uma gaiola grande o bastante para conter uma dezena de homens.

Mas só havia um.

As pessoas enfiavam o rosto nas barras, zombando do sujeito solitário lá dentro, mas ele não parecia reparar. Bronzeado, descalço e despido até a cintura, ele estava de costas para ela, segurando preguiçosamente as barras. Seu cabelo era escuro, úmido de suor e encaracolado na nuca, e seus músculos tinham manchas de sangue.

Lutas até a morte eram ilegais, mas apostar em lutas era um entretenimento comum nas docas. De acordo com Adrick, contanto que ambos os combatentes terminassem a disputa com vida, não contava como assassinato. Se ferimentos graves levassem à morte de um lutador *mais tarde*... bem, azar.

A multidão estava em polvorosa e Alessa se encolheu, usando sua capa como um escudo contra o empurra-empurra. Essas pessoas não a reconheciam, não sabiam que deviam temer seu toque. Era emocionante e assustador.

Ela estava tão ocupada analisando a multidão que tropeçou quando um homem esguio e grisalho abriu caminho à força, conduzindo um brutamontes imenso. Seu olhar estava fixo na gaiola.

O homem que estava lá dentro alongou o pescoço, revelando seu perfil, e Alessa murmurou uma palavra nem um pouco digna de uma Finestra. Tinha encontrado quem estava procurando, mas, a julgar pelo rugido sedento de sangue da multidão, ele estava prestes a virar picadinho.

A iluminação desigual destacava suas feições. Maçãs do rosto marcadas, maxilar forte e lábios que uma pessoa mais corajosa poderia ter descrito como beiçudos. Se bem que ele não parecia ser do tipo que fazia beicinho. Nem alguém que apreciaria o elogio. Parecia totalmente desinteressado, mas seus olhos brilhavam. O homem mais velho entrou na gaiola, rosnando e vociferando, e ele se limitou a erguer a sobrancelha como se estivesse ligeiramente entretido.

Já Alessa, por outro lado, mal conseguia respirar.

Os músculos definidos e bronzeados do rapaz eram uma bela visão, mas os braços de seu oponente eram tão grossos quanto troncos de árvores, com cicatrizes e marcas de queimaduras, e suas mãos gigantescas poderiam ter esmagado o crânio de Alessa. Bem, não o *dela*, mas o de qualquer outra pessoa.

Ninguém com uma pele tão lisa e imaculada e movimentos graciosos poderia ter qualquer chance contra esse brutamontes cheio de marcas de batalha.

Seria um massacre.

O apresentador fez toda uma performance dramática mandando o grandalhão ficar para trás e se voltou para a multidão.

— Temos um desafiante! Será que a quarta briga do Lobo vai ser a última ou ele vai ser capaz de derrubar o Urso? Quem sairá daqui andando e quem sairá carregado?

A multidão avançou, agitando suas apostas no ar. Não havia como nadar contra a maré e Alessa nem tentou. Ela não queria ver um homem tão bonito ser reduzido a uma pilha de ossos sangrentos, mas não conseguia desviar o olhar.

A campainha a assustou. Ela ficou na ponta dos pés e se esforçou para enxergar por cima dos ombros que bloqueavam parcialmente sua visão.

O grandalhão avançou, saltou para trás e avançou de novo, provocando o mais novo. O Lobo, era como o haviam chamado. O apelido lhe caía quase feito uma luva. Preparado, mas imóvel, o rapaz lembrava as criaturas sombrias que espreitavam nas florestas do outro lado da ilha. Ele curvou os lábios, expondo caninos afiados. Um lobo, encurralado por um urso, recusando-se a demonstrar fraqueza diante de um oponente mais forte e mais letal.

O Urso abaixou a cabeça para golpear.

O Lobo abaixou o olhar para analisar as unhas das mãos.

Alessa mordeu a língua para não soltar um grito.

No último instante, o Lobo saiu da frente e o outro homem mal conseguiu evitar a colisão com as barras.

A dança continuou até o Urso desferir o primeiro golpe, enfiando o punho na mandíbula do Lobo.

O Lobo passou a mão pelo queixo e a sacudiu, espalhando sangue pelo chão, depois deu um soco na barriga do grandalhão, mas o próximo golpe que o acertou pareceu ter quebrado algumas costelas. Alessa mordeu o nó dos dedos.

O Lobo deu um soco na bochecha do grandalhão e parecia prestes a desferir um segundo golpe quando alguém estilhaçou um copo contra as barras. Os cacos reluzentes o atingiram. O Lobo recuou e se virou de costas com a mão no olho. A multidão vaiou e o apresentador pediu um intervalo.

O Urso ignorou o pedido. O oponente estava de costas e ele acertou um soco na base das costas do Lobo, que caiu no chão.

Alessa não foi a única a arquejar. O salão parecia prender a respiração coletivamente enquanto o Urso se aproximava para cutucar o Lobo com o pé.

Alessa fechou bem os olhos. Não deveria ter continuado ali. Não precisava de mais uma morte gravada na memória.

Quando a multidão vibrou, ela abriu os olhos e viu o Lobo se levantando com esforço e sacudindo a cabeça para limpá-la.

O Urso fechou a cara com a interrupção de seu percurso da vitória.

— Vem me bater, pirralho!

— Dá uma surra nele — sussurrou Alessa, e outras pessoas repetiram o apelo conforme mudavam de ideia e faziam novas apostas.

O Lobo inclinou a cabeça como se tivesse esquecido por que estava ali e o Urso avançou novamente, mas deu de cara com um golpe no queixo que lançou sua cabeça para trás. Cambaleante e sem forças, o Urso tentou se recompor, mas o próximo soco do Lobo chegou rápido demais. Outro. E outro. O grandalhão girou, ainda de pé, mas curvado, e deixou as costas vulneráveis.

— Quebra ele! — gritou a multidão, vibrando de expectativa pelo instante em que o Lobo se vingaria e desferiria o tipo de golpe que o derrubaria. Em vez disso, o Lobo recuou um passo com os braços frouxos nas laterais do corpo.

O Urso deu alguns passos hesitantes e caiu de joelhos.

O Lobo levantou a cabeça.

O Urso curvou a dele.

Alessa se lembrou de como respirar.

A multidão rugiu, eufórica e decepcionada na mesma medida, mas o Lobo não se gabou nem saboreou sua vitória. Ele aceitou uma toalha e a usou para limpar o rosto, manchando de sangue o tecido sujo.

O portão se abriu e ele desapareceu em meio à multidão.

Ela levou uma eternidade para atravessar o salão e já estava quase desistindo de encontrá-lo quando avistou o Lobo.

— ... quinze, não doze. — Ele bateu a mão ensanguentada no balcão. — Quatro partidas mais um bônus por estar invicto.

O dono do bar olhou feio para ele e deu uma pausa nos esforços de polir a superfície marcada com um pano ainda mais sujo do que a madeira.

— Menos três pela pensão completa da noite passada.

— Por dormir no chão da despensa? Só pode estar de brincadeira.

— Menos…

O Lobo praguejou.

— Pelo menos me dá um uísque antes de esvaziar meus bolsos.

— Claro, se você quiser dormir no beco. — O dono do bar olhou Alessa de relance enquanto ela se acomodava em uma banqueta. — Vai querer o quê?

— Uísque, por favor.

— Bom, regular ou barato? — O sorriso ávido do homem revelou um cemitério de dentes cinzentos.

— Bom, por favor.

O olhar do homem se demorou nas luvas enquanto Alessa contava as moedas, e ela fez uma careta por dentro.

Na cidade, cobrir os pulsos sugeria que a pessoa tinha algo a esconder. Mas, ali no cais, onde tanta gente carregava as marcas do exílio, alguns preferiam manter em segredo os detalhes dos próprios crimes. Pela primeira vez, usar luvas não a marcava automaticamente como uma pessoa diferente, e sim como mais uma desconhecida com vergonha do passado. Porém, couro preto tão fino e liso quanto cetim não tinha nada a ver com um lugar daquele tipo.

Depois de servir um dedo milimetricamente calculado de um líquido âmbar em um copo, o homem o deslizou na direção da Finestra sem se dar ao trabalho de esconder as moedas tatuadas no pulso esquerdo. *Ladrão*.

Alessa girou o copo, observando o uísque se agarrar às laterais, e inspirou o doce calor antes de tomar um gole. Não era o melhor que já tinha experimentado, mas também não era o pior. Ela espiou por baixo do capuz enquanto o Lobo se sentava na banqueta ao lado dela. Agora ele estava de camisa, mas sem abotoá-la, e parecia tão intimidador quanto antes, fazendo cara feia enquanto o homem atrás do bar servia todo mundo, menos ele. O Lobo cheirava a suor fresco, o que deveria ser repugnante, mas não era.

— Eu pago a bebida dele. — Alessa tirou duas moedas brilhantes do bolso. — A melhor que tiver, por favor.

Os olhos escuros do Lobo se fixaram no rosto dela. Ele aceitou a bebida, bebeu de um gole só e bateu o copo vazio no balcão com um grunhido que ela presumiu ser um agradecimento. O rapaz também não se esforçou nem um pouco para esconder sua marca.

Facas cruzadas circundadas pelo selo de Saverio. *Assassino.*

Alessa estremeceu.

— Você não deveria estar aqui — disse ele, olhando para a frente.

— E por que não?

— Se *eu* descobri quem você é, outros também vão. E a maioria das pessoas aqui dentro quer ver o que acontece se você morrer.

— E você? — Alessa prendeu a respiração. — O que *você* quer? Ele se levantou.

— Por mim, tanto faz. — O Lobo jogou uma bolsa surrada sobre o ombro e saiu a passos largos.

Alessa fechou os olhos.

Em uma cidade cheia de pessoas que temiam ou conspiravam contra ela, a ambivalência talvez fosse o melhor que a Finestra poderia esperar.

Ele sabia se defender, então poderia defendê-la também. Talvez não por lealdade ou por devoção, mas todo mundo tinha um preço.

Alessa jogou mais algumas moedas no balcão e abandonou o copo praticamente intacto. O dono do bar provavelmente devolveria a bebida à garrafa assim que ela desse as costas, mas não era problema seu.

O lutador já estava no meio da rua, com os polegares enganchados no cinto, quando ela chegou ao lado de fora.

A porta se fechou atrás de Alessa, mergulhando o beco no silêncio. Sem olhar para trás, ele soltou as mãos. A luz da lua brilhava nas lâminas levemente empunhadas: um alerta para qualquer um que pensasse em segui-lo.

— Gostaria de contratar você — chamou Alessa de uma distância segura atrás dele.

— Não. — Ele embainhou as facas.

— Mas preciso da sua ajuda.

— Sinto muito. — Sua recusa só foi alta o suficiente para chegar aos ouvidos de Alessa enquanto o homem voltava a andar.

— Você não parece sentir muito. — Ela tentou alcançá-lo.

— De fato. Eu não sinto muito. E também não estou interessado.

— Estou tentando salvar Saverio.

— Por mim, Saverio pode muito bem afundar no mar.

Alessa sentiu o estômago embrulhar. Como ele tinha desdenhado de um missionário de rua, Alessa decidira que o cara estava do lado dela. Presumira que ele se importava com a vida dela porque tinha defendido uma garotinha. Como era ingênua.

Ela deixou o pensamento de lado.

— Preciso de proteção até encontrar minha próxima… minha última… Fonte. — Alessa revirou o cérebro em busca de alguma coisa, qualquer coisa que o convencesse a parar de andar. — Eu pago. E ofereço abrigo e comida.

Ele nem sequer diminuiu o passo.

— Não preciso.

— Não precisa? — Alessa ficou boquiaberta. — Você *não precisa*? Você prefere lutar por restos e beber uísque aguado em vez de ter comida, abrigo, dinheiro e segurança?

— Não quero segurança.

— Todo mundo quer segurança. — Ela correu atrás dele, indignada demais para tomar cuidado.

— Eu não.

— Se as pessoas estiverem erradas e eu for assassinada, todo mundo vai morrer.

— Então pare de vagar por aqui. — Ele parecia totalmente despreocupado.

Alessa hesitou e a distância entre os dois cresceu à medida que o lutador se aproximava do fim do beco, levando embora o último resquício de esperança que lhe restava.

— *Por favor* — disse a Finestra com a voz falha.

Ele parou e balançou a cabeça como se estivesse irritado consigo mesmo.

Alessa puxou o capuz para trás, abaixando o decote e levantando o queixo. A essa altura, os hematomas já estavam de um roxo-esverdeado doentio.

— Preciso da sua ajuda.

Ele se virou e seu olhar se demorou no pescoço dela.

— Você tem um exército. Você pode… — Ele passou os olhos pelas ruas tranquilas e se aproximou dela a passos largos, transformando a voz num grunhido rouco. — Você pode matar com um toque. Não precisa de mim.

— Preciso, sim. — Foi fácil deixar o medo e a impotência invadirem sua garganta, deixar a voz engrossar com as lágrimas contidas. — Um homem tentou me matar na noite passada e o meu guarda o ajudou a escapar.

Quem está na chuva é para se molhar.

Ela juntou as mãos debaixo do queixo e permitiu que as lágrimas quentes rolassem pelas bochechas. Lágrimas eram um luxo que Alessa não podia bancar na Cittadella, mas, se os lobos tinham um fraco por donzelas em perigo, ela não se opunha a atuar o papel.

Se é que era mesmo uma atuação.

— Não sei mais em quem eu posso confiar ou quem está trabalhando para quem. Preciso de alguém que trabalhe *para mim*. Que me proteja. Temporariamente. Só até eu escolher minha próxima Fonte. Eu sei que sou capaz — mentiu —, mas não se estiver morta.

A luz da lua lançava brilhos azuis no cabelo do rapaz enquanto ele esfregava a nuca.

— É temporário?

— Talvez todos nós estejamos mortos daqui a poucas semanas. Tudo é temporário.

Ele ergueu a sobrancelha.

— Desculpa. Piadas mórbidas são tudo o que me resta. Se me ajudar, arrumo um lugar na Fortezza para você.

Ele beliscou o dorso do nariz.

— *Por favor?*

Ao vê-lo lançar um olhar exasperado para o céu, Alessa soube que o fisgara.

Dez

Bella in vista, dentro è trista.
Quem vê cara não vê coração.

A emoção da vitória desapareceu imediatamente.

Ele era marcado. Ela não conseguiria passar com ele pelos portões da cidade sem revelar a própria identidade — e seu passeio não autorizado — aos guardas. Alessa precisava de um plano e só havia uma entrada para os túneis fora dos muros da cidade.

Uma mulher parou na frente deles carregando um bebê todo embrulhado.

— Por favor, senhorita. Qualquer coisa ajudaria meu bebê a ficar em segurança durante o Divorando.

Alessa não fazia ideia do que o dinheiro tinha a ver com aquilo, mas vasculhou a bolsa e depositou algumas moedas na mão da mulher.

Seu novo guarda-costas estava de cara amarrada quando ela se virou.

— Você vai ajudar todas ou só aquela?

Alessa voltou a olhar para a mulher, que já estava correndo pela rua como se temesse que ela mudasse de ideia.

— Como assim? Crianças sempre podem entrar na Fortezza.

— E quem vai acolher e cuidar delas se os pais morrerem? — Sua voz era fria, e os olhos, ainda mais frios.

— Eu… eu não sei.

— É por isso que ela está mendigando. Para poder pagar alguém para levar o bebê antes da batalha, sabendo que a pessoa pode passar o resto da vida presa à criança. — O tom de voz era cortante. — Bem-vinda ao mundo real, *Finestra*.

— A culpa não é *minha*. Não quero que ninguém fique fora da Fortezza. Não sou eu que faço as regras, só tenho que segui-las.

— É, bom, agora é meio tarde para se importar.

Como se *ele* fosse um nobre defensor dos pobres.

— Pensei que Saverio pudesse afundar no mar, não?

— É deixar a ilha inteira queimar ou oferecer as mesmas oportunidades para as pessoas, só isso que eu estou dizendo. — Ele abriu um sorriso cheio de amargor.

Alessa guiou o Lobo pelos prédios em ruínas do cais e por uma trilha estreita que levava à escuridão úmida de uma imensa caverna usada para abrigar as frotas durante as tempestades.

Bastou um risco e o rosto do Lobo se iluminou pelo fósforo que ele segurava.

— Anda logo.

Ela apertou o passo e examinou a escuridão em busca do brilho de um portão de metal.

Só havia um navio na enorme caverna, mas logo chegariam outros, lotados de passageiros e mercadorias dos assentamentos continentais. As cavernas inferiores ficariam cheias de barris de vinho, sementes, tecidos, mantimentos e animais de fazenda, todos os suprimentos de que precisariam para reconstruir o que seria perdido. As almas bondosas que escolhiam se mudar para o continente entre uma invasão e outra seriam recebidas com camas quentinhas em quartos de hóspedes dos saverianos até chegar o momento de todos se protegerem dentro da Fortezza.

Alessa nunca tinha ido ao continente, mas as pinturas o retratavam como um lugar difícil e estranho, cheio de planícies inférteis e montanhas pontudas. Devia ser incrível observar a nova vida florescer entre os ataques. Certa vez, Alessa tinha lido um livro a respeito de como alguns animais se escondiam durante o surgimento dos enxames, mas sua mãe o levara embora quando a filha não conseguia parar de chorar pelas criaturas que não sobreviviam.

— Você contou aos seus responsáveis que ia sair contratando hoje? — perguntou o Lobo lentamente.

— Não — disse ela, por mais que não fosse da conta dele. — Não preciso de permissão para contratar um guarda.

— Ah, é mesmo?

— Sim, é mesmo. Tecnicamente. Quer dizer... — Ela se firmou. — Se alguém por acaso encrencar, eu dou um jeito.

Ele fez um barulho cético.

Alessa pôs o capuz de volta. Se eles topassem com guardas nos túneis, o rosto dela era a única proteção contra uma punição rápida e mortal.

— Você precisa de cuidados médicos? — perguntou ela.

— Não. — Ele lhe lançou um olhar irritado.

Duvidoso. Mas, se homens e lobos preferiam diminuir seus ferimentos, era uma perda de tempo discutir com qualquer um deles.

Ele se movia tão silenciosamente que poderia até estar caçando Alessa. Isso a fez querer correr feito um coelhinho assustado.

Seu pai sempre dizia que o medo começava a partir do desconhecido, então aprender mais a respeito do homem que espreitava atrás dela talvez pudesse aplacar o medo que dançava por sua pele.

— Qual é seu nome? — perguntou ela.

— Me chamam de Lobo.

— E me chamam de Finestra, mas meu nome não é esse.

— Achei que a Finestra não tivesse nome.

— Não, não até passar o Divorando, mas pelo menos você sabe do que me chamar. Devo me dirigir a você como O Lobo, então? Sr. Lobo? Ou simplesmente Lobo?

Alessa olhou por cima do ombro e captou um brilho de divertimento nos olhos dele, que logo se apagou.

— Dante.

— Você tem sobrenome? — Ela teve que dar meia-volta para não bater numa parede.

— Não mais.

— Bom, prazer em conhecê-lo, Dante.

— Tem certeza?

Ou suas habilidades de comunicação estavam meio enferrujadas por conta do desuso ou ele era uma pessoa excepcionalmente difícil de se conversar. Ou eram as duas coisas. Mas, por mais que pudessem lhe faltar alguns traços de personalidade, a persistência não era um deles.

— De onde você é?

— Não sei.

— Se não quer me contar, é só dizer.

— Não estou mentindo. Eu não sei.

— O excesso de lutas afetou sua memória? — Estava entrando em um território perigoso, mas esse parecia ser o tema da noite.

— Você se lembra do *seu* nascimento? — perguntou ele.

— Claro que não, mas meus pais já tocaram no assunto.

— Bom, os meus estão mortos — disse ele com a voz monótona. *Droga.* Ela se encolheu de vergonha.

— De onde *você* é? — O tom era de provocação, para impedi-la de fazer mais perguntas, mas Alessa respondeu como se ele de fato quisesse saber.

— Sou daqui da cidade. Mas de um dos terrenos mais baixos, bem longe da Cittadella.

Todos os portões pareciam retinir mais alto e guinchar por mais tempo, e o último portão antes da chegada à Cittadella rangeu alto o bastante para despertar os mortos do templo. Alessa se encolheu. Acompanhar um homem marcado pela Fortezza — um crime passível de pena de morte para qualquer um, menos para a Finestra — em um momento em que tanta gente buscava uma justificativa para matá-la era um pouco como entregar a última pedra para atirarem nela, mas, por um milagre, o corredor permaneceu livre de fantasmas e guardas.

O último fósforo de Dante se apagou quando os dois chegaram à entrada para as escadas abaixo da Cittadella.

Às vezes, quando o mundo ficava razoavelmente silencioso, Alessa conseguia encontrar os ecos do poder roubado, como o brilho do raio de Ilsi na ponta dos dedos ou o vento de Hugo no funeral dele. Talvez *eco* não fosse o termo correto. Estava mais para *marca*. O declive que ficava num colchão horas depois de seu ocupante ter ido embora. Ela virou a palma para cima e soprou uma minúscula chama azul ali em cima. A iluminação durou apenas alguns segundos, mas foi o suficiente para encontrar o buraco da fechadura.

Dante a encarou.

— O que foi *isso*?

— Um eco. — Ela corou. — Não tem por que se alarmar.

— Um o quê?

— Um... resquício. Eu nunca tive a oportunidade de usar o poder que absorvi das minhas Fontes, então acaba ficando um pouco.

— Você consegue repetir?

Ela vasculhou até o fundo da mente, mas não encontrou nada.

— Não. Aquilo foi o último resquício.

O que restou de Emer. Ela sentiu o coração afundar. Esgotara a luz dele e nem tinha sido para algo importante.

— Por que você precisa de uma Fonte, então? Toque ela agora e economize para a batalha.

Ela balançou a cabeça.

— Uma Finestra só consegue ampliar um dom enquanto está em contato com uma Fonte. Na melhor das hipóteses, eu só teria poder o bastante para adiar a invasão por poucos segundos. Provavelmente nem isso. Em geral, uma Finestra só mantém o poder de outra pessoa por mais ou menos um minuto.

— Já tem mais do que um minuto.

— Porque eu o matei. — Ela suspirou e fechou os olhos. — Pense nisso como um último suspiro. Eu roubei a última expiração mágica dele.

— Mas...

— Pode acreditar, a gente já tentou. Não funciona assim.

Enquanto Alessa guiava Dante por uma escada em espiral, o torno agarrado ao seu peito afrouxou, deixando espaço para uma pequena onda de vitória. Ela conseguira. Havia fugido da Cittadella, enfrentado uma taverna cheia de criminosos e párias e convencido um lobo feroz a segui-la até sua casa.

Ao redor das pedras do pátio, salpicadas de luz do luar, cada lance de escada para o andar seguinte ficava em um canto diferente, o que forçava qualquer pessoa que se dirigisse aos níveis superiores a circundar a estrutura inteira. Portanto, o trajeto até o quarto andar ofereceria muitos silêncios desconfortáveis.

O pensamento mal tinha lhe ocorrido quando uma figura surgiu de uma porta escurecida.

Onze

L'uomo solitario è bestia o angelo.
O homem solitário é uma besta ou um deus.

— **Cuidado, Finestra.** — O Capitão Papatonis jogou Dante na parede. — Ele está armado.

A camisa de Dante subiu, revelando uma faixa de pele e bainhas de cada lado da cintura. Mesmo com a bochecha esmagada contra a parede, ele conseguia parecer entediado e irritado. Papatonis podia até estar em vantagem, mas só porque Dante estava deixando, e ele claramente não planejava tolerar o tratamento grosseiro por muito tempo.

— Pode ficar tranquilo, Capitão — disse Alessa, empertigando-se. — Ele está comigo. — Tecnicamente, ela *era* a líder das forças armadas, e era bom que o capitão se colocasse no lugar dele. — Eu tenho o direito de escolher meu próprio agente de segurança pessoal e o escolhi.

Alessa nunca vira alguém parecer tão profundamente ofendido quanto o Capitão Papatonis naquele momento. Talvez não fosse justo desconfiar de todos os guardas por causa de um traidor, mas agora ela já estava envolvida demais.

Um debate interno furioso percorreu o rosto do homem mais velho antes que ele soltasse Dante e abrisse caminho.

O lutador olhou feio para ela e endireitou a roupa com alguns puxões agressivos.

— Com todo o respeito, Finestra. — O homem grisalho teve que engolir o título de Alessa. — A Signora Renata e o Signor Miyamoto sabem disso?

— Claro.

— Ele não pode perambular por aí com essa aparência. — O Capitão Papatonis estufou o peito.

— Então mande alguém trazer roupas mais apropriadas, Capitão.

A pele marrom-escura do homem corou debaixo da barba e ele fez uma saudação brusca antes de se retirar, furioso.

O sorriso hesitante de Alessa só fez Dante fechar ainda mais a cara.

Quando chegaram à suíte, Alessa deixou cair a chave, se atrapalhou para pegá-la e depois não conseguia retirá-la da fechadura.

— Ajuda? — perguntou Dante, curto e grosso.

— Não. — Alessa deu um puxão e a chave se soltou, fazendo-a cambalear contra uma parede de músculos. Ela deu um pulo para a frente, segurou a maçaneta e a abriu com um giro violento.

— Parece que precisava, sim.

O que Alessa deveria dizer? Que ele a deixava nervosa? Que ainda estava tremendo por causa do confronto com o Capitão? Que tinha desrespeitado mais regras e contado mais mentiras em um dia do que nos cinco anos anteriores e que não sabia dizer se estava horrorizada ou eufórica?

Assim que eles entraram e a porta se fechou, Dante a trancou e olhou para os suportes de metal de cada lado.

— Isso é feito para uma barricada. Onde ela está?

— Não sei.

Ele tirou uma sombrinha de renda de um porta guarda-chuva e a enfiou entre os suportes, de cara amarrada.

— Vou encontrar alguma coisa melhor.

Alessa o encarou enquanto ele percorria o perímetro da suíte como um animal enjaulado.

— O que você está fazendo? — perguntou ela por fim.

— Avaliando a segurança.

Ela não entendia muito dos deveres de um guarda-costas além de "ficar do lado de fora da porta com cara de mal-humorado", função para a qual ele parecia perfeitamente apropriado, então Alessa mordeu a língua enquanto Dante examinava todos os pertences dela.

Até que não foi *excessivamente* desconfortável observá-lo investigar a seção principal, que continha uma aconchegante sala de estar e uma pequena copa-cozinha com mesa redonda e armários com porta de vidro, mas ela não conseguiu conter a vergonha quando ele atravessou as portas do closet e do banheiro, ou a tela de privacidade que escondia a área de dormir.

Dante abriu as portas da varanda, saiu a passos largos e se inclinou para o lado. Alessa tirou um tempo para admirar as costas dele, sem se dar conta de que Dante estava prestes a massacrar a beleza do lugar até ser tarde demais. Sem se importar com as rosas brancas e alaranjadas que cresciam pela área, ele segurou o topo da treliça de metal e puxou a estrutura para a frente e para trás, afrouxando-a até os parafusos se soltarem com um desmoronamento de pedras.

— Ei — disse Alessa, correndo até a varanda. — Essas rosas foram plantadas pela primeira Finestra.

— Então elas são resistentes o suficiente — ele mordeu o lábio inferior — para sobreviver — um último puxão — à queda.

A treliça se soltou da parede com um rangido de metal e tilintou no paralelepípedo lá embaixo.

Dois guardas correram pela lateral do prédio, olharam para a treliça quebrada no chão e depois para Alessa.

— Tudo bem aí, Finestra?

— Foi uma rajada de vento inesperada! — Ela lhes deu um breve aceno.

Enquanto Dante percorria o quarto, ela se sentou na beirada da cama para tirar as botas, xingando baixinho os cadarços que escorregavam entre os dedos enluvados. Alessa não o ouviu se aproximar, então, quando ele pigarreou ao seu lado, ela quase caiu da cama.

— Está com dificuldade?

Alessa acalmou a respiração.

— Tudo fica mais difícil de luva.

— Então é só tirá-las.

Apoiando-se na cama, ele conferiu o que havia por baixo da roupa de cama, afundando os dedos compridos no edredom macio.

Ela deu um pulo como se tivesse se queimado.

Satisfeito por não haver ninguém escondido ali embaixo, ele abriu a portinha no canto e encarou a escuridão.

— O que tem por aqui?

— A escada para os banhos de sal.

Dante lhe lançou um olhar incrédulo.

— Não os banhos *públicos*. A Cittadella tem seus próprios aposentos, e o único outro jeito de entrar é pela suíte da Fonte. Que está vazia. Obviamente.

Dante fez cara feia para a porta dos banhos como se ela o tivesse ofendido pessoalmente e deu uma última olhada no quarto. Ao passar pela mesa, parou para pegar um grande envelope endereçado a ela.

— Para você. — Ele o estendeu por um segundo, percebeu que ela não ia tirá-lo de suas mãos e o jogou de volta na mesa.

Ela sabia que o envelope ia chegar, mas a visão lhe tirou o fôlego.

Alessa não queria os olhos atentos de Dante em cima de si enquanto estivesse lendo, mas a carta se recusava a ser ignorada, como um zumbido persistente nos ouvidos. Ela a pegou e virou algumas vezes antes de partir o selo e passar os olhos pela escrita rebuscada. Ao terminar, amassou o papel no punho, esmagando-o até que as pontas afiadas espetassem sua palma através das luvas finas.

Dante olhou para o papel desfigurado na mão dela.

— Carta de amor?

— Uma intimação. — Alessa jogou a bola amassada no lixo. — O Consiglio vai se reunir amanhã.

— Foi rápido. — Ele arqueou as sobrancelhas.

— Muito. — Ela engoliu em seco. — Eu achei que fosse ter mais alguns dias, mas parece que eles vão mandar amarrar e entregar a próxima alma infeliz amanhã à noite.

Dante se virou para a estante e passou a mão pelas lombadas de couro como se os livros fossem preciosos ou potencialmente perigosos.

— Os meus guardas costumam ficar do lado de fora da porta durante a noite — disse ela, andando em direção à tela de privacidade. — Mas pode pegar uma cadeira se achar que vai ser mais confortável.

Ele analisou a lombada desbotada de um livro e gesticulou para o sofá.

— Vou dormir ali.

Alessa interrompeu um bocejo.

— Não vai, não.

— Eu não vim a um castelo para dormir numa cadeira.

— Então leva as almofadas para o corredor. Você não pode dormir aqui dentro.

— Por que não?

— Esse é *meu* quarto. — O santuário de Alessa, o lugar onde ela podia se despir de suas camadas e não precisava ter medo de aterrorizar os outros com cada movimento. Mas não podia dizer isso. Ela se recusava a expor a própria dor a um desconhecido rude.

Os bíceps de Dante testaram o tecido de linho da camisa quando ele cruzou os braços.

— Como foi que o cara que tentou matar você entrou?

Alessa arregalou os olhos.

— Pela porta?

— Ou pela varanda.

— Você acha que ele escalou a lateral de um prédio de quatro andares?

— Tinha uma treliça.

— Que não existe mais, graças ao seu delicado trabalho. Não posso ter um *homem* dentro dos meus aposentos. Temos regras.

— Você é a Finestra. Se você não pode mudar as regras, quem é que pode?

— Você não entende como minha posição funciona.

— E você não entende como o trabalho de um guarda-costas funciona. Veja bem, eu — ele apontou para si mesmo — protejo as *suas* — e, então, apontou para ela, traçando curvas no ar — *costas*.

Ela meio que se escondeu atrás da tela.

— *Você* trabalha para *mim*. Eu dou as ordens.

— Eu não faço nenhum trabalho pela metade. Se você me quer de guarda, o meu jeito é esse.

Se ela tivesse que fechar as portas da varanda para fazê-lo ficar no corredor, passaria a noite se revirando em uma cama quente e abafada, com visões de mãos cobertas de couro esmagando sua traqueia.

— Está bem. Mas já matei três pessoas e, caso tente se aproximar de fininho enquanto eu estiver dormindo, você vai ser o quarto.

— Idem. — Dante tirou os sapatos.

Alessa semicerrou os olhos. Será que ele estava dizendo que já tinha matado três pessoas? Que a mataria se ela tentasse se aproximar de fininho? As duas coisas?

De olho nela como se soubesse exatamente o que ela estava pensando, Dante começou a desabotoar a camisa. Em pânico, Alessa saiu correndo antes que passasse uma vergonha ainda maior.

Como ela faria para relaxar quando apenas painéis semitransparentes a separavam de um desconhecido seminu?

— *Dea* — sussurrou. Certamente ele não ia tirar *tudo*.

Determinada, Alessa se esquivou de pensar no breve vislumbre de pele que agora estava marcado em sua memória e vestiu sua camisola mais volumosa enquanto ainda tentava decifrar o alerta de Dante.

Ele era um criminoso. Já deveria estar surrupiando seus objetos de valor ou esperando que ela adormecesse para estraçalhar sua cabeça. Alessa deveria ter calado a boca naquele beco no instante em que percebeu que Dante não era o herói que ela havia imaginado.

Isso era ridículo.

Ela contornou a tela com um "sai daqui" firme na ponta da língua, mas ele já tinha saído.

A porta principal estava fechada. O banheiro estava escuro. Uma camisa bem-dobrada na mesinha era o único sinal de que ele estivera ali.

Alessa olhou para cada canto e, depois, para o teto, como se Dante pudesse ter voado. O calor começou a fazer cócegas em sua nuca e ela deu um giro, mas não havia ninguém ali.

O vento mudou, levando os aromas de Saverio para dentro do quarto.

A varanda.

Dante estava do lado de fora, perto das portas, as calças caídas nos quadris estreitos e as facas ainda embainhadas de cada lado. Os polegares encontraram os cabos das lâminas e então deslizaram repetidas vezes, como se ele estivesse se certificando de que não tinham sumido. Os ombros largos e as costas musculosas, antes tão e cheios de vida no ringue de luta, pareciam mármore banhado a prata à luz da lua.

Ele poderia ter sido a obra-prima de um escultor: *Homem na varanda*.

Dante se retesou ao ouvir um som distante: *Homem na varanda preparado para voar*.

Pouco a pouco, seus ombros baixaram, as mãos se abriram e o peito subiu como se Dante tivesse se obrigado a relaxar, uma parte de cada vez. Ele deu um passo à frente, mas logo parou, balançando de leve a cabeça, como se não confiasse no céu aberto diante de si ou temesse que a liberdade fosse uma armadilha. Esfregando a nuca, ele se virou, olhando para a cidade por cima do ombro.

Alessa saiu correndo antes que Dante se tornasse o *Homem na varanda que flagrou você encarando*.

Ele andava dormindo no chão de depósitos de tavernas. Ela bem que poderia deixá-lo ter uma noite de descanso decente. Dante claramente tinha seus próprios demônios para combater, e Alessa não era um deles.

Além disso, era apenas uma noite.

Doze

Anche in paradiso non è bello essere soli.
O maior dos suplícios seria estar sozinho no paraíso.

Alessa estava em um caixão.

Não morta. Ainda não.

A adrenalina inundou suas veias, cortante e azeda, enquanto o ar nos pulmões ficava bolorento.

Ela acordou com um sobressalto, balançando para a frente e para trás desenfreadamente. Com os dedos fechados em garras, bateu em algo quente e duro.

Um chiado. Na luz anêmica da madrugada, Dante agarrou o próprio braço.

— O que você está fazendo? — Alessa puxou os lençóis até o queixo. — Eu disse para não chegar perto de mim!

Ele fez uma careta e sacudiu a mão como se estivesse escaldada.

— Você estava tendo um pesadelo. Achei que fosse se machucar.

— Então você deveria ter *deixado*. — As palavras dela, tão parecidas com as de Lorenzo, a atingiram feito um golpe. — *Nunca mais* faça isso.

— Pode acreditar, não vou fazer. — Ele lhe lançou um olhar sombrio.

Ao ouvirem uma batida forte na porta, Dante fez sinal para que ela ficasse para trás e deu a volta pela tela a passos largos. Apesar de toda a relutância inicial, estava levando o trabalho a sério. Até *demais*.

Alessa vestiu um robe e o seguiu.

— Ela saiu correndo. A criada, ou sabe-se lá quem. — Dante olhava feio para a porta, uma pilha de roupas nos braços.

— E dá para culpá-la? — perguntou Alessa, inocentemente. — Você é meio intimidador. Deveria sorrir mais.

Ele a olhou com cara de *pouquíssimos* amigos.

— Se serve de consolo, eles também fogem de mim. — Alessa apontou para o banheiro. — Pode se limpar ali.

Dante se eriçou antes de passar por ela.

Alessa não quis insinuar que ele era sujo *de modo geral*, mas qualquer tentativa de esclarecer as coisas só tornaria a situação mais constrangedora, então ela mordeu a língua. Se Dante havia decidido se ofender com qualquer coisinha que Alessa dissesse, era problema dele. Ela cobriu o rosto com um travesseiro, mas conseguiu não gritar contra ele.

O amanhecer estendia seus dedos pelo chão quando a Finestra encontrou energia para enfrentar o dia. O Consiglio provavelmente estava reunido mais abaixo, aguardando ouvir a decisão dela para que pudessem chamar a próxima Fonte, mas Alessa ainda não fazia a menor ideia de quem escolher. Ela lhes entregaria uma lista dos nomes descartados e deixaria a decisão por conta do Consiglio. Era uma covarde, mas pelo menos seria uma covarde que não teria responsabilidade por ter feito a escolha errada mais uma vez.

Alguns minutos mais tarde, Dante surgiu de camisa branquíssima e calça militar. Estava meio apertada, mas o Capitão tinha feito um bom trabalho em adivinhar o número dele, e longe de Alessa reclamar de como as roupas abraçavam seu corpo. No entanto, era difícil dizer se o Capitão Papatonis ficaria satisfeito com a aparência de Dante. Com as mangas arregaçadas até a altura dos cotovelos, o botão de cima aberto e as luvas de couro enfiadas no bolso, ele estava atraente de um jeito alarmante, mas pouco respeitável para os padrões da Cittadella.

Ela lhe deu um sorriso cordial.

— Muito melhor.

Dante fechou a cara como se ela o tivesse insultado novamente.

O banheiro estava úmido quando ela entrou, e havia peças de tecido penduradas em cada gancho e haste. Peças íntimas que Alessa deixara para secar depois de lavá-las à mão. Nenhum item de seda ou requintado, só roupas de baixo práticas para usar no dia a dia.

Muito bem, Alessa.

Dante não poderia deixar de ficar impressionado com sua Finestricidade altiva depois de tomar banho em meio às suas roupas íntimas mais sem graça. Ela recolheu tudo e enfiou dentro de uma gaveta.

A tensão a deixara mais pálida do que o normal, com os olhos excessivamente grandes e o cabelo pendurado em mechas capengas em vez das ondas esvoaçantes de sempre, cacheadas em dias úmidos. Nada nela passava a imagem de uma salvadora valente, o que era a verdade, mas inaceitável.

Limpar-se era um começo, mas Dante estava do outro lado de uma porta sem fechadura, e se por algum motivo ele a abrisse, Alessa ficaria completamente exposta. Ele não podia tocá-la, com ou sem o consentimento dela, mas *mesmo assim. Ele a veria.*

A Finestra fez uma careta para o próprio reflexo. Não era como se ele tivesse qualquer interesse em tocá-la.

Depois de se banhar, ela selecionou a maquiagem. O dia exigia medidas extremas, então, depois de passar hidratante nos lábios, Alessa pintou as pálpebras de preto, cobrindo toda a área até parecer um anjo vingador. Ninguém veria sua fraqueza debaixo de tantas sombras e esfumaçados. Seu visual não foi pensado para impressionar ninguém além de si mesma. Para encorajá-la.

Depois do rosto, ela começou a esconder os hematomas no pescoço, mas cada toque dos dedos doía enquanto Alessa aplicava camadas de creme e pó compacto.

Pelo menos o vestido branco tradicional para o encontro com o Consiglio era solto e esvoaçante, então esconderia as roupas de treino que ela estava usando por baixo e Alessa não precisaria voltar para se trocar antes da sessão de treinamento diária.

Para Renata, o treinamento de combate era uma forma de aliviar o estresse. Para Alessa, não passava de uma tortura sancionada pelo Estado. A dor de se vestir a deixou tonta; levantar uma espada talvez a destruísse.

O decote baixo deslizou de seus ombros enquanto ela se levantava, tateando a roupa de forma desajeitada na tentativa de passar o último botão de cetim, na altura da nuca, por um buraco que parecia intencionalmente pequeno demais, e um soluço arrasado de dor lhe escapou.

— Tudo bem? — Ela ouviu Dante perguntar.

Uma coisa era chorar na frente de um estranho num beco, mas eles estavam na Cittadella e ela era a Finestra. Ou, pelo menos, estava tentando ser.

— Estou bem. — Sua voz falhou. Traidora.

— Você não parece bem.

— Você é meu guarda-costas, não minha babá.

Uma longa pausa, o som de passos e os ruídos irregulares de pernas de cadeira no chão.

A Finestra pegou uma fita e se encolheu quando o curto movimento causou uma onda de dor na clavícula. Qual era o problema dela? Será que tinha se esquecido de como aceitar a bondade?

Alessa pensou que tivesse experimentado todos os sabores da solidão, mas esse era novo. Ela deveria ter se sentido *menos* solitária, não mais, mas, assim como uma chama parece mais brilhante no escuro, seu isolamento ficava ainda mais profundo com um estranho preenchendo espaços geralmente vazios.

Rangendo os dentes, Alessa continuou se arrumando até uma longa trança cair nas costas, mas, antes que pudesse amarrá-la, o penteado se desfez. Dane-se a tradição, o Consiglio podia aceitar seu cabelo solto.

Ela saiu, ajustando casualmente a postura para não parecer que estava fazendo pose.

Com a expressão vazia, Dante estava sentado à mesa, lançando uma faca no ar repetidas vezes, tão rápido que a lâmina era um borrão prateado.

Ele arqueou as sobrancelhas com a transformação de Alessa.

— Desculpa — disse ela. — Não queria ser ríspida com você. Algumas tarefas ainda são dolorosas.

Dante pegou a faca e a levantou pela ponta. Quando ergueu a mão, a lâmina ficou na vertical, precisamente equilibrada.

— Eu poderia te ajudar.

— Não. Não poderia. — Só os deuses sabiam se existia alguém que pudesse ajudá-la, mas não era ele.

— Fique sempre de braçadeira, especialmente quando não estiver comigo. — Alessa pôs as luvas, fazendo uma pausa para endireitar um dedo torto.

— Por que eu não estaria com você?

— Não vou precisar de proteção quando estiver com meus mentores.

Dante mordeu a ponta do tecido da braçadeira para amarrá-la em volta do bíceps, falando, com os dentes cerrados:

— Você confia neles?

Será que confiava? Não havia confiado ao fugir para a cidade e implorar que um estranho a protegesse.

— Claro — disse ela, bem ciente de que tinha demorado tempo demais para responder.

O guarda-costas pegou uma maçã da fruteira e a limpou na camisa com a expressão inescrutável.

— Tem outra coisa para comer?

Alessa mordeu o lábio. Não era muito de tomar café da manhã e, normalmente, só entrava na cozinha para tomar um café e comer um biscoito pela manhã.

— Tem pão e queijo. Posso pedir alguma coisa que encha mais se você preferir…

— Não. Está bom. — Ele fechou a cara, como se ela tivesse se oferecido para bater nele, não para alimentá-lo. *Quanto mau humor.*

Dante vasculhou a copa-cozinha, abrindo e fechando armários como se morasse ali havia anos. Apesar de ser um desconhecido, um intruso e um homem marcado, ele não pensou duas vezes antes de se impor e ocupar espaço. Parando para pensar, a maioria dos homens era assim. Algumas pessoas saíam da frente e outras marcavam território, como se tivessem todo o direito de existir.

Talvez ela merecesse reivindicar seu espaço também, não por conta do título, nem por merecer. Simplesmente porque sim.

Isso não deveria parecer uma revelação.

A faca de Dante tilintou contra o prato quando ele cortou uma fatia de queijo, seguida pelo estalo crocante do pão. Os sons eram reconfortantes, mas a deixavam desorientada depois de tantas refeições silenciosas.

— Então — disse Dante por fim, com ar de quem havia arrancado um dente. — Faz quanto tempo que você não encosta em alguém de um jeito não assassino?

— Não é *assassinato*. E eu não sei.

O guarda-costas parecia cético.

Alessa pegou um copo d'água e se jogou na cadeira de frente para ele com um longo suspiro.

— Quatro anos e dez meses. E algumas semanas.

— Mas quem está contabilizando, não é? — Ele empurrou o prato para o meio da mesa. — Qual é seu plano dessa vez?

Alessa puxou uma fatia fina de parmesão, que derreteu na língua em uma deliciosa onda de sal e gordura.

— Rezar?

— Isso não é um plano.

Também não era a verdade. Alessa não rezava havia anos. Não desde que os deuses viraram as costas para ela e deixaram Emer morrer. Ah, ela dizia as palavras, ajoelhava-se no Templo e lançava olhares para os céus. Chegava até a falar com os deuses de vez em quando. Mas não *rezava*. Rezar significava estender a alma com a mão aberta, confiando que um destinatário invisível a seguraria. Sempre que Alessa estendia a mão, a morte a apertava.

Não, ela não rezava.

— Salvar Saverio não é como encontrar um novo método para solucionar problemas de matemática — disse Alessa.

— Existem métodos diferentes?

— Acredite se quiser, mas existem. Meus tutores nunca ficavam impressionados por eu acertar todas as respostas sem saber explicar como, mas eu *sempre* chegava à resposta certa. Só que isso não é uma continha de divisão e o meu *plano* é o mesmo de todas as Finestras que vieram antes de mim. — Ela ergueu o copo.

— E tem funcionado para você? — Dante abriu um sorriso.

Alessa deixou uma risada inapropriada irromper, espirrando água pela beirada do copo.

— Obviamente não muito bem, ou seria minha Fonte sentada aqui, não você. — Ela passou os dedos pela poça d'água, desenhando rios rasos que secavam mais depressa do que ela era capaz de substituí-los.

— Então talvez você devesse tentar outra coisa.

— Que conselho *maravilhoso*. Obrigada.

— Você acha que vai dar certo dessa vez?

— Tem que dar certo.

— Não significa que vai. — Ele parecia tão pragmático, como se não estivesse jogando a possibilidade da aniquilação de Saverio para cima dela logo antes de ela ter que tomar uma decisão de vida ou morte.

— Obrigada pelo voto de confiança. — Alessa contraiu os lábios, inspirando pelo nariz. — Eu tenho fé.

— Em quê?

— Nos... nos deuses? — Guerreiros ordenados pelo divino não tinham permissão para duvidar.

— Se estiver esperando que os deuses a salvem, está perdida.

— Isso é blasfêmia — disse ela, incapaz de expressar sentimentos fortes.

— Então me mate. Ninguém vai sentir minha falta.

Ela o encarou por um longo tempo.

— É melhor não. Eu gosto desse tapete, e seria um verdadeiro incômodo tirar seu sangue dele.

— Você é uma garota estranha. — Um quase sorriso suavizou o semblante de Dante.

— Não sou uma garota. Sou a Finestra.

***

Enquanto contornava o último lance de escadas, o coração de Alessa afundou ao som das vozes de Tomo e Renata ecoando da antecâmara fora do templo.

Ela nunca os contrariava. Aliás, não contrariava ninguém. As pessoas davam instruções e ela as seguia. Sem exceções. Não sabia nem como discutir com elas, que dirá vencer.

A essa altura, Tomo e Renata deveriam ser meros reforços, dando conselhos ocasionais a Alessa e sua Fonte. Mas, como Alessa ainda estava sozinha e as forças armadas sentiam mais medo do que respeito por ela, os dois assumiram mais responsabilidades do que o comum, e a culpa que Alessa sentia a impedia de ser um estorvo maior do que já era.

Mas aquilo chegara ao fim.

— Finestra? — chamou Tomo.

— Já vou. — Ela destrancou o portão lentamente.

Alessa poderia entregar umas moedas para Dante e mandá-lo para a saída mais próxima. Tomo e Renata jamais saberiam, e tudo voltaria a ser como era antes.

Como quando uma mulher jogou uma adaga na cabeça dela.

Como quando Tomo e Renata casualmente discutiram a possibilidade de assassiná-la.

Como quando um homem tentou estrangulá-la até a morte. Um homem que poderia estar andando pelos corredores da Cittadella naquele instante.

Ela podia despachar Dante e aceitar seu destino… ou podia enrolar.

— Tranque o portão atrás de mim e depois vai — sussurrou Alessa, jogando a chave para ele.

Dante a pegou com uma das mãos.

— Ir aonde?

— Qualquer lugar. É só continuar com a braçadeira. — Ela o enxotou com as mãos, mas ele simplesmente inclinou a cabeça feito um cão confuso. Alessa tinha presumido que o apelido de lobo fosse um elogio, mas talvez não. — Encontro você lá em cima quando terminarmos.

— O que eu faço até lá?

— Não sei. O que quiser. — Alessa não tinha ideia do que os guardas faziam ou deixavam de fazer. Ela guardava rancor quando eles a evitavam, mas, tirando isso, era raro pensar neles. As dezenas de pessoas que marchavam pelos andares inferiores todos os dias mal invadiam seus pensamentos. Para alguém que odiava se sentir invisível, perceber isso foi desconfortável.

— Vá fazer amizade com os outros guardas ou algo do tipo — sugeriu ela.

Dante curvou os lábios, enojado.

— Vou sondar a área e descobrir em quem preciso ficar de olho.

— Boa ideia. — Ela sentiu um frio na barriga ao se lembrar das botas pesadas e das mãos impiedosas.

— O Consiglio está *esperando*, Finestra — chamou Renata. — Espero que tenha tomado sua decisão.

Se você não pode mudar as regras, quem é que pode?

— Sim — disse ela, e então seguiu em frente, aumentando o volume da voz. — *Tomei* uma decisão. — Ela torceu para que eles não tivessem percebido a hesitação em sua voz.

Dante a encarou tão intensamente que ela temeu que ele pudesse desvendá-la.

Treze

L'occasione fa l'uomo ladro.
A ocasião faz o ladrão.

— **Nos reunimos hoje para ordenar** a parceria divina, completar o círculo sagrado... — O Padre Calabrese passaria o dia inteiro falando se deixassem.

O templo estava menos solene e cheio do que estivera para o funeral de Hugo, mas Alessa estava ajoelhada no altar mais uma vez. Os outros membros do conselho a olhavam de cabeça erguida, enquanto ela se curvava feito uma suplicante, não uma salvadora.

Ela nunca havia se irritado com a condescendência estampada no rosto deles, mas estava cansada de ser respeitosa, de se sentir pequena, errada e estragada. Não importava o que viesse a acontecer nas semanas seguintes, Alessa não poderia derrotar o inimigo se acovardando.

— Gostaria de ter um momento para falar — disse, com o coração acelerado.

Renata e Tomo trocaram olhares por trás do Padre.

Ela respirou fundo.

— Eu gostaria de treinar com *todas* as Fontes elegíveis.

Padre Calabrese balançou a cabeça.

— A tradição exige um casamento antes que a Finestra ponha as mãos em alguém.

— Com todo o respeito, a tradição morreu com Emer Goderick. — A dor de pronunciar o nome dele ameaçou lhe deixar sem fôlego. — Mas nos adaptamos na época e podemos fazer o mesmo novamente. Afinal, aquela parceria deveria durar uma vida inteira, mas os deuses tinham outros planos, claramente. O Primeiro Alerta pode chegar a qualquer momento. Estamos sem tempo para rituais e regras.

Tomo se mexeu sem sair do lugar. Sua expressão não dava nenhuma pista se o silêncio era uma demonstração de apoio ou reprovação.

— Talvez — disse Renata —, se ela treinar com todas as Fontes, nós possamos descobrir quem é capaz de resistir ao dom da Finestra *antes* que ela escolha e evitar outra tragédia.

— Não, não, não. — Calabrese agitou as mãos para afastar a ideia. — As pessoas já estão inquietas, elas não sabem lidar com mudanças repentinas em nossas mais sagradas tradições.

— As tradições não vão nos salvar dos scarabeo — disse Alessa.

— As pessoas *estão* inquietas, Padre — concordou Renata. — E outra Fonte morta pode ser o fósforo que acende um incêndio.

— Não podemos abandonar…

— Nós não vamos *abandonar* nada — disse Alessa, juntando as mãos em algo parecido com uma oração. — Simplesmente mudaremos um pouco a ordem dos acontecimentos.

— As pessoas não precisam saber — comentou Renata. — Podemos contar a todo mundo que ela escolheu a Fonte, mas, em respeito às Fontes passadas, teremos uma cerimônia privada, com uma grande revelação posterior.

— E como você propõe que impeçamos as pessoas de notarem que nenhuma das Fontes saiu de casa?

— Trazendo todas para cá — respondeu Alessa, fazendo de tudo para disfarçar seu júbilo. — Podemos dizer que elas foram transferidas para alojamentos mais seguros ou que estão aqui para apoiar a Fonte escolhida.

Os líderes religiosos e os oficiais eleitos de Saverio sussurravam entre si com a expressão exausta. Os anciãos da Igreja não pareciam convencidos, mas alguns políticos assentiram pensativos.

Alessa se levantou.

— Agradeço o apoio. — Não "permissão". — Como os senhores sabem, é fundamental que nós apresentemos uma frente unida em tempos tão perigosos.

— Concordo — respondeu Renata, mas seus olhos continham um claro alerta para sua mentorada rebelde.

Tomo fez que sim.

— Não podemos trilhar o mesmo caminho repetidas vezes e lamentar que cheguemos ao mesmo destino.

— Padre Calabrese, estimados conselheiros — disse Renata. — Estamos, como sempre, agradecidos pela orientação e pelo apoio.

Tomo beijou a mão de Renata e se levantou.

— Começarei os preparativos imediatamente e instruirei as escoltas a esperar na porta das Fontes até que estejam preparadas e de malas feitas. Vamos transferir todas esta tarde.

— Excelente, querido. — Renata sorriu para ele. — Finestra, vamos?

Padre Calabrese pareceu perceber um pouco tarde demais que a maré havia virado contra ele.

— Esperem. Quando ela tomará a decisão final?

Renata deu de ombros.

— No Carnevale. Lado a lado, nossos majestosos salvadores darão início às festividades da varanda da Finestra.

Carnevale era perfeito. Os preparativos para cada Divorando envolviam reunir sementes, plantas jovens e animais. Contanto que *alguém*, qualquer pessoa, sobrevivesse para reabrir os portões depois, Saverio teria uma chance de se reconstruir e crescer novamente. Quando esses itens essenciais eram guardados por trás de portas pesadas e trancadas nos níveis inferiores da Fortezza, as pessoas tinham uma noite para festejar nas ruas usando as lindas roupas que não podiam empacotar, empanturrar-se de iguarias perecíveis demais para a Fortezza e embriagar-se com vinho e destilados. O Carnevale era uma provocação coletiva aos scarabeo, que podiam até tirar vidas e desnudar o mundo, mas *jamais* ficariam com o vinho nem o chocolate do povo.

— Brilhante, minha querida — disse Tomo. — Afinal, o Carnevale é uma celebração das alegrias passageiras da vida, e o que pode ser mais alegre do que saber que seus salvadores vão garantir que haja mais alegrias no futuro? Uma cerimônia discreta na manhã seguinte, no Dia de Descanso e Arrependimento, quando não há missas, e a primeira aparição pública do novo Duo pode ser na Bênção das Tropas no dia seguinte. Perfeito.

Padre Calabrese arregalou os olhos, mas não refutou.

Alessa fez uma breve reverência enquanto o cabelo solto escondia seu sorriso. Ela vencera.

As portas do templo mal haviam se fechado antes que Renata se virasse para ela.

— Da próxima vez que decidir se rebelar, Finestra, por favor, lembre-se de nos informar com antecedência.

Alessa merecia uma medalha pela vitória mais curta da história.

Ela avistou uma sombra no chão do corredor e engoliu o pedido de desculpas automático.

— Achei que você queria que eu fosse uma líder. A liderança não exige tomar decisões?

— Não significa guardar segredos de *nós*.

— Ah, é? — disse Alessa, baixando a voz. Se o Consiglio ainda não estivesse debatendo os méritos de matá-la, não seria ela que lhes daria a ideia.

Tomo franziu a testa.

— O que está acontecendo?

— Você acredita em mim, Renata? — Alessa tentou sustentar o olhar da mentora, mas os olhos dela não paravam de desviar para a porta.

— Claro — respondeu Renata. — Você é a Finestra.

— Sou mesmo? Ou será que deveríamos acabar com a minha vida e ver se uma Finestra melhor surge?

A expressão fria da mulher mais velha mal se abalou, mas uma série sutil de pensamentos fez a pele ao redor de seus olhos se contrair.

— Já disse para você desconsiderar aquele homem ridículo.

— E, mesmo assim, *você* não desconsiderou.

Tomo suspirou.

— Renata. Ela nos ouviu. — Não era uma pergunta.

— Sim. Eu ouvi vocês. — Alessa falava diretamente com Renata. — Eu ouvi as teorias também, e não os culpo por discuti-las. O dever de vocês é se preparar para o que está por vir, e isso significa pesar todas as possibilidades, não importa o quanto sejam desagradáveis. Mas, da próxima vez, eu deveria fazer parte da conversa.

— Eu não estava pensando *seriamente* no assunto — se justificou Renata, com palavras afiadas a ponto de tirar sangue —, mas Tomo e eu temos uma responsabilidade com Saverio.

— Eu também tenho uma responsabilidade com essa ilha. Se vocês decidirem que minha morte é o preço que devemos pagar, se realmente acharem que é nossa melhor chance, eu vou aceitar a decisão e fazer isso por conta própria. Mas não vou ficar parada de braços cruzados se for atacada sem nenhum aviso.

Alessa nunca estivera mais grata por ter bolsos para esconder as mãos trêmulas. Jamais tinha enfrentado seus mentores, mas já era hora. Chega de esperar matar ou ser morta.

Renata pegou o braço de Tomo e eles se viraram para sair, mas a porta estava ocupada.

Alessa quase grunhiu em voz alta.

— Quem é você? — Renata exigiu saber de Dante.

— Alguém que é *péssimo* em seguir instruções — murmurou Alessa. Ela respirou fundo para reunir forças. — Ele é meu novo guarda.

Renata analisou Dante do mesmo jeito que um gato cutucava um pássaro morto para ver se estava fresco o suficiente para comer.

— Por que *esse aí* está sem uniforme?

— *Esse aí* — respondeu Dante com a fala arrastada — não *gosta* de uniformes.

— E quem, exatamente, é você? — perguntou Renata novamente.

Dante lhe deu um sorriso frio.

— Você a ouviu. Sou o novo guarda.

— E o que foi que aconteceu com o seu guarda anterior, Finestra? — questionou Renata, transformando o título em um alerta.

Alessa tentou falar, mas as palavras pareciam estar trancadas em um cofre.

— Ele... abriu mão do seu posto.

— O que *foi* que ele *fez*? — O relâmpago de ira nos olhos de Renata fez mais para acalmar Alessa do que qualquer coisa que ela dissera até então.

Falar do ocorrido tornaria tudo real demais. A sensação de pavor mal havia se acalmado, e ela não suportaria reabrir a ferida. No entanto, Alessa deve ter deixado transparecer, porque Renata inspirou bruscamente.

— Vou tirar a patente de Lorenzo imediatamente.

— Obrigada.

— Mas, francamente, você jogou um anúncio pela janela e contratou a primeira pessoa que apareceu?

— Não importa como eu o encontrei.

— Um desconhecido surge ao lado da Finestra na Cittadella e você não quer que a gente faça perguntas? — repreendeu Tomo gentilmente.

— As diretrizes dizem que uma Finestra tem o direito de escolher sua própria equipe de segurança, contanto que não sejam parentes. — Se membros da família *fossem* permitidos, ela teria implorado pela presença de Adrick desde o primeiro dia. E era por isso que a regra existia, para início de conversa. Romper laços com a vida anterior não incluía arrastar o irmão gêmeo a tiracolo.

Tomo esfregou as têmporas.

— As tropas serão sua única defesa quando o Divorando chegar, Finestra. Caso você não esteja segura da fidelidade dos integrantes, nós deveríamos tomar providências.

Ela não estava segura da fidelidade de *ninguém*. A única pessoa cujas motivações Alessa entendia estava bem na frente dela. Dante tinha pouca chance de sobreviver ao Divorando sem ela. Isso significava que, para ele, sua vida era valiosa.

— Vou depositar toda a minha fé nas nossas tropas quando for a hora da batalha — disse Alessa, olhando de Renata para Tomo. — Mas eu vou me concentrar melhor nos meus deveres até lá sabendo que tenho alguém confiável para me proteger.

Durante anos, Alessa tinha sido a testa-de-ferro de um exército que a tratava feito criança na melhor das hipóteses e como inimiga na pior, mas agora ela estava no comando de alguém. Um rapaz forte que não se ajoelhava para ninguém, nem pela Finestra ou pela Fonte anterior, e, por mais que Dante também não se intimidasse com a autoridade *dela*, ele seguia suas ordens. Bem, algumas. Independentemente disso, ele trabalhava para *ela*.

Renata respirou fundo e Alessa endireitou a postura.

— Ele é um lutador experiente, e não vou mais discutir sobre o assunto.

Era a primeira vez que Alessa via Renata sem palavras.

Rebelar-se podia ser viciante.

Catorze

Senza tentazioni, senza onore.
Não há glória sem luta.

Alessa fuzilou Dante com um olhar sombrio quando Tomo e Renata se retiraram.

Apoiado no arco, Dante levou uma maçã verde vistosa aos lábios, totalmente sem jeito com a guerra de olhares que ela havia iniciado.

— Eu disse para você esperar lá em cima.

Ele deu de ombros.

— Eu ia, mas, no fim das contas, metade desse lugar quer ver você morta, então imaginei que uma escolta seria útil.

O único som audível era o ruído ocasional da mastigação casual de Dante, imune ao objetivo de Alessa de queimar buracos no rosto dele com a força do pensamento.

— O que foi aquilo? — perguntou o guarda-costas.

Inclinando a cabeça para ter certeza de que os mentores estavam fora do alcance da voz, Alessa jogou ondas de cabelo escuro para trás dos ombros.

— Renata está debatendo se deve ou não me matar.

Dante parou um instante, os dentes fincados na polpa branca da fruta. Ele terminou de morder e engoliu.

108 EMILY THIEDE

— E?

— *E?* Isso é tudo que você tem a dizer?

— Se eu encostar um dedo nela, eles me enforcam.

— Bom, você está a salvo, porque eu disse a ela que se minha morte se tornar necessária, eu mesma cuido disso.

Dante encarou o horizonte.

— Hum. E aí como eu vou ser pago?

— Eu não acredito que *estou* pagando por isso.

— Se você queria um guarda do tipo "sim, senhora" e "não, senhora", tinha um monte de opções disponíveis. — Ele arrancou outro pedaço da maçã.

— Ah, eu com certeza não esperava *isso*. — Ela revirou os olhos. — Mas um pouquinho de compaixão não mata ninguém.

— Não tem muita coisa capaz de me matar — respondeu Dante com um sorriso duro. — E compaixão não estava na descrição do emprego.

— Rebater o que eu falo também não.

— Eu supero as expectativas. — Dante deu de ombros. — Escolheu a próxima vítima?

— Não. — Ela fechou a cara, embora já tivesse tido o mesmo pensamento uma centena de vezes. — Como você sugeriu, vou tentar algo novo. Está disposto a ficar um pouco mais?

— *Quanto* tempo a mais? — perguntou Dante, semicerrando os olhos.

— Prometi a eles que tomaria uma decisão até o Carnevale.

Ele jogou a cabeça para trás com um suspiro.

— Acho bom que esse passe para a Fortezza esteja escrito em letras de ouro.

— Vou assinar com sangue. Agora vamos. Renata é sempre mais durona comigo quando está de mau humor. Não preciso me atrasar também.

Do lado de fora da sala de treinamento, Alessa tirou os sapatos e começou a remover os trajes de luxo do templo enquanto Dante espiava pelas portas abertas. A maioria das superfícies da sala era acolchoada, e havia uma série de armas, reais e práticas, penduradas em ganchos e coldres na parede oposta. Dante soltou um suspiro desejoso quando avistou a coleção de adagas cerimoniais.

O vestido que Alessa usara no Templo deslizou até a cintura com facilidade, mas ela teve que se contorcer para passá-lo pelos quadris. Quando o tecido rodeou seus pés, Dante se virou com os olhos iluminados de desejo — pelas *facas*, não por *ela* —, e os joelhos da Finestra vacilaram.

— Que tipo de treinamento? — Dante levantou a cabeça e encarou a parede acima dela.

Ela não deveria, mas acabou corando. Seu traje de treino, fino e colado ao corpo, fora feito para liberdade de movimento, não modéstia, mas cobria tudo que precisava.

— Esgrima, espero. Também tenho um bō e uma espada, mas são muito mais pesados.

Ao ouvir isso, Dante olhou para ela com um meio-sorriso curioso.

— Você sabe usar espada?

Em um mundo perfeito, Alessa sacaria uma espada de lâmina larga de sua bainha e picaria o pescoço dele com um sarcástico "Claro que sei, você não?", porém, mesmo que Alessa tivesse uma espada por perto, seus braços provavelmente cederiam. Em vez disso, ela apoiou as mãos nos quadris.

— Não sou nenhum mestre espadachim, mas sei me virar.

Renata pigarreou de dentro da sala. Ela arqueou as sobrancelhas ao ver Dante entrando atrás de Alessa e arrumando um lugar de onde espreitar. Alessa esperava que ele a aguardasse no saguão, mas não tinha lhe dito isso, e, agora que Dante se convidara para entrar, longe dela deixar que Renata percebesse sua surpresa.

Renata pegou um bō de treino e o coração de Alessa despencou. Maior do que ela e quase grosso demais para os seus dedos, havia um núcleo sólido por baixo do revestimento de cortiça. Os armamentos de treino podiam até não causar danos reais, mas significava que elas iam lutar.

Renata não estava sendo intencionalmente cruel. Ela não sabia dos ferimentos de Alessa, mas isso não faria os golpes doerem menos. *Ah, que seja.* Os scarabeo não teriam a menor pena dela, então não fazia sentido pedir que Renata tivesse.

Alessa ergueu o bō, bastante ciente de sua plateia. Era sua chance de mostrar a Dante que era mais do que uma garotinha chorosa. Alessa não era *boa*, na verdade, mas só tinha a crescer no conceito dele. Não que ela se importasse.

A aula começou com um aquecimento — as duas balançavam para a frente e para trás e desferiam golpes no ar. Cada movimento trazia pontadas de dor, mas o fluxo constante aqueceu e esticou seus músculos tensos, então não era de todo ruim.

Renata girou, acertando a parte de trás da perna de Alessa.

Seu joelho cedeu e ela caiu no tatame com um grito.

Tinha falado cedo demais. Mesmo assim, ela seria capaz de passar por isso. Ela passaria por isso. Ela precisava passar.

Cerrando os dentes, Alessa acertou alguns golpes antes de Renata derrubá-la novamente com uma pancada na barriga. Felizmente, o golpe só lhe tirou o fôlego.

Golpear, desviar, bloquear repetidas vezes, cada vez mais rápido, até as pontadas de dor individuais se fundirem em um sofrimento pulsante e ininterrupto. Alessa tentou sair do próprio corpo. Ela não gritou.

— Intervalo. — Arfando, Renata passou por Dante sem se dar ao trabalho de olhar para ele.

Usando a arma de apoio, Alessa se pôs de joelho, contorcendo o rosto de agonia. Afastada de Dante, com uma cortina de cabelos suados para proteger o rosto, ela esperava que ele não a visse.

Um par de botas parou diante dela.

— Ela sabe que você está machucada?

— Não. Nem vai saber.

— Você está ferida e isso não está ajudando. — Dante fez cara feia.

— Falar disso também não.

Ela se levantou antes que Renata voltasse. Quando o bō da mulher mais velha atingiu seu ombro minutos mais tarde, Alessa girou para longe com a boca aberta em um grito silencioso de dor.

Dante saiu enfurecido da sala.

A ideia de impressioná-lo já era.

Quando Renata enfim guardou seus materiais de treinamento, resmungando a respeito de criados que não sabiam polir as armas, Alessa foi embora mancando.

Dante estava apoiado na parede do corredor. Dormindo em pé. De olhos fechados, com os lábios carnudos entreabertos e os cílios grossos descansando nas maçãs do rosto como se a parede de pedra atrás dele fosse um colchão de plumas.

Ela mal tinha convencido seus mentores de que Dante era um guarda vigilante e dedicado e ali estava ele, dormindo em serviço.

Com um grunhido, Alessa lhe deu um chute na ponta da bota.

Dante abriu os olhos depressa e suas facas se voltaram para ela.

Quinze

L'uomo propone, Dio dispone.
O homem propõe, Deus dispõe.

Alessa tropeçou para trás e urrou quando a maçaneta da porta lhe atingiu de lado.

Dante se afastou e o rosnado sumiu. Olhando para todas as direções, menos para ela, ele embainhou as lâminas.

— Desculpa. — Pela primeira vez, o pedido parecia sincero.

— Você deveria me *proteger*, não me atacar — disse Alessa.

— Eu avisei que não era para se aproximar de mim de fininho.

— Você estava *dormindo*! Num *corredor*! Não dá para sair esfaqueando todo mundo que passar por aqui. — Alessa esfregou o peito como se seu coração estivesse lutando para escapar das costelas. — Você sempre anda com isso?

— Sim.

— Por quê?

Seus lábios se curvaram em um sorriso sarcástico.

— Para o caso de alguém se aproximar de mim de fininho.

Ela revirou os olhos — o que, de alguma maneira, doeu também.

Alessa já estava perdendo o controle dos cacos de si mesma antes que seu guarda-costas quase a matasse; agora, seus machucados latejavam e cada respiração ardia. Quando chegaram ao quarto andar, Alessa teve que parar e se agarrar à parede, implorando em silêncio para que a escuridão em sua visão periférica recuasse.

— Está bem? — perguntou Dante.

Ela fez que sim, contraindo os lábios em busca de uma respiração firme para não vomitar nos sapatos dele.

— Preciso ir aos banhos de sal.

— Você consegue fazer isso sem se afogar?

— É um risco que estou disposta a correr.

Ele soltou um som hesitante.

Dante a seguiu pela escadaria estreita que saía da suíte. O ar foi ficando quente e denso de sal à medida que eles desciam, e lanternas de cristal espalhavam um brilho róseo pela pedra branca. Gotículas se condensaram nas pontas do cabelo de Alessa, que já estava molhado de suor, transformando-as em cachinhos bem fechados.

— Viu só? É perfeitamente seguro. — Ela apontou para a superfície ondulante da piscina. Uma correnteza constante trazia a água fresca da fonte termal e levava a água velha embora.

Dante sentou-se na escada.

— Não vou olhar.

A Finestra sentiu um calor subindo pelo pescoço, mas não tinha energia para argumentar. Teria que confiar que ele manteria sua palavra.

A piscina quente a chamava, oferecendo alívio. Alessa precisaria se recompor antes que as Fontes chegassem. O alto teor de sal a fazia boiar tanto que ela duvidava que pudesse afundar, mas, se a situação chegasse ao ponto de ter que escolher entre Dante rebocar seu corpo nu ou se afogar, ela ficaria quieta.

Além disso, Alessa não teria que passar vergonha se estivesse morta e, bônus, não precisaria receber um bando de Fontes aterrorizadas dali a poucas horas.

Lançando olhares furtivos por cima do ombro, Alessa tirou a roupa e entrou na água. Os pedreiros que moldaram a piscina séculos antes reconheciam que corpos não eram feitos de ângulos retos e as superfícies submersas foram esculpidas em uma agradável mistura de declives e curvas. Alessa se acomodou em uma cavidade curva com um som que teria sido um gemido se ela não tivesse visto as botas de Dante quando ele esticou as pernas. Não tinha como ele estar confortável, mas ela não ouviu nenhuma reclamação.

De uma jarra de cerâmica coberta ao lado da piscina, Alessa pegou um punhado do óleo aromático que boiava sobre uma mistura de suco de limão e sal marinho grosso, massageando-o cuidadosamente entre o pescoço e os ombros.

— O que é *isso*?

Alessa deu um pulo, cobrindo o peito com os braços cruzados, mas ele ainda estava fora do campo de visão.

— Está fedendo como um pomar aqui dentro.

— O que você tem contra limões? — retrucou Alessa.

Sua única resposta foi irradiar uma melancolia rabugenta pela parede.

Ela reabriu a jarra de esfoliante corporal e soprou agressivamente o conteúdo na direção dele.

— Sabe, tem gente que acha que ainda existe poder de cura nessas águas aqui. — Se ela o mantivesse falando, serviria de alerta antecipado caso ele se movesse.

Dante provavelmente preferiria dar de ombros, mas a falta de visibilidade arrancou um "Humm" dele.

— Diz minha nonna que as águas curaram os joelhos reumáticos dela.

— Milagrosas. — O tom de Dante foi tão seco que Alessa não pôde deixar de sorrir.

— De qualquer maneira, a sensação é gloriosa. — Ela agitou as mãos pela água para criar ondinhas. — La fonte di guarigione.

— La *fonte* della *guari*gione — respondeu ele, enfatizando cada sílaba que a Finestra não tinha enfatizado e nenhuma das que ela tinha. — E seu sotaque é terrível.

— Bom, me *desculpa* — disse ela, meio indignada. — Eu só comecei a estudar a língua antiga quando cheguei à Cittadella, e a pronúncia não era minha prioridade. Você é fluente?

— Sou.

— Quem lhe ensinou?

Silêncio.

É isso que ela ganhava por tentar ser legal.

Alessa girou a mão pela água para criar um redemoinho.

— Você acredita nas crenças antigas?

— Em algumas.

— E os ghiotte? Tem gente que acha que eles ainda estão por aí.

Um instante de silêncio.

— Já conheceu algum?

— Claro que não.

— Mas acredita que eles estão à espreita nas florestas, esperando para atacar a boa gente de Saverio.

— Não — retrucou a Finestra, prolongando a palavra. — Eles foram banidos para o continente, então morreram no primeiro Divorando ou entraram em extinção de lá pra cá. Ninguém seria capaz de sobreviver por tanto tempo sem uma comunidade.

— Talvez eles tivessem uma comunidade própria. Talvez ainda tenham.

— Você está bastante rabugento para alguém que não tem uma opinião. Pensei que não acreditasse neles.

Dessa vez, só lhe restou imaginar Dante dando de ombros.

— Você provavelmente está certo — disse Alessa. — Se fosse verdade, Dea teria apenas recuperado o poder. Por que deixar alguém manter um dom roubado?

— Quem é que sabe por que os deuses fazem qualquer coisa?

— Sabemos bastante. Eles criaram a Finestra e a Fonte para proteger a ilha. Obviamente.

— De um ataque que *eles* enviam. Por que Dea não manda Crollo parar com isso?

— Ela está tentando nos tornar pessoas melhores. Está tentando nos lembrar do conceito de comunidade, gentileza e conexão. Duas almas unidas em parceria, criando uma janela para o divino e uma lembrança real de que todos os mortais podem e devem ser um ponto na tapeçaria do mundo.

— Eles fazem você decorar esse discurso?

— Não.

Sim.

Alessa deu um peteleco na água, criando ondas raivosas.

— Se os nossos soldados pudessem beber da fonte, milhares de pessoas a mais poderiam sobreviver a cada Divorando. É chocante que alguém possa ser tão egoísta.

— As *pessoas* são egoístas — disse Dante. — Todo mundo só finge se importar com os outros, na esperança de não serem descobertos.

— Encantadoramente cínico. Mais uma razão para considerar os ghiotte uma história que serve de alerta.

Ele bufou.

— Contra o quê? A cura?

— Contra o egoísmo. Eu sempre achei que a Finestra era naturalmente altruísta. Mas eu não sou. — Ela não conseguia controlar o tremor na voz. — Acho que é por isso que a história não para de se repetir. Estou sendo punida.

Dante parecia ter esgotado sua capacidade para conversa.

Alessa encarou a água, desejando poder retirar a confissão e eliminá-la da memória. Por que conversar com uma pessoa sem vê-la fazia qualquer um querer se expor demais?

Justo quando ela pensou que a conversa estivesse morta e enterrada, Dante se manifestou.

— Se você chega a tentar, já é melhor do que a maioria.

Os lábios de Alessa se contraíram em um sorriso agradecido.

— Nossa, Dante, você está sendo legal comigo?

— Não é intencional. — Um longo silêncio se seguiu. — Vai ficar aí o dia todo?

— Você tem algum compromisso?

Ela estava tentada a ficar mais tempo, simplesmente para irritá-lo, mas, caso continuasse ali mais um minuto, talvez ele tivesse que pescá-la de dentro da piscina, no fim das contas. Além disso, as Fontes chegariam em breve. De noite, todos eles se reuniriam sozinhos pela primeira vez. Quer dizer, seria a primeira vez que estariam sozinhos com *ela*. Pelo que Alessa sabia, talvez eles se encontrassem toda semana para discutir o quanto a detestavam.

A Finestra se levantou, observando a água escorrer pelas pernas antes de pegar um roupão macio. Ao se agasalhar, dando uns tapinhas para ter certeza absoluta de que tudo estava coberto, ela caminhou até a escada, onde Dante estava reclinado com as mãos na nuca.

Ele olhou para ela por baixo de uma cortina de cílios escuros.

— Você não se afogou.

— Quem sabe da próxima vez.

DEZESSEIS

Tristo è quel barbiere che ha un sol pettine.
Não coloque todos os ovos na mesma cesta.

Uma hora mais tarde, Alessa andava de um lado para o outro diante de seu banco favorito no canto mais afastado dentro dos jardins. Escondida pelos galhos entrelaçados de um limoeiro, não conseguia ver a Cittadella, só folhas e flores. Às vezes, isolada ali, em um mundo tão verde e exuberante que parecia o paraíso, ouvindo a serenata de abelhas e pássaros, Alessa quase era capaz de se esquecer do próprio cativeiro. Mas não naquele dia.

Ela devia estar parecendo uma galinha tentando voar, agitando as mãos nas laterais do corpo, mas não estava nem aí. Já havia matado três Fontes — *três* — e seu plano genial para evitar matar outra era trazer *todas* para a Cittadella? A expressão "todos os ovos na mesma cesta" não era agourenta o bastante para a ocasião.

— Procurando alguma coisa, Finestra? — perguntou Dante de seu posto, escorando-se em uma árvore próxima.

Coragem. Convicção.

Alessa deveria ter combinado de receber as Fontes uma de cada vez, cada uma delas uma gota de veneno em sua língua, em vez de ingerir o frasco inteiro de um gole só.

Dante se afastou da árvore e se virou para olhá-la, sacando uma de suas facas.

O coração de Alessa disparou, por mais que ele não estivesse mirando nela quando atirou. A faca ficou presa na casca lisa, vibrando.

— Eu me sinto ridículo chamando você de "Finestra", literalmente uma tradução de "Janela".

— Você não sabia? Eu sou uma *janela* para o *divino*. — Ela deu uma risada sombria. — Ofereço à humanidade um vislumbre da perfeição e resplandeço luz sagrada sobre todos. Você deveria tirar vantagem da minha proximidade e desfrutar dela.

Ele enrugou os olhos segurando um sorriso.

— É por *isso* que está tão claro?

— Com certeza. Se bem que estou começando a achar que talvez tenham algumas rachaduras nessa janela.

Ele bufou.

— Melhor ainda para deixar entrar a tal luz sagrada, *luce mia*.

Alessa olhou saudosamente para o céu azul-claro acima da muralha.

— Se estiver planejando uma fuga, esse não é o caminho mais fácil — disse Dante.

— Se eu escalar, você finge que não viu? — Alessa deu um tapinha no muro.

— Tenho certeza de que não vai ser tão ruim.

— E eu tenho certeza de que vai ser *horrível* — retrucou ela. — Eles me odeiam.

— Eles sequer a conhecem?

— Não precisam. Eu matei os amigos deles. — Alessa acenou na direção do guarda-costas. — Rápido. Pega uma escada para mim.

Dante se virou ao ouvir o ruído baixo no portão.

— Tarde demais.

Renata e Tomo estavam esperando dentro do pátio. Do outro lado, enquadrado dentro do túnel, um grupinho se amontoava feito peixes capturados em uma rede, com os ombros caídos de tristeza.

Kaleb abraçava um homem mais velho, batendo nele em uma demonstração de afeto um tanto violenta enquanto uma mulher de meia-idade chorava ao lado dos dois. Josef e Nina seguravam firme a mão um do outro. Saida estava ao lado de seus pais solenes.

Eles se despediram como heróis entrando nas mandíbulas de um monstro. Estavam todos ali, mas contra a vontade. Cumpririam seu dever, mas não tinham fé alguma em Alessa.

Kamaria estava afastada dos outros, olhando feio para tudo e todos.

— O outro gêmeo fugiu na noite passada — comentou Renata com um *tsc* reprovador.

O Consiglio não ia gostar disso. Talvez não fosse justo usar a traição do irmão contra ela, mas Alessa não tinha dúvida de que era o que fariam. Difícil dizer se isso seria suficiente para que vetassem Kamaria caso ela se tornasse a primeira escolha, mas Alessa lidaria com o problema mais tarde, quando chegasse a hora.

Seus pés estavam doidos para correr, mas ela se contentou em puxar um fio de dentro de um dos bolsos artisticamente embutidos da saia rodada violeta.

— Devemos esperar os demais?

— Não tem mais ninguém.

O coração de Alessa afundou feito uma pedra. Quando ela assumiu o poder, a ilha tinha cerca de vinte Fontes, mais do que suficiente para fazer uma escolha, mesmo levando em conta aqueles que não estavam aptos por motivos de saúde, idade, gravidez e afins. Ela havia matado três. O restante escolhera abandonar sua casa para sempre. Alessa só podia supor que tinham ido para Altari, a mais próxima das duas ilhas-santuário ainda habitadas.

Outras pessoas também tinham fugido nos últimos anos, mas poderiam voltar depois do cerco... se valesse a pena voltar para a ilha. Contudo, para aqueles tocados por Deus, a falta de fé era uma traição, e traição significava expulsão.

Os cinco restantes se encontravam diante dela. Bem, cinco era — ligeiramente — melhor do que nada.

Renata deu um passo à frente.

— Saudações e sejam bem-vindos. É uma honra ter vocês aqui. Por favor, venham até o átrio, onde a Finestra planejou uma bela recepção para todos.

Alessa disfarçou a surpresa. Ela planejara algo?

Renata acenou para que entrassem e esperou até que a primeira rodada de garçons saísse da cozinha com bandejas, depois fez questão de mostrar a todos que estava seguindo os criados que carregavam as malas para o andar de cima, para supervisionar a entrega dos pertences das Fontes.

Tomo visivelmente fugiu logo em seguida, com a desculpa de que iria conferir os preparativos para o banquete da noite, e deixou Alessa sozinha com as Fontes. O silêncio constrangedor era tanto que daria para preencher o átrio de quatro andares inteiro.

Eles vieram com roupas confortáveis, como ela havia pedido, mas ninguém parecia estar confortável.

Kamaria, que havia se desfeito da postura defensiva quando Tomo e Renata se retiraram, fez de tudo para fingir, com os polegares enganchados nos bolsos da calça de camurça e a boca larga curvada em um sorriso que dizia que não se preocupava com nada. Sua blusa folgada, as botas de couro surradas e o toque de cor nas bochechas davam a impressão de que tinha acabado de descer de um cavalo depois de um passeio revigorante. Mesmo assim, ela se contraía com movimentos bruscos.

Nina, num vestido simples de algodão, segurava a saia em uma das mãos e, com a outra, agarrava-se ao braço de Josef.

Kaleb atacou um prato de aperitivos, assustando o garçom, e comeu num silêncio furioso.

Alessa limpou a garganta.

— Peço desculpas por todo o sigilo, mas nós não queríamos inquietar ninguém. — *Mais* ninguém. *Eles* estavam claramente inquietos. — O Consiglio me deu permissão para testar uma nova estratégia. Gostaria de compreender melhor seus dons e suas forças antes de começarmos a treinar...

Ela abriu caminho quando uma fila de garçons se aproximou com bandejas de limonada gelada e limoncello.

Josef aceitou um copo, acidentalmente congelando o suco e fazendo com que nada saísse ao tentar tomar um gole.

— Com licença — disse Saida. — Como vamos poder ensinar nossos dons a você se não pode nos tocar?

— Ah. Bem, pode ser que a gente precise violar algumas regras.

Saida e Kamaria trocaram olhares.

O copo de Nina inchou acima e abaixo dos dedos.

— Desculpa. Às vezes eu me confundo quando estou nervosa. — Ela afrouxou o aperto e o cálice de cristal sólido recuperou sua forma.

— Espera. — Kaleb soava levemente sem fôlego. — Você está dizendo que vai usar os nossos dons *antes* de escolher uma Fonte?

— Eu...

— Não vamos nos preocupar com isso hoje. — Renata veio em seu socorro, descendo as escadas. — Nós daremos tempo para que vocês se conheçam primeiro, e depois a Fonte Tomohiro Miyamoto vai... — Renata parou com a testa franzida. Uma percussão de botas pesadas ecoou pelo túnel.

Um regimento de soldados entrou em fila no pátio, liderado pelo Capitão Papatonis, cujo rosto estava branco feito uma cera.

— Finestra, a Patrulha está aqui para vê-la.

Alessa sentiu um arrepio na nuca.

Soldados carregavam uma maca com um pedaço de tecido manchado encobrindo alguma coisa grande. Quando puseram o fardo diante dela, algo caiu por baixo da lona.

Uma garra, retorcida e prematura.

Que se contraía.

Um soldado próximo ergueu sua baioneta e apunhalou o tecido. A contração parou e um filete azul meia-noite saiu serpenteando.

O Capitão Papatonis pigarreou.

— O estimado Quinto Regimento está aqui para apresentar o Primeiro Alerta.

O copo de Josef escorregou de sua mão, estilhaçando-se em um jato de cacos dourados.

Para o bem ou para o mal, Alessa finalmente soube quanto tempo lhe restava.

Um mês.
Um mês para escolher sua Fonte.
Um mês até que enfrentassem um enxame dessas… coisas.
Um mês e tudo acabaria.

Dezessete

La morte e la sorte stanno dietro la porta.
A morte e o destino estão atrás da porta.

DIAS ANTES DO DIVORANDO: 28

Ao ouvir a tosse sutil de Renata, Alessa desviou o olhar da criatura e forçou os lábios a se moverem.

— Obrigada por seu serviço e vigilância.

Renata estava certa, a prática levava *mesmo* à perfeição. A resposta cerimonial escapulira de seus lábios tão naturalmente que Alessa poderia até estar recebendo um buquê de flores em vez do cadáver desfigurado de um enorme inseto demoníaco.

Os soldados prestaram continência, as armaduras tilintantes no silêncio perplexo do pátio, e bateram os bastões no chão, fazendo todo mundo se encolher.

Depois de se fortalecer emocionalmente aos olhos de todos, o Capitão Papatonis segurou a ponta da lona e a puxou, expondo um exoesqueleto liso e preto e olhos vermelhos, líquidos e esbugalhados. Tão intacto, tão perfeito em seu horror que o scarabeo poderia estar dormindo.

— Vou guardá-lo assim que você tiver a chance de examiná-lo — disse ele, antes de sair em disparada, murmurando a respeito dos preparativos.

Os soldados, impassíveis por baixo dos elmos, fizeram uma reverência e foram embora, abandonando o scarabeo morto no meio do que havia sido um coquetel momentos antes.

Alessa tomou um gole de limoncello.

As pessoas esperavam que ela mesma o tirasse dali? Que o pendurasse sobre a cama feito um móbile de bebê, talvez? Algo para encará-la durante as longas noites que passava em claro, petrificada de pavor?

— Alguém vai remover o corpo mais tarde — disse Renata em voz baixa. — É hora de liderar.

— São feios, não são? — Tomo quebrou o silêncio.

As Fontes faziam a mesma cara de pavor enojado enquanto Tomo e Renata examinavam casualmente a criatura saída do inferno deitada diante deles em uma poça crescente de seu próprio icor.

— Mas pequenos. — Renata contornou a criatura, olhando-a de todos os lados.

— Os Primeiros sempre são.

— Mesmo assim. Pode ser sinal de um ano fraco.

Os dois estavam reafirmando o que Alessa já sabia, jogando conversa fora enquanto ela reunia coragem para se aproximar de um monstro maior do que um adulto. As mandíbulas da criatura faziam uma curva em vez de despontarem da boca, mas ainda eram largas e afiadas o suficiente para partir uma pessoa ao meio.

— Parece meio... mole — disse Alessa, tentando não soar impressionada.

Saida emitiu um som que ficava entre tosse e choro.

Kamaria e Kaleb estavam de olhos fechados e não ficou claro se Josef estava segurando Nina ou o contrário, porque ambos pareciam prestes a tombar.

Alessa engoliu uma gargalhada histérica. Das duas, uma: ou seus anos de preparação finalmente estavam dando retorno depois das horas que passara no depósito frio examinando scarabeo mumificados de Divorandos anteriores... ou ela havia, por fim, perdido o juízo.

Aperitivos e um scarabeo morto. Boas-vindas apropriadas à Cittadella da Perdição.

Dea, sua noção de tempo é cômica e impecável.

— As pinças são, hum, mais curvas do que as da safra anterior, não acha? Mais parecidas com as do Divorando de 431?

Renata fez que sim como se Alessa tivesse feito uma observação muito pertinente, o que era especialmente impressionante, já que nem *houvera* um Divorando em 431. Tinha sido em 43... 5? 437? Com certeza era um ano ímpar.

Não fazia diferença. As Fontes não pareciam ouvir muita coisa.

Ela balbuciou mais uns comentários ridículos antes de Renata bater palmas e anunciar alegremente que mostraria às Fontes seus novos aposentos.

Como uma fila de patinhos infelizes, eles seguiram Renata escada acima, parecendo tão derrotados com a perspectiva de se mudarem quanto com a de permanecerem perto do monstro.

— Bom, você tinha razão — disse Dante, aproximando-se. — Não correu tudo bem.

— Você acha? — Alessa cutucou a garra do scarabeo com a ponta da bota. — Achei que o cadáver de demônio deu uma aliviada no clima.

— Ainda está morto? — Dante deu um chute e assentiu ao som de um estalo molhado. — Ainda está morto.

— Acho melhor eu pedir a Renata que tranque as janelas, para que eles não tentem fugir.

Alessa encarou a garra a um braço de distância da ponta de suas botas pretas e lustrosas. Duas curvas idênticas, brilhantes e suaves, escuras e mortais.

Combinavam.

Ela não conferiu as janelas, mas abriu um sorriso insípido de anfitriã e deu uma espiada dentro da suíte da Fonte para ter certeza de que suas novas perspectivas não estavam fazendo cordas com os lençóis.

Eles pararam de desfazer as malas quando a viram na porta e ninguém parecia inclinado a falar, então Alessa balbuciou algo a respeito de ficar por perto e correu para a biblioteca, com Dante em sua cola feito uma sombra mal-humorada.

Dentro da sala abobadada, Alessa parou e respirou fundo o aroma de couro, papel velho, sândalo e uma nota de algo estranhamente atraente que ela nunca percebera antes.

Seu cômodo favorito da Cittadella, a biblioteca também era o mais próximo que ela tinha de um escape, com livros e mapas de todo tipo. Até onde sabia, aquele espaço tinha exemplares de todos os livros importantes impressos em Saverio, muitos deles de antes de Dea ter criado as ilhas-santuário. Melhor ainda, as filas de prateleiras também continham muitos livros menos pomposos, e Alessa já tinha lido centenas de histórias que sua mãe certamente reprovaria.

Dante parecia congelado. Não piscava, de queixo caído, totalmente estupefato.

Ela tivera uma reação parecida ao ver a sala opulenta pela primeira vez. A pura magnitude dos livros e obras de arte inestimáveis eram suficientes para deixar qualquer um sem palavras, e, àquela hora do dia, com tudo salpicado de arco-íris da luz do sol que entrava pelos vitrais altos, era absolutamente mágico.

Ela lhe deu um minuto para absorver tudo, fingindo estudar um enorme mapa de Saverio na parede mais próxima. Todas as cidades da ilha estavam identificadas, bem como o complexo sistema de túneis subterrâneos, e era tão grande que o cartógrafo incluiu todas as ruas principais da cidade. Alessa levantou a mão para traçar as várias praias na costa mais distante, pousando o dedo em uma pequena enseada não identificada. Antigamente havia um nome, mas as palavras estavam tão desbotadas que se perderam no fundo. Um dia, ela visitaria todos aqueles lugares.

Dante se recompôs e seguiu em frente, percorrendo a extensão do cômodo a passos largos para verificar se não havia ninguém à espreita por trás das estantes. Nenhum bicho-papão saltou das sombras e, quando se convenceu de que estavam sozinhos, ele começou a espiar os títulos e tirar livros das prateleiras. Em questão de minutos, já estava com uma pilha alta.

— Que foi? — Ele a olhou de relance como se tivesse sentido o olhar curioso de Alessa. — Achou que eu não soubesse ler?

Ela devia ter aparentado toda a surpresa que estava sentindo.

— Não — respondeu Alessa. — Só não imaginei você como um *leitor*. De que tipo de livros você gosta? — Um assunto bem simples e direto, até mesmo para alguém que parecia alérgico a conversar.

Ele deu de ombros e voltou às estantes.

— Se não tem nenhuma preferência, como faz para escolher?

— Você faz muitas perguntas.

— E você dá poucas respostas. — Ela cruzou os braços. — Está bem. Eu não preciso saber nada sobre você.

— Não, não precisa.

Depois de carregar a pilha de livros para uma mesa de canto, Dante se esparramou em uma poltrona de couro. Ele estava tão relaxado quanto um gato tomando banho de sol, mas folheava livro após livro com uma intensidade febril, largando um só para pegar outro, como se caçasse alguma coisa.

— Você não vai ficar aqui tempo o suficiente para ler tudo isso aí — disse Alessa, irritada com o próprio mau humor.

— Observe.

Era o que ela estava fazendo. De perto até demais.

Entre o estalo suave do virar de páginas, o silêncio pulsava nos tímpanos de Alessa. Ela nunca tinha se dado conta de que o silêncio tinha um peso, uma pulsação que, de alguma forma, paradoxalmente, dificultava a possibilidade de ouvir qualquer outra coisa.

De tempos em tempos, dava para ouvir as vozes das Fontes pelas paredes, fazendo-a estremecer.

A Finestra vagou até a porta, aguçando a audição.

— *Come la cosa indugia...* — murmurou Dante.

Ela completou a frase.

— *... piglia vizio*. Eu *sei*. Mas não estava bisbilhotando, só conferindo se eles não tinham ido embora sem mim.

— Aham. Claro que sim.

Alessa se empoleirou no braço da poltrona mais próxima, batendo os calcanhares no couro. O sapato social leve não fazia muito

UMA VIRTUDE MORTAL 129

barulho. Ela balançou os pés com mais força, e cada impacto produzia um baque suave.

Dante não ergueu os olhos.

Ele ia *mesmo* evitar uma discussão na única vez que Alessa queria discutir. Ela pegou um globo pequeno numa mesa de canto e o girou com um peteleco. Os continentes estavam sombreados de cinza, indicando sua destruição, enquanto as ilhas foram pintadas com cores vivas.

A população reclusa de Altari se contentava em ser deixada em paz em sua ilha nevada, comprando pouco e vendendo menos ainda. Ela só podia imaginar como eles reagiram à recente enxurrada de Fontes refugiadas. Se *ela* pudesse embarcar num navio e fugir, arriscaria a longa e traiçoeira viagem para Tanp, um paraíso tropical do outro lado do mundo. As tripulações dos navios que voltavam de lá falavam de águas cristalinas feito vidro e frutas que tinham gosto de alegria, mas, embora muitos capitães voltassem com mudas, elas nunca vingavam quando eram replantadas em Saverio.

— Você já pensou em ir embora? — perguntou Alessa a Dante.

— De Saverio? — disse ele sem erguer o olhar. — Todo maldito dia.

— Ainda há tempo. Tenho certeza de que existem capitães que prefeririam enfrentar o Divorando sob a proteção de outra Finestra. Ouvi dizer que Tanp é linda. Tem um clima muito melhor que o de Saverio e provavelmente uma salvadora melhor também.

Ele franziu as sobrancelhas.

— Prefiro ir ao continente e me virar sozinho.

— *Péssima* ideia. Os scarabeo arrasam o continente a cada Divorando.

— Isso é mentira. Eles costumam vir na nossa direção antes de comerem tudo. Não faz sentido perder tempo com grama quando existe uma ilha inteira cheia de gente saborosa na praia.

— Você acha que sobreviveria sem a proteção de Saverio?

— A proteção de Saverio ainda não fez muito por mim.

— O que o impede, então?

— Não tenho dinheiro. Além disso, eu disse que manteria você viva para que você possa salvar Saverio.

Ela suspirou.

— Claro. Salvar Saverio.

Seus nervos vibravam com força suficiente para quebrar os ossos enquanto Alessa criava uma elaborada fantasia mental em que arrancava o livro das mãos dele e o arremessava longe, só para ouvi-lo bater na parede. Qualquer coisa para romper o silêncio.

Alheio ao olhar penetrante, Dante afundou ainda mais na poltrona.

— Posso sair, se quiser um pouco de privacidade — disse ela.

— Estou lendo, não tomando banho.

Alessa deslizou para trás até as pernas ficarem penduradas no braço da poltrona e puxou uma almofada que estava atrás dela, abraçando-a no peito.

— Está se divertindo? — perguntou.

— A poltrona é confortável. A companhia não é péssima.

Ela afundou o queixo na almofada.

— Talvez essa seja a coisa mais legal que alguém já me disse em anos.

O estômago de Alessa roncou alto e ela passou a mão na barriga.

— Você não pode tocar um sininho para receber comida ou algo do tipo? — Dante abaixou o livro. — Não é isso que gente chique faz?

Ela lhe lançou um olhar malicioso.

— Ah, sim, nós, pessoas chiques, *amamos* sinos. Mas vou dar um banquete formal para as Fontes hoje à noite e não deveria estragar meu apetite. Pode ficar à vontade para jantar no refeitório com os soldados se preferir não testemunhar o massacre social.

Dante fungou.

— E arrancar os olhos com uma colher enferrujada?

— *Isso* fica inteiramente a seu critério. — Alessa provavelmente deveria desencorajá-lo a falar mal dos soldados, mas se ele preferia julgar outra pessoa para variar um pouco, não era ela que ia se opor.

— O que foi que eles fizeram para tornar a possibilidade de arrancar os olhos com uma colher enferrujada tão tentadora?

— Eles reclamam. O tempo todo.

Ah. Então ainda era culpa dela.

— É, bom, eles esperavam cargos gloriosos servindo suas ilustres Finestra e Fonte, mas, em vez disso, precisaram se contentar com o maior fracasso da história de Saverio. Não é bem para isso que se alistaram.

— Eles se alistaram. É o trabalho deles.

Alessa suspirou.

— Na última vez que me aventurei pela cidade, as crianças debocharam deles e fugiram, gritando quando me viram.

— Se eles não a tratam com respeito, não podem esperar que outras pessoas tratem.

Ela sentiu o fundo da garganta arder.

— Não é como se eu tivesse conquistado o respeito das pessoas.

— Não sei disso, não. Sua mentora... a dama...

— *Signora Renata*. A antiga Finestra. Você *sabe* o nome dela.

— Tanto faz. Enfim, ela pareceu impressionada quando você gritou com ela mais cedo, como um filhotinho de cachorro latindo para um buldogue.

— *Essa* é a injeção de confiança que eu precisava.

— Finestra? — Kamaria estava parada na porta, observando-os com um olhar estranho.

Alessa jogou a almofada de lado e levantou-se aos tropeços, xingando por ter sido pega em uma pose tão indigna.

— Sim? Precisa de alguma coisa?

— Estamos indo lá para baixo.

— Maravilha. Já vou descer.

Kamaria saiu e Alessa girou os ombros para trás, sentindo que deveria estar usando uma armadura.

— *È meglio cader dalla finestra che dal tetto* — disse Dante em voz baixa.

É melhor cair da janela do que do *telhado*. Um dos ditados favoritos da mãe de Alessa.

— Espertinho. Eles vão cair de mim ou me empurrar de uma janela?

Dante se levantou, enfiando um livrinho de couro no bolso de trás.

— Só tem um jeito de descobrir.

Dezoito

Chi vive tra lupi, impara ad ululare.
Quem vive entre os lobos aprende a uivar.

DIAS ANTES DO DIVORANDO: 28

Alessa ocupou o lugar de honra na cabeceira da mesa, então não podia deixar de ver cada olhar infeliz ou perceber a hesitação quando as Fontes se sentaram.

À direita de Alessa, Nina baixou a cabeça, sussurrando uma oração.

Alessa pegou o garfo e o movimento assustou a garota, que derrubou o copo d'água no colo.

Do outro lado da mesa, Saida fez uma careta. Kaleb grunhiu.

O lábio de Nina tremeu quando um criado veio correndo com uma pilha de guardanapos.

Alessa se agarrou a lembranças antigas, qualquer assunto que pudesse puxar.

— Kamaria, você ainda toca violão?

— Toco. Por quê? — Kamaria brincou preguiçosamente com o garfo.

— Só estava curiosa. Nina, tem curtido o coral do templo ultimamente? Seu solo na missa da semana passada foi lindo.

— Muito gentil da sua parte — murmurou Nina.

— Eu vivo dizendo que ela tem voz de anjo, mas ela não acredita em mim — falou Josef com a voz baixa e suave.

Alessa tentou mais uma vez.

— Saida, como anda o seu projeto?

— Está indo bem, na medida do possível, acho. Estou me concentrando nas sobremesas por enquanto.

Alessa tentou fazer a conversa render enquanto comiam a entrada de melone e prosciutto, mas as respostas forçadas que arrancava das Fontes faziam Dante parecer um tagarela.

O pessoal da cozinha preparara um banquete digno de salvadores divinos, provavelmente pensando que as Fontes mereciam uma última refeição caprichada, mas Alessa foi a única que fez mais do que beliscar. Exceto Dante, que estava sentado em uma cadeira perto das portas da cozinha, devorando sua terceira porção sem nenhum sinal de pisar no freio.

Enquanto esperavam a sobremesa chegar, o guarda-costas esticou as pernas, entrelaçando os dedos na nuca. O movimento descontraído cortou a tensão como um ataque de risos dentro do templo.

Alessa não foi a única que olhou para ele de soslaio.

Kaleb estalou os dedos para chamar Dante.

— Seja útil e nos traga mais uma garrafa, sim?

— Por favor? — Alessa fez uma careta.

Dante pegou uma garrafa do aparador e a bateu em cima da mesa, chacoalhando a louça. Em seguida, voltou para o seu canto pisando firme.

— Não se encontram bons empregados em lugar nenhum — murmurou Kaleb, cutucando seu prato de gnocchi fresco pingando de manteiga de alho.

— Ele é guarda, não criado — respondeu Alessa.

— E aí, como vai ser? — questionou Kaleb. — Você tortura a gente até sobrar um e o *vencedor* é o último que ficar de pé?

Nina parecia à beira das lágrimas e aparentemente não percebia que seus poderes estavam fazendo a colher em sua mão dobrar ao meio.

— Não fala assim.

— Por que não? — quis saber Kaleb. — Será que eu deveria fingir que estamos emocionados de estarmos aqui? Explodindo de alegria por nos tornarmos os próximos cordeiros sacrificiais?

— Chega, Kaleb. — As bochechas de Josef coraram. — Você está sendo blasfemo.

— E mais babaca do que de costume. — Kamaria simulou um esfaqueamento com a faca de manteiga.

— Então. — Saida soltou uma rajada de ar. — Eu li um livro excelente sobre o poder do pensamento positivo e recomendo muito.

Kaleb a interrompeu.

— Pensamento positivo não salvou Emer, Ilsi nem Hugo, e não vai impedir que ela também mate você.

— Eu não tenho nenhuma intenção de matar ninguém — disse Alessa. — Minhas Fontes anteriores não morreram com um breve toque. Nós… persistimos, pois elas aceitaram seu papel e estavam comprometidas com a tarefa. Não estou pedindo isso de vocês. Eu acho… quer dizer, estou *confiante* de que, com tempo e prática, posso modificar minha força.

— Viu só? — Saida sorriu com otimismo feroz. — Ela tem trabalhado nisso. Pensamento positivo e prática. Vai dar tudo certo.

— E se aquela seita vier atrás de nós antes disso? — perguntou Kaleb.

Alessa abandonou o último resquício de sorriso.

— Eles não vão vir atrás de vocês… vão vir atrás de mim. E, se eu achasse que isso fosse salvar Saverio, deixaria que me matassem. — Ela fez uma pausa para absorver as palavras. — Mas não existem provas para as teorias deles.

— Do que vocês estão falando? — Nina balançou a cabeça entre eles.

— Você vive trancafiada numa torre, Nina? — Kamaria pressionou as têmporas. — Uns malucos aí andam dizendo que ela não é uma Finestra de verdade, e o único jeito de abrir espaço para a verdadeira é... sabe? — Ela fez uma careta de desculpas para Alessa.

— Você está falando do Padre Ivini? — Nina fechou a cara. — Ele visitou meu grupo de jovens na semana passada e não me pareceu um maluco. Cada indivíduo comunga com Dea à sua maneira e tem direito de ter sua própria interpretação, por mais que a gente discorde.

— Não quando a interpretação dele significa assassinar a salvadora escolhida por Dea — disse Kamaria.

— Com certeza ele não *mandou* ninguém fazer isso.

Josef tossiu alto, salvando Nina de meter ainda mais os pés pelas mãos.

Alessa conteve um grunhido. De alguma forma, nas piores hipóteses que imaginou, ela não esperava que a primeira refeição com as Fontes fosse começar com um bate-papo casual sobre sua própria morte.

— É, bom — disse ela. — Não existem provas de que a morte de uma Finestra resultaria na ascensão de outra, então vocês vão ter que se contentar comigo.

— Também não existem provas do contrário. — Kaleb estreitou os olhos.

Kamaria virou o copo na direção de Kaleb.

— Caso esteja tentando ser eliminado por ser insuportável, excelente trabalho, mesmo.

— Fico contente em servir — respondeu Kaleb, admirando uma pequena faísca que gerou entre o polegar e o indicador. — Como está seu irmão, Kamaria? Ah, espera. Ele fugiu, né? Sabia que meu apetite estava meio estranho. Deve ser o cheiro pungente de traição.

Kamaria parecia prestes a assassiná-lo.

— Bom, *eu* tenho fé nos deuses. — Saida pôs um sorriso no rosto. — E na nossa Finestra.

Pelo menos *alguém* estava disposto a fingir.

— Dea não comete erros — disse Nina baixinho, mas parecia mais uma pergunta do que uma afirmação.

Que desastre.

— Eu queria poder poupar todos vocês — falou Alessa. — Mas Saverio precisa de mim e eu preciso de uma Fonte. Pretendo provar meu valor para que, quando chegar a hora de tomar uma decisão, um de vocês se voluntarie.

— E se ninguém se voluntariar? — perguntou Nina.

— O Consiglio vai ter que escolher. Mas eu não vou fazer isso. Sei como é ser forçado a representar um papel que você não pediu e nunca mais vou fazer isso com alguém.

— Um brinde, então — comentou Kaleb, servindo-se de um copo cheio quase até a boca e levantando-o bem alto. — Saúde. A quem morrer primeiro.

DEZENOVE

Non è prudente aprire vecchie ferite.
Não é prudente abrir velhas feridas.

DIAS ANTES DO DIVORANDO: 28

Alessa dobrou as luvas ao lado do prato e encarou, inexpressiva, a mesa lotada de louça quase intocada e copos vazios. Quando um garçom entrou com tacinhas foscas de limoncello, as Fontes recusaram, alegando exaustão. As cadeiras praticamente deixaram sulcos no chão.

Dante virou a cadeira mais próxima para trás a fim de se sentar de pernas abertas e apoiou o queixo na mão.

— Eles *realmente* morrem de medo de você, hein?

— É claro. — Alessa cerrou o punho. — Eu sou o monstro que assombra os pesadelos deles.

O olhar de Dante suavizou. Alessa não teria notado a mudança um dia antes, mas ali estava.

Dante pegou uma garrafa de vinho e semicerrou os olhos por trás do vidro cobalto.

— Eu vi quando abriram — disse ela. — Não está envenenado. Infelizmente.

Dante inclinou a garrafa para aproveitar as últimas gotas e pegou outra. Espetando a rolha com uma faca, ele deu um giro hábil e a arrancou. Em seguida, apontou a garrafa para Alessa, que balançou a cabeça.

Ela não se deu conta de que estava encarando as facas tatuadas no pulso de Dante até ele arquear as sobrancelhas.

— Você se arrepende? — Alessa apontou para a tatuagem.

— Sempre.

Ela não tinha motivo algum para julgar ou se intrometer no passado dele. Alessa era uma assassina que contratara um assassino, e ele foi marcado, não banido, então, seja lá o que tenha feito, não se tratava de assassinato a sangue frio — provavelmente foi só uma briga de rua que dera errado. No entanto, lhe ocorreu a ideia de que talvez Dante fosse a única pessoa com quem ela já havia falado que sabia a sensação de acabar com uma vida.

— Deve ser horrível ter um lembrete do seu pior erro gravado na sua pele para sempre.

— Se eu esquecesse, seria como se eles morressem de novo. Eles não merecem isso. — Ele esfregou o polegar sobre a marca distraidamente.

Culpa e tristeza sempre foram um peso do qual Alessa não conseguia se livrar, mas Dante falava de arrependimento como se fosse um dom, como se ele se importasse a ponto de querer manter a memória de suas vítimas viva.

— Bom — comentou ela, tentando sorrir e falhando espetacularmente. — Que bom que eu não preciso ser marcada. Eu ficaria sem espaço no corpo. — Seu sorriso desmoronou.

— Quer falar disso?

Apenas seus fantasmas respiraram no longo silêncio. Alessa carregara a história de Emer sozinha por um tempão, sem que ninguém estivesse disposto a ouvir.

— Na primeira vez, eu estava tão… animada. — As palavras saíram espontaneamente, como sangue jorrando de uma ferida. — Depois de esperar tanto tempo, eu estava faminta por qualquer tipo de conexão, até mesmo um simples toque.

— Faminta?

UMA VIRTUDE MORTAL   **139**

Suas bochechas esquentaram.

— É a melhor palavra que consegui pensar.

— Você o desejava.

— Não. — Ela balançou a cabeça. — Não sei. Talvez. Mas não foi isso que eu quis dizer. Eu simplesmente queria voltar a ser parte da sociedade, a ser uma garota normal que não vivia separada de todo mundo. Ele era fofo e gentil, e eu sabia que teria paciência comigo enquanto eu aprendia a controlar o poder dele... o nosso poder. Senti que ele poderia ser um amigo e quem sabe, com o tempo, algo mais.

— Foi rápido?

— Não. — Ela engoliu em seco. — E eu só piorei as coisas. Já tinham me avisado que eu poderia sentir um choque, então, quando ele beijou minha mão, fiquei esperando. Não notei que ele não tinha se mexido até ele cair. Eu deveria tê-lo deixado ali e corrido em busca de ajuda, mas não tinha percebido que a culpa era minha. Era bem óbvio, claro. Aconteceu o mesmo com a criança com quem eu estava brincando de pique-pega no dia em que me tornei Finestra, mas *aquele* menino não era uma Fonte. Era só um garoto que tinha tido o azar de estar me tocando no momento em que o dom se manifestou. Então, tentei confortar Emer. Gritei por ajuda. — Ela soluçou uma risada chorosa. — Queria que ele soubesse que eu estava ali, que ele não estava sozinho.

O nó dos seus dedos estava branquíssimo ao redor do copo.

— Porque é isso que eu ia querer. Ninguém deveria sofrer ou morrer sozinho. Quando o socorro chegou e eu comecei a entender o que estava acontecendo, ele já estava morto.

— O que você fez? — perguntou Dante suavemente.

A visão de Alessa embaçou até os pratos diante dela se tornarem um quadro de natureza morta aquarelado.

— Eu segurei a mão dele.

Dante ainda estava dormindo quando Alessa entrou de fininho na sala de estar de manhã, esgotada e vazia.

Dea devia saber que o rapaz passaria a vida inteira tentando ser mal-humorado, então fez um rosto que atrairia as pessoas de qualquer forma. Ou talvez ela tenha pretendido abençoá-lo com feições perfeitas e charme, mas ele se rebelara com sarcasmo e pavio curto.

Dante abriu os olhos e Alessa sentiu palpitações.

— Bom dia, sol da manhã — cumprimentou Alessa com um sorriso frágil. — Nossa missão nos aguarda.

Para Renata, "entrosar-se" tinha que envolver armas, portanto, o primeiro item na agenda das Fontes era atacar uns aos outros com espadas cegas. Alessa duvidava que isso teria alguma utilidade para desenvolver camaradagem. Eles não eram uma equipe. Eram semidesconhecidos infelizes tentando não olhar uns para os outros.

Eles se organizaram numa longa fileira, olhando para a frente. Renata percorria a fila de cima a baixo, corrigindo posturas e instruindo-os a imaginar um oponente invisível, mas Alessa visualizava cada passo e cada movimento da lâmina como uma dança. Nunca chegara a dançar *de verdade* com alguém, mas o florete virou um parceiro que reagia ao seu toque, deixando um rastro prateado no ar. Seus músculos ficaram agradavelmente cansados e tudo ficou distante.

As palmas altas de Renata lhe assustaram tanto quanto se Alessa tivesse sido empurrada para dentro de um lago frio, e ela derrubou o florete.

Todos observaram a arma rolar pelo piso.

— Que reconfortante — disse Kaleb em voz baixa.

Com um sorriso sofrido, Renata declarou que Alessa estava no comando. A ausência dela deixou uma estranha e desagradável intimidade na sala, e Alessa poliu o florete com um vigor desnecessário.

— Será que alguém pode me dizer por que estamos treinando habilidades de luta se temos magia? — Kaleb jogou a espada no chão com um estrondo.

— Nem todos vivem numa vila cercada por muros, e qualquer pessoa menos privilegiada do que você... em outras palavras, *todo mundo*... sabe que vale a pena aprender a se defender. — Kamaria lhe lançou um olhar mortal.

— Quantas vezes *você* lutou contra um agressor? — Kaleb revirou os olhos.

— Pergunte a ele. — Ela apontou para Dante. — Aposto que *ele* vai falar.

Dante se empertigou quando todos de repente voltaram a atenção para ele.

— Falar o quê?

— Que é importante saber autodefesa.

— Ah, claro. Se é assim que vocês chamam. — Os lábios de Dante se curvaram.

— Qual é a graça? — Kaleb exigiu saber. — Se tiver algum problema, fala na cara.

— Você acha que um scarabeo vai dizer *en garde* antes de devorá-lo? — Dante se levantou.

— Tanto faz. Nós temos poder de verdade. — Kaleb fechou a cara.

— Você não vai durar tempo o suficiente para usá-lo.

— Daí as armas… — Kaleb gesticulou para a parede.

Dante examinou o garoto com uma fungada desdenhosa.

— Uma arma é tão boa quanto o lutador que a empunha.

— Dante — avisou Alessa. Um guarda-costas deveria ficar em segundo plano, não se animar com um concurso de medição de espadas.

— Quem quer que fosse escolhido como Fonte deveria ter tido anos para se preparar, só que estamos correndo atrás do tempo perdido por causa *dela*. — Kaleb juntou as mãos.

— Cuidado — ameaçou Dante, mas Kaleb não ligou para o seu olhar cortante.

— Sem uniforme. Você não é nem soldado. Acha que sabe o que da vida? — Estufando o peito como um ganso afrontado, Kaleb foi se aproximando até ficar cara a cara com Dante.

Alessa só teve tempo de suspirar antes que o queixo de Kaleb se levantasse, a faca de Dante contra seu pescoço.

— Eu sei encontrar a fraqueza de um oponente.

Kaleb arregalou os olhos de medo enquanto Dante empurrava sua cabeça ainda mais para cima.

— Chega — disse Alessa. Ela não se importava de ver Kaleb humilhado, mas não deveria ter deixado a situação chegar tão longe.

Dante não se mexeu.

—Afaste-se. — Lentamente, Dante baixou a faca e Alessa pendurou o florete na parede. — Obrigada, Dante. Muito útil, como sempre.

— Os... os scarabeo *têm* alguma fraqueza? — Nina mastigou a ponta da trança.

— Tudo tem um ponto fraco. — Dante flexionou os dedos.

Alessa caminhou até o scarabeo pintado na parede, tentando se lembrar dos detalhes dos cadáveres que havia dissecado.

— Nunca prestei muita atenção nas vulnerabilidades individuais, mas vamos descobrir.

Alessa encontrou o livro fino e surrado que estava procurando na prateleira mais alta da biblioteca, na seção dedicada aos scarabeo. As pontas dos dedos mal o tocaram, mesmo pulando para tentar alcançá-lo. Ela girou para localizar um dos banquinhos espalhados pela sala e se deparou com o calor de Dante, encurralando-a entre ele e as prateleiras. Alessa inspirou bruscamente e se espremeu contra os livros, derrubando alguns para o outro lado.

Dante deixou cair o livro nas mãos dela e, em seguida, contornou a estante para devolver os tomos deslocados aos seus devidos lugares, olhando feio para ela pelos espaços vazios. Ele permitia que desconhecidos batessem nele até sangrar, mas parecia mortalmente ofendido com a possiblidade de danificar uns livros velhos e embolorados.

Recolhendo seus pensamentos dispersos, Alessa voltou para perto das Fontes folheando páginas. O movimento transformava os diagramas em borrões, como se um scarabeo rabiscado rastejasse pelas folhas de maneira tão viva que lhe dava calafrios.

—Ali. Estão vendo onde as couraças se encontram? — Usando uma mesa como barreira entre ela e as Fontes, Alessa pousou o livro, aberto na página certa. Todos esticaram o pescoço para ver, mas não fizeram a mínima menção de se aproximar, então ela o empurrou para mais perto e puxou as mãos. — Dante, poderia nos dizer quais movimentos você usaria para atacar essas áreas de vulnerabilidade?

— Estou aqui para manter você viva, não para bancar o professor. — Dante emergiu das estantes.

— Combater os scarabeo *ajudaria* a me manter viva.

—Até lá meu trabalho já acabou. — Ele deu de ombros.

Ela teria jogado o livro na cabeça dele se não precisasse daquele volume. Provavelmente erraria, mas valeria a pena assistir ao horror de Dante em nome do pobre livro.

Josef pigarreou.

— Senhor, peço desculpas pelo péssimo comportamento de Kaleb, mas o restante de nós aprecia qualquer conselho que você possa nos dar.

— Sou um lutador de rua, não um soldado.

— Os scarabeo também não são soldados — disse Kamaria. — Eu duvido que eles sigam as regras de engajamento. Podemos muito bem aprender algo útil. E não me importaria de ver você fazendo aquele truque com a faca de novo.

Nem Alessa, mas ela suspeitava de que fosse por motivos diferentes. Dante já era bonito de se ver em circunstâncias normais, e, preparado para lutar, era glorioso. Só que, até onde ela sabia, Kamaria preferia garotas.

— Quais armas vocês têm à disposição para escolher? — perguntou Dante.

— Baionetas e espadas longas, acho? — disse Kamaria.

— Exatamente. Então, por que estão praticando esgrima?

— Tradição? — arriscou Nina.

Dante suavizou a expressão ao se virar para ela.

— No dia do Divorando…

— No dia do Divorando, devemos usar nossos poderes para afastar a invasão. — Kaleb estava emburrado, mas menos afrontoso. — Os deuses nos deram os dons de defesa, então é isso que usamos. Qualquer armamento que a gente carregar vai ser cerimonial.

— Não é à toa que tantas Finestre e Fonti se machucam. — Dante franziu a testa. — Se fosse comigo, eu ia preferir não ficar de braços cruzados até ser ferido.

— Finestre e Fonti? — debochou Kaleb.

— *Sì, stronzo* — retrucou Dante. — *Fonte* vem da língua antiga, e o plural é *Fonti*, não *Fontes. Finestre, Fonti, Scarabei*. Mas eu não esperaria que *un somaro* feito você soubesse.

— Parabéns, Dante — disse Alessa com um sorriso de orelha a orelha. — Você acaba de ser promovido. Além de guarda-costas, agora também é o principal treinador de luta da Cittadella.

Se os olhares dele fossem tão mortais quanto facas, ela teria sangrado até a morte.

— Será que você poderia pelo menos *tentar* não ameaçar ninguém essa tarde? — disse Alessa para Dante enquanto esperavam os outros retornarem para a sessão vespertina na sala de treinamento. — Isso já é difícil o bastante sem que eles também tenham medo de você.

— Kaleb é um babaca.

Ela lutou para manter a expressão severa.

— Todo mundo está sob muita pressão. Tenho certeza de que ele vai melhorar, mais cedo ou mais tarde.

— Duvido — disse Dante. — As pessoas não mudam.

— Não é verdade.

— É totalmente verdade. Kaleb nasceu babaca e vai morrer babaca.

— Bom, Kaleb também é uma Fonte, então, se você o machucar, eles vão mandá-lo para o continente e ele vai ser um babaca vivo enquanto os scarabeo roem seus ossos, então dá um tempo.

Dante parecia pensativo.

— Transporte gratuito. Talvez valha a pena.

Alessa apontou para uma cadeira no canto.

Kamaria chegou primeiro e correu os olhos pela sala praticamente vazia até achar Dante, que puxou um pano para polir suas facas, parecendo ignorar todo o resto.

— Finestra — disse Kamaria para cumprimentá-la.

— Kamaria. Bom ver você.

— Sim, claro. Sobre aquilo que Kaleb disse a respeito meu irmão ontem à noite. — Sua expressão era desafiadora. — Ele não... quer dizer, não acho... — Ela suspirou. — Ele nunca foi de recusar um desafio, e os amigos dele... É só que tenho certeza de que se arrependeu assim que acordou.

— Não vou usar a decisão do seu irmão contra você, se é isso que a preocupa.

— Não é.

Renata entrou na sala em um turbilhão de movimentos e Kamaria se afastou, deixando o resto por dizer, enquanto Tomo e as outras Fontes entravam a passos largos.

— Ah, Kamaria, junte-se a nós — disse Tomo, guiando-os para um lado da sala enquanto Renata voltava sua atenção para Alessa com a intensidade de um general na véspera da batalha.

Alessa lutou para se concentrar, mas a atenção se desviava toda hora para onde Tomo estava sentado, cercado por um círculo de Fontes.

Renata subiu em um parapeito de pedra contra a parede. Acima dela, uma aranha grande corria em uma teia inacabada, com fibras reluzentes esticadas em um desenho intrincado. Renata apontou para o canto inferior da teia.

— O que acontece se eu puxar esse fio?

— A teia arrebenta — respondeu Alessa, obediente.

— Precisamente. Suba aqui.

Alessa espiou as Fontes. Nina desviou o olhar rapidamente.

No parapeito, Alessa seguiu as instruções de Renata e beliscou levemente um fio.

— Puxe, com cuidado.

A teia mudou de forma, mas permaneceu intacta enquanto Alessa puxava o fio para baixo.

De canto de olho, Alessa viu que Dante estava observando enquanto a aranha indignada parava de trabalhar e corria para o canto.

— Agora, devolva e solte o fio sem estragar nada.

Essa parte foi mais difícil, exigindo que Alessa girasse os dedos para remover o fio sem arrebentá-lo, mas, em pouco tempo, a teia estava de volta às suas condições normais.

— Ali, está vendo? — disse Renata, sorrindo. — O poder de uma Fonte está entrelaçado com a alma dela e, se você tentar soltá-lo, prejudica as fibras conectivas. É preciso puxar a quantidade certa do dom, suficiente para encontrar a parte de você que controla seu próprio poder, e depois soltar. Não é uma luta, é reciprocidade.

Alessa franziu a testa.

— Acho que entendi. — Talvez.

— Sei que está nervosa. Já estive na sua posição.

Não exatamente.

— Finestra? — chamou Tomo. — Eu disse às Fontes que vou demonstrar primeiro.

Renata desceu com um baque.

Alessa havia presumido que eles decidiriam na sorte qual das Fontes iria primeiro. Não Tomo. Ele não fizera menção de se voluntariar até que tivessem uma sala cheia de testemunhas e, agora, Alessa e Renata não poderiam discutir sem revelar o medo que sentiam. As duas não tinham escolha a não ser seguir as orientações dele.

Renata reagiu com um aceno de cabeça agitado e se voltou para Alessa.

— Qual a estratégia?

Talvez Renata nunca tivesse de fato entendido Alessa, mas agora alguém que *ela* amava estava correndo risco. Seu medo era palpável.

— Mãos firmes, respiração lenta, toque leve, paz interior — Alessa recitou de memória.

— Como?

— Só com a ponta dos dedos.

— E quando você sentir o poder?

— Controlar e conter.

Tomo estendeu as mãos com as palmas para cima enquanto Alessa se aproximava dele.

Todos os olhos presentes na sala acompanhavam o movimento enquanto Alessa tirava as luvas. As palmas dela estavam pegajosas de suor.

Ela ergueu o olhar, mas não encontrou os olhos de Tomo. Não conseguia. Só de imaginar a luz dele escurecendo...

Não. Alessa não ia nem pensar nisso.

Ele estava esperando.

Todos estavam esperando.

Alessa respirou fundo e levou a ponta dos dedos em direção às dele.

Vinte

Chi semina spine, non vada scalzo.
Se você espalha espinhos, não ande descalço.

DIAS ANTES DO DIVORANDO: 27

O vento assobiava do lado de fora à medida que a noite caía, mas o ar no quarto de Tomo tinha um gosto tão rançoso quanto a cripta.

Apoiado na cama em uma pilha de travesseiros, seus olhos eram poços pretos de sombra contra a pele pálida.

Da cabeceira, Renata se virou quando Alessa entrou pisando leve.

— Ele está descansando — alertou Renata.

— Não vou ficar. Só precisava ver...

— Entre, criança. — Tomo abriu um sorriso fraco e soltou a mão de Renata. — Que tal servir um pouco de chá, amor?

Renata lançou um olhar severo para Alessa enquanto saía do quarto.

— Pode se sentar. Deixe a culpa lá fora — disse Tomo. — Sou um velho fraco e já estava na hora de eu ter um dos meus ataques. Um pouco de emoção demais, só isso. — Ele deu um tapinha do seu lado na cama, mas Alessa se empoleirou em uma cadeira de brocado. Talvez Tomo quisesse mostrar que não tinha medo dela, mas Alessa tinha medo de si mesma.

— Você não é velho, Tomo.

Ele sorriu.

— Idade é relativa. Com a sua idade, eu via um homem de quarenta anos como alguém a um dia de completar cem.

— Só estou grata por, você estar bem. Achei que... — Ela cerrou os olhos para afastar a lembrança da cor se esvaindo do rosto dele. — Você foi muito corajoso de se voluntariar.

— Eu só piorei as coisas — falou ele. — Renata disse que você precisou cancelar o restante da aula.

— Todos estavam preocupados com você. Vamos começar do zero pela manhã.

— Sinto muito.

— Não precisa. Descanse um pouco. Posso me virar sem você.

— Eu sei que pode. — Ele fechou os olhos. — Você está destinada a unir as pessoas, Alessa.

Com o eco do próprio nome nos ouvidos, Alessa saiu de fininho do quarto, enxugando os olhos.

— Ele vai ficar bem? — perguntou Dante.

— Não sei, mas se as Fontes não estavam apavoradas antes, agora estão.

— Você chegou a tocá-lo? Aconteceu tão rápido que eu não saberia dizer.

— Mal cheguei a tocar. Não importa. O dia de hoje foi pensado para tranquilizá-los. Em vez disso, eles viram a última Fonte sofrer um espasmo no coração no momento em que a gente se encostou. Vou ter sorte se eles aparecerem para o treino de amanhã.

Enquanto os dois desciam as escadas, o choro — fraco, mas inconfundível — ecoava da biblioteca. Alessa levantou a mão para alertar Dante.

— Vou me voluntariar — disse Josef lá de dentro. — Você vai para casa, para sua família.

Alessa tentou se retirar, recuando lentamente, mas esbarrou em Dante, que parecia uma muralha atrás de si.

— E a *sua* família? — perguntou Nina. — Eles já não perderam o suficiente?

— Tenho certeza de que, quem quer que ela escolha, vai ficar... bem — respondeu Josef com um tom de voz tranquilizador.

— Bem? Acabando como Tomo ou ainda pior? — Nina fungou alto. — Renata era uma *boa* Finestra e, mesmo assim, o danificou. Dá para imaginar o que *essa aí* vai fazer?

Essa aí. Alessa se abraçou.

— Sou mais velho e mais forte do que você. Eu aguento.

— Era Kaleb quem tinha que estar fazendo isso. Ninguém sentiria falta dele. — A julgar pelo tom, Nina sabia que Kaleb jamais se voluntariaria. Ele já teria ido embora antes de Alessa terminar de agradecer àqueles que se ofereceram. — *Eu* vou me voluntariar. — A voz de Nina saiu trêmula, e Alessa podia facilmente imaginá-la erguendo o queixinho pontudo e as lágrimas brilhando nos cílios acobreados. O retrato de uma mártir.

Dante soltou um suspiro de compaixão.

Alessa não pôde evitar a pontada de inveja que veio com a culpa. Pobre e delicada Nina, cujo corajoso sacrifício fazia as pessoas quererem protegê-la.

Mas com Alessa não era assim. As pessoas só a ajudavam quando ela as subornava com moedas ou por exigência dos deuses. Compaixão, gentileza, amor e amizade — todas aquelas preciosas experiências humanas que contribuíam para uma vida plena — eram coisa para outras pessoas, não para ela.

Alessa tentou correr quando os passos se aproximaram, mas não deu tempo de chegar à suíte antes dos dois saírem da biblioteca.

Eles vacilaram quando deram de cara com Alessa e Dante.

— Ah, oi — disse Alessa. — Não sabia que a biblioteca estava ocupada.

Josef agarrou a mão de Nina.

— Finestra. Como está o Signor Miyamoto?

— Bem. — Ela assentiu. — Está bem. Acordado e se sentindo bem melhor. Ele costuma ter esse tipo de ataque, infelizmente, e com a animação... — Ela mordeu o lábio. — Enfim, por favor, digam aos outros que ele manda lembranças, mas não vai poder participar do nosso treino pela manhã. Pedi à equipe da cozinha para levar alguma coisa lá em cima, então não precisam se arrumar para o jantar.

Nina não a olhava nos olhos, mas Josef agradeceu a Alessa e, em seguida, pigarreou.

— Sabemos que não é sua culpa — disse ele. — Tudo isso. Só quero que você saiba que não a culpamos. Eu... eu não a culpo.

Alessa engoliu em seco.

— Obrigada.

Josef se curvou e conduziu Nina em direção à suíte da Fonte.

Se pudesse descer as escadas e sair pelo portão da frente, Alessa continuaria andando até chegar aos limites de Saverio, mas a biblioteca teria que ser suficiente.

Josef não a culpava. Em relação a Tomo? Ou a Ilsi? De qualquer maneira, ela se culpava o bastante pelos dois.

Alessa entrou na biblioteca escura, perdida em pensamentos, e por pouco não trombou com Kaleb.

Ele pulou para trás e o branco dos olhos se destacou em seu rosto.

— Merda, você teve que ouvir aquilo também?

— Você estava espionando os dois? — Alessa massageou o peito acima do coração disparado.

— Não. Eu estava procurando alguma coisa para beber. — Kaleb ergueu uma garrafa de cristal que deve ter roubado do aparador. — Mas os amantes desafortunados apareceram e fui obrigado a ficar ouvindo o chororô. *Você* estava espionando os dois?

— Claro que não. — Alessa rangeu os dentes. — Eu proíbo você de debochar.

— Ah, não precisa ranger os dentes. — O sarcasmo de Kaleb não alcançou os próprios olhos. — Vou terminar essa garrafa e apagar tudo do meu cérebro.

Ele esbarrou em Dante ao sair.

— Você acha que ele vai provocar os dois? — Alessa cerrou os punhos.

— Provavelmente. Ele tem sido um pé no saco desde que chegou aqui. Duvido que mude agora.

— Ah, claro, esqueci. — Alessa revirou os olhos. — As pessoas não conseguem mudar.

— Eu disse que as pessoas não *mudam*.

— Dá no mesmo.

— Não exatamente. — Ele deu um tapinha no aparador. — Você não me disse que tinha um estoque do bom e do melhor aqui.

— A maioria é mais velha do que envelhecida.

— *Chi ha bisogno s'arrenda* — disse ele com uma piscadela.

Alessa balançou a cabeça com um sorriso fraco e fez uma nota mental para não se esquecer de pesquisar aquela expressão também. Inquieta demais para ficar sentada, a Finestra segurou os degraus de uma escada com rodinhas instalada em uma parede de estantes e começou a subir.

Ao ouvir um farfalhar lá embaixo, ela espiou Dante.

— Está tentando olhar debaixo da minha saia?

— Não seja convencida. Estou garantindo que essa escada não caia e a derrube de bunda no chão. Não estou a fim de te segurar.

— Ah, Dante — disse Alessa, cantarolando. — Você sabe *mesmo* fazer o coração de uma garota bater mais forte.

— Se eu estivesse tentando fazer seu coração bater mais forte, você saberia. — Ele abriu um sorrisinho malicioso.

Alessa deixou cair o livro, mirando no rosto irritantemente bonito de Dante, mas sabia que ele ia conseguir pegar de qualquer maneira.

— *O cerco de Avalin* — leu ele, fixando a escada com o pé para poder abrir o livro.

Ela franziu o nariz.

— Esse daí captura bem o clima da noite. — De todos os livros da Cittadella, ela pegara justo um relato do Divorando a que Saverio quase não tinha conseguido sobreviver.

— A Finestra que entrou em pânico, né?

— Isso. Voltou correndo para a cidade e tentou se esconder. A Fortezza estava destruída, rios de sangue percorriam as ruas e centenas de pessoas foram massacradas antes que a Fonte dele o convencesse a voltar para o pico. Ah, vai por mim, pule o capítulo sete.

Dante prontamente passou para o capítulo sete, é claro.

— "Os órfãos abandonados." Nada comparado a cachoeiras de sangue ou o que quer que você tenha dito. Serem órfãos significa que pelo menos tiveram a sorte de sobreviver.

— E sobreviver é sempre melhor?

— Bem observado.

— Não é o pior capítulo, só o mais triste. Os bebês foram para orfanatos e, em questão de meses, a maioria parou de chorar e não queria comer. — Ela piscou para afastar as lágrimas. — Apenas um grupo sobreviveu.

Alessa desceu, virando-se para se apoiar na escada, mas Dante estava perto e era alto demais, então ela encontrou o degrau mais baixo e ficou na ponta dos pés, como se ele não fosse notar que ela de repente havia crescido quinze centímetros.

Os olhos de Dante brilharam com a altura repentina de Alessa e ele recuou um passo.

— E?

— E?... — Alessa pulou para o chão. — Ah, os bebês. Certo. A garota que estava cuidando deles tinha perdido a família inteira no cerco, então ela os abraçava o tempo todo. Cantava para eles, os ninava, conversava com eles. Em boa parte do tempo, só os abraçava. Bastou isso. Todo mundo achava que eles precisariam de comida e abrigo, mas o toque era o que mais fazia falta. Sem o toque, os outros bebês simplesmente desistiram.

— E você sabe como eles se sentiram. — Dante mordeu o lábio.

— Não inteiramente, mas me identifico. — Ela corou. — É isso.

— Acontece quando você toca *qualquer pessoa*? — Ele bateu o livro contra a palma da mão.

— Até onde sei, sim. — Alessa deu uma risada ríspida e amarga. — É irônico, né? Eu seria capaz de *matar* para segurar a mão de alguém, mas caso segure, eu a mato.

— E todo esse isolamento serve para você apreciar a santidade da conexão ou algo assim?

— Isso. As relações terrenas de uma Finestra são rompidas para que a gente possa evitar distrações, continuar pura de coração e estar totalmente comprometida com a missão em jogo. A ideia é que eu aprecie mais as conexões não tendo nenhuma.

— Parece contraditório.

— Deu certo. Me fez morrer de vontade de ter uma Fonte.

— Mas que negócio de merda você arranjou, Finestra. — Ele franziu a testa.

— Alessa — corrigiu ela baixinho. As palavras tinham um gosto estranho, desconfortável e pouco familiar em seus lábios. — Meu nome é Alessandra Diletta Paladino.

— Achei que não era pra você ter um nome.

— Também não era pra eu matar minhas Fontes nem receber um homem na minha suíte.

— Você vai contar a *eles*? — Dante gesticulou para a parede.

— Talvez eu devesse. Pelo menos eles saberiam qual nome amaldiçoar. Mas não.

— Por que está me contando?

— Não sei. — Ela afundou em uma cadeira e puxou uma almofada para o peito. — Estou cansada de ser um título, em vez de uma pessoa, acho. Só não diga meu nome em lugares em que você possa ser ouvido.

Ele a analisou, pensativo.

— Alessandra. A protetora escolhida pelos deuses.

— Como você sabe disso?

— Religião demais na minha infância.

Ela sabia muito bem como era isso.

— Seus pais eram devotos?

— Não. — A expressão de Dante ficou sombria.

— Bom, a tradução do meu nome é mais ou menos isso: "Amada pelos deuses, a corajosa protetora da humanidade." Dea deve ter sentido que não tinha escolha a não ser me selecionar depois que meus pais armaram essa para mim.

— Sua família já veio visitar? — perguntou o guarda-costas.

— Finestra, lembra? Não tenho família.

— Sim, *Alessa*, lembro. — Ouvi-lo dizer seu nome provocara uma emoção estranha no corpo de Alessa. — Então. Sua família. Você tinha uma.

— Sim, eu tinha uma família — Ela suspirou. — Imagino que ainda tenha, dependendo do nível de devoção de cada um.

— *Eles* são devotos?

— Meus pais são. Eles não falam comigo desde o dia em que eu fui embora. São crentes fiéis.

— E pais de merda.

— Não é justo.

Ele não pareceu convencido.

— Irmãos?

— Eu tenho... *tinha*... ah, esquece, eu *tenho* um irmão gêmeo chamado Adrick. Às vezes ele entrega coisas ou senta do outro lado dos muros do jardim para conversar comigo, por mais que seja contra as regras.

— Então, sua vida era... boa? Quer dizer, você parece tão... — Ele lutou para achar as palavras, girando a mão no ar como se folheasse uma pilha mental de vocábulos. — Solitária. Como se sentisse falta deles.

— Eu sinto. Sinto tanta saudade deles que parece que arrancaram algo do meu peito. — Alessa baixou o olhar. — Meu pai me chamava de gatinha, porque eu não resistia a um colo disponível. — Ela deu uma risada triste. — Às vezes, eu era afetuosa *demais*. Adrick morria de vergonha quando eu tentava segurar a mão dele perto dos amigos.

— Deve ter sido um choque.

— Virar Finestra foi tipo me afogar. Você vive sua vida sem perceber o ar nos pulmões e, de repente, alguém mergulha você em águas profundas. Aí o ar se torna a dádiva mais preciosa, algo que você nunca soube que tinha recebido e nunca imaginou que levariam embora.

— Não sei se eu notaria.

— Que triste.

Ele deu de ombros.

— Então eu queria que você fosse a Finestra. Toda a privacidade que uma pessoa poderia desejar, uma batalha épica e bastante isolamento. Os deuses claramente perderam o candidato perfeito — disse Alessa.

— Os deuses não me querem. — Dante bufou uma risada sem graça.

Alessa não sabia o que responder.

— Então. Você sabe todos os meus sobrenomes e eu ainda não sei *nenhum* seu.

— *Sobrenome?* — disse Dante com brilho nos olhos. — *Luce mia*, você não sabe nem o meu *nome*.

— Espera. — Alessa se levantou. — Dante não é seu nome *real*?

— É meu nome, só não é meu primeiro nome. — Um sorriso se insinuou em seus lábios enquanto Alessa se aproximava lentamente.

— Qual é seu primeiro nome, então?

O sorriso se abriu ainda mais.

— Não vou contar.

— Por que não? — A voz de Alessa se elevou de indignação. — Só para me irritar?

— Claro que não. Se bem que irritar você é uma vantagem.

— Aposto que é alguma coisa horrível, tipo Eustice. Talvez eu use esse nome até você me contar.

Ele bufou.

— Pode me chamar do que quiser. Mas não espere que eu responda.

— Como se diz *babaca* na língua antiga?

— Stronzo.

— E filho da mãe?

— Bastardo. — Dante caminhou em direção à porta. — Devo anotar pra você?

— Com certeza vai ser útil.

Dante segurou a porta para que ela passasse primeiro. *Bastardo*, mas cavalheiro.

Vinte e um

Chi pecora si fa, il lupo se la mangia.
Torne-se uma ovelha e os lobos o comerão.

DIAS ANTES DO DIVORANDO: 26

A ilha começou a tremer durante o café da manhã, como se também estivesse apavorada. O segundo tremor fez Alessa voltar ao andar de cima, encharcada de suco de laranja derramado e resmungando sobre divindades que *poderiam* ter mandado mensagens compostas de nuvens ou arco-íris, mas não, elas simplesmente *precisavam* usar desastres naturais como uma contagem regressiva.

Até Alessa chegar à sala de treinamento com roupas limpas, o terremoto já tinha parado, mas Crollo parecia determinado a despejar um oceano do céu. Ela começou a organizar as almofadas que tinha trazido para tornar a situação menos ameaçadora — e amortecer possíveis quedas —, mas não podia fazer nada a respeito do trovejar sinistro da tempestade.

Kamaria se apoiou na parede, projetando um tédio estiloso na calça castanho-clara justa, mas não parava de mexer nas rendinhas da blusa solta. Nina estava atrás de Josef, espelhando sutilmente os movimentos dele como a maré reagindo à lua. O rosa-claro do vestido era uma novidade em relação às roupas brancas de sempre, mas não muito.

O desprezo habitual de Kaleb havia se desfeito numa melancolia sombria e, caso alguém não tivesse certeza absoluta de como ele se sentia estando ali, o rapaz escolhera usar roupas pretas dos pés à cabeça. De pernas abertas e braços cruzados, fazia careta para qualquer um que fosse tolo o bastante de olhar em sua direção.

Saida foi a primeira a encontrar o olhar questionador de Alessa e deu um passo à frente. Vestida como se cores vivas pudessem expulsar o clima opressivo de pessimismo, cada camada de sua saia era mais brilhante do que a outra, e os olhos foram realçados com uma sombra azul. A cor combinava perfeitamente com o lenço que amarrara no cabelo, possivelmente para evitar que ficasse batendo quando ela usasse seus poderes.

— Podemos nos sentar, se quiserem — disse Alessa, indicando as almofadas espalhadas.

Saida jogou os ombros para trás e olhou diretamente nos olhos da Finestra.

— Obrigada, mas prefiro ter espaço para me movimentar.

Para fugir.

Mexendo os dedos, Alessa tentou convencer seu sangue a circular, embora dedos gelados fossem a menor das preocupações de qualquer um.

Em um canto, Renata observava atentamente, movendo os lábios numa litania silenciosa de "suave, tranquila, cuidadosa" que combinava com o refrão na cabeça de Alessa.

Suas mãos estavam tão pegajosas que ela não sabia se seria capaz de segurar algo, então, com o aceno brusco de Saida, Alessa curvou o polegar e o indicador em volta dos pulsos da garota como se fosse uma pulseira.

O poder despertou com uma onda, uma corrente atravessando o corpo, gananciosa, sedenta por algo havia muito negado. Foi intenso demais, rápido demais.

Saida chorou baixinho e Alessa soltou. Ela precisava de um segundo.

— Obrigada, Saida. Já volto para você. Josef?

Ele trouxera um copo d'água para Alessa tentar congelar e teve a prudência de colocá-lo no chão para que não acabassem com cacos de vidro por toda parte.

Alessa segurou as mãos macias e geladas de Josef e encarou o copo d'água. Nada mudou. Um calafrio atingiu seu esterno e se espalhou por braços e pernas. Pode ter sido o dom de Josef ou apenas seu pânico crescente.

Josef aguentou mais tempo do que Saida, insistindo que estava bem em meio a dentes cerrados, como se tivesse medo de vomitar caso abrisse a boca.

Era apenas o primeiro dia. Eles tinham tempo.

Um pouco.

Não o suficiente.

Kamaria se aproximou, despreocupada, carregando uma vela em um suporte de metal.

— Trouxe acessórios. — A voz era leve, mas a chama tremeu. Ela pôs a vela no chão e segurou as mãos de Alessa.

Alessa não conseguia se soltar. Ela ia machucar Kamaria, ou pior…

Foco. Alessa se repreendeu mentalmente. Respirando fundo, ela se controlou até a necessidade gananciosa diminuir. Depois — só depois — tentou alcançar a centelha do poder de Kamaria. O poder roçou sua mente, dançando feito uma chama na brisa, mas ela não conseguia segurá-lo.

Renata dissera a Alessa para pensar em um cantor — francamente, ela estava começando a perder a conta da quantidade de metáforas —, mas as tentativas de usar seu poder eram como lutar para se lembrar de uma melodia esquecida ou ter uma palavra na ponta da língua. Estava ali, dentro dela, e uma parte de si mesma *sabia* como aquilo deveria funcionar, porém, quanto mais ela se esforçava, mais difícil era controlá-lo.

Kamaria afrouxou a mão o suficiente para que Alessa se afastasse e as duas soltaram um suspiro de alívio. Meio trêmula, Kamaria se curvou com um floreio e um sorriso arrogante.

A vela não tinha feito nada.

Três Fontes, nenhum resultado.

O pânico subiu a espinha de Alessa como dedos gelados. Estava tão preocupada de *matar* Fontes que nunca tinha considerado a terrível possibilidade de mantê-las vivas, mas ser incapaz de canalizar o poder delas.

Kaleb se aproximou de fininho e parecia tão tenso que poderia quebrar ao meio caso a Finestra fizesse um movimento repentino. As mãos dele eram geladas e grandes — observação ridícula, mas a primeira coisa que Alessa notou antes de abrir a mente por completo. Um choque subiu por seu braço e ela o soltou com um arquejo.

— Droga, isso *doeu*! — Kaleb se inclinou, segurando a mão com força.

— Desculpa — disse Alessa. Um raio dançou entre seus dedos. — Eu não queria...

— Sua vez, Sardas — Kaleb zombou de Nina, encolhida atrás de Josef sussurrando uma oração para Dea. — Vai logo. Insetos do mal estão a caminho.

— Você é insuportável, Kaleb. — Nina baixou as mãos e seus olhos brilhavam com lágrimas de raiva. Ela chorou sem parar durante sua vez, e os soluços sacudiram as duas até Alessa precisar lutar para manter um toque suave. Ela nem tentou usar o dom de Nina para deformar matéria. Um passo de cada vez. Nina precisava de segurança antes de ter alguma chance de ser uma Fonte útil.

Depois de mais uma rodada em que "ninguém morreu" era o melhor que alguém poderia dizer a respeito daquilo, Kaleb declarou a sessão encerrada e foi embora pisando duro e olhando feio para qualquer um que ousasse olhar na direção dele.

Alessa o deixou sair. Kaleb poderia incendiar a Cittadella caso ela arriscasse um discurso motivacional.

Os outros saíram atrás dele, mas Kamaria ficou para trás.

— Posso fazer uma pergunta?

— Claro.

— A Finestra e a Fonte têm o poder de perdoar alguém por um crime grave?

Alessa a olhou de relance.

— Fica tranquila. Não sou uma assassina em série nem nada disso. Estou falando do meu irmão. Sei o que todo mundo pensa, mas Shomari não é um desertor, juro. Como eu disse, ele ama um desafio, e os amigos o desafiaram a entrar escondido em um navio. Os babacas escaparam quando a tripulação acordou, e aposto todas as fichas que Sho tentou se esconder para não se meter em confusão, depois entrou em pânico quando o navio saiu da doca e acabou se tornando oficialmente um desertor. Shomari nem levou nada com ele.

Alessa soltou um suspiro.

— Sempre me disseram que deserção era um crime imperdoável, mas não sei, talvez, sob as circunstâncias certas...

— Tipo se a irmã dele virasse Fonte?

Era tentador dizer sim, garantir uma forte candidata, mas ela não podia usar o irmão de Kamaria como forma de coerção, e realmente não sabia a resposta.

— Talvez. Não posso prometer nada.

— Eu entendo. Sinto muito por não estarmos facilitando as coisas para você.

Alessa tentou enxugar os olhos discretamente enquanto Kamaria saía da sala.

— Não fale nada — disse ela para Dante, que a observava de perto até demais.

— Eu não ia falar nada.

Ela fungou.

— Eles estão todos vivos.

— Estão.

— Saida tem uma boa postura. Josef teve espírito esportivo. Kamaria foi forte e parecia motivada. Kaleb foi... bom, Kaleb foi Kaleb.

— Foi muito bom vê-lo se contorcer.

Ela o repreendeu com o olhar.

— Seja legal.

— Não sou legal.

— Eu acho que você pode ser, na verdade.

Dante pareceu mortalmente ofendido, o que foi tão engraçado que Alessa começou a rir, então não conseguiu parar, até que as lágrimas que estava contendo se soltaram e ela não sabia mais se estava rindo ou chorando.

Dante parecia cada vez mais horrorizado, mas Alessa não teria conseguido se segurar por nada no mundo.

— Hum, você está bem? — perguntou ele.

— Nunca estive melhor — respondeu ela, ofegante. — Inigo?

— Errado.

— Alberto?

— Ainda errado. — Ele segurou a porta para ela passar.

— Ranieri?

— Nem perto.

— Julian? Amadeo?

— Muito bem, piccola, já chega por hoje.

A chuva tinha se tornado dilúvio durante a sessão de treinamento. A água escorria pelos beirais do pátio e rajadas de vento ferozes mandavam chuva para todos os lados, de modo que a passagem coberta não oferecia proteção nenhuma.

Alessa e Dante abriram caminho em meio à água do pátio até as escadas, e ela ouviu um grupo de criados debatendo a maneira mais rápida de esvaziar as cozinhas. Se a Cittadella, que ficava empoleirada no topo da cidade, estava inundada desse jeito, ela odiava pensar em como estava a situação nos outros lugares.

— Vamos correr? — perguntou Alessa a Dante.

A água da chuva escorria das pontas do cabelo de Dante enquanto ele olhava para o céu. Eles iam ficar ensopados de qualquer maneira.

— Vamos.

Alessa segurou a saia e correu na chuva. Mal dava para enxergar além da água que escorria pelo rosto, mas, de qualquer maneira, ela estirou a língua para a estátua de Crollo ao passar por ali.

Um ronco alto, e alguém trombou com ela.

— Mas o que…

Dante a fez seguir em frente quando algo se espatifou no chão atrás deles. Era a estátua. Fragmentos de mármore deslizavam pelo pátio alagado.

Alessa cambaleou, mas não caiu. Dante agarrou o braço dela e a puxou para as escadas.

— Não vai cair *de novo*. — Alessa se debateu, mas a mão do guarda-costas mais parecia uma algema de ferro. — Você não pode encostar na Finestra, seu idiota. O terremoto acabou.

— Não teve terremoto nenhum, e aquilo não foi um acidente.

— Você viu alguém? — Ela tentou se virar.

— Mal deu para ver a estátua.

Ele a soltou quando chegaram às escadas e afastou o cabelo molhado que estava grudado na testa.

Dante sacudiu as gotas dos dedos e gesticulou para a lateral do rosto de Alessa.

— Você está sangrando.

— O quê? — Ela tocou a bochecha.

Dante a pegou pelo cotovelo de novo, fazendo-a seguir em frente, mas a saia ensopada não parava de se embolar nas pernas de Alessa, grudando-as.

—Ah, pelo amor de Dea, *espera*. — Ela soltou o braço e achou o fecho, desembrulhando-se e juntando o tecido molhado nos braços. A meia-calça verde-floresta que estava usando por baixo era quase tão grossa quanto uma calça, e as botas de couro — provavelmente arruinadas — passavam dos joelhos.

Dante olhou para baixo e, depois, imediatamente para cima e na direção posta.

— Ah, faça-me o favor — disse ela. — Até parece que nunca viu perna de mulher antes.

— Só continue andando — respondeu ele rispidamente.

Quando chegaram aos aposentos, Alessa correu até o banheiro para examinar a ferida. O corte na têmpora, cortesia de um pedaço de mármore perdido, era reto, do tamanho de seu dedo e relativamente superficial. Nada que exigisse levar pontos, graças aos deuses, porque ela teria que lidar com isso sozinha e provavelmente desmaiaria.

Primeiro a orelha, agora o rosto. Nesse ritmo, Alessa seria uma Finestra arrasada pela guerra antes mesmo do início do Divorando.

Dante se pôs do lado dela.

— Encontrei pomada. Não se mexe. — Ele ergueu o dedo e Alessa cambaleou para trás, tropeçando no gabinete do banheiro e caindo dentro da banheira.

— Você perdeu a noção? — disse ela. — Você não pode *encostar na minha pele*, senão vai *morrer*.

Dante piscou os olhos.

—Ah, é claro. Toma. — Ele jogou a pomada no colo dela.

Seu traseiro doía, sua têmpora ardia e ela devia estar ridícula com as pernas penduradas na lateral de uma banheira, de pés para cima. Enquanto isso, em vez de parecer um rato afogado, Dante estava lindo — cabelos formando cachos, camisa branca translúcida e grudada no peito e a calça... não, ela *não* ia olhar para a calça.

Alessa olhou feio para ele enquanto girava a tampa.

— Está rindo de mim? — disse ela. — Você acha que alguém tentou me matar *de novo* e está *rindo*?

Ele levou o punho à boca.

— Tem alguém tentando matar você desde que a conheci.

Alessa jogou a pomada na cabeça do guarda-costas.

Ele pegou.

— Podemos concordar que, de agora em diante, quando eu mandar você se mexer, você vai fazer isso sem questionar?

— Tá. Podemos concordar que, contanto que eu obedeça, você não vai sair me arrastando por aí? Uma Finestra não deve ser maltratada.

— Combinado. — Ele agitou a pomada para ela. — Acabou de passar?

Alessa se apoiou nos cotovelos e semicerrou os olhos para a parte interna do pulso dele. Para as duas lâminas cruzadas, o círculo fino de letras miúdas ao redor: a marca que o declarava criminoso, assassino. A marca *desbotada*.

Dante baixou a mão, mas Alessa já tinha visto a prova.

— É falsa — disse ela. — Você *se marcou*.

Vinte e dois

Si dice sempre il lupo più grande che non è.
Quem conta um conto aumenta um ponto.

DIAS ANTES DO DIVORANDO: 26

A risada sumiu do rosto dele.

— Por quê? — Alessa saiu da banheira. — Por que fingir ser um criminoso? Um pária?

— Não é da sua conta. — Ele bateu a pomada em cima da bancada e saiu.

Alessa correu atrás de Dante, deixando um rastro de água para trás.

— Estou tentando entender você.

— Aí está seu primeiro erro.

— Se você não é marcado, nem precisa de um passe para a Fortezza, então por que veio trabalhar para mim?

Ele não queria — ou não conseguia — olhar para ela.

— Porque homens fazem coisas idiotas quando veem uma mulher chorar, talvez?

— Isso não basta. Você mentiu para mim.

Ele se virou para ela com os olhos brilhando.

— Foi você que *me* achou, está lembrada? E, com ou sem marca, eu *sou* um pária. Sem casa, sem família, sem amigos.

— Eu disse… — Ela parou, subitamente tonta. — Achei que você entendesse como era a sensação, mas você nunca matou ninguém.

— Você diz como se fosse algo ruim. Talvez eu só não tenha sido pego.

— Qual é a verdade?

— Eu não os salvei. Dá no mesmo. — Dante encarou o piso e segurou firme o cabo das facas como se fossem a única coisa que o prendia ao presente.

Ela não conseguia sentir raiva quando ele parecia tão perdido.

— Seus pais?

— Para início de conversa.

— Se serve de consolo, eu sou uma ouvinte muito melhor do que uma Finestra.

— Você não precisa da minha história horrível.

— Uma tragédia a mais ou a menos, que diferença faz? — Alessa deu de ombros de leve, uma aposta que valeu a pena quando Dante abriu um quase sorriso. — Eu contei a minha — disse ela, provocando-o.

Ele se virou para as portas molhadas da varanda, de punhos cerrados e lábios contraídos. Alessa estava prestes a deixá-lo em paz quando o guarda-costas finalmente começou a falar.

— Eles foram mortos por uma turba. Pessoas que conhecíamos desde sempre se voltaram contra eles, os arrastaram para fora e os espancaram até a morte.

Ela estremeceu.

— Por quê? O que foi que eles fi…

— *Nada* — rebateu ele. — Eles não fizeram *nada* para merecer isso.

— Não, claro que não — Alessa se apressou em falar. — Não quis dizer…

— Eles não eram perfeitos, mas ninguém merece isso.

— É claro que não. Só não consigo conceber por que as pessoas fariam algo tão horrível sem nenhum motivo.

— Ah, tenho certeza de que eles tinham *motivos*. As pessoas sempre têm motivos. Elas podem justificar qualquer coisa se realmente quiserem.

— Sinto muito. Quantos anos você tinha?

— Já tinha idade o bastante. — A raiva na voz era direcionada a ele mesmo, não a ela, mas a fez se encolher.

— Quantos anos?

— Doze. Mas eu era grande para minha idade. Forte. Eu poderia ter lutado, ter dado uma chance para eles fugirem. E não foi o que eu fiz. — Havia um vazio tão grande em sua voz que parecia expulsar o ar do local. — Eu me escondi. Ouvi tudo e não fiz nada.

— Não foi sua culpa.

— Claro que foi. — Dante passou a mão pelo cabelo.

— Você era uma *criança*.

— E eles eram minha família. Eu deveria ter morrido *com* eles.

Não havia o que dizer. Mesmo que Alessa soubesse as palavras certas, elas não o alcançariam, trancado dentro de si mesmo do jeito que ele estava. E ela sabia, sem a menor dúvida, que, se dissesse a coisa errada, quebraria a frágil tábua de salvação que Dante lhe dera para segurar.

Que cruel compartilhar a dor de outra pessoa e não conseguir aliviá-la em nada. Na física, havia regras e forças, reações iguais e opostas, um equilíbrio. Mas as emoções não obedeciam a regras e, por mais que a compaixão a envolvesse como uma manta pesada, não era o suficiente para ajudá-lo. Não importava o quanto estivesse disposta a suportar, Alessa não podia aliviar a carga dele. Nem mesmo suas mãos, que roubavam poder, força e a própria vida, tinham a capacidade de sugar o sofrimento de Dante.

Assim, ela não falou, mas não se afastou. Perto dele, Alessa ofereceu o pouco conforto de que era capaz com sua simples presença.

Dante encarava a cidade ensopada de chuva lá embaixo, mas ela sabia que ele não estava vendo nada.

***

Houve mais gente se contraindo do que chorando nos dias seguintes, mas, com uma semana de treinamento, as Fontes ainda recuavam toda vez que Alessa se aproximava.

Tomo tinha recuperado praticamente toda a força, mas ficava observando de uma distância segura enquanto Alessa se revezava para usar o dom de todos, até mesmo o de Nina. Porém, a sensação de erro de modificar matéria fez Alessa sentir embrulho no estômago, como se as leis da física lutassem contra uma força tão antinatural.

No final de uma tarde especialmente longa, as Fontes e Alessa sentaram-se em volta da mesa de jantar formal, murchos feito flores na seca. Tomo e Renata juntaram-se ao grupo para um jantar silencioso de peixe branco ao molho de vinho de limão — a qualidade da comida da Cittadella *definitivamente* tinha melhorado desde a chegada das Fontes —, e nem eles tentaram bater papo a não ser para responder a perguntas hesitantes de Saida sobre as receitas da família de cada um. Tomo se animou um pouco e parecia encantado enquanto ela explicava o projeto. Ele também tinha um conhecimento surpreendente sobre confeitaria. Conforme Tomo listava uma série de pratos para Saida escolher, Renata abriu um sorriso fraco e prometeu que ia pensar em alguma coisa mais tarde, e os outros pareciam aliviados de não terem que encontrar energia para falar durante um tempo.

Enquanto Tomo e Saida debatiam o uso de farinha de arroz ou de gelatina em uma sobremesa que Alessa não conhecia, Kamaria encarava o candelabro mais próximo sem nenhuma expressão no rosto. Seus poderes faziam as chamas crescerem e minguarem em um ritmo vagaroso, como se o próprio fogo estivesse respirando e expelindo fumaça na direção de Kaleb. Das duas, uma: ou ela não percebeu ou escolheu ignorar seus suspiros nada discretos.

A certa altura, a conversa caiu no silêncio.

—Acho que talvez seja hora de dar um intervalo — disse Tomo, batendo sua nova bengala na cadeira.

Alessa quase chorou. Uma *pausa*? Era para o dia deles estar encerrado.

— Tem algo específico que você ainda queira que eles melhorem? — perguntou Renata. — Todo mundo parece meio cansado.

— Eu encomendei uns doces — comentou Saida, hesitante. — Talvez um pouquinho de açúcar nos ajude a persistir.

— Muito atencioso da sua parte, querida — disse Renata. — Mas, Tomo, acho que eles já passaram por muita coisa em um dia só.

— Peço desculpas — respondeu Tomo. — Eu não fui claro. Não estava falando de *hoje*, e sim de um dia inteiro de descanso amanhã.

Renata se empertigou.

— Não acho que seja prudente.

— O descanso é tão essencial para o treino quanto o sono é para o aprendizado. Um dia de descanso, oração e tempo com a família vai rejuvenescer a todos nós, e não consigo pensar em um jeito melhor de dar propósito aos guerreiros do que lembrar pelo que estamos lutando. Além disso, Mastro Pasquale vem aqui de manhã, então a Finestra vai estar ocupada posando para o retrato formal.

Alessa não foi a única que deu uma espiada na fila de retratos na parede, séculos de Duos Divinos capturados em pinturas a óleo, encarando-os solenemente. À primeira vista, as pessoas nos retratos pareciam ter pouco em comum, variando em tamanho, forma, cor de pele e gênero. Mas uma coisa era comum a todas: cada Finestra era acompanhada de uma Fonte.

Bem, pelo menos Mastro Pasquale, que tinha sido professora de artes de Alessa em seus primeiros anos como Finestra, era talentosa o suficiente para acrescentar uma Fonte mais tarde e fazer parecer que elas posaram juntas. Não seria uma história divertida para os guias turísticos compartilharem com os futuros visitantes da Cittadella? Partindo do pressuposto, claro, de que Alessa conseguiria encontrar uma Fonte e que, juntas, triunfariam sobre o Divorando para que a Cittadella estivesse de pé dali a um mês.

Renata esfregou a testa.

— Podemos dar essa parte por encerrada agora. Imagino que todos vocês possam tirar um dia de descanso. — Dar o braço a torcer parecia ser sofrido para ela. — Mas espero todo mundo uma hora mais cedo no dia seguinte, preparado para dar tudo de si. E espero que todos façam boas escolhas a respeito de como passar o dia de folga.

Com um olhar hostil para os retratos, Renata se levantou em um redemoinho de saias cor de vinho e ajudou Tomo a ficar de pé enquanto ele dispensava os agradecimentos com um aceno de mão.

— Bem — sussurrou Saida quando os dois se foram. — Isso definitivamente merece uma comemoração. Que bom que resolvi esbanjar na seleção de luxo de cannoli com cobertura de chocolate.

Uma caixa de doces surgiu por debaixo da cadeira de Saida como em um passe de mágica e as Fontes se jogaram avidamente.

Josef, Nina e Kamaria separaram suas sobremesas para viagem. Kaleb comeu a dele em uma mordida e pegou mais uma antes que a caixa chegasse à cabeceira da mesa.

— São do Il Diletto — disse Saida. — É a pasticceria da sua família, né?

Alessa arregalou os olhos ao ver o logo familiar encoberto pelo polegar.

— A Finestra não tem família — disse ela baixinho.

— Sim — gaguejou Saida. — É claro. Sei disso. Só achei...

— Espera — disse Kaleb com a boca cheia de doce. — Adrick Paladino é seu irmão?

Alessa sentiu um nó na garganta.

— Como eu disse, a Finestra não tem...

— Tá, tá. — Kaleb agitou a mão, irritado. — A Finestra brota, intocada, das entranhas sagradas de Dea. Já entendi. — Ele lambeu uma mancha de açúcar em pó de uma unha bem-cuidada e semicerrou os olhos para Alessa. — Você não tem nada a ver com ele. Bom, talvez os olhos.

Não fazia o menor sentido agarrar-se à sua história de origem divina se eles se recusavam a cooperar.

— Eu não sabia nem que você conhecia Adrick, que dirá saber a cor dos olhos dele.

— Ele está em todas. — Kaleb ficou ligeiramente corado. — Não dá para evitá-lo.

A julgar pela cara de Saida, ela começaria a assobiar, se pudesse. Ela passou a caixa para Dante.

— Vocês dois podem dividir o resto. Vamos, Kaleb. Provavelmente vai rolar uma batalha pelo chuveiro antes do carteado, e não vou ficar por último dessa vez.

— Pfff — zombou Kaleb. — Se não vamos treinar amanhã, vou embora agora.

— Estamos no meio de uma partida de Chiamata! — Saida o perseguiu porta afora.

— Mudem para Scopa, então. — A voz de Kaleb ecoou pelo corredor. — Josef e Nina são praticamente costurados um no outro, eles podem jogar em dupla.

Dante pegou a caixa de doces e ofereceu a Alessa, mas ela recusou, brincando com o próprio colar, um pequeno pingente prateado em uma delicada corrente.

— Pode ir também, se quiser. Eu sei que não estava nos seus planos ficar encalhado aqui comigo por tanto tempo quando aceitou esse emprego.

— Não é nada de mais. — Dante lhe lançou um olhar estranho.

— Tem certeza? Aposto que as festas ficam bem loucas com o Divorando tão próximo. — Pressioná-lo era tão irresistível quanto cutucar um dente dolorido para ver se ainda doía.

— Por acaso eu tenho *cara* de baladeiro?

— Não faço ideia de que tipo de cara você é. Tudo que eu sei é que Dante não é seu nome verdadeiro e que você lê vários livros, soca desconhecidos por dinheiro, decora provérbios na língua antiga e alega ser uma péssima pessoa sem fornecer um pingo de evidência que apoie isso. *Você*, NãoDante SemSobrenome, é um mistério completo para mim.

Ele chegou para a frente.

— E você não suporta mistérios, é?

— Nem um pouco.

— Bom, aqui vai uma verdade para você: eu não gosto de boa parte das pessoas, então não gosto de boa parte das festas.

— Que choque. Eu amava festas. E pessoas. Quando elas não tinham medo de mim.

Pensando bem, um bocado de açúcar era exatamente do que ela precisava.

Ignorando as mãos estendidas de Alessa, o guarda-costas continuou seu escrutínio metódico dos doces sortidos.

— Eu não tenho medo de você.

Ela ergueu um punho vitorioso.

— Um a menos. A vitória é minha.

Dante deu uma risadinha e enfiou uma massa folhada na boca.

Vinte e três

Lupo non mangia lupo.
Lobos não comem lobos.

DIAS ANTES DO DIVORANDO: 20

De volta à suíte, Alessa debatia em voz alta o que vestir para a sessão de pintura do retrato no dia seguinte, enquanto Dante ignorava o assunto por completo e descansava numa poltrona com mais um livro.

Ela revirou o armário depressa, puxando montes de seda rubi, tafetá prata e renda violeta, e pendurou meia dúzia de vestidos que usara uma só vez ou nunca na tela de privacidade entre sua cama e o cômodo principal.

Depois que ela pigarreou alto algumas vezes (e bateu o pé no chão de forma breve, mas enérgica), Dante ergueu os olhos por tempo suficiente para registrar seu voto grunhindo na direção aproximada de um vestido carmesim. Alessa nem se deu ao trabalho de pedir a opinião dele acerca de joias ou sapatos, mas dispôs suas escolhas abaixo do vestido para não precisar ficar vasculhando o armário pela manhã.

Voltando vagarosamente para a sala de estar, Alessa pegou o livrinho de couro que Dante tinha deixado aberto na mesa lateral e passou o dedo pelas palavras dentro da capa.

Per luce mia.

— Isso é para mim?

Dante olhou de relance e se levantou de um salto.

— Não.

— Desculpa. — Ela afastou a mão. — Não queria bisbilhotar.

— Não. Não tem problema. — As maçãs do rosto de Dante escureceram. — Pode olhar. Mas está na língua antiga.

Alessa abriu em uma página ao acaso.

— *O mangiar questa minestra o saltar dalla finestra* — leu ela, atrapalhando-se um pouco. — Alguma coisa a ver com ministros... pulando de janelas?

— Minestra é sopa. Tome a sopa ou pule da janela. Significa "pegar ou largar".

— Ah — disse ela, fechando o livro. — Eu tinha começado a me perguntar se você tinha decorado um livro de provérbios antigos e, *voilà*, aqui está.

— Mais de um, na verdade. O homem *santo* que me acolheu depois da morte dos meus pais me fazia ler a *Verità* todo dia. Era grande o suficiente para esconder outros livros atrás.

— Ah. — Ela mordeu o lábio. — Você morou com ele por quanto tempo?

— Tempo demais. Levei três anos para fugir.

— Que horror. — Ela queria fazer mais perguntas, entender o que Dante tinha passado, tanto durante o tempo em cativeiro quanto nos anos seguintes, mas o instinto lhe disse que uma boa amiga mudaria de assunto.

Com a ponta dos dedos, Alessa detectou sulcos na parte de trás do livro, então ela o virou para ver as letras gravadas no couro.

E. Lucente.

— Sabia! — gabou-se Alessa. — Seu nome é Eustice!

Dante balançou a cabeça com um sorriso torto.

— O "E" é de "Emma". O livro era da minha mãe.

— Droga — resmungou ela. — Bom, pelo menos eu sei seu sobrenome agora. "Lucente." "Luz." E "Dante" significa...

— Duradouro.

— Luz duradoura — disse Alessa, reflexiva. — Gostei. Você já me chamou de algo assim uma vez: "Luce mia."

Dante cruzou e descruzou os braços, pigarreando baixinho.

— Ela me chamava assim.

O coração de Alessa doía pelo garotinho que ele devia ter sido.

— O que você está lendo agora? Algo de bom?

— Me diz você. — Ele a olhou de relance. — Achei do lado da sua cama.

— Devolve. — O sangue se esvaiu do rosto de Alessa.

Dante puxou o livro para perto.

— Vou devolver. Só peguei emprestado. Troca justa.

— Você não pode fazer isso. O livro é *meu*. Quer dizer, não é *meu*. Eu achei. Claramente não era para estar na biblioteca, então tirei de lá. Para jogar fora.

— Por que você faria isso?

— É... inapropriado. — A ponta de suas orelhas esquentou.

— Bom, alguém gostou dele. Metade das páginas está dobrada. — Seus lábios se contraíram.

— Não tenho como saber. — Ela se ocupou reorganizando as almofadas.

— A pessoa marcou as melhores partes, se quer saber minha opinião.

Melhores. As mais escandalosas — era isso que Dante queria dizer —, mas, como ela *não tinha lido* e, portanto, *não* poderia ter dobrado as páginas para marcar onde tinha parado de ler, Alessa não podia nem rebater nem concordar com a avaliação dele, e o desgraçado sabia.

— O autor é bem, hum, descritivo — comentou Dante, todo inocente. — Ah, aqui está um trecho bom: "Quando o Príncipe Regente deu a volta para exibir sua espada mais majestosa, a dama arfou. Uma arma tão impressionante era capaz..."

Uma almofada na cara o interrompeu. Rindo, ele a jogou de lado.

— Confessa. Quantas vezes você já leu?

— Já disse, eu não...

— Umas dez? Cem?

— Você é uma péssima pessoa, sabia?

— Sabia. — Ele soou sério demais e ela hesitou, imaginando se deveria pedir desculpas, mas, de repente, Dante arregalou os olhos com sinceridade. — Só que eu simplesmente *preciso* descobrir se nossa heroína intrépida escolhe o príncipe ou o rebelde, então nem se atreva a me contar o que acontece.

Alessa se empertigou; era uma Finestra altiva da cabeça aos pés.

— Eu *jamais* faria isso. Só o pior tipo de gente estraga o final de um livro.

— Verdade. E você não pode fazer isso. Obviamente. Porque você não leu.

— Porque eu não li.

— Sabe, não tem motivo nenhum para sentir vergonha. — Ele a olhou de relance. — É perfeitamente normal.

— Ler?

— Gostar desse tipo de livro. Você pode até ser um vaso sagrado e tudo mais, mas ainda é humana.

— Mais ou menos.

Ele se aproximou.

— Totalmente. Com ou sem título, com ou sem poder, você ainda é humana. Não deixa a baboseira sagrada entrar na sua cabeça.

— *Baboseira* sagrada?

Dante dispensou seu protesto indignado com um aceno de mão.

— Pode manter seus deuses e deusas nos pedestais se quiser, mas os rituais, as regras, o isolamento? Você sabe que isso não vem *deles*, não sabe? Essas coisas foram escritas por mortais. A grande maioria homens. Nós temos um péssimo hábito de trancafiar gente que nos dá medo, e a coisa que mais assusta homens poderosos é uma mulher com mais poder ainda.

Alessa não conseguia imaginar por que alguém iria querer seu poder, mas havia um milhão de coisas que ela não entendia a respeito das pessoas, então não discutiu. Até Adrick parecera enciumado da última vez em que se falaram.

— Se partes desse acordo não funcionarem para você, ignore. — Dante lhe lançou um olhar severo. — Pegue as tradições de que precisa e jogue fora o resto. Seja ousada.

— Ousada, é? — Ela tirou o livro da mesa. — Nesse caso, vou pegar isso aqui de volta.

A risada de Dante a seguiu até uma cadeira na varanda.

— Eles estavam falando de um jogo de cartas hoje à noite — disse o guarda-costas, chegando por trás dela. — Você deveria ir.

— Eu os torturei o dia inteiro. — Alessa alisou a saia. — Com certeza ninguém me quer por lá.

— Você não vai saber se não tentar — disse ele. — Se quer ter amigos, vá atrás deles.

— Eu não vou *forçar* ninguém a ser meu amigo.

— Rá! Você vive *me* coagindo. — Apoiando as mãos na parte de trás da cadeira, Dante se curvou para perto do ouvido dela. — Você não está com *medo*, está?

Alessa jogou a cabeça para trás com uma indignação honrada, batendo no rosto de Dante com o cabelo.

Aos risos, ele afastou algumas mechas da bochecha.

— Você tem cheiro de pomar.

— O meu cheiro é divino, muito obrigada. Minha nonna faz sabonetes e esfoliantes para mim com os limões que ela planta e sal marinho. É bom para a pele.

— Vou me lembrar disso. Eles deixam você visitar seus avós?

— Não. Eu não posso nem escrever para eles, mas as regras não especificam de quem eu posso comprar coisas, então eu encomendo uma cesta periodicamente, e a nonna escreve bilhetes secretos dentro dos embrulhos.

— Estou começando a ver de onde vem sua veia rebelde.

— Meu nome é em homenagem a ela também, e herdei sua tendência de adotar animais de rua. Se ela conhecesse você, ia forçá-lo a comer muita massa e te repreender por ser bonito demais.

— Você me acha bonito?

Alessa corou.

— Eu não. Mas *ela* acharia. E ela não esperaria que você falasse, então você ficaria feliz. Quando a nonna não está cantando para si mesma, está falando sozinha, e é impossível ter uma chance de dar um pio. Meu nonno é surdo e ela acaba esquecendo que os outros não são.

— Entãooo — ele prolongou a palavra —, quer dizer que ela é uma versão mais velha sua?

— Imagino que não seja sua intenção, mas vou considerar como um elogio de qualquer maneira.

— Faço o que for preciso para aumentar sua confiança, *luce mia*. Vem, vamos lá.

Ela não se mexeu.

— Pra cima deles, soldada.

Alessa agarrou os braços da cadeira e enganchou os tornozelos ao redor das pernas, mas Dante inclinou o assento para a frente, deixando-a sem escolha a não ser levantar ou ser jogada no chão.

— Eu detesto você.

— Posso viver com isso.

As vozes ficaram mais audíveis à medida que eles atravessavam o corredor, seguidas de risadas provocadas por uma piada que ela não ouvira. Tudo que Alessa quisera por anos estava atrás de uma porta, bastava bater.

Temor. Esperança. Dois lados da mesma moeda, girando depressa demais para distingui-los.

Alessa ergueu a mão até o braço doer, depois a baixou.

— Não consigo.

— Como você vai enfrentar um enxame de scarabei se está morrendo de medo de bater numa porta?

— Entrar de penetra em um evento social é pior do que uma batalha até a morte.

— É só dizer oi.

Alessa se encolheu ao ouvir outra gargalhada do outro lado.

— Tá, deixa comigo.

Alessa bloqueou a passagem dele.

— Não se atreva. — Ela agitou um dedo muito ineficiente na direção de Dante enquanto ele se elevava sobre Alessa.

— Covarde — disse ele com um sorriso.

A porta se abriu e, ao se virar, Alessa deu de cara com Saida, igualmente assustada, as mãos contra o peito na soleira.

— Finestra. Aconteceu alguma coisa?

Atrás dela no quarto, Josef deixou cair suas cartas no chão e Nina fez uma dança constrangedora para evitar que uma bebida se esparramasse pela mesa depois de a empurrar na pressa de se levantar. Se fora da Cittadella a garota fosse metade do quanto era estabanada ali, Josef devia usar seus poderes o tempo inteiro para evitar se encharcar.

— Não. Não aconteceu nada. — Alessa alisou a saia. — Eu só queria conferir se vocês precisavam de alguma coisa.

Juntas, as Fontes formavam um quadro horrorizado, observando-a como uma família de ratos talvez pudesse encarar um gato que havia descoberto sua toca.

Saida arregalou os olhos.

— Acho que não precisamos de nada. Precisamos de alguma coisa?

Todos negaram.

Alessa concordou com um aceno de cabeça. Então percebeu que estava repetindo o gesto por uma quantidade de tempo constrangedora e parou abruptamente.

— Excelente. — Outro meio-aceno de cabeça. — Bom. Então. Tenham uma ótima noite.

— Você também.

— Obrigada.

Saida fechou a porta, mas não a trancou. Pelo menos um lado positivo.

— Tá. — Dante estalou os lábios. — Talvez você devesse ter trazido algo para descontraí-los.

— Nina só tem quinze anos.

— Biscoitos para ela e álcool para os outros.

— Você poderia ter sugerido isso *antes* de eu ficar parada lá com cara de trouxa.

Dante a olhou de relance enquanto se recolhiam para os aposentos.

— Ei, pontos pelo esforço.

Ela reagiu com uma falsa careta.

Sua energia nervosa reprimida não tinha para onde ir, então, quando Dante, balançando as sobrancelhas, ergueu outro romance que havia encontrado, Alessa se recusou a fazer o jogo dele.

— Esse é bom — comentou ela. — Mas eu o proíbo de engatar numa leitura agora.

— Me proíbe? Você acha que pode me dar ordens?

— Eu dou ordens a você o tempo todo. Você simplesmente não as segue. — Alessa o olhou de relance. — Dante, você é meu único amigo.

— Talvez você seja a minha única também. — Dante beliscou o dorso do nariz. — *Dea*, isso é patético, né?

— Qualidade, não quantidade. Vou fazer um pedido com *muito* jeitinho, então você precisa dizer sim.

— Para?

— Fazer uma brincadeira comigo. — Ela bateu palmas.

Dante semicerrou os olhos e o sorriso de Alessa se abriu ainda mais. Se ele ia provocá-la por ler romances obscenos, ela revidaria enfiando insinuações de duplo sentido em todas as conversas.

— Tá bom — disse ele, analisando-a. — Devo saquear a biblioteca ou você tem alguma bebida por aqui?

— Eu sou a *Finestra*. Uma guerreira ordenada pelo divino.

— Isso é um não?

— Só estou deixando bem claro que seria inapropriado... — Alessa se içou na bancada, esticando a mão para abrir o armário mais alto e empurrar um pão velho e duro para o lado. — *Altamente* inapropriado guardar bebida alcoólica no meu quarto.

A que alcançara mais fácil fora uma garrafa empoeirada de limoncello que ela se esquecera de gelar, e Alessa a ergueu para que Dante avaliasse. Ele arqueou a sobrancelha. Ela guardou a garrafa.

Mordendo a língua, Alessa atingiu um decantador pesado com a ponta dos dedos, e a outra mão estava pronta para pegá-lo quando o recipiente escorregou da beirada.

Longos dedos seguraram o decantador na frente do rosto dela, e Alessa puxou a mão. Espremendo-se contra os armários, ela se virou para censurá-lo.

E perdeu a fala.

Dante chegou tão perto da bancada que estava praticamente entre os joelhos de Alessa, seus olhos escuros tão próximos que ela era capaz de contar os pontinhos dourados.

Ele olhou para os lábios dela.

— Para trás — guinchou Alessa. — Não preciso de mais uma morte na minha consciência.

Dante segurou a garrafa com mais zelo do que demonstrara pela própria vida e girou para se apoiar na bancada ao lado dela, ainda perto demais.

— Seria minha culpa, né? — Ele puxou a rolha e bebeu um gole. — Ah, que delícia.

— Mesmo assim, eu ainda teria que conviver com a culpa *e* arrumar um novo guarda-costas. — Alessa selecionou dois copos de uísque e desceu da bancada. Ela lhe lançou um olhar severo. — A gente chama isso aqui de copo.

— Fascinante. — Ele estendeu a garrafa, suspirou quando ela não a tirou dele e a colocou na mesa.

Alessa se serviu de um pouco da bebida, devolveu a rolha à garrafa e a segurou perto do peito. Uma refém.

— Vamos jogar.

— Hã?

— Jogar. Jogar um *jogo*. — Uma distração de seu fracasso social.

— Que tipo de jogo?

— Um jogo de beber. — Ela tomou um gole, feito uma *dama*, e deixou o desafio no ar.

Dante se jogou na cadeira e seus cotovelos acertaram a mesa com um baque.

— Sou todo ouvidos.

— Verdade ou desafio. Quando for sua vez, você escolhe o que vai ser naquela rodada.

Dante inclinou a cadeira para trás com a descrença estampada no rosto. Um belo dia, ele ia cair de bunda no chão, e Alessa esperava muito estar presente para testemunhar.

— Se você não cumprir a consequência nem responder à pergunta, vai ter que beber.

Um sorriso lento se espalhou pelo rosto dele.

— Por mim está ótimo.

— Você vai sair dizendo não para tudo, não é?

— É. — As pernas da frente de sua cadeira bateram no chão.

— *Não*. — Ela abraçou mais a garrafa. — Não vou servir a não ser que você participe.

— Tá bom. — Ele estalou os dedos para que ela seguisse em frente. — Mas não vou revelar meu nome.

— Não pode ser *tão* ruim assim.

— Eu nunca disse que era.

— Eu vou arrancar a verdade de você, de um jeito ou de outro. Virou a missão da minha vida. Nada vai me deter. Anéis de ferro, banco da tortura. Me aguarde.

— Eu adoraria vê-la tentar.

— Você sente cosquinha?

— Nem um pouco.

— Aposto que sente, sim. Aposto que você ri que nem uma garotinha apaixonada. — Alessa lhe lançou um olhar malicioso. — Eu dobro o seu salário se você me contar.

— Nenhum pagamento poderia ser mais satisfatório do que vencer você. — Os olhos de Dante denunciavam o quanto ele estava se divertindo. — Eu vou levar o segredo comigo para o túmulo.

— Ah, fala sério.

Ele refletiu.

— Tá bom. Acho que posso contar no meu leito de morte.

— Estou ansiosa pelas duas coisas, então.

— A gente vai jogar ou não?

— Vou começar com uma fácil. — Provocá-lo era divertido, mas Alessa não podia correr o risco de fazê-lo mudar de ideia. — Qual foi o lugar mais bonito que você já viu?

Dante franziu de leve os lábios.

— Uma prainha do outro lado da ilha.

A Finestra sentiu um aperto no coração.

— Como era lá?

— Uma praia. — Ele ergueu o copo, colocou-o de qualquer jeito na mesa e repetiu o movimento.

— Que *tipo* de praia?

— Do tipo onde a terra encontra o mar — disse ele devagar, deleitando-se com a irritação dela.

Ela sacudiu a garrafa com um ruído molhado.

— Me faz esse agrado. Faz anos que não piso numa praia.

Ele olhou para o teto.

— Penhascos altos dos dois lados. Uma trilha estreita para chegar até lá, então, para muita gente, não vale o esforço. Mas a água... — Ele parou de falar com um sorriso melancólico. — Nunca vi aquela cor em nenhum lugar.

— Parece perfeito — disse Alessa com um suspiro. Ela o recompensou com uma dose miserável e enfiou a garrafa entre as coxas, o lugar mais seguro da Terra. — Qual é a minha pergunta?

— Se você pudesse fazer qualquer coisa antes do Divorando, o que seria?

— Fácil. Controlaria meu poder e pararia de matar pessoas.

— Não, não. Esses jogos devem ser *divertidos*. Escolhe uma coisa boa. — Ele levou o copo aos lábios.

— Perderia a virgindade.

Dante se engasgou. Todo vermelho e com lágrimas nos olhos, ele bateu no peito.

Alessa se envaideceu.

— Melhor assim?

— Muito — disse ele com a voz rouca. — Consequência.

— Humm. Diz alguma coisa legal sobre Kaleb.

— Não. — Ele inclinou o copo.

— Calma aí — protestou Alessa com uma risada. — O jogo vai acabar em cinco minutos se você beber tão rápido.

— Jamais. Sou feito de ferro. — Ele deu um tapa no abdômen firme. — Argh, Kaleb. Acho que produzir eletricidade combina com ele.

— Como assim?

— Já esteve perto de um raio? Não é nada divertido.

— Você é *muito* azarado.

— Não me acertou diretamente. Também já quebrei sete ossos, inclusive meu nariz, fui esfaqueado, queimado e quase perdi um dedo.

— Os deuses devem mesmo odiar você. — Ela fez uma careta.

— Com certeza odeiam.

— Somos dois, então.

— Você é a salvadora. — Ele bufou. — Depois do Divorando, você nunca mais vai trabalhar na vida. As pessoas vão escrever sonetos sobre você.

— *Ou* eu vou matar todas as Fontes que ainda estão na ilha, todo mundo em Saverio vai morrer e vai ser tudo culpa minha. — Ela pressionou o copo frio e molhado na bochecha. — Odeio machucar pessoas.

— Não, sério mesmo? Nem dá para perceber.

— Eu tenho uma missão. *Uma*. Por que não consigo cumpri-la? Ele a avaliou, prendendo o lábio inferior entre os dentes.

— Você disse que estava faminta.

— Quê?

Ela deslizou o olhar para a boca de Dante, mas os olhos dele — escuros e afetuosos, como bolo de chocolate derretido e salpicado de caramelo — dificultavam a concentração.

— Quando tocou sua primeira Fonte, você disse que estava *faminta*. Você realmente já *sentiu* fome?

— Todo mundo já sentiu fome. — Ela franziu o nariz.

— Não estou falando da fome que dá quando o jantar atrasa… estou falando de fome *de verdade*. Tanta fome que seria capaz de engolir terra para preencher o buraco no estômago.

— Acho que não.

— Bom, quando você fica vazio desse jeito e põe as mãos em comida, você sabe que vai passar mal se comer rápido demais, mas não consegue evitar.

Ela olhou para dentro do copo como se pudesse haver respostas ali, mas tudo que Alessa encontrou foi seu próprio reflexo distorcido.

— Tá...

— Foi por isso que trancaram você aqui, certo? Para fazer você se lembrar do que é conexão e comunidade depois de perder tudo isso? — Ele esperou até Alessa erguer os olhos e sustentou o olhar dela. — Eles a deixaram faminta, e você se empanturrou na primeira oportunidade que teve.

— Você está tentando dizer que eu matei pessoas porque sou tão ridiculamente solitária que as devoro? — A inquietação lhe pesou o estômago. — Porque isso não me faz sentir nem um pouco melhor.

— Estou dizendo que não é culpa sua.

Ela sentiu um aperto na garganta.

— Os livros fazem parecer romântico morrer de solidão, mas matar *outra* pessoa com a própria solidão? Que *baita* talento.

Dante se inclinou para a frente com os cotovelos na mesa.

— Talvez, se você aliviar a tensão, possa ganhar um pouco de controle.

Ela contraiu os lábios.

— Como assim, tipo um lanchinho de afeto?

— Algo assim. — Dante tamborilou os dedos na mesa. — Você conseguiria arrumar um bicho de estimação?

— Um *bicho de estimação*?

— Pequenos? Peludos? Animais domesticados? — Ele imitou garrinhas arranhando o ar. — Tipo um gato.

Alessa tomou um gole da bebida e tossiu com a ardência.

— Você está propondo que eu arrume um *gato*. Para preencher o buraco vazio e escancarado dentro da minha alma. Um *gato*.

— Por que não? Talvez você enxergue melhor no escuro.

— Ou mate um gato.

— Você acha? — Ele pareceu surpreso. — Eles têm pelo por cima da pele.

— Não sei nem quero descobrir. Se eu matasse um gatinho fofo, jamais me perdoaria.

— Por um gato? Você já...

— Matou três pessoas? É isso que você estava prestes a dizer?

Ele teve a decência de parecer desconfortável.

— Pelo menos eles concordaram em ser tocados. Um animal não tem como.

Dante ainda parecia pensativo.

— Se eu acordar amanhã e encontrar um gato no meu quarto, os dois vão parar no olho da rua. — Ela levantou um dedo em sinal de advertência.

Dante riu e pegou o copo dela, já que o dele estava vazio, mas Alessa espantou sua mão.

Seria possível?

Ela sempre acreditara que deveria abraçar o isolamento e se culpava por deixar a solidão ocupar os espaços destinados a manter a divindade, mas as palavras de Dante a fizeram duvidar.

Talvez estivesse nadando contra a maré, seguindo na direção errada esse tempo todo.

Depois de se cortar na lâmina da esperança tantas vezes, seria tolice empunhá-la de novo?

Vinte e quatro

I frutti proibiti sono i più dolci.
O fruto proibido é o mais doce.

DIAS ANTES DO DIVORANDO: 20

Por volta da meia-noite, Alessa cutucou a frente de sua blusa. Tinha derramado alguma coisa. Em algum momento. Não se lembrava exatamente do quê. Com os olhos vesgos, ela levou um dedo borrado ao nariz — opa, à bochecha. Não, aquele era seu queixo.

— Isso não é uísque. — Suas palavras pareciam escorregar pela língua.

Dante, esparramado em uma poltrona com uma perna pendurada de lado, boca aberta e um olho fechado, semicerrou o outro para uma estátua esculpida em madeira que segurava diante do rosto.

— Não mesmo, essa é a água que eu falei para você beber uma hora atrás. Você derramou metade pelo vestido como um rio entre os seios.

Alessa bufou.

— Que *mentira*. E se eu *tivesse* derrubado, coisa que *não fiz*, você não deveria falar dos bustos de uma dama.

— Bustos? — Ele largou a estátua, uma herança inestimável de pelo menos dois séculos, no sofá a seu lado. — Não acho que *bustos* vão no plural.

Alessa se levantou, de queixo erguido, e esperou o cômodo se endireitar.

— Claro que vão. Bustos quase sempre vêm em pares.

— *Seios* vêm em pares, mas não acho que *bustos*... quem é que *usa* essa palavra?... pode ser usado no plural. Dois seios, um busto. Tipo, eu tenho duas pernas, mas uma virilha, esse tipo de coisa.

— Eu não saberia.

— Gramática?

— Algo sobre sua virilha. E *você* não deveria notar quando uma garota derrama água no decote.

— Eu *não* reparei — disse Dante. — Mas você ficou toda esganiçada dizendo que estava frio. Depois bebeu outro copo de uísque, então duvido que a água seja de muita ajuda. — Ele encarou o copo com desejo. — De quem é a vez?

— Minha, acho.

— Cante alguma coisa.

— Eu passo. Sou uma péssima cantora. — Seu gole seguinte desceu meio fácil demais. — Cante *você* alguma coisa.

Alessa não achou que ele fosse obedecer, mas, em uma voz tão forte quanto uísque com mel, Dante cantou:

— *Levei minha formosa donzela num navio…*

Oh, céus. A ardência do álcool e o calor da voz dele pareciam estar derretendo algo dentro dela.

— *Para lhe dar um gostinho do mar…*

Bem. Isso não era nem um pouco justo.

— *E quando outra vez voltamos à orla…*

Dante respirou fundo, com um brilho travesso nos olhos.

— *Minha formosa donzela se pôs a me provar.*

— Ah, *bravissimo.* — Ela jogou a cabeça para trás, gargalhando. — Que voz angelical para uma música tão diabólica.

— *Grazie.* — Ele curvou a cabeça. — Sua vez.

— Não vou cantar.

— Cor favorita, então.

— Verde — respondeu ela. — Você é péssimo nisso. Minha vez. Quantas pessoas você já beijou?

Ele contraiu o rosto, pensativo.

— Sete. Não, oito. Gêmeas contam como uma ou duas?

— Gêmeos são seres humanos separados, então duas, obviamente. E que nojo. Você não deveria beijar irmãs.

— Não eram *minhas* irmãs. Eu jamais recuso um beijo de uma moça bonita.

Era surpreendente que seu placar não fosse mais alto, então. Ela seria a primeira da fila se não fosse tão mortal, mesmo com as várias falhas de personalidade de Dante. Se bem que, depois de alguns drinques, ele estava quase charmoso. Ou ela tinha perdido a capacidade de julgamento. O uísque tinha distorcido todo o resto, então era bem possível que o estivesse borrando também. Até mesmo o copo de Alessa estava inclinado de lado. Ou talvez fosse o chão. Ou ela mesma. Era difícil saber.

Do que eles estavam falando mesmo?

Ela recolheu seus pensamentos dispersos.

— Acho que eu também não recusaria, se soubesse que não acabaria em tragédia. Minha única tentativa *não* deu certo.

— Precisa de treino. — Dante abriu um sorriso vagaroso.

— Então pode acrescentar "beijar" à lista de coisas que nunca vou dominar.

— Não. — Dante acenou com a mão. — Tenho certeza de que, mais cedo ou mais tarde, você vai resolver essa coisa do toque mortal.

Alessa riu, espantando uma vozinha que avisava que ela se arrependeria ao acordar de manhã.

— Super-hiper-ultra-hipoteticamente falando, se pudesse superar a alta probabilidade de uma morte dolorosa, você sentiria vontade de me beijar?

— Hipoteticamente? — Ele articulou a palavra com mais clareza, mas não muito.

— Obviamente.

— Difícil superar a parte da morte dolorosa, para dizer a verdade. — Ele brindou, batendo o copo no dela.

— É *hipotético*. — Ela tentou lhe dar um chute, mas mal atingiu sua perna. — Você nem teria que tomar a iniciativa. É tão difícil assim fingir que me acha bonita?

— Não foi isso que você perguntou.

— Então quero refazer a pergunta. — Ela pôs o cabelo para trás das orelhas. — Você me acha bonita?

—Acho. Comida favorita?

Ela ajeitou o cabelo com um orgulho exagerado. Certamente merecia um ponto extra por arrancar um elogio daqueles lábios teimosos.

— Essa ainda não é uma pergunta de verdade.

— Estou tentando nos guiar para águas mais seguras. Maior medo?

—Ah, muito mais seguro. — Ela fechou a cara. — Tenho medo de todos nós morrermos.

— Sem graça.

— De ser minha culpa? Acho que tenho mais medo disso do que da própria perspectiva de todos morrerem. Isso deve fazer de mim uma péssima pessoa.

— Não sou eu que vou julgar. — Ele girou os dedos pelo copo. — Atividade favorita?

— Tirando matar pessoas por acidente? Nenhuma. Talvez eu devesse aprender a tricotar.

— Você é uma bêbada triste, sabia?

— Era sua vez, de qualquer maneira. Será que é tarde demais para mudar de ideia sobre ter um gato?

—Ah, então você aceita minha teoria?

— De que eu sou tão pateticamente solitária que tiro a vida de meus consortes? É claro, vamos aceitar essa daí. — A respiração de Alessa ficou mais rápida. — Talvez eu precise de mais de um gato.

Ele soltou o copo e se levantou.

— Tenho uma ideia.

— O que está fazendo? — Alessa recuou.

— Vou dar um abraço em você para que possa salvar o mundo.

Na pressa para escapar, Alessa derrubou uma cadeira.

— Não. Péssima ideia.

— Você está coberta dos pés ao queixo e eu sou uma cabeça mais alto. Você teria que dar um pulo e esmagar seu rosto contra o meu para me machucar.

Alessa pôs o sofá entre os dois e exibiu seu olhar mais severo.

— É perigoso demais.

— Você quer uma droga de um abraço ou não?

Ela queria desesperadamente.

A Finestra engoliu em seco.

— Luvas.

Ele as arrancou do bolso de trás, balançando a cabeça com uma exasperação divertida.

Quando Dante deu o primeiro passo, ela deslizou para trás.

— Seu rosto.

Dante revirou os olhos, mas olhou ao redor até encontrar um arranjo de lenços coloridos pendurados em ganchos ao lado da porta. Ele pegou um tecido roxo brilhante, enfiou uma ponta na parte de cima da camisa e o enrolou em volta da cabeça. Seus dedos enluvados puxaram as dobras, tentando separá-las para que pudesse enxergar.

— Droga, aonde você foi?

Alessa espremeu a língua entre os dentes.

Um olho escuro tornou-se visível; em seguida, ele abriu os braços e esperou.

Coragem, desespero ou pura estupidez embriagada a levaram para os braços de Dante.

No momento em que se encostaram, cada músculo do corpo de Alessa se contraiu tanto que ela não conseguiria ter se mexido nem se quisesse.

Ele estava quente.

Era tudo em que conseguia pensar. Ela se esquecera de que as pessoas eram quentes.

Alessa tentou apoiar as mãos nas costas de Dante, mas as afastou por reflexo. Os braços dele a envolveram, fortes e destemidos, então ela tentou mais uma vez, pousando as palmas na superfície plana das costas dele.

Pouco a pouco, músculo por músculo, Alessa se acomodou em seus braços até apoiar a bochecha no peito dele.

A batida constante do coração de Dante acelerou.

Alessa tentou encontrar forças para se mexer — não queria que ele temesse pela própria segurança —, mas Dante não se afastou, e *nada* nunca tinha sido tão bom. Nada. Aquele abraço era oficialmente a melhor coisa que lhe acontecera.

Patética.

Ela não se importava. Era como respirar depois de passar anos debaixo d'água. Embalada pelo calor e pelo conforto, Alessa deixou o mundo sumir; os braços fortes que a seguravam e o calor firme sob sua bochecha acalmaram seus sentidos…

Ela levantou a cabeça de supetão.

— Você dormiu? — A voz de Dante retumbou no peito.

Alessa arregalou os olhos.

— Talvez.

— Sério?

— Só um segundinho.

— Hum. Não é isso que um homem costuma querer quando está com uma mulher nos braços, mas acho que é um bom sinal?

O tecido da camisa dele roçou na pele de Alessa quando ela fez que sim.

— Está melhor? — perguntou ele. — Satisfeita?

Satisfeita? Nem perto.

Melhor? Sim.

Ela murmurou algo que era para ser sem sentido.

— Quê? — Com um braço firme em volta dela, Dante se atrapalhou para ajustar os lenços absurdos.

— Nada. — Ela se enterrou ainda mais no abraço dele. — Não se preocupa, já vou soltar em um minuto.

Dante parou um instante.

— Não tem pressa.

Ela só balançou um pouco quando se afastou.

— *Por favor*, me diz o seu nome?

— Vamos combinar assim: se você salvar o mundo, eu falo meu nome. — Ele esfregou o lábio. — Que tal isso como forma de motivação?

— Parece um esforço excessivo para conseguir uma informação básica a respeito de um funcionário.

— É pegar ou largar. — Dante bocejou. — Vou tomar um banho. Vê se bebe mais água. Você vai me agradecer depois.

Alessa cambaleou até a pia para encher um copo grande. Depois de derrubar um tanto no chão, ela chegou ao quarto e resistiu ao impulso de se deitar.

Seu pijama estava no armário do banheiro, e Alessa não invadiria o cômodo enquanto Dante estava tomando banho, então ela se despiu e chutou o vestido antes de subir na cama. Depois de umas manobras, conseguiu manter os lençóis presos ao peito enquanto voltava a pegar o copo.

Alessa bebeu metade por pura força de vontade. O restante exigiria mais motivação. Ela fechou a cara para a água tépida. Pegar gelo significaria correr pela sala — uma má ideia sóbria, traiçoeira em seu estado atual — antes de Dante voltar.

A água morna da torneira ia ter que servir.

Enquanto ela se preparava para mais um gole, Dante saiu só de toalha.

Alessa abaixou o copo de seus lábios ainda entreabertos.

— Desculpa. Esqueci de levar minha roupa. — Ele inclinou a cabeça. — Você está bem?

Ah. Estava encarando Dante. E não muito a fim de parar. Ela levantou a mão.

— Não se mexa.

Ele passou os olhos pelo quarto em busca de perigo, depois cruzou os braços.

— Por que estou parado aqui?

— Você me disse para ser ousada.

— E?

— E tem um homem seminu no meu quarto, então estou olhando *ousadamente*.

Dante passou os dedos pelo cabelo, confuso.

— Não… não foi isso que eu quis dizer.

— Você não pode ditar o que uma pessoa faz com o seu conselho. Mais tarde eu trabalho em outros tipos de ousadia. Por enquanto, estou cobiçando você com os olhos. A menos que seja tímido.

— *Tímido?* — Ele passou a língua pelos dentes, sem esconder completamente o sorriso. — Longe disso. — Com as palmas abertas, ele girou em um círculo lento. — Pronto. Já viu o bastante?

Pergunta perigosa.

— Acho que vou deixar você vestir suas roupas agora.

Ele bufou.

— Como se pudesse me impedir.

— Eu poderia matar você com meu mindinho.

— Estou me tremendo.

Ela atirou uma almofada e ele a pegou, enfiando-a debaixo do braço enquanto se dirigia para uma pilha de roupas limpas no sofá.

— Se continuar jogando almofada em mim, não vai sobrar nenhuma para você.

Com um sorriso brincando nos lábios, ela afundou numa pilha de travesseiros. Ao menos uma pessoa a tratava como um ser humano normal. Era mais do que Alessa ousara esperar em muito tempo.

Vinte e cinco

Le bestemmie sono come la processione:
escono dal portone e ritornano dallo stesso.
Maldições são como procissões:
elas voltam de onde vieram.

DIAS ANTES DO DIVORANDO: 19

Alessa estava morrendo. Era a *única* explicação. Seu crânio parecia determinado a se partir ao meio e ela tinha quase certeza de que nenhuma cabeça deveria fazer isso. Ela cambaleou em busca de algo que pudesse sustentá-la, mas só encontrou ar.

Dante segurou seu cotovelo.

— Fica firme.

— Quantas vezes… — Ela puxou o braço, mas não conseguiu escapar e desistiu quando o movimento fez o mundo girar.

— Relaxe. Estou de luva, e você tem mangas compridas *e* luvas.

— Nada na história da humanidade é menos eficaz do que mandar uma pessoa *relaxar*. — Ela libertou o braço. — Estou com dor de cabeça.

— Deveria ter bebido mais água.

— Estou morrendo. — Ela achou uma parede e pressionou a testa contra a pedra.

— Você não está morrendo. Está de ressaca.

— Por que *você* não está de ressaca?

— Você *quer* que eu esteja?

— Sim. Quero. Muitíssimo.

— E eu achando que éramos ótimos amigos.

Eram mesmo? Alessa não tinha amigos desde os treze anos, mas talvez uma noite de idiotices bêbadas fosse como a coisa funcionava para adultos. Ela não conseguia pensar além do latejar alto de sua cabeça — porque, sem mais nem menos, o latejar tinha um som —, então, em vez disso, decidiu caminhar. O dever esperava, quer ela estivesse disposta ou não.

— Às vezes, a melhor cura é um pouco mais de veneno. Deve ter um restinho na garrafa.

Ela teve ânsia de vômito.

— Parece até conselho inventado por um dono de bar ganancioso.

— Vem, você precisa comer alguma coisa.

O estômago de Alessa fez acrobacias quando ela se sentou. O suor formava gotas em sua testa, quente e pegajosa ao mesmo tempo. Após se certificar de que não havia ninguém olhando, ela pressionou um copo d'água contra a bochecha, suspirando com a sensação gelada.

Dante depositou um pãozinho simples no prato dela, olhou feio até que Alessa comesse e voltou para seu posto ao lado da porta.

Alessa cutucou a comida e engoliu algumas vezes.

Kaleb já tinha ido embora e as Fontes restantes devoraram os doces e o suco, claramente ansiosas para começar o dia de folga.

— Se divertiu demais ontem à noite? — Kamaria abriu um sorrisinho malicioso para ela enquanto Nina conversava com Josef a respeito de qual cerimônia eles deveriam participar, ou se deveriam ir a todos os templos só para garantir.

Alessa encarava o garfo desolada.

— Quais são seus planos para a tarde, Finestra? — perguntou Saida. — Você vai poder sair depois da sua sessão do retrato?

— Não tenho para onde ir. — Alessa desistiu de comer.

— Ah. — Saida mordeu o lábio. — Sinto muito.

O lado positivo a respeito de sua programação para o dia era que a única coisa que Alessa precisava fazer para sobreviver era ficar sentada.

No entanto, isso quase a matou do mesmo jeito.

Mastro Pasquale levou quase uma hora para ficar satisfeita com a pose dela, já que não estava conseguindo arrumar fisicamente seu objeto e Alessa estava com mais dificuldade de receber instruções do que o normal.

De cabelo prateado, levemente andrógina e com traços tão marcantes que ela poderia ser uma de suas próprias esculturas, a *mastro* também tinha um senso de humor tão irônico que Alessa nunca tinha certeza se a mulher estava brincando e aprendera havia muito tempo que era sempre mais seguro não rir.

Por fim, Mastro Pasquale foi para trás do cavalete, mas não parava de interrogar sua ex-aluna a respeito de sfumato e chiaroscuro, ordenando que ela inclinasse a cabeça, arqueasse as costas, levantasse e abaixasse o queixo, enquanto rabiscava um esboço inicial.

Muito antes que a artista declarasse o fim da sessão do dia, Alessa estava convencida de que ficar sentada era a atividade física mais difícil de todas. Seu único consolo era que Dante pareceu ter ficado meio atordoado quando ela apareceu de vestido vermelho e, desde então, ele mal desviou o olhar.

— Lindo contrapposto — disse Mastro Pasquale a Dante, que assistia à provação de uma distância segura. — Finestra, está vendo aquela linha suave ali da perna, como a curva fora do eixo do torso acentua os ombros e o quadril?

Dante parecia levemente sobressaltado enquanto Alessa assentia, pensativa.

— Você deveria ir ao meu estúdio modelar para a minha próxima escultura. — Mastro Pasquale estalou os dedos.

— Deveria mesmo — falou Alessa entredentes, para não estragar a "curva do pescoço" pela terceira vez. — Mastro Pasquale é famosa por sua atenção aos detalhes anatômicos.

— É verdade — respondeu a mastro enquanto começava a arrumar seus acessórios. — E também pago bem, mas nem se dê ao trabalho de ir se for envergonhado.

— Ah, Dante me garantiu que não é nem um pouco tímido. — Alessa esfregou o pescoço.

— Excelente. Aqui está meu cartão. Finestra, foi uma honra. Retornarei quando sua Fonte estiver pronta. — Ela entregou a Dante um papelzinho dourado e saiu dos jardins.

Dante deu um peteleco no cartão na frente de Alessa.

— Você acabou de me oferecer como modelo nu?

— Você passa metade do seu tempo parado de cara amarrada. — Alessa tirou o cartão de onde tinha caído na grama. — Já que é assim, melhor ser pago por isso.

— Você já está me pagando por isso e eu posso ficar de roupa.

Quando chegaram ao quarto andar, Dante parou.

— Tudo bem se eu der uma saída bem rápida? Você deve ficar segura o suficiente caso se tranque. Não vai demorar.

O coração e o estômago de Alessa competiram para ver qual deles afundava mais rápido com a perspectiva de passar o resto do dia sozinha, trancada em seus aposentos enquanto todo mundo passava um tempo com a família e os amigos. Até mesmo Dante tinha coisas melhores para fazer em seu dia de folga do que ficar com ela.

— Vai visitar alguém especial?

— Não. Vou só conferir uma coisa.

— Deixou uma lanterna acesa?

— Algo do tipo.

O dia se estendeu à frente dela, quieto e solitário, mas Alessa forçou um sorriso e disse a ele que podia ir.

— Primeiro, deixa eu mostrar a barricada que encontrei... — Dante ficou tenso quando entraram na suíte. — Espera. Alguém esteve aqui.

Alessa olhou por toda parte, mas a única coisa fora do lugar era uma travessa de biscoitos de verbena-cidrada em cima da mesa. Dava para sentir o cheiro ácido e ver os caracóis da casca de limão cristalizado no topo.

— Está tudo bem — disse ela, expirando. — Alguém veio trazer petiscos.

— Os criados não costumam deixar a comida no corredor? — perguntou ele. — Quantas pessoas têm as chaves da sua suíte?

Ela franziu a testa.

— Não sei. Alguém vem aqui para trocar a roupa de cama, limpar e... — Ela se contorceu de vergonha ao ver o olhar julgador de Dante.

— Vamos trocar as fechaduras. — Primeiro, Dante pegou a travessa para cheirá-la.

— Vai lamber os biscoitos também ou será que eu posso pegar um? — Ela cruzou os braços.

Ele mordeu um pedacinho e logo cuspiu na mão.

— *Daphne*.

— Quem?

— *Daphne gnidium*. Um veneno de gosto horroroso, então provavelmente você não teria comido o suficiente para morrer, mas com poucas mordidas você já ia querer sumir. Agradeça por ter assassinos amadores.

Ela se sentou, expirando profundamente.

— Como você sabe o gosto do veneno?

— Eu era uma criança idiota. — Ele jogou os outros biscoitos em uma lixeira, examinou a travessa e a jogou fora também. — Daqui pra frente, eu pego sua comida. Uma das cozinheiras estava doida para me apresentar o lugar. Vou falar com ela.

Aparentemente, um envenenamento indesejado era só mais um dia na vida do Lobo.

Ou não.

— Droga. Não gosto de deixá-la desprotegida. — Dante bateu uma faca na coxa.

— Então me leve com você.

— A cidade não é segura.

— Nem a Cittadella, ao que parece. Meus pais são confeiteiros. Talvez eles saibam quem fez os biscoitos. Duvido que estejam abrigando assassinos no depósito, então pode me deixar por lá enquanto cuida dos seus afazeres.

— Não sei, não… — Dante franziu a testa.

— Ninguém vai me reconhecer. Não vou estar vestida de Finestra e metade dos guardas está ocupada nos andares de armazenamento que foram inundados naquele dia, resgatando os suprimentos.

— Você sempre quebra tantas regras assim?

— Acredite se quiser, mas isso é novidade. — Ela juntou as mãos debaixo do queixo. — Por favor, Dante. Mesmo se eles não souberem dos biscoitos, eu quero vê-los. Se você estiver certo em relação ao motivo por que eu não paro de ferir as pessoas, talvez uma despedida possa ajudar.

— Ou piorar.

— *Por favor?*

Ela disfarçou a satisfação quando ele resmungou em concordância. Se Dante percebesse quantas vezes Alessa conseguia o que queria fazendo cara de cachorro sem dono, ele nunca mais aceitaria nada.

Alessa pendurou o vestido rubi e vasculhou o armário. Por fim, escolheu um vestido azul simples com mangas compridas que cobriam boa parte das luvas e uma meia-calça dourada tão clara que suas pernas pareciam despidas, a menos que alguém olhasse de perto. Queria retornar para casa como ela mesma, não como a Finestra, então limpou o rosto e dividiu o cabelo, penteando-o em uma trança simples nas costas.

Ao olhar para o próprio reflexo, ela teve a estranha sensação de que não se tratava de um espelho, mas de uma janela para outra vida, um vislumbre da garota que poderia ter sido. Ela tentou abrir um sorriso despreocupado, mas não combinava. Não havia outra Alessa nem outra vida. Isso era tudo que ela tinha.

A vitrine pitoresca estava mais chique do que antes, com o letreiro redesenhado em ouro e as janelas substituídas por painéis chanfrados.

— Que lugar bonito — disse Dante, provavelmente se perguntando por que Alessa estava encarando a loja em vez de entrar.

— Eles fizeram bom proveito da sua remuneração. — Alessa provavelmente deveria ficar feliz de ver que o pagamento mensal que os pais recebiam pelo sacrifício (ou por *sacrificá-la*) estava ajudando no negócio da família, mas ela não era nobre o suficiente para esconder a amargura.

— Quer que eu entre? — perguntou Dante.

— Não — disse ela. Já seria bem difícil sem nenhuma testemunha. — Só volte assim que terminar.

Já estava quase na hora de fechar e a confeitaria estava vazia, sem os produtos de sempre na vitrine. Envolta nos aromas persistentes de fermento, açúcar e de sua infância, Alessa trancou a porta ao entrar e virou a placa.

— Já estamos para fechar, mas ainda temos alguns pães... — Seu pai saiu dos fundos da loja, limpando as mãos cheias de farinha no avental, e parou de repente quando a viu.

O cabelo estava mais comprido, mais grisalho do que antes, e o rosto estava levemente mais cansado, mas sua expressão combinava com a última que Alessa tinha visto no rosto dele: desânimo e admiração, temperados com melancolia.

— Finestra. — Ele ergueu os braços, depois baixou. — O que traz você aqui?

Ela ansiava pelo abraço que não aconteceria.

— Olá, papai. Por favor, use meu nome.

Ele olhou ao redor da cozinha vazia.

— Alessa. Meu amorzinho, você cresceu.

— Senti saudade. — Lágrimas escorreram por suas bochechas.

— Sentimos saudades de você. — Ele saiu de trás do balcão, mas continuou fora de alcance. — Nunca vou entender por que os deuses fazem as escolhas que eles fazem, mas tenho fé. Sei que não tem como ser fácil.

Alessa sabia reconhecer eufemismos quando ouvia um. Se deixasse, ela se desmancharia numa poça de lágrimas, então se permitiu fungar uma só vez e tirou o biscoito contaminado de dentro do bolso.

— Você sabe quem fez isso?

Seu pai franziu a testa.

— Já faz um tempo que não preparo uma fornada, mas Adrick estava cuidando da cozinha ontem. Deve ter sido ele. Por quê?

Sua frequência cardíaca disparou, aumentando ao som dos passos na escada dos fundos.

— Marcel, você virou a placa? — Sua mãe parou no meio de um passo, como se o chão tivesse agarrado seus sapatos.

— Mamãe.

— Finestra. — Ela se curvou em uma pequena reverência. — Com todo respeito, você não deveria estar aqui.

— Eu sei o que a *Verità* diz, mamãe. Não vou ficar muito tempo. — Seu coração bobo pareceu afundar.

— Se você sabe o que ela diz, então sabe o que os deuses pedem de nós. Você não deveria estar aqui.

— Eu sei, mas eu precisava... — As palavras ficaram presas na garganta de Alessa. *Por que* ela estava ali? Para desvendar um mistério para o qual não queria a resposta? Em busca de um amor que ela sabia que não encontraria? Ou simplesmente para encerrar tudo de uma vez? — Me despedir.

Sua mãe já estava lhe dando as costas, então Alessa não pôde ver seu rosto quando disse um brusco:

— Adeus.

Papai moveu o punho para fazer o sinal de "Sinto muito".

Alessa não respondeu. Não era justo esperar que ele tomasse partido, mas doía saber que não tomaria.

Treze anos. Treze anos sendo o sol no céu de sua filha, e agora a mãe nem sequer a olhava nos olhos para um último adeus.

Naquele momento, algo dentro de Alessa murchou e morreu.

— Adrick está aqui?

Papai se encolheu com o tom frio dela.

— Não, ele está na botica. Por que...

Antes que ele completasse a frase, Alessa já tinha saído.

Alessa deveria ter esperado por Dante, mas a rejeição da mãe e a dor nos olhos do pai a afugentaram. Ela precisava encontrar Adrick para afastar aquela pontada de medo de que talvez não tivesse lhe restado ninguém.

Na última esquina, quase deu de cara com um grupo de túnicas brancas da Fratellanza, aglomerados em frente à botica.

Protegendo o rosto como se estivesse bloqueando um clarão, Alessa disparou para o beco estreito entre a botica e o alfaiate ao lado.

Pela primeira vez, Dea estava a seu lado. Adrick estava nos fundos, segurando um caixote vazio. O pequeno pátio murado atrás do prédio estava lotado deles, virados e dispostos em um semicírculo meio bagunçado.

— O que você está fazendo aqui? — Adrick ficou boquiaberto.

— Preciso falar com você.

— Não. Você precisa ir embora. Agora.

— Quem foi que encomendou isso na confeitaria ontem? — Alessa se atrapalhou com o biscoito, puxando-o do bolso com um punhado de migalhas.

Adrick empalideceu.

— Não lembro.

— Você se lembra se botou veneno nos biscoitos de verbena-cidrada do papai, ou alguém botou depois?

— Eu posso explicar, mas não agora. — Adrick puxou o cabelo. — Você precisa ir embora. Não é assim que... — Ele sacudiu a cabeça ao ouvir o som das vozes de dentro da loja e o corpo inteiro ficou tenso.

— Qual é o seu problema?

— Eu vou à Cittadella hoje à noite, prometo. *Por favor*. Só vai embora.

A inquietação de Adrick cortou sua raiva e Alessa fugiu, devolvendo o lenço amarrotado ao bolso.

Os membros da Fratellanza não estavam mais lá fora, mas todos os rostos na rua viraram inimigos, quer olhassem para ela ou não. As pessoas viam o que elas esperavam, e uma garota de rosto limpo com roupas simples não chamava atenção, mas, em seu estado alarmado, parecia que uma luz gigante brilhava diretamente sobre Alessa, atraindo todos os olhares maliciosos.

A rua estava lotada e, enquanto ela debatia se deveria voltar para a confeitaria ou tentar encontrar Dante perto de seu velho reduto no Poço, seus olhos se detiveram numa figura a um quarteirão de distância. Era constrangedor como Alessa conseguia localizá-lo com facilidade, como sua atenção se prendia a um breve vislumbre da nuca enquanto ele andava a passos largos na direção oposta.

Alessa chamou seu nome, mas ele não se virou. Em seu lugar, vários transeuntes olharam.

Ela teria que alcançá-lo.

Enquanto Alessa se esquivava das pessoas, tentando não o perder de vista, Dante esbarrou nos ombros de um homem que passava na direção oposta, e os dois se viraram um para o outro feito gatos de rua em busca de briga.

Duas mulheres observavam Alessa passar pela tenda delas na beira da rua e a avaliavam com um pouco de atenção demais, então ela puxou o capuz para baixo e perdeu Dante de vista ao tentar se misturar na multidão.

Ela quase passou direto pelo beco estreito, mas a voz de Dante a deteve. Lá no fim, ele estava batendo boca com um homem de túnica branca.

Alessa se abaixou atrás de uma pilha de barris, com o coração na boca e os observou por uma brecha.

O homem era alto e de cintura larga, com a cabeça raspada. Não era Ivini. Alívio inundou suas veias, mas não durou muito tempo.

— E o que eu ganho com isso? — O homem sorriu desdenhosamente e Dante enfrentou a hostilidade à altura, mas a maior parte de sua resposta foi abafada por gritos vindos da rua atrás de Alessa quando uma carroça capotou. Ela só ouviu uma palavra.

Matar.

Estrelas ofuscaram sua visão.

Aquilo era uma ameaça… ou uma promessa?

O homem cerrou os punhos.

Dante jogou as adagas para cima e as pegou pelo cabo.

Alessa prendeu a respiração.

O ar crepitava de tensão enquanto cada um dos homens parecia pronto para atacar, mas nenhum deles falou ou se moveu por um bom tempo.

Por fim, Dante embainhou as lâminas com um sorriso de escárnio.

— Vai a *farti fottere*.

O homem mais velho cuspiu no chão e se afastou, tão concentrado em Dante que nem notou Alessa ao passar.

A raiva se avolumou dentro dela e chegou ao ápice feito uma onda.

Sua mãe se importava tão pouco que mal dissera adeus, seu irmão estava organizando uma reunião enquanto a Fratellanza se aglomerava nas proximidades e agora *Dante* estava fazendo acordos com um dos homens de Ivini em um beco escuro? Segredos e mais segredos que não paravam de se acumular.

Alessa não tinha aonde ir. E *não* ia embora daquele beco até obter respostas de *alguém*.

Dante estava de costas quando Alessa saiu do esconderijo. Ela o encarou, desejando que ele se virasse para ela, que se encolhesse de vergonha ou explicasse o que em nome de Dea ele estava fazendo ali.

Alheio à sua presença, Dante puxou o braço para trás e deu um soco na parede com força o suficiente para estilhaçar cada osso de sua mão.

Um tremor violento o percorreu e ele desferiu outro soco. E mais um. E mais um. Cada golpe era mais rápido e mais forte do que o outro, e pedaços de gesso caíam no chão com cada impacto.

Alessa levou a mão até a boca.

A mão dele. Ele ia destruí-la, se é que isso já não tinha acontecido.

Alessa deu um passo à frente. Para impedi-lo. Ou gritar com ele. Ela não sabia.

Seu pé esmagou uma garrafa quebrada.

Dante se virou tão depressa que ela não teve tempo de falar.

Os olhos dele emitiram um brilho aterrorizante de raiva, e fogos gêmeos atravessaram o abdômen de Alessa.

Ela abriu a boca em um arquejo. Em seguida, olhou para os punhos dele, que agarravam o cabo das facas, pressionadas contra Alessa.

O sangue escorria entre os dedos de Dante.

Com um arquejo exausto, ele soltou as facas, que caíram no chão.

Seu protetor. Seu assassino.

Alessa sussurrou o nome dele enquanto suas pernas cediam.

Vinte e seis

Piove sul bagnato.
A infelicidade nunca vem só.

DIAS ANTES DO DIVORANDO: 19

Dante a segurou, caindo de joelhos para desacelerar a queda de Alessa.

Por quê?

A traição e a dor reverberavam dentro de Alessa enquanto o mundo se reduzia ao suporte dos braços dele.

Ela buscou respostas em seu rosto, mas só encontrou horror.

Os lábios de Dante se moviam em silêncio, articulando as palavras: *Não, não, não.*

Nunca se aproxime de mim de fininho.

Ele a avisara. Mais de uma vez.

Ela não dera ouvidos.

No fim das contas, nada de morte heroica e gloriosa para Alessa.

Dante a deitou no chão, apoiando seu pescoço para que ela mal sentisse a cabeça encostar na pedra.

Ela precisava alertá-lo para que Dante tomasse cuidado ao tocá-la, mas a escuridão estava se aproximando.

A sombra de Dante bloqueou o sol quando ele se inclinou sobre Alessa, e ela soltou um grito ao sentir uma nova onda de dor lancinante.

Será que ele a esfaqueara de novo?

Não. Dante estava pressionando as feridas dela e balançando a cabeça como se debatesse consigo mesmo a gravidade da situação, mas a verdade estava em seus olhos. Ele tinha atacado para matar e nunca errava.

Alguns ferimentos eram irreversíveis.

Dante abandonou os esforços de estancar o sangramento e segurou as mãos dela nas dele, tão banhadas do sangue de Alessa que mais parecia que ele também usava luvas.

Ela não poderia ter escapado das mãos de Dante nem se tentasse.

Eu segurei a mão dele.

Ele se lembrara.

Dante puxou as luvas dela, mas o couro encharcado resistiu às suas tentativas. Que bom. Ele não deveria fazer isso. Ela curvou os dedos, mas estava fraca demais para detê-lo. Palmas ásperas pressionaram as dela enquanto Dante entrelaçava os dedos dos dois, abafando um silvo de dor.

Será que um coração era capaz de se encher e se partir ao mesmo tempo?

Alessa não queria que ele morresse, mas o rio dourado de calor escorrendo por sua pele, a centelha de vida de Dante, a aquecia por dentro, estendendo-se em seu peito. A sensação de euforia a iluminou por dentro, quase gloriosa o suficiente para fazê-la esquecer que ela estava matando Dante. Mesmo em seus últimos suspiros, ela *tomou*.

Dante apertou as mãos, esmagando os dedos de Alessa, e a respiração passou de irregular a torturada.

O coração dela bateu fraco.

Ele desabou em cima de Alessa, as mãos entrelaçadas.

Os dois iam morrer.

Mas não sozinhos.

Ninguém deveria morrer sozinho.

Vinte e sete

Chi è all'inferno non sa ciò che sia cielo.
Quem está no inferno não sabe o que é o céu.

DIAS ANTES DO DIVORANDO: 19

A vida após a morte cheirava a mijo e centeio azedo, mas Alessa começou a vida eterna com um homem nos braços, e se os deuses desejavam recompensá-la apesar de seus fracassos, não era ela que ia perturbá-los com detalhes.

Alessa passou os dedos pela coluna de Dante, com cumes de músculos de cada lado, e ele se mexeu em cima dela com um gemido baixinho, a barba por fazer áspera no pescoço da Finestra.

Se ela *soubesse* das vantagens, talvez não tivesse temido tanto a morte.

E, mesmo assim, o chão era duro e impiedoso, seu corpo inteiro doía e, ali perto, alguém parou uma versão balbuciada de uma música obscena de taverna para arrotar.

O que… não parecia certo.

Forçando os olhos a se abrirem, ela encarou o crepúsculo silencioso até as formas e cores se fundirem na visão de um muro de tijolos e, mais perto, uma cabeça apoiada em seu peito, o rosto escondido pelo ângulo. Músculos se contraíram debaixo das mãos de Alessa quando o homem misterioso gemeu novamente.

Não era a vida após a morte. Nem um homem sem rosto.

Dante.

E ele *não* estava gostando de ficar em cima dela.

Alessa puxou as mãos para trás e esticou o pescoço para manter a cabeça longe dele, mas a testa de Dante ainda estava apoiada na pele abaixo de sua clavícula e ela não conseguia movê-lo sem tocá-lo e…

Suas costas raspavam contra paralelepípedos rachados enquanto Alessa lutava para sair debaixo dele. Era como se desprender de um deslizamento de terra. Com um impulso final, ela conseguiu libertar o torso e uma adaga tombou no chão.

As lembranças voltaram às pressas.

Olhos escuros, raiva mortal, adagas enfiadas na pele. Alguma coisa — medo, choque ou a perda de sangue — estava atenuando sua dor, mas ela não precisava de evidências para saber a verdade.

Ela estava acabada.

Mas ele não. Ainda não.

Ao se virar para um lado, sua palma encontrou uma poça de sangue. O medo a atravessou ao enxergar a imagem residual da culpa horrorizada de Dante. O tipo de culpa capaz de fazer uma pessoa virar suas lâminas contra si mesma.

Ela cobriu a boca e sentiu gosto de sangue, rançoso e enferrujado.

Por favor, que seja meu.

Alessa encontrou uma luva ensopada ao lado da cabeça de Dante e a colocou para poder virar o rosto dele em sua direção.

O rosto de Dante estava cinzento, e os olhos, fechados.

Ela se inclinou para mais perto, buscando a respiração dele. Dante arfou, levantando-se, e bateu o nariz contra a maçã do rosto de Alessa.

A Finestra caiu para trás com um ganido, seguido pelo fluxo de xingamentos de Dante.

—Ah, coitado do seu rosto — lamentou ela.

— Estou bem. — Ele se sentou, levou a mão ao nariz claramente quebrado e abaixou a cabeça.

— Você não está bem.

No entanto, ao olhar para cima, percebeu que o rosto de Dante estava ensanguentado, mas, tirando isso, normal.

Pelo amor de Dea, como assim?

— Você está sangrando? — perguntou ele.

Piscando os olhos repetidas vezes, confusa, Alessa olhou para o próprio corpo, que não parecia mais pertencer a ela.

— Eu... acho que não.

A parte da frente do vestido estava dura e fria, e não úmida com o pulsar de sangue fresco.

— Tira a droga da mão daí, por favor?

— Não posso. Preciso continuar pressionando para não começar a sangrar de novo.

Dante segurou o pulso de Alessa, protegido pela manga, e afastou sua mão. Ela respirou fundo quando ele abriu mais o rasgo no vestido para revelar um palmo de pele pálida, machada de sangue, mas intacta.

Impossível.

— Achei que não ia dar certo. — Dante reclinou-se e cobriu a boca com a mão trêmula.

— Não estou entendendo. — Alessa se curvou para ver o próprio abdômen.

— Não? — Dante a observou, tenso.

Só havia uma explicação possível.

O sangue latejava em seus ouvidos.

— Você é um ghiotte.

Vinte e oito

Chi nasce lupo non muore agnello.
Quem nasce lobo não morre cordeiro.

DIAS ANTES DO DIVORANDO: 19

Não era todo dia que uma garota ganhava um ferimento mortal, voltava da beirada da morte e descobria que seu único amigo no mundo era, por acaso, uma das criaturas de seus pesadelos. Era... informação demais.

Os ghiotte eram do mal. Era fato, não opinião. Mas Dante *não era*. Não podia ser.

A princípio, ela achou que ele não fosse responder, esperou que o guarda-costas bufasse e então eles ficariam impressionados com o absurdo que Alessa acabara de dizer.

Em vez disso, ele assentiu.

— Você é um ghiotte — ela repetiu. Seus pensamentos se emaranharam, impossíveis de separar. Alessa pegou o fio mais importante e puxou. — E você usou seu dom para me curar.

— Não — disse ele. — *Você* usou.

— Mas *você* escolheu segurar minhas mãos porque achou que eu *poderia fazer alguma coisa.* — A euforia tomou conta dela. — Dante, você salvou minha vida.

Sua expressão ficou sombria ao ver a admiração ofegante de Alessa.

— Eu sou seu guarda-costas. É literalmente meu trabalho. — Ele se levantou e limpou a calça. Era inútil. Os dois estavam completamente imundos com sangue e sujeira e não valia a pena se dar ao trabalho.

A mente de Alessa se agitou com uma tempestade de emoções: horror, gratidão, medo e fascínio.

— Dante, você segurou minha mão e *não morreu.*

— Por um minuto, achei que talvez fosse morrer. — Ele parecia desconfortável.

— Mas...

— Não adianta se animar. Não tenho nenhum poder útil. — Dante passou os olhos pelo beco, praticamente se contorcendo de tanto nervoso. — Você precisa voltar para a Cittadella e eu tenho que ir embora daqui.

Alessa estava cutucando sua barriga milagrosamente intacta.

Com uma bufada impaciente, Dante a levantou.

Ela cambaleou como se estivesse bêbada e estendeu as mãos ensanguentadas, uma com luva e a outra sem, como se quisesse mostrar a ele um tesouro fascinante.

Dante lhe lançou o olhar sofrido de um cliente sóbrio em um bar depois da meia-noite e a acomodou debaixo de seu braço para apressá-la.

Ele estava vivo.

Ela estava viva.

Pelo amor de Dea, como era possível que os dois estivessem vivos?

Alessa deu uma risadinha, louca de alívio — e com a perda de sangue, para dizer a verdade —, e envolveu a cintura de Dante com os dedos. O calor se aninhou na pressão do corpo dele contra ela, na movimentação de músculos firmes a cada passo.

Os dois provavelmente pareciam amantes, agarrados um ao outro em busca de um beco particular. Ela deu outra risadinha. Tirando o sangue. Alessa não tinha muita experiência para servir de referência, mas, pelo menos nos livros, encontros românticos clandestinos *geralmente* não envolviam tanto sangue.

Como sempre no papel de acompanhante rabugento, Dante não os guiou para dentro de um beco escuro, mas meio que a carregou, com um profundo conhecimento das ruas sinuosas e sem nome, até a caverna do porto se assomar diante deles.

Lá dentro, Dante a conduziu pelo caminho. A caminhada ligeira não clareara sua cabeça, mas fizera o oposto, e estrelas explodiam em sua visão enquanto ele a apoiava na parede. Com uma vaga noção de estar escorregando, Alessa era incapaz de se conter. Dante a pegou, sustentando-a com um joelho entre as pernas dela.

— Ah, meu bem. Você nem me pagou um jantar — disse Alessa com uma gargalhada.

Ele suspirou, com músculos tensos e movimentos bruscos, enquanto fuçava por baixo da capa de Alessa em busca da chave nos bolsos do vestido.

Pressionando o rosto na camisa de Dante, ela o cheirou. Parecia algo perfeitamente normal de se fazer, mas, pensando bem, provavelmente não era. Contudo, era difícil culpá-la. Qualquer que fosse a magia que tivesse curado suas feridas não fizera nada para reabastecer o sangue que ela perdera, e o déficit estava afetando seu autocontrole que já era abaixo da média.

— Ops — balbuciou a Finestra, levantando a cabeça. — Meio tonta.

Dante não respondeu; ele olhava para todos os lugares ao abrir o portão, todo ofegante. Esse não era o garoto que havia implicado com ela por ler romances picantes ou se oferecido para abraçá-la para que ela salvasse o mundo. *Esse* era o animal encurralado que Alessa tinha visto em sua varanda na noite em que o levara para casa.

Ele estava com medo dela. É claro. Todo mundo estava. E, agora que tinha sentido a dor excruciante que ela provocava em todos que chegassem perto demais, Dante também ficaria apavorado para sempre.

— Desculpa. — Ela enfiou as mãos nos bolsos. — Não vou mais encostar em você.

— Hã? — Ele arregalou os olhos, concentrado nela. — Não. Não é... Isso não... Eu preciso carregá-la?

— Relaxa — disse Alessa com o que esperava ser um aceno de mão confiante. — Consigo andar. — Ela não estava firme, mas conseguiu caminhar adiante.

Havia outra coisa a incomodando. Algo que a irritara ou que Alessa queria entender. Seus pensamentos estavam lentos e desconexos, mas ela finalmente conseguiu se lembrar enquanto Dante fechava o portão atrás deles.

— Quem era aquele homem? E por que você estava brigando com ele?

— Não importa. — Dante ficou tenso.

— Mas é claro que importa. Você se encontrou com um dos suplicantes de Ivini, que me quer morta, e depois quase me matou. Eu mereço saber o que está acontecendo.

Ele também a curara, o que, de alguma forma, anulava sua argumentação, mas Dante devia querer evitar o assunto.

— Ele é o homem que me acolheu depois que meus pais morreram. Foi ele quem disse à turba que uma criança podia ser reformada e que cuidaria disso. Ou seja, salvaria minha alma imortal. — Ele a impulsionou para a frente com a mão nas suas costas. — Eu o vi na multidão na noite em que conheci você. Já faz anos, então eu não tive certeza de que ele tinha me reconhecido, mas imaginei que deveria garantir que ficasse calado, para que ninguém descobrisse. Que plano merda. — Dante abriu o último portão e pôs a chave na mão de Alessa. — Tranca a porta quando entrar.

Por que aquilo parecia tanto com uma despedida?

— Você não vem?

— Eu... — Ele passou os dedos pelo cabelo. — Eu preciso... não posso...

O homem que lutava contra adversários com o dobro do seu tamanho sem vacilar, que batia de frente com Fontes raivosas e que nunca se esquivava de uma garota cujas mãos traziam dor e morte estava tremendo porque ela sabia o seu segredo.

— Dante, eu *jamais* contaria a ninguém.

Ele soltou um suspiro exausto.

— Você sabe o que vai acontecer se alguém souber?

Um ghiotte na Cittadella. Um rato na cozinha. Turbas furiosas, tochas acesas e forcados a postos. Ela teria sorte se não a jogassem na pira com ele.

Os olhos de Dante brilharam.

— Escolha sua maldita Fonte, fique na Cittadella e esqueça que me conheceu.

— Pelo menos entre para buscar suas coisas — pediu Alessa em voz baixa.

— Eu vou comprar tudo novamente.

— Por favor. Vamos conversar.

— Não há nada para se conversar.

Era coisa demais, rápido demais. Dante estava se esvaindo e Alessa nem tinha processado o que acabara de acontecer e quem ele era. *Ela precisava de um tempo, caramba.*

— Então meu sangue vai estar nas suas mãos de novo — disse ela. — Eu me dou setenta por cento de chance de desmaiar subindo as escadas, rolar até o chão, quebrar metade dos meus ossos e abrir meu crânio, e você não vai estar presente para me curar, então eu vou morrer pela *segunda* vez hoje numa poça do meu próprio sangue. Mas que final trágico para a história de sobrevivência do dia.

Dante não parava de olhar feio, mas havia um indício de algo mais por trás da raiva e do medo.

Parecia esperança.

— Por favor? — Alessa levou a mão trêmula ao rosto, se apoiando contra o portão. Não era lá muito justo usar a fraqueza de Dante contra ele, mas momentos de desespero exigiam medidas desesperadas.

Dante lavou suas facas na pia, secou-as com toalhas limpas, depois as lavou e secou de novo antes de devolvê-las às bainhas.

Ele andava de um lado para o outro quando Alessa tomava banho e ainda estava andando de um lado para o outro quando ela espiou pela tela antes de se vestir.

Ele era um ghiotte.

Uma pessoa que mal era considerada humana.

Tocada pelo demônio, egoísta, cruel até a raiz.

Ela deveria temê-lo. Odiá-lo. Essa informação deveria ter mudado tudo.

Mas não mudou.

Um ghiotte pegara suas mãos naquele beco, sem saber se sobreviveria à aposta desesperada que fizera para salvá-la. Um ghiotte havia arriscado o próprio orgulho *e* segurança enrolando um lenço ridículo na cabeça e abraçando-a quando Alessa precisava de um abraço mais do que qualquer outra coisa no mundo.

Desde o dia em que se conheceram, Dante tentara convencê-la de que era um cara cruel, indelicado e frio, mas suas ações tornavam suas palavras vazias. Ele era um ghiotte, mas ainda era Dante. E, assim como ela, não tinha escolhido o próprio destino.

Alessa o encontrou esfregando a camisa branca de linho para tentar limpar o sangue dela. Ao ouvir o som dos passos se aproximando, Dante jogou a camisa na pia e apoiou as mãos na bancada.

— Prometo que não vou contar — disse ela, com a calma firme de quem tenta acalmar um cachorro rosnando. — Mas preciso saber uma coisa.

Ele não se virou.

— As histórias dizem que os ghiotte são demônios disfarçados de homens. — Ela engoliu em seco. — É verdade? Você é… outra coisa? Por baixo?

— Você está perguntando se eu tenho chifres?

Era exatamente o que Alessa estava perguntando, mas parecia melhor não confirmar nem negar.

— Não — disse Dante com um suspiro. — Não tenho chifre. Nem cauda. Muito menos garras. Esse sou eu.

Ela soltou a respiração. Ele não era um monstro — pelo menos, não mais do que Alessa. Naquele instante, ela se decidiu.

— Mais ninguém precisa saber.

— Uma outra pessoa já sabe. — Dante parecia mais irritado do que agradecido. — Por que você acha que eu o estava ameaçando? Já é ruim que ele saiba que eu estou na cidade. Nem todo o dinheiro do mundo vai ser capaz de mantê-lo de bico calado se ele descobrir que estou na Cittadella. Uma coisa é saber que seu ghiotte fugitivo está perambulando livre por aí, outra bem diferente é deixá-lo dormir no sofá da Finestra.

— Então a gente dá um jeito de garantir que ele não descubra. Dante, por favor. Você não pode ir. Não agora que eu finalmente descobri o quanto nós temos em comum...

— *Em comum?* — Dante cuspiu. — O que a gente tem em *comum*?

— Muita coisa. Para início de conversa, nós dois entendemos como é ser odiado e temido. Nós dois temos dons que não pedimos.

— Dom — zombou ele. — Que baita dom.

— Você consegue se curar. Meu dom só mata pessoas.

— O meu já matou muitas. — Ele flexionou os dedos contra a porcelana.

— Foi por isso que mataram seus pais. — Ela fechou bem os olhos.

— É. E os seus estão ganhando dinheiro por terem dado à luz a abençoada Finestra. Como disse, a gente não tem nada em comum. Você é uma salvadora. Eu sou uma abominação. Você ganhou um castelo e eu ganhei o cárcere em um galpão, apanhando de um homem que tentava arrancar o mal de dentro de mim.

Ela sentiu o estômago embrulhar.

Não, a vida deles *não* era igual. Não das maneiras mais óbvias, mas nos espaços ocultos, quebrados e irregulares entre elas... por que ele não conseguia enxergar como *se pareciam*?

— Eu sinto muito pelo que aconteceu com você. Você não merecia isso, nem seus pais. Mas... — Alessa cerrou os punhos, chocada com uma possibilidade. — Talvez seu poder *possa* ajudar os outros.

— Como? Tipo sendo sua Fonte? — Dante bufou. — Boa sorte com isso. O único dom que você conseguiria de mim é uma morte mais lenta para poder assistir ao fim do mundo.

— Não, claro que não. Mas eu poderia praticar com você.

— Você quer dizer me torturar.

Ela se encolheu.

— Mas não matar.

— Eu não sou *invencível*. Vou morrer se você se esforçar o suficiente.

— Só que você está mais perto do que qualquer outra pessoa. Você vive dizendo que não liga para sua própria segurança. É tão diferente assim de lutar em troca de dinheiro? Você poderia me ajudar a salvar Saverio.

— O que foi que Saverio já fez por mim?

— Existem *crianças* que vão ter mortes horríveis.

— Crianças crescem e se tornam cruéis como todo mundo.

— Eu também não queria essa obrigação, mas pelo menos estou tentando.

— Você é a salvadora, não eu. Eu sou o egoísta, lembra? Esse problema é *seu*.

Ela queria arranhar o rosto dele para ver se arrancava o desdém à força.

— Boa tentativa, Dante, mas é tarde demais. Eu *conheço* você. Não existe possibilidade de você estar bem com a ideia de deixar milhares de crianças morrerem sendo que não conseguiu ignorar nem uma criança em apuros.

— Do que você está falando?

— Eu vi você com aquela pedinte sendo maltratada por um dos capangas de Ivini. Você o impediu.

Dante jogou a cabeça para trás.

— Não vem me transformar em alguma espécie de herói só porque odeio valentões. Eu sou *exatamente* o que todo mundo fala de mim.

— Não ligo para o que as histórias dizem. Você é uma boa pessoa…

— *Para!* — Ele jogou as mãos para cima. — Você não sabe que tipo de pessoa eu sou. Você não tem ideia do que eu já fiz, de quem já machuquei.

— Então me conta. Me convença. Prove que você é mau. Eu o desafio.

Ele puxou o próprio cabelo.

— Tá bom! Teve *uma* pessoa que tentou me ajudar depois que eu fugi. Só uma. *Na vida*. E eu a matei.

Vinte e nove

Quando l'amico chiede, non v'è domani.
Quando um amigo pede ajuda, não existe a palavra amanhã.

DIAS ANTES DO DIVORANDO: 19

O sangue de Alessa ficou gélido.

— Não acredito em você. — As palavras não soaram convincentes, nem para ela mesma.

— Pois acredite. — Sua voz era monótona. — Uma criança me encontrou depois que eu fugi. Ela não devia ter mais que dez anos. Tropeçou em um desconhecido todo ensanguentado e semi-consciente na praia e, em vez de correr, decidiu cuidar de mim até me recuperar. — Ele riu amargamente. — Ela viu enquanto eu me curava. Não pude esconder.

Alessa disfarçou um calafrio. O Dante que conhecia — ou achava que conhecia — jamais mataria uma criança inocente para mantê-la em silêncio. Mas talvez ela não o conhecesse nem um pouco.

— Então, eu menti. Disse que tinha encontrado a Fonte della Guarigione no topo de um penhasco. Ela queria saber onde, não parava de me perguntar, então continuei mentindo, a cada vez dizendo que ficava num lugar mais alto, impossibilitando o acesso. Mas ela não superava.

Uma criança curiosa. Um segredo terrível. E Dante, fugindo e desesperado para esconder a verdade.

Alessa ia vomitar.

— Encontrei o corpo dela na manhã seguinte, destruído nas rochas lá embaixo. — Os olhos de Dante ardiam feito brasas.

Alessa engoliu as lágrimas, por mais que os joelhos tivessem bambeado de alívio.

— Um acidente. Você não queria que ela se machucasse.

— Não importa.

— Importa, sim. Eu, de todas as pessoas, sei como é isso.

— Para! — gritou Dante. — Nós *não somos* a mesma coisa. Você encosta nas pessoas e elas morrem, mas não é escolha nem culpa sua. *Todo mundo* que se importa comigo morre e é *sempre* minha culpa. Você dá. Eu *tiro*.

— Então é só mudar.

—As pessoas não mudam.

— *Eu* mudei. — Sua voz tremia de raiva. — Eu mudei tantas vezes que até perdi a conta. Quando virei Finestra, era uma garota ingênua que acreditava no que qualquer um me dissesse, seguia as regras sem questionar, mesmo quando pareciam erradas. Mesmo quando pensei que fosse murchar e explodir. Eu me tornei uma carcaça, cheia de dor e amargura. Aí você chegou. E você não me reverenciava nem sentia pena de mim. Você percebia quando eu me apequenava e odiei isso. Queria provar que você estava errado, então *mudei*. —Alessa levantou e o encarou. — Não ligo para o que ninguém diz: o seu dom faz parte de você, mas não o define. Você pode escolher ser melhor.

Os olhos de Dante estavam firmes.

— Bom, eu escolho não ser melhor. E *isso* — Dante apontou de si mesmo para Alessa repetidas vezes — não existe. Nós não somos iguais. Não somos amigos. Não somos *nada*. Eu vou terminar esse maldito trabalho porque fizemos um acordo, mas é isso.

— Você é tão babaca.

— Agora você está começando a entender.

A fúria a atravessou. Ela queria cravar as unhas naquele rosto teimoso até roubar a alma do corpo dele, de uma vez por todas. Ghiotte ou não, ele não teria a menor chance.

Em vez disso, Alessa foi embora enfurecida. Qualquer pretenso assassino que escolhesse aquele momento para atacá-la iria perder.

Durante cinco anos solitários, dissera a si mesma que eram apenas seu dom e sua posição que mantinham todo mundo afastado. Que se alguém passasse um tempo com ela, então, com certeza, começaria a se importar. Não com a Finestra ou com a salvadora. Com ela. Alessa.

Mas Dante tinha ouvido tudo e não se importava. Só estava ali porque era pago, e ela era tão patética que não sabia a diferença entre um amigo e um funcionário.

Ela precisava de ar. Precisava fugir.

Ao ouvir o som de vozes à frente, Alessa desviou para dentro da cozinha escura.

Das sombras mais profundas, alguém sibilou seu nome. Não seu título. O *nome*.

Uma figura envolta em sombras caminhou na direção dela.

Alessa recuou, tateando às suas costas em busca da porta aberta. Em vez disso, suas mãos encontraram o músculo rígido da coxa de Dante.

— Em nome de Crollo, aí está… — Dante começou a dizer, mas logo se lançou ao redor dela para jogar a forma sombria contra a parede. Uma lâmina brilhou na penumbra do corredor e o intruso ganiu.

Alessa conhecia aquele ganido.

— Para! — gritou. — É meu irmão!

Por um segundo, ela achou que Dante cortaria a garganta dele de qualquer maneira, mas então ele recuou, com a faca apontada para o peito de Adrick.

— Adrick, o que você está fazendo aqui? — Alessa exigiu saber.

— O que *ele* está fazendo aqui? — rebateu Adrick. — Ele não é Fonte.

— Ele é meu guarda.

— Seminu? — Adrick olhou de relance para Dante com ceticismo.

Dante pegara uma camisa antes de ir atrás dela, mas apenas alguns botões estavam fechados.

— Estamos no meio da noite. — Dante abaixou as sobrancelhas.

— É, estamos. — Adrick estreitou os olhos.

— Dante, será que você poderia nos dar um minuto?

Dante fechou ainda mais a cara.

— Se precisar de mim, grite.

Adrick deu um passo à frente e a luz fraca vinda das portas francesas que davam para os jardins iluminaram seu rosto enquanto ele lançava um olhar furtivo ao redor da cozinha escura e silenciosa.

— Adrick, como foi que você entrou?

Ele esfregou as mãos nas calças.

— Tenho um contato. Quem é aquele cara? Ele não lutava nas docas?

Alessa deu um suspiro alto.

— Já disse, Dante é meu guarda. E sim, ele lutava no Poço. Chega de enrolação. O que estava acontecendo hoje? Quem tentou me envenenar? E por quê?

— Não sei.

— Mentira.

— Olha, não importa agora.

— Não importa? Porque me parece que você fez os biscoitos especiais do papai e os deu a alguém que enfiou veneno neles e os entregou aqui para que eu passasse mal ou morresse. E você não está nem levemente surpreso. Por quê?

Adrick pareceu se fortalecer.

— Eu explico quando você me disser se já tem uma Fonte. Está dando certo?

— É. Mais ou menos. — Ela recuou. — É complicado.

— É uma pergunta simples.

— É uma resposta complicada. — Alessa cruzou os braços.

— Então é não. E todo mundo aqui sabe disso, então você teve que contratar um bandido das docas para ser seu mercenário. —

Ele contorceu o rosto como se estivesse se segurando para não rir, e Alessa esperou pela piada, mas o irmão se engasgou com um soluço. — Você tentou, mas não dá mais tempo.

— Você está desistindo de mim? Sério mesmo? Adrick, eu estou tentando tudo que posso…

— Eu sei. Eu *sei* que você está tentando. — O sussurro rouco de Adrick se transformou em derrota. — Como sempre. *Tentando* fazer o jantar e queimando tudo, então acabamos tendo que tomar sopa aguada em vez disso. *Tentando* escrever a redação perfeita para a escola e depois esquecendo a tarefa em casa, aí eu tenho que buscar pra você e me ferrar. *Tentando* ser Finestra e, em vez disso, matando as Fontes, me deixando com o trabalho para duas pessoas e pondo a vida de todos nós em risco.

Cada palavra abria mais uma ferida que jamais cicatrizaria. Uma vida inteira de culpa e constrangimento jogada na cara dela, e só doía mais ver que o irmão parecia sofrer ao dizer aquilo.

Ela era um fardo. Um erro. E Adrick sabia disso melhor do que ninguém, porque estivera ali, limpando toda a bagunça que Alessa deixava.

— Sinto muito. — O rosto de Adrick nunca parecera tão tenso e sério. — Mas você não vai ganhar pontos pelo esforço. Assim como você, também não quero isso, mas eu… acho que, talvez, seja por isso que estou aqui. Talvez seja esse todo o propósito de eu ter nascido. — As lágrimas brilhavam nos olhos de Adrick enquanto ele puxava uma garrafinha do bolso.

— O que é isso, Adrick? — Alessa recuou e sentiu um calafrio.

Se ela teria que suportar a traição, ele precisava viver com a culpa de falar em voz alta.

— Você já teve seu chamado, irmã. Agora compreendo o meu. Você sabe que eu jamais ia querer machucá-la.

— Então não me machuque.

Adrick se encolheu.

— Por que você acha que a mandei ir embora hoje? Você acha que eles seriam tão cuidadosos quanto eu? Mais ninguém tomaria todas as precauções para ter certeza de que você não sofresse. Não está vendo? Essa é a sua saída. Você será uma heroína e nós seremos salvos. — As lágrimas jorravam por seu rosto. — Eu fiz de um jeito especial. Pra você.

Ela queria gritar, socá-lo no peito. Queria se agarrar a ele e implorar que voltasse atrás. Em vez disso, Alessa permaneceu perfeitamente parada e mal respirava.

Adrick pôs a garrafinha azul na palma da mão da irmã e fechou os dedos enluvados em volta do vidro.

Ela seguiu imóvel, encarando o punho fechado entre as mãos dele. Era o maior contato que eles tiveram em anos.

— Você vai me forçar a engolir? — sussurrou ela.

Ele fechou os olhos.

— Não. Eu sei que você vai fazer a coisa certa.

A sombra de Dante surgiu na porta.

— O tempo acabou.

— Adeus, irmãzinha. — Adrick enxugou os olhos. — Vou garantir que ninguém jamais esqueça seu sacrifício.

Adrick foi embora e Dante se aproximou de cara amarrada.

— O que foi aquilo?

Ah, *agora* ele estava preocupado? Depois de ter jogado a amizade dos dois na cara dela, Dante esperava que Alessa escancarasse suas feridas para ele?

— Como se você se importasse.

— Eu não estava falando sério quando disse aquelas coisas.

— Me poupe. Não quero falar com você.

Ela correu para as portas francesas no final da cozinha e as abriu.

Um vento gélido soprou sua saia ao redor das pernas e uma chuva fria atingiu o rosto de Alessa. Apesar das luvas, ela sentiu pontadas geladas na ponta dos dedos assim que saiu.

— Noite ruim para passear — disse Dante atrás dela.

— Preciso pensar.

— Lugar desagradável para fazer isso.

— A companhia desagradável também não está ajudando. Se quiser terminar esse trabalho, fique à vontade. Mas seja uma sombra. — Se ele não queria ser seu amigo, poderia ser inimigo. O que parecia ser tudo o que lhe restara, de qualquer maneira.

— Posso dizer uma coisa?

— Não. — Era delicioso cortá-lo.

O gelo cobria os galhos, revestindo as árvores como esculturas de vidro. Uma tremedeira a sacudia, mas ela seguiu em frente.

— Estou *tentando* pedir desculpas. — Dante a seguiu.

— Não precisa se dar ao trabalho.

— Olha. — Ele suspirou profundamente. — As pessoas costumam tentar me matar quando descobrem. Eu entrei em pânico. — Ele bloqueou sua passagem, com olhos atentos sob os cílios brilhando de gelo. — Por favor, vamos entrar?

— Não.

Ele rosnou de frustração.

— Eu topo, tá bom? Eu deixo você praticar comigo.

— Por quê? Você não liga para Saverio.

— Não estou me oferecendo para ajudar Saverio. Estou me oferecendo para ajudar *você*.

Ela fechou os olhos.

— Esquece. Foi uma ideia ridícula. Você nem tem um dom que eu possa usar.

— O que você *quer*? — insistiu Dante.

A chuva gelada escorria pelas bochechas de Alessa como lágrimas.

— Ser deixada em paz.

— Não agora. No geral. Você diz que quer ser heroína, mas banca a vítima rapidinho. Você diz que quer amigos, mas não me perdoa. Você diz que quer minha ajuda, mas não aceita. Então, o que você quer?

Alessa gesticulou para o muro alto que rodeava o jardim, para tudo de que aquele muro a privava.

— Salvar Saverio. Esse é o papel de uma Finestra.

— Eu não perguntei o que todo mundo quer de *você*. Perguntei o que *você* quer.

— Não importa.

— Acho que você está com medo.

Ela revirou os olhos.

— Um enxame de demônios está a caminho e *eu* tenho que proteger a todos nós. Quem não estaria com medo?

— Não, não é isso. Você está com medo de se perder.

— Eu *preciso* me perder. Meu nome, minha família, minha vida.

— Exato. E você não quer. Não dá para culpá-la, mas você precisa decidir o que *você* vai ganhar com isso, se quiser ter sucesso. Então, o que *você* quer?

— Eu quero que tudo desapareça! — Ela deu a volta e se afastou dele. — Quero parar de ser corajosa e sozinha. Quero um abraço quando estou triste, como uma garota normal que tem casa e família. Quero andar de mãos dadas e beijar em becos escuros e nadar pelada no oceano e fazer todas as outras bobagens que nunca me dei conta de que jamais teria a oportunidade de fazer.

— Tem lugares melhores para beijar alguém do que em becos.

Ela riu, perigosamente perto da histeria.

— Valeu pela dica. Duvido que eu vá precisar.

— Se você quiser controlar seu poder para levar uma vida normal e beijar em cada beco da cidade depois do Divorando, então agarre-se a isso. — Ele estremeceu. — Agora, será que a gente pode entrar, *por favor*?

Alessa tentou retrucar com algum comentário espirituoso e mordaz, mas os dentes tremiam demais para falar.

— Droga, vou reivindicar a prerrogativa de um guarda-costas. Vamos.

Agarrando seu pulso, Dante a rebocou atrás de si.

O calor de dentro da cozinha não era o suficiente. Cada calafrio lançava gelo de sua saia molhada direto para o chão.

Dante atacou o tecido, golpeando a camada de gelo endurecido.

— Odeio ter que dar essa notícia, mas morrer de hipotermia não vai ajudar Saverio.

Ela engoliu um nó repentino na garganta.

— Mas poderia.

— Você não acredita nisso de verdade. — Dante olhou para ela.

— Outras pessoas acreditam.

Dante baixou os olhos até chegar à garrafa nas mãos dela.

— O que é isso?

Ela hesitou.

— Um perfume da minha mãe.

Dante arrancou a garrafa dos dedos dormentes de Alessa, desarrolhando-a para conseguir passar o indicador na borda e levá-lo aos lábios.

— Não! — Ela tentou pegar de volta.

Ele escondeu a garrafa atrás de si.

— O que tem aqui dentro?

Alessa cerrou os dentes, mas o lábio inferior tremia.

Dante despejou o conteúdo em um vaso de limoeiro em miniatura e jogou a garrafa vazia no solo. Estava se preparando para dar uma bronca nela, embora Alessa não soubesse como podia ser sua culpa o fato de o irmão querer que ela se envenenasse. Mas a expressão no rosto dele dizia que ele queria ferir *alguém*, e ela era a única pessoa ali.

— Eu gosto dessa árvore — ela conseguiu dizer com a voz fraca. Em seguida, irrompeu em lágrimas.

Murmurando profanidades que, de alguma maneira, soavam reconfortantes, Dante a esmagou contra o peito e Alessa agarrou-se a ele, desesperada pelo calor de seu corpo que atravessava as camadas de roupas frias e molhadas dos dois. A verdade jorrou em uma torrente — que mil erros em sua vida haviam se empilhado, que Adrick contabilizara todos eles, somando as provas de que ela não era capaz de fazer a única coisa que deveria. Que cada mínimo constrangimento e erro de infância eram agora evidências usadas contra ela pela pessoa que Alessa confiara que a apoiaria independentemente de qualquer coisa. Ivini havia roubado o último membro de sua família, mas foram as falhas de Alessa que possibilitaram isso.

Ela sentia, nos músculos tensos das costas dele, o esforço que Dante fazia para controlar o impulso de ir atrás de Adrick, mas a Finestra fechou as mãos em sua camisa como se sua vida dependesse disso. Caso ele a deixasse naquele momento, ela viraria pó.

— E se ele tiver razão? — questionou ela. — Talvez eu não tenha nascido para isso. Dea tinha fé em mim, mas eu não merecia. Todo mundo já descobriu isso, menos eu. Você mesmo disse isso. Os deuses desistiram da gente... ou de mim, pelo menos.

— *Agora* você começa a me dar ouvidos? — disse Dante. — Gente como Ivini ganha a vida convencendo pessoas assustadas de que sabe as respostas, mas os que falam mais alto raramente são os que sabem mais.

— Não significa que ele esteja errado.

— Também não significa que esteja certo. Vai, me deixa tentar.

Será que ela tinha escolha? Será que *um dia* já teve escolha?

— Você pensa demais. — Ele ergueu o queixo dela com um dedo enluvado. — Você só fala, né? Tem coragem o bastante para sugerir, mas não para agir.

Ela prendeu a respiração.

— Não me provoca.

— Estou *tentando* provocar. Você disse que eu posso ser alguém melhor, então me deixa tentar.

— E *você* vive dizendo que não é um herói.

Algo ganhou vida no coração de Alessa: esperança, medo ou outra coisa completamente diferente.

— Não sou. — O canto da boca de Dante se curvou num sorriso. — *Você* que é a heroína. Eu só estou pedindo para uma garota segurar minha mão.

Trinta

Come la cosa indugia, piglia vizio.
Espere por sua conta e risco.

DIAS ANTES DO DIVORANDO: 18

Alessa levou o treino do dia seguinte aos trancos e barrancos, e ele se desenrolou mais ou menos como as sessões que ocorreram antes do dia de folga — se é que alguém poderia chamar uma experiência de quase morte e uma tentativa de sororicídio de "dia de folga". Ela não foi a única a só emergir de um estupor ao ver um desfile de geladeiras de rodinha no pátio.

Fora Josef que planejara a surpresa, um fato que demorou demais para ser explicado enquanto todos olhavam para as guloseimas sedutoras.

Alessa se manteve distante enquanto os outros examinavam a seleção de sabores da sorveteria da família de Josef. Por educação. E porque o medo a respeito da noite que se aproximava, quando seria a vez de Dante ser afligido, rapidamente superava sua esperança de que ele poderia ajudá-la.

Ele havia se esquivado da morte na mão dela uma vez. Não significava que se esquivaria de novo.

Ao lado de Alessa, Josef se enchia de orgulho enquanto observava seus colegas Fontes fazerem suas escolhas.

— Sempre defendi que podemos aprender muito sobre uma pessoa pelo sabor favorito dela.

— Ah, é? — disse Alessa.

— Eu costumo escolher baunilha. — Ele a olhou com expectativa.

— Porque baunilha é… — *Sem graça* parecia ser a resposta errada.

— Sutil, mas complexo. — Ele sorriu como se lhe oferecesse a solução de um quebra-cabeça.

— Claro. — Alessa fez um pedido de chocolate amargo com framboesa e esperou que Josef pegasse um potinho de um atendente assustado e lhe entregasse. — Me fala mais. — Ela nunca tivera a chance de conversar só com ele, e se o tema das sobremesas congeladas fosse a sua melhor chance de fazê-lo se abrir, então assim seria.

— A maioria das pessoas age como se baunilha não tivesse muito gosto, mas, na verdade, é bastante sutil. As notas variam dependendo de onde você obtém os grãos e como os prepara antes da mistura. — Josef sorriu para seu potinho, que ainda estava pela metade, e, graças ao seu dom, não havia nenhum sinal de derretimento. — Eu sei que sou um homem de poucas palavras, mas gosto de pensar que também sou mais complexo do que as pessoas supõem.

Alessa fez que sim, pensativa.

— O que o meu sabor diz sobre mim?

Josef corou.

— Eu não ousaria supor, Finestra.

Alessa suspirou.

— O de Nina, então. Stracciatella? Deixa eu adivinhar: doce, mas inconsistente?

Josef pestanejou, perplexo.

— Eu a conheço bem demais. Não seria justo.

— Você não pode propor uma teoria da personalidade com base no sorvete e logo depois se esquivar de mim, Josef. — Ela olhou para Dante do outro lado do recinto, mas, embora Josef pudesse ser o cara mais certinho que Alessa já tinha conhecido, até ele notaria sua curiosidade patética se ela não tomasse cuidado. Assim, escolheu uma opção mais segura. — O que Kamaria pegou?

— Metade menta e metade café com leite, só que, toda vez que ela vai na loja, pede um sabor diferente.

— Humm. Deixa eu tentar. — Alessa pensou por um instante. — Eu diria que ela anseia por emoção e aventura e odeia se sentir entediada.

— Estou de acordo. — Os olhos de Josef brilharam.

— Que divertido. Analise Kaleb.

— Morango e creme. Eu ainda não consegui entendê-lo.

— Somos dois. Rosa. E doce. — Alessa deu de ombros. — É, também não sei

Eles deixaram o assunto de lado por um tempinho, cada um absorto em sua sobremesa.

— Limone — disse Josef, do nada.

— Como?

— Foi o que o Signor Dante escolheu. Se é que você estava se perguntando. Talvez não estivesse.

— Não estava. — *Parece-me que a dama faz demasiados protestos.* — O que limone diz a respeito de uma pessoa? Que ela tem um temperamento azedo?

— Limão não é *azedo*, é ácido. — Josef pareceu levemente ofendido. — Não é nem de longe a mesma coisa. A seção de culinária do jornal disse que nosso limone é "uma mistura quase perfeita de ácido e doce: atraente, cheio de camadas e complexo. O coração de Saverio em cada colherada. Um clássico". Nossa família passou anos aperfeiçoando a receita. É o nosso sabor mais querido.

— É claro. — Alessa lambeu um pouco de sorvete da colher. — O sabor perfeito. Engano meu.

Dante olhou para os dois como se soubesse que era o assunto da conversa.

Com um sorriso irritantemente alegre, Alessa tomou mais uma colherada e logo sentiu o sabor do chocolate amargo pela primeira vez, o que arruinou totalmente o efeito. Ela fechou os olhos para apreciar plenamente a fusão de chocolate hedonista e a acidez frutada derretendo na língua.

Quando Alessa retornou ao plano mortal, Josef já estava analisando Saida, e Dante estava atacando seu limone como se o sorvete o tivesse ofendido.

— Para de enrolar — disse Dante. Com os cotovelos apoiados nos joelhos, ele observava Alessa andar de um lado para o outro.

Ela adiara o máximo que pôde, mastigando cada pedacinho do jantar o mais lentamente possível.

— A gente quase morreu ontem — disse Alessa, bocejando dramaticamente. — Será que não justifica irmos dormir mais cedo?

— Essa já foi sua desculpa ontem à noite. — Dante a olhou feio por entre os cílios. — A gente vai fazer isso ou não?

Ela já o deixara inconsciente uma vez. Um segundo toque poderia ser pesado demais.

— Mudei de ideia — disse. — É um plano horrível.

— Se a gente for esperar um melhor, todos nós vamos morrer. Olha, como alguém mais velho do que você…

— Pfff. Quase não temos diferença de idade, se é que temos alguma. Você por acaso sabe quantos anos eu tenho?

— Quantos anos você tem? — Ele arrastou a pergunta como se estivesse sugando anos de sua vida.

— Dezoito. — Alessa sorriu porque sabia que ia irritá-lo.

— Como eu disse. Como alguém mais velho que você…

— Quantos anos *você* tem?

— Dezenove. Ou vinte. Para de interromper.

— Como você pode não saber sua própria idade?

— Eu não ando com um calendário de bolso e já faz algumas semanas que perdi a noção do tempo. Você *sempre* faz tantas perguntas assim?

— Sei lá, faço?

— Rá, rá. Agora me deixa terminar. Como alguém mais velho que você… — Ele parou, esperando uma interrupção, mas, em vez disso, Alessa juntou as mãos inocentemente no colo. — Posso dizer que é sempre melhor acabar de uma vez com uma coisa desagradável. Prolongar a espera só piora as coisas.

Era uma verdade que ela conhecia muito bem aos dezoito anos, mas era mais fácil falar do que fazer.

— Primeiro, me diz como funciona. Um ghiotte consegue se curar de qualquer coisa?

Dante pegou um fio solto em sua cadeira.

— Não, nem tudo, senão meus pais ainda estariam vivos. Se você arrancar minha cabeça ou derrubar um muro em cima de mim, acabou. De ferimentos comuns eu me recupero. Se for um machucado que já tivemos, é mais fácil. Na primeira vez que quebrei o braço, doeu pra caramba. Lá pela terceira, eu mal senti. E me curei mais rápido também. Acho que faz parte do… dom, mas sei lá.

— É assim para todos vocês?

— Se um dia eu conhecer outro ghiotte, eu pergunto.

— Você não sabe como funcionava com seus pais?

— Eu era criança. Não fazia anotações. Era só uma coisa que eu sabia que deveria manter em segredo. Tudo que eu sei é que, para mim, quanto pior o estrago, mais demora. Se eu estiver cansado ou com fome também.

— Você está com fome agora? — Ela deu um muxoxo. — Cansado? Com sede?

— Estou bem. Vamos começar com o básico. Sei da sua primeira Fonte, mas como foi que terminou com as outras?

Esfregando os braços, Alessa tentou se lembrar.

— O coração da Ilsi parou na nossa quarta tentativa. Hugo tentou por alguns segundos, desmaiou e rachou o crânio na mesa. Não sei se fui eu que o matei ou a queda.

Dante franziu os lábios como se Alessa tivesse acabado de detalhar uma lista de compras comum, não uma série de mortes horríveis.

— Vamos continuar sentados, então. Vem aqui.

— Minhas mãos estão frias. — Ela mal encostou as coxas na cadeira antes de se levantar novamente.

— Ah, já que é assim... — Dante deu um tapa nas coxas como se fosse se levantar. — Senta.

— É perigoso demais. Com as Fontes, existe um motivo para arriscar, porque eu preciso dos dons delas. Mas você é...

— Inútil? — Seu tom era leve, mas ele cerrou os punhos. — Não tenho nada a oferecer, nada com que eu possa defender Saverio, então não vale a pena acrescentar mais um fardo à sua culpa?

Alessa pressionou os dedos nas têmporas.

— Não. Não é isso...

— Bom, você está certa. Ninguém sentiria minha falta.

— Eu sentiria. — Seu lábio inferior tremia, mas Alessa não ia chorar. Foram as lágrimas dela que o envolveram nessa bagunça, para início de conversa.

— Eu não vou morrer.

— Você não sabe disso.

— Nada me matou ainda. — Ele deu de ombros.

— Que argumento ridículo. *Qualquer um* poderia dizer a mesma coisa e seria verdade.

Ele deu uma piscadela.

— Tenha um pouquinho de *fé*, Finestra.

Alessa já tinha ficado sem luva na presença de Dante, mas nunca as havia tirado *para* ele e, enquanto ele observava o tecido deslizar pelos antebraços, ela enxergava a própria pele como se pertencesse a outra pessoa. As veias azul-claras da parte interna do pulso, as palmas pálidas e os dedos finos. Seu coração batia violentamente contra as costelas.

— Se você tiver um espasmo, por menor que seja, eu vou soltar sua mão.

Ela recuou quando ele estendeu o braço.

— Mãos na mesa, palmas para cima. *Nada* de me segurar.

Dante suspirou, mas obedeceu.

— Você ainda está sentindo dor, né? — perguntou ela.

— Sim. — Ele arqueou as sobrancelhas.

— Então por que está tão calmo, cacete?

— Ficar preocupado com a dor não a impede de acontecer — respondeu ele. — Se você não respirar logo, eu vou cutucá-la na barriga como se você fosse uma mula teimosa.

— Você é um babaca.

— Sou. Agora vai logo.

Alessa pairou as palmas sobre as dele e as abaixou até que as pontas dos dedos roçassem no ritmo de seus batimentos cardíacos. Com a respiração trêmula, ela apertou as mãos nas dele. As mãos de Dante, assim como o restante do corpo, eram fortes e hábeis, ásperas, mas graciosas.

Ele grunhiu baixinho, mas Alessa se perdeu na súbita onda de poder. *Sim mais quero preciso pegar sim.* Seu dom era exigente, como o oceano puxando um navio a naufragar. Tentando se controlar, ela se concentrou no rosto do guarda-costas e lutou contra o desejo até a maré recuar.

A mandíbula de Dante ficou tensa, mas ele não se afastou.

Quando Alessa levantou as mãos, os dois expiraram.

— Bom — disse a Finestra. — Como foi?

— Suportável. — Ele estalou os nós dos dedos. — De novo.

— Ainda não. — Ela sacudiu as mãos e saiu para pegar água e biscoitos. Se fome e sede eram fatores de risco, Alessa lhe obrigaria a ingerir os dois ao primeiro sinal de problema.

Por força do hábito, ela pôs os dois copos no centro da mesa e se sentou, atordoada ao se dar conta de que, mesmo sem luvas, poderia simplesmente ter entregado para ele.

Dante ignorou os biscoitos, mas bebeu metade do copo.

— Você fica de palmas para cima dessa vez. Eu me afasto se precisar.

Ela odiava abrir mão do controle, mas não tinha como avaliar a dor de Dante, e ele podia. Dessa vez, quando se encostaram, a *necessidade* voraz foi menos insistente, e ela pôde prestar atenção em todo o resto. Alessa contou em silêncio, percebendo a textura da pele dele, a batida constante do pulso contra a ponta de seus dedos, o quanto ele exalava *vida*.

Dante se afastou quando ela chegou a cinquenta e dois.

— E aí? — perguntou Alessa, sem fôlego.

— Melhor. A primeira vez doeu. Essa foi... desconfortável, mas não desagradável.

— As duas palavras têm o mesmo significado.

— Não têm, não.

— Claro que têm. Se alguma coisa é desconfortável, é desagradável.

— Nem sempre.

— Me dá um exemplo de uma experiência que é desconfortável e *agradável*.

— Uma massagem. É incrível depois de uma luta, mas que dor.

— Uma o *quê*?

— Friccionar o corpo para tratar músculos doloridos. Você nunca foi massageada? Ah, verdade. Claro que não.

— Você *paga* alguém para esfregar seu corpo? — Quem Alessa estava tentando enganar? Ela pagaria para esfregar o corpo *dele*.

— Por uma boa massagem, eu seria capaz de qualquer coisa. Tem uma garota que mora em cima do Poço... — Ele balançou a cabeça com um sorrisinho. — Óleos perfumados, lençóis limpos e as mãos dela viram mágicas.

— Não preciso dos detalhes, obrigada. — Mas a imagem que ele tinha pintado já estava ali, e seu rosto ficou quente.

— O que está se passando na sua cabeça agora? — Dante estreitou os olhos.

— Me lembrei de você naquele ringue. — Ela ergueu o queixo. — Fiquei bem triste de ver que algo tão bonito estava prestes a ser destruído.

Seja lá o que ele estivesse esperando, não era aquilo.

— Hum. Valeu? — Ele apontou para os olhos dela, depois voltou os dedos para os próprios olhos. — Foco. Estou tentando explicar como algo pode doer de um jeito bom.

— E eu estou tentando explicar por que as palavras *bom* e *doer* não combinam.

— Mas podem combinar, sim. Só preciso do exemplo certo. — Com dificuldade, Dante tentou pensar em um exemplo, até bater os olhos em uma pilha de romances. — Excitação!

As bochechas de Alessa ardiam tanto que seu cabelo podia pegar fogo.

— Eu disse que *não* preciso dos detalhes.

Ele mordeu o lábio para reprimir uma risada.

— Não estou falando disso. Me deixa terminar o raciocínio. Eu sei que já faz um tempo que você está trancada aqui, mas imagino que ainda pense... certos pensamentos. — Ele lançou um olhar significativo para os livros. — Pois é. Como disse, *desconfortável*, mas não *desagradável*.

Ela se fez impassível. Estava pensando em diversas coisas naquele momento, mas *não* ia reagir.

— Exercício físico. — Ele estalou os dedos. — Eu deveria ter dito isso primeiro.

— *Realmente* deveria.

Dante riu muito mais do que merecia.

— Você sabe do que eu estou falando, aquela dorzinha boa nos músculos depois de um treino intenso. Desconfortável, mas agradável.

— Tá bom — disse ela entredentes. — O toque parece com *alguma* dessas coisas?

— Bom, não. — Ele franziu a testa. Claro que não. A sensação era de dor, e Alessa jamais gostaria de saber mais detalhes, mas ela precisava entender se queria ter alguma esperança de domá-la. — Está mais para um... zumbido. Ou vibração. E só dói quando é... rápido demais? Intenso? A princípio, fiquei sem ar, mas foi ficando menos perceptível a cada vez... mais para um ronronar.

— Qual é a sua com gatos?

— Acho que você se parece com um. — Ele sorriu.

— Por eu ser tão fofa e adorável?

— Não, não é isso.

— Misteriosa e cheia de graça?

— Com certeza não. Provavelmente porque você nunca senta direito e fica visivelmente irritada quando alguém lê um livro na sua presença.

Ela bufou, desdobrou as pernas e deixou os pés penderem; os dedos mal tocavam o chão.

— Quase todas as cadeiras são altas demais para mim. É desconfortável.

— Desculpas, quantas desculpas. Enfim, quando você me tocar, pense como um gato.

Não existia nenhuma desculpa para a imagem mental vívida de si mesma — delineado marcante, esgueirando-se na direção dele e balançando os quadris em um movimento felino — que surgiu na mente de Alessa, mas ali estava.

Dante deu um tapa distraído no joelho.

— É tipo um alongamento. Se você puxar o braço de alguém para trás, pode deslocá-lo. É preciso ir com jeitinho e parar no ponto da dor boa. Velocidade e força fazem diferença. Tipo, está tudo bem bater testa com testa, mas, se for muito rápido, você acaba sendo expulso de uma luta. Entende o que eu quero dizer?

— Eu andei dando cabeçada nas pessoas? — Ela ergueu as sobrancelhas.

— De certa forma, sim. Não pense em poder, basta se concentrar em tocar. Você não está machucada agora, então não precisa de nada de mim.

Será que uma frase já tinha sido tão pouco verdadeira?

— Promete que vai parar se ficar pesado demais. — Ela respirou fundo.

— Prometo pela minha vida. — Ele deslizou as mãos pela mesa.

— Você não tem permissão para dar sua vida.

Duas das suas Fontes haviam superado dois toques, mas ninguém sobrevivera a mais de quatro.

Alessa fechou os olhos e se recompôs. Não ia pegar, nem usar e nem roubar. *Só ia tocar.*

Alessa se apoiou no encosto do sofá com a bochecha a um palmo de distância dos lábios entreabertos de Dante e prendeu a respiração até uma reconfortante rajada de ar aquecer sua pele.

Da pele à alma, ela fora espremida até a última gota feito um pano molhado. Eles passaram horas praticando e Alessa precisava de descanso, mas, toda vez que ia para a cama, entrava em pânico e voltava correndo para ter certeza de que Dante estava apenas dormindo.

Ela passara o tempo inteiro morrendo de medo de que o toque seguinte fosse ser a gota d'água. Mas, enquanto sua ansiedade aumentava, ele só foi ficando mais calmo conforme as horas passavam e os toques duravam mais tempo.

No momento em que ele concordara em parar, ela estava mais tensa do que era capaz de explicar, e cada toque de mãos fora gravado em sua memória. Sua pele formigava, hipersensível, como se Alessa estivesse com febre.

Durante as últimas tentativas, Dante afirmara que o toque nem o incomodava mais, mas claramente tinha causado um impacto, porque ele adormecera no lugar em que estava sentado, completamente vestido.

Ela conferiu a respiração dele mais uma vez. Ainda estava vivo.

Dessa vez, conseguiu se deitar na cama e ficar ali, encarando o teto com uma descrença atordoada.

Dante — aquele Dante de olhos escuros e cabelo desgrenhado, teimoso e bonito —, que dormia em seu quarto havia dias, era capaz de *segurar as mãos dela* sem sofrer. E, se ela podia tocar as mãos dele, também podia tocar seus lábios...

Foco, Alessa.

Esse não era o momento certo, mas e depois do Divorando? A animação que a percorria com essa possibilidade não ia facilitar a chegada do sono.

Seus olhos ardiam de cansaço, mas cada resquício de emoção a despertava novamente, dando-lhe tempo de sobra para lembrar das palmas de Dante deslizando contra as dela, da força delicada daqueles dedos ao redor dos seus pulsos, daquela pulsação vibrando contra as pontas dos seus dedos.

A noite mais maravilhosa de sua vida. E uma das mais dolorosas.

Finalmente, ela conseguia encostar em uma pessoa sem machucá-la, mas seu dom era o único tipo que não poderia salvar Saverio.

Trinta e um

Un diavolo scaccia l'altro.
Um mal nos livra de outro.

DIAS ANTES DO DIVORANDO: 17

Dante levou seu novo dever tão a sério quanto levara os outros, e eles se encostaram meia dúzia de vezes antes do café da manhã. Ele prendeu o colar para Alessa, lhe passou um bolinho, bagunçou seu cabelo. Alessa estava aprendendo a sentir a diferença entre os toques que "ronronavam" e aqueles que o faziam se contrair. Ela não conseguia descrever, mas *havia* uma diferença, e os momentos dolorosos já estavam se tornando pouco frequentes.

Acabaram por retornar à biblioteca para aproveitar a hora que faltava para o início do treinamento, não sem antes Dante comentar que temia que ela fosse abrir um buraco no chão de tanto andar de lá para cá se não encontrasse um uso produtivo para sua energia nervosa.

— Você é um leitor compulsivo? Eu deveria me preocupar? — perguntou ela enquanto Dante arrumava sua segunda pilha de livros em cima de uma mesa. — Por que você lê como se os livros estivessem prestes a entrar em extinção?

— Pesquisa.

Ela deu uma olhada nos títulos, metade deles na língua antiga. Alguns históricos, outros religiosos e um punhado parecia ser de contos de fada.

— Sobre o quê?

— Gente como eu. — Ele lhe lançou um olhar desconfiado por cima do ombro. — Não sei muita coisa além das histórias, e nem todas são verdadeiras, tipo os chifres e tudo mais, mas deve ter mais. E muitos foram banidos, não mortos, então ainda devem estar por aí. Em algum lugar.

Alessa afundou em uma cadeira, ao lado dele. Porque agora ela era capaz de fazer isso sem que sua pulsação disparasse com a proximidade de Dante. Bom. Sem que a pulsação disparasse de um jeito ruim.

Imaginar os ghiotte vagando livremente lhe descia como uma refeição pesada. Injustiça, talvez — se um ghiotte não era mau, fazia sentido presumir que o restante também não era —, mas era difícil se livrar de anos de condicionamento.

Mesmo assim, Alessa pegou um livro da pilha mais próxima e começou a tentar folhear as páginas. As luvas dificultavam o movimento, então, com uma breve pausa para saborear a novidade, ela as tirou e continuou.

Um baque na parede entre a biblioteca e a suíte da Fonte a fez dar um pulo.

Faltavam vinte minutos para ela ter que torturá-los de novo.

Dante era único, ou pelo menos raro, e ela podia até estar aprendendo a controlar o poder destrutivo de seu dom com ele, mas não significava que isso se traduziria para qualquer outra pessoa.

— O que você está fazendo? — perguntou Dante quando ela inspirou profundamente e prendeu a respiração contando até três.

— Respirando fundo. Consigo controlar melhor o meu poder quando estou calma, então estou praticando estratégias para me tranquilizar. — Alessa expirou, soltando todo o ar até seu peito ficar côncavo.

— Você nunca está calma.

— Eis o meu problema. — Outra inspiração profunda.

— Vem cá. — Mantendo uma das mãos no livro, Dante estendeu a outra sem olhar.

O corpo de Alessa parecia não entender que os toques deles eram apenas *prática*, e ficou pior quando Dante se cansou de sustentar as mãos entrelaçadas dos dois e as abaixou para apoiá-las no joelho.

Foi apenas o foco de Dante em sua tarefa que livrou Alessa de precisar explicar o motivo de seu pescoço ficar vermelho.

Alessa voltou-se à busca pela palavra "ghiotte" e encontrou um exemplo, marcou-o e seguiu para o próximo.

Preguiçosamente, Dante abria e fechava os dedos na palma da mão de Alessa, enviando-lhe uma corrente elétrica braço acima.

Era uma piada? Um teste? Como ela faria para ler nessas circunstâncias?

Dante se inclinou para perto da página, franzindo as sobrancelhas de tão concentrado, e seu polegar começou a traçar círculos preguiçosos no pulso dela.

A essa altura, o livro de Alessa poderia ter irrompido em chamas que ela não perceberia.

— Cuidado — disse Dante, quase não prestando atenção. — Você está se agitando.

Ela puxou a mão e se levantou, atrapalhando-se para pegar a cadeira antes que tombasse para trás.

— Acho melhor a gente ir. Não podemos ser os últimos a chegar.

Na sala de treinamento, Dante observava de seu lugar habitual recostado contra a parede. Ele conferia as facas e desviava o olhar todas as vezes que as Fontes reagiam de dor. A essa altura, Alessa já era capaz de reconhecer seus trejeitos. Dante se sentia mais desconfortável como testemunha do que quando ficava do outro lado do toque.

Kaleb se aproximou sorrateiramente e Alessa o tocou, buscando em seu rosto algum sinal de que dessa vez estava sendo diferente. A expressão de Kaleb oscilava entre pavor, confusão e ceticismo, mas ele não puxou as mãos.

Dante baixou o queixo em um sutil aceno de encorajamento.

— O que está acontecendo? — perguntou Kaleb. — Por que está melhor dessa vez?

Só mesmo Kaleb para ficar igualmente irritado quando ela não o machucava.

— Prática? — Alessa deu de ombros.

Agora vinha a parte difícil.

— Vou tentar acessar seu poder agora.

Alessa respirou fundo, ativando seu dom, e seu cabelo flutuou numa nuvem eletrificada, crepitando com o poder de Kaleb.

Ele afastou as mãos.

— Desculpa — disse ela, mas não conseguia disfarçar a alegria. Kaleb estava franzindo a testa, mas não gritando. Progresso.

Alessa evitou comemorar, mas, na última rodada, ela já tinha certeza. Estava melhorando. Conseguia controlar o desejo de forma mais rápida e completa, até se sentir mais como capitã de navio do que como prisioneira amarrada ao mastro.

— Hoje correu tudo bem, não? — disse Alessa ao fim da aula, equilibrando-se em uma só perna para calçar os sapatos do lado de fora da sala de treinamento.

Dante grunhiu uma resposta afirmativa.

Ao olhar para cima para encará-lo, Alessa se desequilibrou. Com o dedo enganchado na parte de trás da sapatilha, ela não conseguiu pôr o pé no chão, então estendeu a mão livre para se segurar, mas calculou mal a distância e bateu contra a parede. Encolhendo-se, ela examinou os dedos, que latejavam.

Dante se agachou com um suspiro exasperado e aninhou os dedos em sua mão. O desconforto tremulou no rosto dele, mas sua expressão suavizou quando o último resquício de dor deixou o corpo de Alessa.

— Pronto. Tenta tomar cuidado — disse ele. — E não faz cara feia por eu *consertar* você.

— Você disse que não doía mais!

— *Não dói*. A não ser que você esteja machucada. Quando você usa meu poder, eu sinto aquilo. — Ele pareceu se dar conta de que ainda estava segurando a mão dela e a largou.

— Ah. Claro. Faz sentido. Sendo assim, me ajuda a levantar. — Alessa ergueu os braços e Dante a pôs de pé. — Encostar é um começo, mas também preciso *usar* os dons deles. Você viu o que aconteceu com Kaleb.

Dante abriu um sorrisinho malicioso.

— Nada legal. — Ela balançou o dedo para ele.

— Eu vivo dizendo que não sou uma pessoa legal.

— E eu vivo dizendo que não acredito nisso. Você não aceitou esse emprego porque eu *chorei*?

— Isso faz de mim um trouxa, não um santo. — Dante esfregou o queixo com barba por fazer. — E esse não foi o único motivo. Se tem algum lugar onde eu posso achar as informações que estou procurando, esse lugar é aqui.

— Foi por *isso* que você estava à espreita na noite da festa?

— Me pegou. — Envergonhado, Dante coçou a orelha.

Ele não confiava em mais ninguém para servir a comida sem envenená-la, então os dois pararam na cozinha no caminho para a suíte. Dante assumiu a dianteira, deixando para trás um rastro de vapor vindo dos pratos, e Alessa correu atrás dele, salivando com o aroma de alho e pancetta.

— Mas como é que eu vou fazer para praticar a próxima parte? — questionou Alessa ao destrancar a porta. — É tipo tentar desenhar uma coisa que eu nunca vi.

Dante pôs a bandeja na mesa e franziu a testa enquanto pensava.

— Como é aquele velho ditado mesmo? — continuou Alessa. — Sobre homens cegos e elefantes? Eu estou assim, tentando classificar umas dez sensações diferentes no meio segundo em que as experimento enquanto tento não matar ninguém.

— A sensação é diferente quando você está tentando *usar* o poder de alguém?

— Mais ou menos. É como se absorver dons fosse meu padrão… com eles, pelo menos… e eu tivesse que ativamente me *parar*. Com você não é tão… insistente? Espera, não é verdade. Lá no beco foi intenso.

— Porque você estava morrendo. Precisava do meu poder. — Dante separou os pratos e organizou os talheres enquanto Alessa pegava uma garrafa gelada de limoncello. — Não tenho certeza de como trabalhar nisso, já que você não está machucada.

O sabor da massa a distraiu por um instante, mas ela era um cachorro que não largava o osso, e nem a refeição mais atraente conseguia detê-la por muito tempo.

— Se eu quebrasse meu dedão...

— Você *não* vai se machucar. Vai comer.

— Só posso praticar com um dom de cura se estiver machucada.

— Não. Não vou permitir isso.

Ela chutou a perna da mesa, mas só raspou a ponta da sapatilha.

— Quebrou o dedão? — perguntou Dante em um tom monótono.

— Infelizmente não. — Ela estreitou os olhos antes de avançar no cinto dele.

— O que você... — Dante se esquivou do alcance dela. — Você *não vai* se esfaquear!

— Vou só furar meu dedo.

— Olha que deixo você sangrar até a morte. — Ele a fuzilou com o olhar.

— Até parece. Me dá aqui.

Ele afastou a mão de Alessa e foi para trás da mesa; a Finestra fingiu que ia para a esquerda, pulou para a direita e prendeu a saia na quina da mesinha. Dante a impediu de tombar, mas uma pequena estátua caiu pela beirada, acertou o pé de Alessa em cheio e uma ponta afiada do objeto acabou rompendo sua pele.

Rindo e chorando ao mesmo tempo, Alessa pressionou o outro pé em cima do ferido.

— Pronto — disse ela entredentes. — Acabei me ferindo de qualquer maneira. Ganhei.

— Parabéns. — Ele lhe lançou um olhar insosso.

— Gostando ou não, nós vamos praticar.

— Lembre-se, vá com calma... — Pela primeira vez, ele aceitou a derrota.

Distraída pelo sangue pingando no tapete, a Finestra segurou as mãos do guarda-costas.

A dor sumiu, a ferida se cicatrizou e Alessa ficou boquiaberta e sem fôlego enquanto Dante esfregava as têmporas.

— Você está bem? — perguntou ela. — É melhor se sentar para não cair.

Dante acenou com a mão como se quisesse protestar, deu um passo hesitante para a frente e estendeu os braços para se equilibrar. Tomando cuidado para não encostar na pele dele, Alessa o guiou até o sofá. Dante se sentou e piscou repetidas vezes, com os olhos desfocados.

— Estou bem. Só estou tonto.

— Desculpa.

— Pare de pedir desculpa. Só vai com mais calma da próxima vez.

— Tem certeza de que está bem?

Aparentemente, estava, porque detectou a mão dela se aproximando devagarinho da faca e segurou seu pulso.

— Não vou deixar você se ferir.

— Então como vou fazer para praticar?

— Vou pensar em alguma coisa.

— Um corte de papel?

Ele afundou a cabeça entre as mãos.

Depois de algumas rodadas do que Alessa chamou de "treinamento de toque", Dante se esparramou em sua poltrona favorita com uma história da caça aos ghiotte enquanto Alessa fez de tudo para não o incomodar ao andar de um lado para o outro.

— Vai dormir. — Dante voltou os olhos para ela com as pálpebras pesadas de aborrecimento.

— Não estou cansada.

Seu corpo, suas regras. Dormir era a última coisa que queria fazer. Ela queria comemorar. Ou algo do tipo. Nas últimas horas, não houvera nenhum corte de papel nem outros ferimentos, já que Dante jurou que desistiria se ela sequer pensasse em se machucar de novo, então Alessa havia se concentrado em ajustar o fluxo de poder. Era menos eficaz do que usar o dom dele, mas significava horas estudando suas reações até que ela fosse capaz de ler o desconforto pela tensão nas mãos de Dante, pelo tamanho das pupilas. Alessa estava aprendendo sobre o próprio poder e estudando-o. E queria mais.

Mais de *Dante*.

A amizade dele. Os segredos. Os sentimentos. O toque.

— Que tal ler um livro, ou algo do tipo? — Dante jogou os ombros para trás.

— Não consigo. Estou muito agitada.

Pela primeira vez em anos, Alessa conseguia *encostar* numa pessoa sem machucá-la e, a cada instante em que não encostava, estava pensando nisso. Qualquer tipo de toque. Todos os tipos. O roçar de mãos, um abraço, um ombro para apoiar a cabeça. Além de outros toques, do tipo que Alessa não tinha nenhuma lembrança, mas queria muito.

Como um animal saindo da hibernação, faminto e focado em uma necessidade primordial, ela não conseguia parar de desejar o que lhe tinha sido negado por tanto tempo.

— Desisto. — Dante marcou o trecho em que tinha parado com um marcador de página em formato de adaga. — Não dá para me concentrar com você balançando as mãos agoniada pela sala.

— Não estou *balançando as mãos*.

Alessa pôs as mãos bem juntinhas nas laterais do corpo para impedir que elas... *droga*... balançassem. Ela não iria querer demais. Conseguiria viver com uma amizade platônica — quem sabe — se pudesse se aconchegar nos braços dele e ser lembrada de que ainda era uma pessoa além da Finestra. Ele iria embora em poucos dias e ela era uma covarde.

Nem uma garota normal conseguiria pedir casualmente que um garoto ficasse... o quê? Abraçadinho? De mãos dadas por motivos menos puros do que a salvação do mundo?

— Nunca ouvi ninguém suspirar tão alto em toda a minha vida — reclamou Dante.

— Desculpa. — Ela corou. — Acabou virando um hábito ruim.

— Suspirar?

— Andar de lá pra cá. Eu nunca fui boa em ficar quieta.

— Qual é a dificuldade? É só parar de se mexer e dormir.

— Talvez para você. Meu pai tinha que me abraçar completamente para que eu parasse de me revirar e conseguisse dormir.

— Isso explica muito. — Dante esfregou as têmporas. — Vem logo aqui e acaba com meu sofrimento.

— Muito engraçado. Eu *não posso* matar você, lembra?

— Eu não estou pedindo para você me *matar*. Posso não ter muita utilidade, mas eu *sou* um corpo quente Tenho um livro que queria terminar de ler, de qualquer maneira.

O coração de Alessa disparou, mas ela não mexeu os pés.

— A oferta termina em dez segundos. — Dante abaixou o queixo com um olhar de sofrimento eterno.

Alessa se aproximou com pressa.

Dante era tão grande que não sobrava muito espaço na poltrona larga. Ele acenou para o triângulo de espaço vazio entre as coxas e girou o dedo, como se Alessa fosse o filhotinho mais difícil de treinar do mundo.

Alessa se empoleirou na beirada da cadeira com as mãos cruzadas no colo.

— Pare de *pensar* tão alto — disse ela, feliz por não poder ver o rosto dele. — Dá para ouvir você rindo de mim na sua cabeça.

— Parece até que você está sentada numa cama cheia de pregos.

— Faz um bom tempo que eu não faço isso. — Alessa cruzou os braços.

— Faz o quê?

— Ficar *aconchegada*. *Aninhada*. Seja lá qual for a palavra que você usa.

— Eu não uso *nenhuma* dessas palavras.

— Lobos não se aninham?

— Não quando a loba fica toda tensa e rabugenta. Você vai acabar levando uma mordida.

Dante a enganchou pela cintura e a puxou para que Alessa ficasse apoiada em seu peito, mudando-a de posição até que ela estivesse onde ele queria. Com o outro braço, ele a envolveu. Para segurar o livro.

— Dá para relaxar? Não consigo ver por cima da sua cabeça quando você fica tão tensa.

Alessa se forçou a relaxar para que ele encaixasse a cabeça dela embaixo do queixo, mas estava distraída demais pelo sobe e desce do peito de Dante para ver qualquer coisa além de rabiscos na página.

— Quer ler um pouquinho? — perguntou ela.

— Eu *estou* lendo.

— Em voz alta. Gosto da sua voz e faz um tempão que ninguém lê uma história de ninar para mim.

— Em uma ilha muito distante, em um mar há muito perdido, a lua e o sol recusavam-se a compartilhar... — Seus braços se contraíram ao redor dela enquanto ele voltava à primeira página.

Dante ficou tenso quando Alessa arqueou de leve as costas e encontrou uma posição mais confortável. Provavelmente desejava que ela fosse embora. Mas a expiração seguinte foi mais profunda, mais relaxada, então ela não se ofereceu para sair.

Um peito musculoso não era a superfície mais macia em que Alessa já tinha descansado, mas dava para se acostumar. Embalada pelo tom grave e quente da voz dele, seus olhos se fecharam enquanto a história se desenrolava por trás das pálpebras. Um casal de amantes desafortunados, uma guerra trágica nos céus.

O calor de Dante adentrou seu pijama, aquecendo-a até a alma, e ela mergulhou na doçura da sonolência.

— Você acabou de derreter? — perguntou ele em tom de piada.

— Ih, fique se gabando.

— Não *nesse* sentido. — Ele escondeu a risada com uma tosse falsa. — Eu só não sabia que uma pessoa podia ficar tão mole.

— É, pois é, já faz um tempinho.

— Sinto muito por você só ter a mim, então. Eu sou novo em todo esse lance de... ficar aninhado.

Ela lhe deu um tapinha no braço com um alegre:

— Está se saindo bem.

— Você está desesperada e eu estou aqui, não é?

— Exatamente. — Ela fez uma pausa. — Obrigada.

— Disponha, Finestra. — Dante bocejou no ouvido dela. — Agora, *por favor*, durma.

Trinta e dois

Per piccola cagione pigliasi il lupo il montone.
Com uma breve desculpa, o lobo caça a ovelha.

DIAS ANTES DO DIVORANDO: 16

Alessa nunca dera o devido valor a Renata como guerreira, porém, quando a ex-Finestra escolheu Dante para ser seu parceiro de treino para as demonstrações, Alessa e as outras Fontes ficaram hipnotizadas.

Eles davam voltas e mais voltas, trocando golpes e defesas, ambos ágeis, de pés leves e inabaláveis, apesar dos encontros de aço contra aço. Os dois eram de tirar o fôlego.

— Trégua! — gritou Renata com uma risada. Com o cabelo caindo do coque, ela sorriu, entusiasmada, por finalmente ter um oponente digno, e Alessa sentiu uma pontada de afeição e camaradagem pela mulher que um dia já fora uma garota enfrentando seu próprio Divorando. — Dante, vou deixar você no comando. Eles precisam trabalhar... bom, tudo.

Dante esqueceu de sustentar sua indiferença rabugenta quando Josef dominou um golpe de faca e Nina bloqueou um soco com seu bō. Ele chegou até a sorrir quando Saida deu pulos pela sala, comemorando por ter acertado bem no alvo.

— Para com isso, Nina! — gritou Kaleb, com a espada caída feito uma flor murcha sob o olhar doce e inocente de Nina.

Por mais que não pudesse participar do combate corpo a corpo, Alessa fez notas mentais enquanto Dante treinava Kamaria e Saida. E todos pararam o que estavam fazendo quando ele chamou Kaleb para ser seu parceiro de treino.

— Nada de armas — disse Dante. — Nada de chutes. Nada de acertar virilha nem olhos. Eu não quero matá-lo hoje, mas é o que vou fazer se você tentar qualquer golpe baixo.

Equilibrados em altura e peso, talvez até em habilidade, Dante e Kaleb se rodeavam, e fazia dias que não pareciam tão relaxados. Apesar da preguiça típica de um cara mimado, Kaleb havia prestado atenção, e chegou a bloquear algumas das manobras de Dante antes que o guarda-costas aumentasse a pressão.

Ele enganchou a perna de Kaleb, que caiu com tudo.

Alessa saiu da frente enquanto os dois rolavam pelo chão num emaranhado de membros suados.

— Pega ele, pega ele, pega ele — murmurou Saida.

Josef deu uma cotovelada em Nina, parecendo meio ofendido com a intensidade com que ela assistia à partida.

— Que foi? — Nina deu de ombros inocentemente, fixando os olhos brilhantes nos dois homens se engalfinhando. — É educativo.

Com uma risada, Kaleb reconheceu a derrota e os combatentes se esparramaram de costas no chão, ofegantes.

— Boa luta, cara. — Kaleb deu um soco no ombro de Dante.

Os outros foram embora, suados e risonhos, enquanto Alessa e Dante ficaram para trás, recolhendo as armas de treino descartadas.

— Como foi que você aprendeu luta com espadas, combate corpo a corpo, habilidades com facas e arremesso de lança se passa o dia todo lendo? — Arrumando um sabre em seu suporte, Alessa enxugou a testa.

— Dá para aprender muita coisa com os livros. — Dante tirou um bō descartado do chão. — Depois que eu fugi, trabalhei para qualquer um que estivesse disposto a me ensinar. Aprendi rápido. É um dom, acho.

— Tenho uma ideia. — Um sorriso se abriu no rosto de Alessa.

— Detestei. — Dante ficou imóvel.

— Você nem sabe o que é.

— Com base na sua última ideia, estou *confiante* de que não vou gostar. — Dante segurou o sabre nas costas enquanto ela se aproximava. — Fica longe do sabre.

— Eu não vou me machucar — disse Alessa. — Luta comigo. Combate corpo a corpo.

— Você tem metade do meu tamanho.

— Eu sou uma *guerreira*. — Ela o cutucou na barriga.

— Uma guerreira *mágica*. Você não sabe lutar, muito menos contra alguém maior e mais forte.

— Mas *você* sabe. — Alessa sorriu. —Chegou até a chamar de *dom*.

— Você quer usar os *meus* talentos contra mim?

— Não. Eu quero *ampliá-los* para *destruir* você.

— Vem me pegar. — Ele se agachou e acenou para que ela se aproximasse.

Alessa deu um pulo animado, depois tirou as luvas e ergueu os punhos.

— Meu Deus — disse ele. — Completamente errado.

Ele abriu os dedos de Alessa e posicionou o polegar corretamente.

O instante em que eles ficaram ali, cara a cara, os punhos de Dante ao redor dos dela, se estendeu até o corpo inteiro de Alessa parecer vibrar numa frequência inaudível, que ela não sabia se Dante também conseguia sentir.

— Está sentindo alguma coisa? — perguntou ela. Alguém tinha que falar. Alessa sentia todo tipo de coisa, mas a maioria não tinha nada a ver com luta.

— Talvez? — Ele parecia tão calmo, tão indiferente, que ela poderia ter gritado. — Mas não sei o que você vai conseguir de mim.

— Vamos descobrir. — Era hora de canalizar sua energia reprimida para um bom uso.

Ela firmou os pés e ergueu os punhos.

Dante deu um golpe lento.

Ela o bloqueou sem nem pensar. Reflexos que não eram dela tomaram conta de seu corpo.

— Ah, que divertido! — Alessa expôs os dentes.

Dante recuou com uma expressão exagerada de medo. Eles se rodearam repetidas vezes. Ela o avaliou sem vergonha alguma, fazendo um balanço de seu equilíbrio, peso e partes desprotegidas.

Saltando na ponta dos pés, Dante aguardava com a paciência de alguém que assistia a uma criança tentando dar seus primeiros passos. Convencido. Certo da própria superioridade. Subestimando-a. Subestimando *a si mesmo*, na verdade. Era o dom dele, afinal.

Ela disparou para a frente e lhe deu um golpe no estômago.

— Não sei se gostei disso, não. — Ele tossiu.

— Eu gostei. — Ela golpeou novamente e o acertou na lateral. — Argh. Está sumindo.

— Não é tão divertido agora, é?

O soco seguinte foi tão fraco que ele pegou o punho dela no ar. Alessa sorriu. Como ele tinha memória curta.

— Obrigada — agradeceu ela. Em seguida, em um movimento fluido, desvencilhou-se, pegou o pulso dele e girou, puxando o braço de Dante para trás.

O guarda-costas caiu de joelhos com um som que ficava entre um grunhido e uma risada.

— Não é justo.

— A vida não é justa. — Contanto que mantivesse contato regular com a pele dele, Alessa seguia habilidosa. Mas, com um ou dois minutos de afastamento, as habilidades desapareciam, deixando-a lamentavelmente em desvantagem.

Melhor ganhar uma luta curta do que perder uma demorada. Forçando-o a ficar de bruços no tatame, ela pôs um joelho nas costas de Dante e o outro no chão.

— Ganhei! — Ela ergueu os braços, triunfante, e depois tropeçou para a frente enquanto ele rolava no chão, desequilibrando-a.

Alessa aterrissou em cima do guarda-costas, peito com peito, pernas emaranhadas.

— Ainda não acabou.

Ele prendeu os braços dela, evitando as mãos despidas, e sorriu enquanto ela se contorcia. O último resquício de seu dom desapareceu e ela parou de lutar, ofegante. Cada inspiração pressionava seu peito contra o dele.

Ela podia contar os cílios de Dante e ver o momento em que ele se deu conta do que ela já tinha percebido a respeito da posição dos dois.

Alessa entrou em pânico.

Dante levou um susto quando ela lhe deu um beijo rápido na bochecha. O breve toque de seus lábios na pele dele reviveu o dom de Alessa e, habilmente, ela rolou para fora do alcance do oponente. Em termos de flerte, foi um fracasso total, mas, em uma luta, uma jogada eficaz.

Jogando-se de lado, Dante a pegou pelo tornozelo e a puxou para perto de si.

Ela deu um tapa nas mãos dele, o que o fez rir, mas o toque já foi o bastante para reanimá-la.

— Eu não estou usando... — ele grunhiu enquanto rolavam no chão. — Ai! Nem metade das coisas que sei... — Ele segurou o joelho de Alessa antes que ela acertasse o alvo. — Porque não quero machucar... aaaargh.

Ela o pegou numa chave de braço — ou, pelo menos, tinha quase certeza de que o nome era esse — e o apertou até que ele chegasse a um tom alarmante de vermelho, batesse no chão repetidas vezes e então desse um tapa em seu braço.

— Ah, desculpa! — Ela o soltou com um sorriso animado. — Esqueci o sinal.

Com a cabeça no colo de Alessa, Dante respirava com dificuldade.

— Parabéns. Você venceu. Com as minhas habilidades. Então, na verdade, eu venci.

Alessa chegou a abrir a boca para refutar a afirmação, mas o safado sorrateiro entrou em ação, botando-a de costas com uma manobra absurdamente complicada que ela teria que pedir para ele demonstrar mais tarde.

Montando nos quadris dela, ele prendeu os braços de Alessa acima da cabeça e abriu um sorriso para ela, olhando-a de cima.

— Peguei você.

Alguém gritou.

Os dois viraram a cabeça para a porta e deram de cara com as Fontes, boquiabertas e horrorizadas com a visão de sua salvadora divina presa debaixo do guarda-costas.

Kaleb pegou uma espada de quatrocentos anos da parede e a apontou para Dante.

— Solte a Finestra ou eu mato você.

Trinta e três

Bocca chiusa non prende mosche.
Em boca fechada não entra mosca.

DIAS ANTES DO DIVORANDO: 16

Dante soltou os pulsos de Alessa — como se *esse* fosse o maior problema com a posição dos dois no momento — e eles se levantaram depressa.

— Eu... ele... a gente tropeçou — disse ela.

— Ele não está tentando matá-la? — Kaleb baixou a espada um centímetro.

— Não. Definitivamente não — respondeu ela. A proteção de Kaleb teria aquecido seu coração se ele não estivesse prestes a assassinar Dante. — A gente só, hum, caiu.

— Sério? — perguntou Kamaria. — Vocês *tropeçaram*. E caíram desse jeito.

Saida tapou a boca com a mão, mas não pôde evitar um gritinho agudo.

— Você está vivendo sem pai nem mãe há tempo demais se acha que alguém acreditaria nisso. — Kamaria revirou os olhos.

— Você estava *encostando nele* — comentou Nina. — E ele estava *sorrindo*.

Bom, isso soou pior do que o pretendido, provavelmente.

Saida enxugou as lágrimas de riso dos olhos, mas ela foi a única que achou graça. Nina parecia ter levado um tapa, Josef exibia o ultraje de um monge do Templo que havia entrado nos banhos femininos por acidente e Kaleb ainda parecia furioso.

— Por que você está encostando nele? — perguntou Kaleb. — E por que ele gostou?

Alessa mexeu os lábios, mas nada de brilhante lhe veio à mente.

— Era uma careta de dor.

— Não foi isso que *eu* vi — disse Nina.

— Ele é um lutador. É durão. — Uma semiverdade.

Não pareceu apaziguá-los. Era hora de arriscar algo ligeiramente mais perto da verdade.

— Dante tem me ajudado a treinar meu poder.

— Por quê? — insistiu Kaleb.

Dante pigarreou.

— Faço qualquer sacrifício pelo bem de Saverio. Dea chama, eu respondo.

Alessa deu uma pisada sutil no pé dele.

— Não sabia que você era devoto. — Nina estreitou os olhos.

— Mais importante do que o porquê é como? — disse Kamaria, analisando Dante de um jeito que deixou Alessa desconfortável. — Ele não tem nenhum dom.

— Não, é claro que não. — Alessa sabia que estava protestando com veemência demais, mas não conseguia controlar. — Mas eu *posso* absorver outros talentos enquanto ele me dá um retorno sobre... os níveis de dor. Como se fosse um, hum, medidor de dor.

— Eu achava que o toque de uma Finestra seria ainda pior em uma pessoa comum. — Nina inclinou a cabeça. — É um sacrifício muito generoso.

— Gentil da sua parte. — Kaleb pôs a espada no chão. — Mas você ainda é um babaca.

Dante murmurou algo na língua antiga e Alessa sorriu alegremente.

— Bom, agora que resolvemos o assunto, espero que todos nós possamos concordar em manter isso em sigilo. Quer dizer, é pouco convencional, mas qualquer coisa que possa ajudar está valendo, certo?

Alessa mordeu a bochecha enquanto esperava, mas a aceitação relutante no rosto das Fontes não voltou a ser raiva.

— Viemos convidar vocês para participar do nosso jogo — comentou Nina, soando mais conflituosa do que o normal.

— Ah — disse Alessa, momentaneamente desconcertada. — E mudaram de ideia?

— Não. — Kamaria revirou os olhos. — Quer dizer, quem é que *nunca* foi flagrado enquanto... hum... praticava, né?

As bochechas de Alessa pegaram fogo.

— Eu... Obrigada. Adoraríamos.

Josef era brilhante no carteado, mas um péssimo perdedor. Com uma capacidade quase mística de lembrar quem estava com cada carta e de criar estratégias de acordo, ele tinha ganhado as três primeiras rodadas, empertigando-se ainda mais a cada vitória e incapaz de disfarçar seu deleite absoluto, mas estava emburrado desde que Kaleb roubara sua melhor carta. Já Nina, por outro lado, era péssima no jogo, mas torcia por todo mundo, independentemente do time ou se a vitória viera às custas dela.

— Para de ficar toda *feliz* sempre que eu ganho de você, Nina. — Kaleb lançou os dados. — Perde toda a graça.

— É por isso que eu comemoro. — Nina afofou a saia com um sorriso travesso.

— Desisto — disse Saida com um suspiro profundo. — Josef roubou minhas melhores cartas. De novo.

Alessa selecionou uma carta com o desenho de Crollo do topo da pilha e a acrescentou à sua mão. Em seguida, olhou por cima do ombro para Dante, que ficara de fora do jogo, insistindo que estava trabalhando. Ele esticou o pescoço para ver a mão dela, coçou o nariz com dois dedos e olhou incisivamente para Kaleb.

— Acredito que seja *minha* vez, Kaleb. Não sua. — Alessa limpou a garganta com uma tosse delicada. — E, antes de lançar os dados, gostaria de roubar uma carta.

Kaleb resmungou ao jogar a carta em questão para o outro lado da mesa com um peteleco.

— Você disse que nunca tinha jogado antes. Como pode já ser tão boa?

Alessa mordeu o lábio, colocando um par de cartas de Dea e Crollo na mesa.

— Abençoada pelos deuses, imagino.

Dante passou o peso de um pé para o outro.

— Espera. — Kaleb estreitou os olhos. — Vocês dois estão de conluio?

— Você não pode sair acusando todo mundo de roubar porque está perdendo, Kaleb. — Saida grunhiu.

— Não estou acusando *todo mundo*, só a Finestra.

— Talvez você devesse anotar uma receita em vez de ser um péssimo perdedor. Eu ainda estou esperando sua contribuição para o meu projeto.

— Já disse, não sei cozinhar. — Kaleb fechou a cara. — Sobremesas surgem na minha casa e eu não faço nenhuma pergunta.

Uma jovem de avental bateu na porta.

— Peço desculpas, mas o cronômetro da senhora disparou.

— Ah — disse Saida. — Minha rosogolla terminou de esfriar!

Aparentemente, Saida entrara com jeitinho na cozinha mais cedo para fazer a sobremesa. Ela voltou um minuto depois com uma panela grande, e o cheiro de leite e açúcar preencheu o ambiente quando Saida começou a pegar bolas brancas e fofas com uma colher e passá-las para pratinhos.

— Achei que uma guloseima cairia bem.

— Uma distração inteligente para que você possa espiar nossas cartas. — Kaleb grunhiu.

— De quem é a receita, Saida? — Josef esbarrou na cadeira de Kaleb, fazendo uma cara meio inocente *demais*, enquanto se aproximava de Saida para ajudá-la a distribuir os pratos.

260 EMILY THIEDE

— Essa é da minha própria família. — Saida sorriu. — É boa, né?

Era mesmo. Doce e ligeiramente viscosa, com um leve toque de algo floral.

— Tem água de rosas na receita? — perguntou Alessa.

— Bem observado. — Saida parecia impressionada. — Dante, você tem alguma receita especial de família que gostaria de compartilhar?

Uma série de emoções atravessou o rosto de Dante antes que ele balançasse a cabeça.

— Levante-se. — Kamaria fez um gesto para Kaleb trocar de lugar com ela. Assim, Kamaria poderia se sentar ao lado de Alessa.

— Eu juro, Kamaria — disse Kaleb. — Se você encostar nas minhas cartas, eu vou exigir seus pontos.

— Criança — rebateu Kamaria.

Enquanto Josef explicava a mecânica da contagem de cartas e, ao mesmo tempo, jurava que jamais roubaria porque tem princípios, Kamaria se inclinou para perto de Alessa.

— Nina pode ser tão ingênua quanto um peixinho dourado, mas eu não sou.

— Hein? — Alessa tossiu.

— Sua lutinha com o Signor Mau Humor. — Kamaria lambeu o dedo. — Quer dizer, você *está* melhorando, então acho que ele a está ajudando com seu poder... mas ele estava *curtindo* suas mãos nele, e não deveria ser assim. Desculpa. Acabei sendo grosseira. Não é culpa sua ser tão forte. Mas... por que com ele é diferente?

— Ele está ajudando a gente. — Alessa sustentou o olhar de Kamaria. — Faz diferença?

Kamaria pareceu refletir.

— Justo. Mas é melhor tomar cuidado. Se eu estou me perguntando, talvez outra pessoa também esteja.

Depois de uma hora nos braços de Dante na noite anterior, Alessa estava viciada. Enrolou a caminho da cama, observando Dante dobrar a camisa e se esticar no sofá com as mãos atrás da cabeça.

Com seu suspiro, os cílios de Dante tremularam como se ela os tivesse eriçado de longe.

Alessa caminhou até a cama. Parou. Deu a volta. Suspirou de novo.

— Dá para vir logo para cá? — pediu Dante, com a voz grave de sono.

Ela retornou.

— Achei que você fosse dormir. Mudou de ideia?

— Não. Mas se *você* só consegue dormir perto de um corpo quente, então pare de enrolar e venha aqui. Não se preocupe. Vou controlar minhas mãos.

Claro. Ele debochava de qualquer outra regra de uma sociedade educada, mas, quando o assunto era encostar nela, Dante era um santo. Mas Alessa não ia lhe dar a chance de mudar de ideia.

— Caramba, você realmente não leva jeito pra isso… — Dante fez questão de resmungar enquanto a posicionava na frente dele, mas, em pouco tempo, os dois já estavam juntinhos feito colheres em uma gaveta.

Ela estremeceu quando a respiração de Dante fez cócegas em sua nuca.

— Frio?

— Um pouquinho — disse ela, na esperança de que ele não notasse sua voz mais aguda que o normal.

Dante pegou um cobertor pendurado nas costas do sofá e a cobriu.

Alessa poderia ter oferecido sua cama, mas convidar Dante para lá parecia uma proposta totalmente diferente de se deitar ao lado dele num sofá, então ela não falou nada. Além do mais, o sofá era estreito, o que significava que a Finestra teria que ficar perto dele para não cair. Uma desculpa perfeita para se aproximar. Alessa mudou de posição, movendo o quadril, e seu traseiro se aninhou…

Ah. Talvez mexer os quadris fosse perigoso. Ela *não* ia se mover. Sem movimento nenhum do quadril. Nem um pouquinho. Ela não ia fazer nenhum tipo de movimento. Continuaria imóvel e tentaria não sentir nada. Ou… tentaria sentir tudo. *Sem* se mover.

Alessa encarou a escuridão, perguntando-se se ele estava tão ciente do corpo dela quanto ela estava do dele. Ou se ele estava se arrependendo do convite. Mas, depois de um tempo, o calor e a batida constante do coração de Dante a dominaram.

Ela flutuava, presa no espaço entre luz e escuridão, pensamentos e sonhos. Um cobertor na areia, uma palma calejada roçando sua caixa torácica. Com lábios como os dele, Dante tinha que saber uma coisa ou outra a respeito de beijos.

Ele emitiu um som grave, saído do fundo da garganta, e Alessa abriu os olhos.

Das duas uma: ou ela estava dormindo e tendo o melhor sonho de todos os tempos ou ele estava dormindo e — o quadril de Dante se moveu, pressionando o corpo de Alessa, e as bochechas da Finestra pegaram fogo — *ele* estava dormindo e tendo um sonho *muito* bom. Ou... os dois estavam acordados e Dante queria ver se ela estava interessada em *não* dormir. E ela estava, mas não tinha reagido, então talvez ele achasse que Alessa estava dizendo não.

A respiração do guarda-costas fez cócegas no ouvido de Alessa e ela perdeu o controle dos pensamentos.

Respira, lembrou a si mesma.

Os lábios de Dante roçaram o ponto sensível logo abaixo de sua orelha, acendendo uma chama no ventre da Finestra. Os pensamentos se embaralharam enquanto os dedos dele roçavam contra a parte inferior do seio dela. A sensação era tão boa — nada *nunca* foi melhor —, mas Dante tinha deixado bem claro que planejava controlar as mãos. Coisa que certamente não estava fazendo.

Fala alguma coisa. Ela abriu a boca e um gemido escapuliu.

Dante não era mentiroso. O que significava que provavelmente não estava acordado.

— Dante? — O chamado saiu um pouco mais alto do que um sussurro.

Mais esforço, Alessa.

Ela repetiu o nome dele. Mais alto.

Dante se contraiu como se Alessa tivesse jogado um balde de gelo nele, e então desapareceu, pulando por cima do encosto do sofá.

— Sinto muito — disse, arfando. — Não sei o que aconteceu. Quanto tempo… quer dizer quantas vezes… Não, melhor não responder. Culpa minha. Não sua. A culpa é minha.

Algo desmoronou dentro dela com o horror no rosto de Dante. Por que ela esperara outra coisa?

— Dante, está tudo bem.

— *Não* está tudo bem. — Ele passou a mão pelo cabelo.

— Você estava dormindo. — Alessa se abraçou com os joelhos no peito.

Ele disparou uma série de palavrões.

— Não importa. *Não* está tudo bem. Vou embora agora e você nunca mais vai me ver de novo. — Ele começou a recolher os próprios pertences, deixando um rastro de itens derrubados pelo caminho.

— A culpa é minha. — Ela cerrou os dedos.

— É *sua* culpa eu ter apalpado você? — Ele balançou a cabeça. — Não.

— Eu não o acordei. Não imediatamente.

Um calor envergonhadíssimo subiu seu pescoço. Alessa tinha derretido sob o toque de Dante enquanto ele sonhava com outra pessoa, e ela era incapaz de salvar o próprio orgulho negando tudo, senão ele iria embora, consumido pela culpa.

— Você não pode se culpar por entrar em pânico ao acordar com alguém a apalpando… — Ele se inclinou para pegar uma meia caída.

— Dante, eu não estava dormindo!

Ele congelou por tanto tempo que ela achou que o silêncio pudesse se estilhaçar.

— Eu… eu achei que, talvez, você estivesse acordado também. — Ela abraçou o próprio peito, que parecia prestes a desmoronar. — Desculpa. Foi errado. *Eu* estava errada.

Dante soltou um suspiro tão profundo que seus pulmões só podiam estar completamente vazios.

— Eu disse que ia controlar minhas mãos.

— Você estava *dormindo*. Eu não. Você tem que *me* culpar.

— Foi *minha*…

— Será que a gente pode simplesmente concordar que os dois erraram e prometer nunca mais tocar o outro sem antes garantir que esteja tudo bem?

Ele olhou para a porta.

— Dante, se você desaparecer, eu vou ter que contar a eles por que você foi embora. *Por favor*, não me faça fazer isso.

Ele não a queria, mas ela não queria que ele fosse embora.

Dante mordeu o lábio.

— Eu ainda sinto muito.

Não tanto quanto ela.

Trinta e quatro

Molti che vogliono l'albero fingono di rifiutare il frutto.
Muitos que querem a árvore fingem recusar o fruto.

DIAS ANTES DO DIVORANDO: 15

Dante e Alessa se ignoraram tanto quanto era possível para duas pessoas obrigadas a ficarem próximas, mas a manhã foi tão tensa que ela estava ansiosa para começar a treinar. Nada como um dia torturando amigos para distrair uma garota da dor da rejeição.

Mas, para o último dia de treinamento antes do Carnevale, Crollo abençoou Saverio com uma onda de calor escaldante, e a temperatura, somada ao prazo iminente, fizeram com que os pavios estivessem curtos quando ela chegou à sala de treinamento.

A temperatura subia a cada minuto e a sala ia ficando cada vez mais sufocante. Alessa e Josef se juntaram para resfriar o ambiente, mas ele não conseguiu resistir aos esforços dela por tempo suficiente para proporcionar muito alívio, e a tentativa de Saida de refrescar todo mundo só serviu para golpeá-los com um ar tão denso que parecia ser o mesmo que levar um soco de uma coberta quente.

— Não dá para aguentar um dia inteiro disso. — Kaleb grunhiu. — É tipo tentar respirar água fervente.

— Não tem para onde ir — disse Kamaria. — A ilha inteira está um forno.

— Tem o *oceano* — comentou Kaleb.

— A gente não pode ir para a praia — retrucou Alessa. — Precisamos praticar, e as praias estão lotadas.

— Nem *todas* as praias — disse Dante. Ele deu de ombros. — Conheço um lugar.

Alessa deveria ter recusado, ou pelo menos hesitado antes de concordar, mas a ideia de passar a última sessão de treinamento juntos em uma praia em vez de na sala de treinamento abafada era tentadora demais.

Uma hora mais tarde, uma fileira de lanternas atravessou um túnel que ficava cada vez mais empoeirado à medida que avançavam.

Kamaria ficou para trás com Alessa enquanto se aproximavam do outro lado da ilha e as duas tiveram o primeiro gostinho de ar fresco.

— E aí, aquela luta continuou no seu quarto ontem à noite? Me conta tudo.

Alessa riu de nervoso.

— Bom, não *tudo*. Não estou questionando por que Dante é diferente. Mas, já que é… ele a beijou?

— Não. — Alessa mordeu a parte de dentro da bochecha.

— Mas ele quer. — Kamaria abaixou o tom de voz conforme alcançavam os outros.

— Esse é o problema. Ele não quer.

— Ah, fala sério — disse Kamaria. — Aquele garoto quer tanto você que é capaz de entrar em combustão.

— Quer dizer, se esse é o único jeito de tirar a roupa dele… — Alessa protegeu o rosto de um súbito brilho de luz do sol quando Dante e Kaleb abriram o portão enferrujado no final do túnel.

Ao ouvir a gargalhada de Kamaria, Dante se virou de cara amarrada.

Alessa ficou vermelha quando Kamaria se inclinou para tão perto que seus lábios quase lhe roçaram a orelha.

— E *essa*, menina, é a cara do ciúme.

Alessa prendeu o riso e esperava que a mudança repentina na iluminação fosse suficiente para disfarçar sua agitação.

— Cuidado onde pisam — advertiu Dante. Ele chutou uma pedra para escorar o portão e depois mais uma, só para garantir.

Quando Alessa e Kamaria pisaram na saliência estreita depois do portão, Kaleb já estava meio correndo e meio cambaleando pelos degraus apertados esculpidos no penhasco, lançando rochas para a frente, enquanto Josef, Nina e Saida iam atrás dele com mais cuidado.

Quando Alessa perguntara a Dante qual era o lugar mais bonito que ele já tinha visto, a resposta fora aquela praia. Agora, a resposta dela era a mesma. A praia ali embaixo era um porto natural, uma fatia triangular esculpida na costa, emoldurada por penhascos altos. A água da cor do céu beijava a areia branca em um jato de ondas espumantes como prosecco, abaixo de algumas árvores e arbustos que abraçavam a encosta do penhasco com determinação. No lugar de onde os penhascos se erguiam, a grama cobria uma pequena clareira, perfeita para uma casa de praia aconchegante, de onde uma garota poderia observar a silhueta de um barco a remo contra o pôr do sol.

— Precisam de ajuda? — Dante olhou de relance para Alessa andando ao lado de Kamaria.

— Estamos bem — respondeu Alessa. — Ajude Saida.

A saia diáfana de Saida não parava de prender nas rochas, e seus esforços para salvá-la a levaram para uma distância pouco segura da beira do penhasco. Dante ofereceu o braço a Saida para ajudá-la a descer o restante do caminho.

— Se Dante é ciumento, então por que ele pulou para fora do sofá ontem à noite, quando a gente finalmente estava chegando a algum lugar? — Alessa perguntou a Kamaria quando ele ficou fora do alcance da voz.

— Opa! — Kamaria gargalhou. — Agora *a gente* está chegando a algum lugar. Detalhes? Não? Argh, você é muito sem graça.

Alessa tirou os sapatos quando elas chegaram à areia e sentou-se em um pedaço de sombra debaixo de um limoeiro ressecado, enquanto Kaleb corria direto para o oceano, totalmente vestido, lançando arcos de água para cima. Nina arrastava Josef alegremente para a água enquanto ele pulava em uma perna só para tentar dobrar a bainha da calça.

Kamaria foi se despindo sem pressa e sem um pingo de vergonha enquanto continuava a conversa.

— Um cara cheio de raiva e de problemas não é para qualquer um — comentou ela, tirando a camisa. Alessa tentou focar no rosto da garota, extremamente ciente de que seu próprio rosto estava ficando rosa. — Se você não está disposta a esperar que ele resolva as merdas dele — o cinto de Kamaria caiu na areia —, existem relacionamentos mais fáceis para uma coisinha fofa e inocente que nem você.

— Está mais para falta de oportunidade do que inocência. — Alessa franziu o nariz.

Kamaria se remexeu para tirar a calça.

— Bom, se não der certo com o nervosinho...

— Ei — gritou Dante. — Vocês duas vão entrar?

— Uma Finestra não sai correndo por aí seminua. — Alessa ergueu o queixo.

— Como quiser.

Dante tirou a camisa e os músculos formaram curvas nas costas enquanto ele se inclinava para arrancar os sapatos.

Alessa tratou de fechar a boca quando percebeu que ela estava escancarada.

— É impressão minha ou o clima ficou mais quente por aqui? — Kamaria expirou ruidosamente.

— Não sei dizer. — Alessa levou a cabeça aos joelhos. — Atingi meu ponto de fusão um tempinho atrás.

— Aposto que sim. — A curva bronzeada dos quadris de Kamaria requebrava a cada passo enquanto ela desfilava em direção às ondas e gritava por cima do ombro: — É possível que a gente nem esteja mais vivo daqui a um mês, então, o que quer que você queira, é melhor correr atrás agora.

Sozinha na areia, com o suor escorrendo pela coluna, Alessa assistia aos outros se divertirem.

Saida juntou a saia na altura dos joelhos, mas acabou ficando presa no fogo cruzado de uma guerra aquática entre Kamaria e Kaleb.

Enquanto Saida os perseguia pela parte rasa, Alessa tirou a meia-calça. A maioria das saias dos seus vestidos foram alteradas para se cruzarem mais em cima, já que Alessa se sentia antiquada usando meias-calças enquanto todo mundo exibia as pernas de fora. Sem o acessório, seu vestido era quase escandaloso. Ou seria, na cidade. Ali, com Kamaria saltando de rochas só de roupas íntimas e Nina brincando de vestido tubinho, Alessa se sentia a mais santa das santas.

Já era o dia mais quente e constrangedor de toda a sua vida, então a Finestra deu de ombros, desabotoou a saia e a usou de pacote para guardar a meia-calça, a blusa e as luvas. Usando apenas uma camisola de seda, ela se levantou para aproveitar a luz do sol enquanto a pele formigava com a promessa de uma futura queimadura e a areia quente se movia debaixo da sola macia de seus pés.

Assim como todas as crianças de Saverio, Alessa passara grande parte da infância com o traseiro de fora na orla, os cabelos embolados de sal e areia em cada fresta do corpo. Ela nunca tinha ido àquela praia em específico, mas a sensação era de voltar para casa.

Dante rapidamente desviou o olhar e mergulhou quando Alessa se virou na direção dele, nadando até uma rocha enorme que se projetava no centro da enseada.

Alessa reuniu coragem, nadou até Dante e subiu na rocha.

— Até quando vamos continuar ignorando um ao outro?

— Acho que consigo levar por mais uns dois dias. — Ele manteve o olhar no horizonte.

— Claro que sim. — Ela abraçou os joelhos contra o peito. — Dá para ver que você está chateado.

— É. Estou.

Certo. Excelente. Que bom que ela tocara no assunto, então.

— Bom, eu sinto muito. Tenho certeza de que foi decepcionante acordar e me encontrar, quando você provavelmente esperava ver a garota com as mãos mágicas.

— O quê? — Ele passou a mão pelo cabelo. — Eu nunca disse que fiquei decepcionado. Você achou que eu estivesse pensando em *outra pessoa*?

Calma aí.

— Você estava sonhando *comigo*? — Ele não negou. — E estava *gostando* do sonho? — Sua mente relembrou a sensação do corpo de Dante contra o dela.

— Acho que a evidência era bem clara. — As maçãs do rosto dele escureceram.

— Então por que você surtou quando eu disse que queria aquilo?

— Porque você *não quer*. Você está desesperada e eu sou sua única opção. É o que você disse, lembra?

— Dante, foi uma *piada*.

— Não significa que não seja verdade. Muito em breve você vai ser a pessoa mais amada de Saverio e eu vou estar de volta às docas com o resto do lixo. Eu sei que pão amanhecido é melhor do que nada quando se está morrendo de fome, mas você vai ficar muito mais feliz se esperar uma refeição de verdade.

— Você não é um *pão amanhecido* — disse ela. — E eu sou capaz de tomar minhas próprias decisões.

— É, bom, você me contratou para cuidar de você até conseguir uma Fonte. Não vou deixá-la fazer uma coisa que vai trazer arrependimento.

— Seu condescendente, filho de uma… Levanta — disse ela entredentes.

Dante se levantou e cruzou os braços, olhando-a de cabeça erguida.

— Será que tenho permissão para encostar no seu peito? — perguntou ela.

— Por quê? — Ele franziu a testa.

— Para eu poder jogá-lo de bunda no oceano, seu teimoso.

— Você está pedindo permissão para me afogar?

— Não. Estou pedindo permissão para *tocá-lo*. Se eu o matar, vai ser totalmente sem o seu consentimento.

— Sabe — disse Dante no tom de voz de um professor paciente. — Um dia você vai me agradecer...

Ele caiu na água com um estrondo que Alessa esperava que deixasse seu traseiro ardendo por horas.

Quando o sol brutal desceu e o ar resfriou até chegar a uma temperatura tolerável, todos se acomodaram em um círculo ao redor de uma fogueira que Kamaria fizera com troncos. Usando seu dom, ela fez as chamas cor de lavanda dançarem enquanto Saida direcionava uma brisa para abaná-los e Nina distribuía as comidas que haviam levado para o jantar.

— O que acontece se você encostar na gente *enquanto* encosta nele? — Kaleb apontou o queixo para Dante.

— Não vim aqui para esse tipo de coisa, mas olha só! Leve dois, pague um. — Kamaria deu uma risadinha.

Kaleb fez cara de nojo para Kamaria antes de se voltar para Alessa.

— Você disse que ele é tipo um medidor, ou algo assim. Então, que tal usar seu detector de energia mil e uma utilidades para enfraquecer o poder enquanto a gente treina? Faz mais sentido do que vocês praticarem sozinhos.

— Depende dos seus objetivos — murmurou Kamaria.

Alessa chutou areia no pé dela.

Se fosse qualquer outro dia, Alessa aproveitaria a desculpa para segurar a mão de Dante, mas ele mal conseguia olhar para ela.

— Não custa tentar — disse Saida. — Qualquer tentativa é válida se puder ajudar, né?

— Eu faço qualquer coisa que diminua as chances de pessoas morrerem. — Nina abraçou os joelhos.

— Dante? — perguntou Alessa firmemente.

Ele resmungou e foi até o centro do círculo.

Olhando para além do ombro de Alessa em vez de encará-la diretamente, Dante estendeu uma das mãos para ela e ergueu a outra, com o polegar para o lado. Ela presumiu que fosse seu medidor.

O coração de Alessa deu uma guinada quando a palma dele deslizou pela dela e o polegar se virou para o céu.

Saida deu uma risadinha e Alessa não pôde evitar o sorriso.

O polegar de Dante se curvou para baixo.

— Acho que rir é bom — disse Josef. — E é meio engraçado.

De um jeito *trágico*.

Fingindo que ambas as mãos que segurava eram de Josef, Alessa se concentrou em sentir o próprio poder. Dante era um medidor, nada mais. Um cata-vento com cílios compridos. Um pluviômetro com uma mecha de cabelo escuro por cima dos olhos castanhos com manchinhas douradas ao redor da íris. Um termômetro com...

— Caramba, que frio. — Seu termômetro assobiou.

— Estou bem — disse Josef, meio tenso.

Alessa reuniu as correntes de poder e voltou sua atenção para as ondas batendo na costa. Ela segurou firme enquanto o poder crescia, depois soltou.

Nina deu um gritinho de alegria quando as ondas mais próximas foram congelando até virarem uma escultura de cristal.

— Isso foi bom! — Kamaria olhou para todos. — Não foi? Pareceu bom.

Quando a noite caiu, Alessa já estava pronta para voltar, mas os outros queriam dar um último mergulho, então ela e Dante entraram nos túneis sozinhos.

Ela não queria ficar com raiva dele. Queria absorvê-lo, memorizar seu rosto.

Mas, de qualquer maneira, estava escuro e mal dava para vê-lo.

— Se a gente trancar depois de entrar, eles não vão conseguir voltar. — Dante encarou o portão da Fortezza para a Cittadella.

— Então não tranca — disse Alessa.

— Eu não vou deixar um portão aberto abaixo da Cittadella. Essa é a regra número um de um guarda-costas. — Ele fechou a cara para ela.

— Tá, então a gente fica por perto e abre o portão para eles quando voltarem. — Ela o analisou. — Posso dar uma aparadinha no seu cabelo enquanto a gente espera. Eu cortava o cabelo do meu irmão e corto o meu há anos. Você quer ficar bonito para o meu casamento, não quer?

— Fica à vontade, Finestra. — Ele contorceu os lábios. — Quero vê-la *tentar* me deixar apresentável.

Alessa levou Dante até a cozinha vazia, onde encontrou uma tesoura e mandou o guarda-costas se sentar. De pé atrás dele, ela refletiu sobre a ideia de estudar a textura como desculpa para passar os dedos pelo cabelo dele, e o puro prazer indulgente atingiu sua corrente sanguínea como uma xícara de café puro.

Fios grossos e despenteados se enrolaram nos dedos dela, como se quisessem se agarrar a eles. Bem devagarinho, ela arrastou de leve as unhas pela nuca de Dante e ele estremeceu.

— Eu amava quando brincavam com meu cabelo. — Alessa deixou o sorriso colorir sua voz. — Você não acha relaxante?

Dante pigarreou e disse, com a voz rouca:

— Claro. Relaxante.

Ela foi com calma, começando por trás e progredindo até chegar à parte da frente, onde ele a observou esticar os longos cachos para ter certeza de que estavam uniformes. A base da palma de Alessa descansou na bochecha de Dante quando ela se agachou para ver melhor.

Dante olhou para o decote frouxo de Alessa e engoliu em seco. Provavelmente dava para ver tudo direitinho até chegar ao umbigo, com a blusa solta que ela havia escolhido. Ele podia até insistir em punir os dois evitando tocá-la, mas ela não precisava facilitar as coisas.

Alessa franziu os lábios e se inclinou para outro corte. Se a única parte de Dante que ela podia reivindicar era sua atenção, ela ia com tudo.

— Acabou? — Ele se remexeu no assento.

— Não exatamente — disse ela. — Gosto de ter você na palma da minha mão.

— Precisa mesmo deixar a situação mais tensa? — O desespero se acendeu nos olhos dele.

— Estou *tentando* deixar mais tenso. — Ela mordeu o lábio.

— Eu nunca sei se você está tentando soar indecente ou se é involuntário. — Um músculo se destacou na mandíbula de Dante.

—Ah, é *sempre* voluntário. Essa é a única coisa que aprendi com todos aqueles romances que de fato dá para colocar em prática. — Ela abaixou a tesoura. — Pronto. Droga, você está lindo.

Os olhos castanhos-dourados procuraram os dela e ela não desviou o olhar.

— Sabe — disse Alessa, escolhendo as palavras com cuidado —, na primeira vez em que o vi naquele ringue, pensei que você era a pessoa mais assustadoramente bonita que eu já tinha visto, e nem *gostava* de você naquela época. Eu desejava você bem antes de saber que era uma opção. Sei que agora não é o momento certo, mas, depois do Divorando…

— Depois do Divorando, você vai poder escolher quem quiser. — Ele parecia infeliz, mas resignado.

— E se eu escolhesse você? — Ela prendeu a respiração.

— Você não vai fazer isso. Você vai encontrar alguém como a sua primeira Fonte, e essa pessoa não sou eu.

— Não. Você não tem nada a ver com Emer. Ele era fofo, afetuoso e gentil, e a garota que o escolheu queria todas essas coisas. Ela nunca imaginou que passaria pelo que eu passei, mas aquela garota não tinha a menor chance de sobreviver. Talvez ela não se apaixonasse por alguém como você, mas eu não sou mais *ela*…

Boom.

Dante se levantou.

— O que foi isso?

— Não sei, mas não parece bom. — Alessa pôs a tesoura no bolso.

Dante parou o primeiro soldado que passou correndo por ali.

— O que está acontecendo?

— Uma multidão, lá nos portões. — O soldado engoliu em seco. — Exigindo ver a Finestra.

Trinta e cinco

Le rose cascano, le spine restano.
As rosas caem, mas os espinhos ficam.

DIAS ANTES DO DIVORANDO: 15

— **Não dava pra eles esperarem mais um dia?** — disse Dante.

O soldado se encolheu com a raiva em sua voz.

— Solta ele, Dante. A culpa não é dele. — Com o cabelo emaranhado de sal e areia em cada dobra da saia, Alessa estava caótica e sem condições de falar com uma multidão, mas não dava tempo de trocar de roupa.

Os estrondos foram ficando mais altos à medida que eles se aproximavam dos portões da frente, mas ela não parou até chegar aos degraus diante da Cittadella.

— Cadê a Fonte dela? — Padre Ivini, com o cabelo grisalho penteado para trás e os olhos azuis cintilando com uma luz profana, estava no centro de uma multidão inflamada na piazza. — Por que o sigilo?

A multidão se dividiu conforme as pessoas se esquivavam da aproximação de Alessa.

— Ah, *Finestra*. — Ivini parou.

Adrick estava no grupo atrás de Ivini vestindo uma daquelas túnicas ridículas, e Alessa lhe lançou um olhar venenoso. A emoção atravessou o semblante dele — raiva, decepção... alívio?

— Você se atreve a questionar a escolha de Dea? — A voz de Alessa tremia com o que ela esperava que fosse uma raiva honrada.

— Não, minha senhora — disse Ivini. — Eu sei exatamente qual foi a intenção de *Crollo* ao escolher você. O truque final dele condenará a todos nós se deixarmos passar. Admita. Seu toque não é capaz de salvar, só de matar.

O pânico subiu pelo peito de Alessa enquanto a multidão se agitava ao redor deles.

— Guardas, tirem esse homem da piazza imediatamente.

O Capitão Papatonis e seus guardas trocaram olhares incertos.

— O povo está com medo, Finestra — comentou o Capitão. — Ninguém nunca viu você se apresentar. Talvez isso os tranquilize.

— Está vendo? — Ivini sorriu com satisfação. — Chame sua Fonte aqui e nos mostre, então dormiremos em paz em nossas camas.

Mais fácil falar do que fazer. O fato de Alessa ainda não ter escolhido uma Fonte nem fazia diferença, porque nenhum dos candidatos estava ali.

— A conexão entre Finestra e Fonte é sagrada. — Alessa se atrapalhou com os dogmas que já tinha lido mil vezes. — Você não pode esperar que eu demonstre um ato de intimidade divina na frente de desconhecidos, certo?

— É por uma boa causa — disse Ivini com um sorriso malicioso.

— Capitão. — Alessa se virou para Papatonis. — Você é casado. Se eu lhe desse a ordem, você chamaria sua esposa aqui, tiraria as roupas e cumpriria seus deveres conjugais para todo mundo ver?

— Claro que não. — O rosto de Papatonis ficou vermelho.

— Ah, então *você* não realizaria um ato de intimidade em público. Interessante. Mas *eu* deveria?

— Encoste em outra pessoa, então. *Isso* não é sagrado. — Ivini estreitou os olhos.

— Você se oferece? — Talvez até valesse a pena observá-lo gritar, mas já era um esforço controlar o próprio poder quando estava calma e preparada. No momento, seu poder estava em polvorosa, imprevisível e cheio de raiva, assim como ela. Se Alessa tocasse Ivini, ela o feriria ou coisa pior, e, por mais que fosse adorar ver a luz se extinguir dos olhos dele, talvez fosse a última coisa que veria se a multidão pegasse fogo.

— Pode deixar comigo. — Dante deu um passo à frente.

Alessa se forçou a sorrir desdenhosamente, como se estivesse acima dele e de toda aquela situação.

As pessoas observavam. Esperavam. O coração de Alessa disparou.

— Eis aqui uma alma corajosa. — Ivini brilhava de expectativa.

— Se suas palavras são verdadeiras, Finestra, então prove.

Alessa prolongou o momento, certificando-se de que todo mundo tivesse a chance de vê-la examinando Dante, curvando o lábio de desgosto. Em seguida, como se se dignasse a tocar algo repugnante, ela estendeu a mão para o guarda-costas.

— Em algum lugar onde nós possamos ver — disse Ivini docemente.

Alessa revirou os olhos, satisfeita por ter ganhado algumas risadinhas. Com um suspiro de irritação fingida, ela ergueu as mãos para que a multidão pudesse ver que estavam despidas e, em seguida, pousou-as em ambos os lados do rosto dele.

A multidão prendeu a respiração coletiva. Um segundo se passou, mais outro. Com um tédio lânguido, Dante enfiou as mãos nos bolsos.

— Quanto tempo será que eu devo ficar aqui antes de você admitir que estava errado? — Alessa se voltou para Ivini.

Risadinhas dispersas. Ivini estava enfurecido.

— Se tivermos concluído aqui, tenho coisas mais importantes para fazer do que satisfazer suas teorias, *Padre*. — Alessa estalou os dedos para Dante com uma dispensa arrogante. — E imagino que a boa gente de Saverio gostaria de continuar os preparativos para que possamos aproveitar o Carnevale. Mal posso esperar para apresentar minha Fonte para todos vocês amanhã à noite.

O ânimo que surgiu foi fraco, mas as pessoas não estavam debochando, e Alessa marchou de volta para a Cittadella de cabeça erguida.

Dante parecia pronto para rebocá-la escada acima quando chegaram à segurança do lado de dentro, mas ela balançou a cabeça.

— As Fontes. Ainda estão trancadas lá fora.

Ao chegarem à base da escada, as pernas de Alessa cederam. Ela afundou contra a parede e a respiração saiu tremida. Daria para deslizar até o chão, mas Dante a puxou nos braços.

— *Dea* — ele sussurrou no cabelo dela. — Pensei que eles fossem matá-la, e se eu não conseguisse lutar contra todo mundo...

Mas ele tinha lutado.

Ela puxou a cabeça dele para baixo e parou sua ladainha de hipóteses com um beijo.

Dante ficou imóvel.

Entreabrindo os lábios, ela traçou os dele com a língua, e o controle de Dante se perdeu. As mãos dele estavam em todos os lugares ao mesmo tempo — segurando o rosto de Alessa, acariciando seu cabelo, agarrando a cintura. Ele a pressionou na porta, pressionou a boca na dela, pressionou os quadris contra ela, como se tentasse fundir sua torrente de desespero com a tempestade furiosa dentro de Alessa.

Eles correram um risco e valera a pena, mas a respiração irregular de Dante dizia o quanto ele sabia que tinham chegado perto de perder tudo.

— Toc, toc — chamou Kaleb. O portão chacoalhava. — Ô de casa!

Dante deixou a cabeça cair no ombro de Alessa com um grunhido.

Ele não disse uma palavra enquanto Alessa abria caminho para os outros, mas Kamaria olhou as bochechas rosadas da Finestra com cara de quem tinha entendido tudo enquanto todos subiam as escadas lentamente, rindo e batendo papo. Mais ninguém notou que Dante e Alessa estavam em silêncio.

Lá em cima, a Finestra percebeu que precisava dizer alguma coisa. O dia seguinte seria o último para todos, menos um.

— Fico muito feliz de ter conhecido todos vocês — comentou com um sorriso. — O Consiglio vai ver vocês de manhã para entrevistá-los e fazer recomendações. Espero... — Ela engoliu em seco. — Eu espero que alguém se voluntarie, porque não quero deixar uma decisão tão importante terminar num sorteio aleatório ou numa decisão do Consiglio. Mas, não importa o que aconteça, sou verdadeiramente grata pelo empenho de vocês e... e pela amizade. Eu não consigo nem expressar o quanto foi importante para mim.

Saida fungou alto, o que resultou numa série de risadas, e todos se desejaram um boa-noite.

Quando a porta da suíte se fechou, Alessa e Dante ficaram a sós. Os lábios de Alessa formigavam, ainda inchados do beijo, quando os olhares se encontraram.

— Vai. — Ele apontou para a cama de Alessa.

Ela corou, o coração martelava no peito.

— Sozinha. — Ele se sentou no sofá. — Você está muito perto. Não me deixe distraí-la agora.

— Não posso mudar meus sentimentos por você.

— Os nossos *sentimentos* não importam. Certas coisas não são possíveis.

Na próxima noite, ela surgiria na varanda com sua Fonte escolhida.

No dia seguinte, ela estaria casada. E ele iria embora.

Trinta e seis

Al povero mancano tante cose, all'avaro tutte.
Um homem pobre carece de muitas coisas,
mas um homem ganancioso carece de todas elas.

DIAS ANTES DO DIVORANDO: 14

O dia seguinte amanheceu lindo demais para ser verdade. Nada de chuva gelada nem de calor brutal, nada de nuvens ameaçadoras. Na verdade, não havia nenhum sinal de nuvem. Nem de brisa, aliás, mas a temperatura estava perfeita demais para reclamar da calmaria, e o mundo do lado de fora da varanda de Alessa ressoava com o doce canto dos pássaros sob um céu azul.

Ela dormira sozinha, em sua cama, doida para ficar perto de Dante, para se agarrar às últimas horas que tinham juntos, mas ele estava mais frio do que o habitual.

Alessa decidiu jogar indiretas no máximo de frases que fosse possível, na esperança de que o desafio de fazê-lo rir reprimisse a ansiedade e o medo de dizer adeus.

As Fontes se isolariam com o Consiglio para uma série extenuante de entrevistas finais. Seus pontos fortes e fracos seriam pesados e medidos e as Fontes seriam classificadas. Depois, Alessa veria quem restava e quem ia se voluntariar — se é que alguém faria isso.

Até lá, ela não tinha mais nada a fazer além de se preocupar. Estava usando seu vestido de encontrar o Consiglio, branco e folgado, para o caso de a chamarem para entrar, então, pelo menos, estava confortável enquanto suas entranhas se reviravam.

Alessa optou por se preocupar nos jardins, o que acabou dando bem certo, já que Dante tinha muito espaço para andar de um lado para o outro. Ela pegou uma florzinha branca de um arbusto próximo e enfiou o talo dentro do coque alto, depois fez o mesmo com mais uma flor.

Kamaria era a mais propensa a se voluntariar e, se Alessa fosse escolher, ela teria sido a sua primeira opção. Mas o cheiro de traição que a deserção de Shomari deixou era uma variável que não dava para descartar.

Era provável que Kaleb não se voluntariasse. Nina era muito frágil. O dom de Saida era complicado de usar. Josef seria um parceiro de batalha bem forte, mas, durante todo seu tempo na Cittadella, ela mal o tinha visto sorrir. Não deveria ter importância, mas a ideia de enfrentar o Divorando sem dar umas risadas era bem deprimente.

Na segunda hora, Alessa já tinha um halo inteiro de pétalas rendadas ao redor da base de seu topete e estava formando um buquê.

— Quanto tempo vai demorar? — resmungou Dante. — A propósito, você está com pólen no cabelo.

Alessa sacudiu o cabelo, mas não dava para ver o topo da cabeça.

— Emer e Ilsi foram aprovados em meia hora, mas o Consiglio demorou um dia inteiro para liberar Hugo. Eu tinha certeza de que eles iam mandá-lo para casa e me fazer escolher de novo.

— Você nunca fala sobre ele. — Dante parou de andar.

— Ele não era dos mais interessantes. Era tão sem graça que mais parecia um pudim de baunilha. Eu o escolhi porque estava cansada de matar gente que eu gostava.

— Ah. Hoje é melhor ou pior, então?

— Os dois? — admitiu ela. — Eu *gosto* deles. De todos eles. Até de Kaleb. Tenho mais domínio do meu poder agora, mas ainda estou pedindo que alguém enfrente o Armagedom.

Uma linha se formou entre as sobrancelhas de Dante enquanto ele se aproximava para inclinar o queixo dela — para baixo, não para cima, infelizmente — e soprar em seu cabelo, despolinizando-a com cuidado.

— Você sabia que *Finestra* é uma base para outras palavras? — Ela não pôde evitar. — Tipo *defenestrar*.

Dante parou de soprar.

— Sabia. — Ele parecia desconfiado. Esperto da parte dele. — Quer dizer jogar alguém pela janela.

— Ou *quebrar* uma janela. — Ela deu uma risadinha sarcástica. — É uma metáfora para...

— Nem ouse terminar essa frase.

Ela bateu os cílios numa inocência fingida.

— Deflorar uma virgem.

— Que fique registrado que eu nunca sequer *encostei* nas suas flores. — Dante não pôde evitar a risada que explodiu.

— Ainda dá tempo.

— Será que isso é um efeito colateral da pureza forçada e anos de nada além de romances para se entreter? — Dante puxou a orelha. — Será que toda essa safadeza reprimida finalmente está tomando conta?

— Talvez — disse ela com um sorrisinho atrevido. — Ou talvez isso tenha me refreado e eu teria sido ainda pior. Dá para imaginar?

— Que Dea me livre, nem imagino — respondeu Dante, afastando uma mecha de cabelo da própria testa. Os cabelos logo voltaram ao lugar de origem, e Alessa aproximou a mão para afastá-los de novo. Ele contraiu a mandíbula. — Preciso me exercitar um pouco.

Com um suspiro, Alessa se arrastou atrás dele até chegarem ao pátio de treino ao ar livre na lateral do prédio. Dante começou a subir e descer em uma barra e ela se aproximou para ver melhor.

— Posso ajudar? — perguntou Dante.

— Com certeza *poderia*.

Ele bufou e foi ao chão para fazer flexões.

— Desde que você se chamou de pão amanhecido, fiquei cheia de vontade.

Ele parou, balançou a cabeça e retomou as flexões.

— Eu *adoro* pão. Ainda mais baguete. Comprida, grossa, quente e banhada de…

Dante caiu no chão, tremendo de tanto rir.

— Chega. Pelo amor de Deus. Você é a rainha das metáforas culinárias indecentes.

— Nem comecei ainda. Cresci numa confeitaria, sabe? Será que eu deveria descrever em detalhes minha obsessão por doces?

— Eu *não* sou um doce. — Ele se levantou e limpou as palmas.

— Com certeza é. Tipo uma daquelas tortas misteriosas que poderiam ser salgadas, mas que na verdade têm um recheio doce por baixo de todas aquelas camadas de massa crocante.

— Você está me chamando de *massudo*? — Ele semicerrou os olhos para ela.

— Foi você que começou.

Alguém tossiu discretamente. Um criado pairava ali perto.

— Com licença, senhorita. As entrevistas terminaram e as Fontes a aguardam.

Alessa não sabia o que esperava quando entrou na biblioteca, mas certamente não envolvia encontrar Nina chorando de soluçar e se agarrando a Josef, Saida com a cabeça entre as mãos, Kamaria gritando para que todo mundo calasse a boca e Kaleb engolindo o conteúdo de um decantador de vidro que estava cheio até a metade com vodca na última vez que Alessa conferiu.

— Ei! — gritou Dante. Como a algazarra continuou, ele bateu a porta com um chute alto que interrompeu a barulheira.

— O que está acontecendo? — perguntou Alessa.

Todos começaram a gritar de uma só vez. Os lamentos de Nina abafavam tudo que Josef tentava dizer com sua voz calma e precisa, e Kaleb parecia estar gritando sons sem sentido por puro aborrecimento enquanto Saida o repreendia por ser imaturo em "um momento como esse".

— Será que dá para calarem a boca? — vociferou Kamaria. — Pelo amor de Dea. Parecem um bando de galinhas sem cabeça.

Alessa aproveitou a diminuição do volume para repetir a pergunta. Kamaria ergueu a mão para impedir que alguém a interrompesse.

— Todo mundo se voluntariou. Inclusive eu, que obviamente sou a melhor escolha. — A onda de alívio de Alessa durou pouco. — Mas os estimados velhotes do Consiglio não estão lá muito entusiasmados com as decisões recentes do meu irmão... *Cala a boca, Kaleb!* Então, por mais que *eu seja obviamente a melhor escolha* — ela gritou a última parte na direção de Kaleb —, eles recomendaram Josef por unanimidade. Aí Kaleb está emburrado por causa do orgulho ferido, Saida está convencida de que você precisa de uma Fonte mais solidária, Nina está surtando por terem escolhido Josef e, como já disse, *eu obviamente sou a escolha correta*, não importa o que um bando de velhacos antiquados achem, então eles precisam parar de palhaçada logo!

Alessa piscou uma vez. Duas.

Kamaria cruzou os braços.

— Mas, obviamente, a decisão final é sua e, quando você me escolher, eu mesma enfrento o Consiglio se eles não mudarem de ideia. Então. Pode escolher.

De todos os cenários para os quais havia se preparado mentalmente, Alessa não tinha ido tão longe no domínio do impossível.

Kamaria não estava errada a respeito da preferência de Alessa, mas ela tinha feito uma promessa. Embora não esperasse que mais de uma Fonte fosse disputar a posição, o fato era o mesmo: Alessa prometera que não ia escolher. Eles fizeram a parte deles se voluntariando e o Consiglio também fizera a parte que lhe cabia. O único jeito de manter a promessa era aceitar o veredito oficial.

— Sinto muito, Nina — disse Alessa. — Mas eu tenho que aceitar a...

— Não! Você não pode ficar com ele! — O dom de Nina explodiu com a fúria e a janela mais próxima se estilhaçou.

O mundo irrompeu em um arco-íris mortal de cacos de vidro voadores.

Dante protegeu Alessa, mas seus ouvidos zumbiram no silêncio que se seguiu.

Mesmo assim, o que Nina disse a seguir era inconfundível:

— Eu deveria ter derrubado umas *cem* estátuas em você.

Alessa cravou as unhas nas palmas das mãos, mas um armário com fachada de vidro se curvou e oscilou feito uma bolha prestes a estourar. Em seguida, outra onda de cacos de vidro explodiu pela sala.

— Para com isso, Nina! — gritou Josef. — O que você fez?

A raiva de Nina se dissolveu em soluços lamentáveis.

Kamaria estava deitada no chão em posição fetal, segurando a perna enquanto o sangue se espalhava pela calça caramelo.

Dante pegou Alessa pelo queixo e virou seu rosto na direção dele.

— Você se machucou?

— Estou bem — disse ela, esquivando-se. — Kaleb, machucou muito?

Kaleb pressionava a perna de Kamaria.

— O sangramento está diminuindo. Ela vai ficar bem, mas a cicatriz vai ser feia.

Ao se virar, Alessa viu Dante tirando um caco de vidro enorme do ombro. Ele caiu contra a parede, escorregando até se sentar. Alessa se xingou e correu para lhe dar cobertura. Nem tinha perguntado se ele estava machucado. Ele se curaria, mas a visão de músculos e ossos expostos revirou seu estômago, e os restos da manga esfarrapada não eram suficientes para disfarçar o estrago.

— Vai ajudar Kamaria. Eu vou ficar bem — Dante disse a Alessa.

— Eu sei que vai, mas eles não sabem. — Desesperada, a Finestra olhou por toda parte em busca de algo que pudesse cobrir a pele rasgada enquanto os tecidos começavam a se juntar.

A porta se abriu de supetão. Os guardas encaravam, boquiabertos, a sala repleta de vidro e sangue.

— Foi um acidente — disse Alessa. — Peguem curativos. Já!

Eles demoraram um instante, mas os guardas da Cittadella eram encarregados de proteger a Finestra e a Fonte, não de discutir, e o treinamento deles logo entrou em cena.

— Saida e Kaleb, ajudem a levar Kamaria para o sofá. Elevem a perna dela.

Kaleb olhou boquiaberto para Dante.

— Mas e...

— Só cuida disso. — Alessa se inclinou mais ainda, bloqueando a visão de Kaleb.

— Desculpa — gritou Nina. — Eu nunca *quis* machucar ninguém. *Isso* foi um acidente.

Ao contrário da estátua.

Alessa cerrou os dentes. Primeiro, precisava cuidar de Kamaria e proteger o segredo de Dante. Depois, lidaria com a traição de Nina.

Saida entrou correndo com um monte de curativos e trombou com Nina, que parecia ter sido atingida pela necessidade de se redimir e tentou arrancar as bandagens dela. Saida revirou os olhos e enfiou um punhado nas mãos de Nina. Em seguida, levou o restante para o sofá onde Kamaria estava deitada cobrindo os olhos com o antebraço.

Alessa levantou a mão para impedir Nina, mas ela seguiu em frente mesmo assim, olhos avermelhados fixos no ombro de Dante, onde ele tentava, sem sucesso, cobrir o que restava do ferimento com a mão livre.

Nina parou no meio do caminho e guinchou.

— Que foi? — perguntou Saida. — Qual é o problema?

Nina apontou, ofegante.

— Ghiotte!

Kamaria grunhiu.

— Ah — disse Saida. — É. Eu já imaginava.

Com os dentes expostos num resmungo, Dante lutou para ficar de pé enquanto Kaleb se aproximava. Mais do que nunca, ele parecia um animal encurralado, o que fez o peito de Alessa se apertar.

Kaleb parou a uma distância segura.

— Não é à toa que você ganhava todas as lutas. Eu deveria saber.

— Qual é o problema de vocês? — gritou Nina. — É por causa *dele* que ela matou Emer, Ilsi e Hugo.

— Dante nem estava aqui quando minhas Fontes anteriores morreram — disse Alessa. — *Tudo* que ele fez foi ajudar a gente.

— Não, ele é do mal. — Nina balançou a cabeça. — É um assassino.

— Tipo o que você quase se tornou hoje? — disse Alessa. — Ou quando você usou seu *dom* para derrubar uma estátua em cima de mim?

Nina começou a soluçar.

— Eu não *queria*. Estava assustada.

— Pelo amor de Dea, Nina, você tentou *matar* uma Finestra — rebateu Kaleb. — Vê se dá uma maneirada na indignação virtuosa. Dante teve várias oportunidades de matar a gente, mas, até o momento, você foi a única que tentou.

— Nina — disse Josef com a mandíbula contraída. — Se essa informação sair daqui, não vai ser bom para ninguém.

Dizer isso era um eufemismo. Se o público desconfiasse que havia um ghiotte infiltrado na Cittadella, todos o culpariam por cada morte que Alessa causara. Poucos dariam ouvidos à razão.

— Vou embora — anunciou Dante.

— Não! — Alessa não saberia dizer quem tinha gritado mais alto: ela, Saida ou Kamaria.

— Por mim, ele fica — disse Saida. — E Nina vai embora.

— Eu não vou contar para ninguém. — Kaleb deu de ombros. — Mas Nina fala mais do que reza, e olha que ela reza muito. Acho que não vai conseguir guardar o segredo.

— Nina — disse Alessa. — Não quero banir você, mas, se eu precisar, é o que vou fazer. Se você prefere ficar segura dentro da Fortezza, protegida *por mim*, precisa me dar sua palavra de que vai levar esse segredo até o túmulo.

Josef se empertigou.

— Eu dou a *minha* palavra. Se ela contar a qualquer um, você pode me banir também.

— Nina? — Alessa aguardou.

Em meio às lágrimas, Nina olhava feio para ela.

— Vou ficar quieta, mas *só* se você não escolher Josef.

Um amor pelo outro.

Alessa assentiu.

— Josef, leve-a para casa.

Ainda aos prantos, Nina deixou Josef conduzi-la até a porta. A máscara de pedra no rosto do rapaz escapuliu quando os dois chegaram à saída, e ele lançou um último olhar de desculpas.

— E aí, como é que funciona? — Kaleb perguntou a Alessa. — Você não consegue ferir Dante nem um pouco?

— *Consigo*, e já feri — respondeu Alessa. — Mas é muito mais difícil matar ele do que outras pessoas, então ele tem me ajudado a controlar meu poder. Tem me ajudado exatamente do jeito que eu disse e muito mais. E acho que talvez o dom dele funcione quase como uma... válvula de escape?

Saida gargalhou alto.

— Desculpa. Não consegui me segurar.

Alessa a ignorou.

— Tudo que sei é que consigo me controlar melhor com ele... Saida, *para* de rir... do que com vocês. Tem sido extremamente útil e, sem ele, vocês estariam em uma situação muito pior.

— Um ghiotte de verdade, em carne e osso, hein? — Kaleb rodeou Dante. — Eu sempre achei que vocês tivessem chifres. Que decepção.

— Finestra — disse Saida —, não acho que Kamaria esteja em condições de lutar, então tem que ser Kaleb ou eu. Quem você escolhe?

Horas mais tarde, a biblioteca foi limpa e somente uma Fonte permaneceu na Cittadella. Os outros se despediram em meio às lágrimas, com a promessa de retornar para a cerimônia no dia seguinte.

No fim das contas, não fora de fato uma escolha. Alessa nunca tinha sido capaz de usar o dom de Saida muito bem e, como Kamaria não conseguia ficar de pé, só havia restado Kaleb. Ele ficara pálido, mas aceitara graciosamente, curvando-se e dizendo algo a respeito de honra e dever. Saida irrompera em lágrimas enquanto Kamaria mordia o lábio, fechando a cara do jeito que uma pessoa faz quando tenta não chorar.

Alessa e seu consorte se apresentaram para acenar para a multidão lá embaixo.

Milhares de pessoas, vestidas com seus trajes mais brilhantes, fluíam pelas ruas feito um rio multicolorido, descendo da Cittadella até os portões da cidade e além. *Todo mundo* recebia convite para o Carnevale, inclusive os Marcados. Um último dia para que todos os saverianos curtissem o melhor que a vida era capaz de oferecer antes que os portões e a Fortezza fossem trancados e eles ficassem do lado de fora. Cada rosto brilhava com uma intensa determinação de aproveitar a noite. Não havia celebração melhor do que o último "Viva!" antes da batalha.

Alessa acenou até o braço cansar e até os aplausos diminuírem o suficiente para o Grão-Mestre anunciar o início das festividades e dispensar a multidão. Um novo rugido se espalhou quando a população de Saverio vestiu suas máscaras e se afastou dos salvadores, passando para assuntos mais importantes, como viver.

No dia seguinte, depois que os confetes e detritos do Carnevale fossem varridos, Alessa e Kaleb se juntariam diante de Dea e dos olhos da Igreja, unidos eternamente pelo dever e pela responsabilidade compartilhados. Ele seria seu companheiro constante até chegar o Divorando, seu consorte em todos os sentidos que importavam, até enfrentarem a morte juntos e, com sorte, salvarem seu lar da aniquilação.

— Excelente — disse Renata de dentro das portas. — Tudo correu lindamente. Agora, vou deixar vocês dois sozinhos. Mas primeiro… — Ela parecia definitivamente desconfortável. — Talvez seja melhor lembrá-los de que, embora Dea tenha o bom senso de garantir que o uso comum do dom de uma Finestra seja eficaz para prevenir uma gravidez, quando o Divorando acabar, vocês vão ter que encontrar, hum, outros métodos.

Kaleb lançou um olhar frenético para Alessa. Ela mordeu os nós dos dedos para segurar a risada e revirou os olhos para ele bem rapidinho, o que pareceu acalmá-lo um pouco, mas seu alívio palpável ao saber que o efeito colateral mágico do poder de Alessa não faria a menor diferença para o relacionamento deles só dificultou ainda mais a capacidade de Alessa de se manter séria. Como parceiro de batalha, Kaleb cumpria todos os requisitos. Como *amante*? Não muito.

Além disso, seu coração já tinha dono.

Dante esperava do lado de dentro, com o rosto iluminado por um jato de fogos de artifício, enquanto os músicos lá fora pegavam seus instrumentos e uma melodia vigorosa se juntava aos sons de risos, rojões e exclamações de alegria.

O trio constrangido se entreolhou quando Renata saiu da suíte.

— Ela estava dizendo... — começou Kaleb.

Alessa riu pelo nariz.

— Sim, Kaleb. Qualquer Finestra e Fonte ficam temporariamente inférteis, contanto que usem seus dons normalmente. Dea não é boba, e lutar contra os enjoos matinais *e* os scarabeo ao mesmo tempo seria meio difícil, não acha?

Dante analisava o chão.

— Humm — disse Kaleb. Ele batia a perna no ritmo da música e balançava a cabeça de nervoso. — É bom saber, mas, ao mesmo tempo, eu não precisava dessa informação. Meio que queria poder esquecer que aconteceu, na verdade.

Alessa deu uma risadinha.

— Você deveria ir para o Carnevale, Kaleb.

— O quê? — balbuciou Kaleb. — Não posso.

— Por que não? — perguntou Alessa. — A maioria das pessoas usa máscara ou pinta o rosto. Ninguém precisa saber. Pode até não ser um casamento normal, mas todo solteiro deveria ter uma última noite na cidade antes da cerimônia.

E toda noiva merecia uma noite com o homem que amava antes de se prometer a outra pessoa.

Kaleb hesitou por um breve instante e, em seguida, correu porta afora, agradecendo por cima do ombro.

Dante olhou para o céu arroxeado.

— Eles vão incendiar a cidade se detonarem mais um dos grandes.

— É assim que se pensa positivo. — Alessa chegou por trás dele e arriscou, descansando a testa entre as omoplatas de Dante e deslizando as mãos pela cintura dele.

Dante cobriu as mãos de Alessa com as dele e apontou com a cabeça para a parede, onde havia uma dezena de máscaras brilhantes de Carnevale penduradas.

— Qual é o propósito das máscaras, afinal?

— Minha mãe dizia que servia para as pessoas beijarem os parceiros das outras e fingir que foi um acidente.

Ele riu.

— Escolhe uma. Quero ver como você fica.

— Elas são *inestimáveis*. Foram presentes de ordenação de antigos Mestres de Carnevale.

— Quem tem mais direito de usar do que você, então? — Ele se desvencilhou dos braços dela e pegou uma máscara vermelha com chifres pretos e curvos, salpicada de ouro. Depois, deu meia-volta e pôs a máscara na frente do rosto. — Que tal?

— Está parecendo um demônio vingativo.

Ele fez sua escolha seguinte — uma máscara azul-clara e prateada, com bordas curvadas feito asas — e a segurou nas mãos.

— Então acho que você é a salvadora abençoada.

Algo pairava no ar, uma sensação de encerramento que Alessa foi incapaz de ignorar. No dia seguinte, Dante iria embora. Ela não lhe perguntara novamente se ele buscaria refúgio na Fortezza ou não, com medo de já saber a resposta.

Por mais que ela salvasse Saverio, não havia nenhuma promessa de que os dois estariam vivos quando tudo acabasse.

Os olhos de Dante brilhavam enquanto ele estendia a máscara.

— O que me diz, Finestra? Que tal uma noite imprudente antes de você salvar o mundo?

Trinta e sete

Contro l'amore e la morte non vale essere forti.
Contra o amor e a morte não vale a pena lutar.

DIAS ANTES DO DIVORANDO: 14

O aroma de alho e vinho era tão forte que dava até para sentir seus sabores à medida que Alessa e Dante desciam por uma rua larga e repleta de bistrôs e bares. Um mundo de gente ria e sorria por baixo de máscaras tortas, abraçando novos e velhos amigos. Em uma esquina, uma cantora de ópera entoava uma ária a plenos pulmões, enquanto dançarinos de salsa exuberantes giravam nas proximidades e uma banda mariachi tocava uma música amada a um quarteirão de distância. A cacofonia deveria ser contrastante, mas, de alguma maneira, era a mistura perfeita de ruídos de júbilo.

Dante passeava ao lado dela com as mesmas roupas que usara na primeira vez que Alessa o viu — calça bege-escura surrada e uma camisa branca levemente puída — e ela havia tentado combinar com ele da melhor maneira possível com uma saia rosa simples, sapatilhas com sola de couro e uma blusa marfim com mangas soltinhas. Dois homens de túnica passaram por eles sem olhar duas vezes para o jovem casal de máscara. Não havia razão para ninguém suspeitar que ela era a Finestra formal e reservada que se vestia com brilho e elegância para festas luxuosas.

Dante pegou um chiacchiere de uma bandeja que passou por ele e gritou seus agradecimentos ao portador, que já estava entregando as guloseimas ao próximo sortudo. Ele partiu o doce ao meio e o ofereceu para que Alessa pudesse dar uma mordida.

Antes mesmo de o sabor de raspas de limão e mandarinetto tocar sua língua, ela já estava salivando. Os lábios roçaram a ponta dos dedos de Dante, instigando-a a ficar por ali, mas uma nuvem de açúcar refinado fez cócegas em seu nariz e ela recuou para espirrar.

Alessa ajustou a máscara e fez sinal para que ele a seguisse até uma barraca de chocolate do outro lado da rua, onde três pedaços meio derretidos estavam em vias de se tornarem poças. Ela levou todos.

— Seda não é barato. — Dante tirou uma das luvas de Alessa e transferiu os chocolates para a palma vazia. — Qual desses é meu?

— Quem disse que tem algum para você? — Ela enfiou um na boca.

Com uma máscara que cobria apenas metade do rosto de Dante, mal dava para culpá-la por não parar de olhar para sua boca.

O guarda-costas a puxou antes que Alessa esbarrasse em um homem barulhento e embriagado, pegando-a pelo pulso para equilibrá-la — ou era o que ela achava —, mas, em vez disso, lábios encontraram sua palma com um calor que ela sentiu até nos dedos dos pés. Na segunda vez, ambos os chocolates já tinham ido para o espaço. Ele sorriu como o Lobo que costumava ser.

Uma dupla de dançarinos a acertou antes que Alessa pudesse repreendê-lo pelo roubo, e o impacto a jogou nos braços dele.

Os olhares se encontraram, a respiração parou e ela se inclinou, pronta para dançar, para beijar, para…

— Você está bem? — Dante a segurou a um braço de distância.

Não, porque você desperdiçou uma chance de me beijar e vai embora amanhã para que eu possa me casar com outra pessoa, lamentou ela em pensamento.

Em voz alta, disse:

— Você é uma tentação horrível. — Em seguida, chupou uma mancha de chocolate de um dedo com um beicinho.

— Quem é a tentação agora? — Com o calor do olhar dele, Alessa compreendeu a expressão "pegar fogo" pela primeira vez.

— Se pedir com jeitinho, sou toda sua. — Ela o espiou por trás dos cílios.

Ele tossiu.

— É você *mesmo*! — falou alguém em voz alta, o som arrastado.

Dante empurrou o garoto alto que se inclinava na direção deles — não para machucá-lo, só para detê-lo —, mas o sujeito levou um minuto para recuperar o equilíbrio de qualquer maneira.

— Desculpa. — Os dentes brancos de Kaleb brilhavam por trás da máscara cor de jade. — Eu não despertava... espetava... — Ele parou. — Esperava! Eu não *esperava* ver você aqui, mas não vou contar a ninguém. Estou parecendo heroico? — Ele jogou uma tira de tecido escarlate por cima do ombro e fez pose. — Só precisava da roupa certa. — Kaleb comia as consoantes na tentativa de articular as palavras corretamente, e o efeito da fala arrastada com a pose ridícula fez Alessa ter um ataque de risos.

— Com certeza — disse ela. — Estou admirada. — Alessa queria espantá-lo, esquecer que *esse* era o garoto com quem se casaria na manhã seguinte, não o que estava em seus braços, mas Kaleb pareceu tão encabulado ao sair da pose que ela não teve coragem de dar a indireta para que fosse embora.

— Duvido — disse ele. — Eu tenho sido um babaca, mas vou melhorar.

Dante desviou o olhar, fingindo estar entretido com as festividades.

— Nunca é tarde demais para se tornar quem você quer ser, Kaleb — comentou Alessa. — Eu sei muito bem disso.

— Talvez você possa me ensinar — disse ele. — Consortes, né?

— É.

— Mas aqui fora é muito mais divertido. — Kaleb agitou as mãos no ar e Dante pegou uma estatueta que ele derrubou.

— Divirta-se hoje à noite, Kaleb — disse Alessa. — Mas, antes do amanhecer, tenta ficar sóbrio. Eu quero que você se lembre de tudo no futuro. E vê se bebe água.

Kaleb lhe deu uma saudação cambaleante e puxou a Finestra para um abraço frouxo e desajeitado, inclinando a cabeça em um ângulo que impedia que os rostos se tocassem.

— Seus amigos o deixaram para trás — avisou Dante, afastando Kaleb e guiando-o com a mão firme em seu ombro. — Que tal ir atrás deles, hein?

Kaleb foi embora a passos largos e Dante e Alessa seguiram rua abaixo sozinhos, parando para assistir a dançarinos rodopiarem e descerem até o chão, para jogar moedas no estojo de um bandolinista e rir de um show de marionetes em que uma Finestra em miniatura batia num scarabeo de pelúcia até a morte enquanto uma multidão vibrava.

— Ah, se fosse tão fácil — sussurrou Alessa.

— Talvez seja.

— Espero que sim — disse ela, tentando absorver a imagem de cada rosto alegre.

As ruas estavam tão apinhadas de gente que eles mal conseguiam se deslocar em meio à massa incontrolável de saverianos. Os moradores refinados da cidade passavam bebidas para os valentões das docas e os aldeões de olhos arregalados acotovelavam-se com os marinheiros arruaceiros, ouvindo, extasiados, as histórias contadas por colonos que voltavam do continente, facilmente identificados pelas roupas feitas em casa e fora de moda e o ar de bravata universal. Era necessário ser um tipo especial de pessoa para trocar voluntariamente os confortos de Saverio pelo continente devastado. Alessa diminuiu a velocidade ao passar por um grupinho de pessoas chorando lágrimas de alegria enquanto uma mulher de túnica sem manga e a pele brilhante depois de longos dias debaixo do sol gritava uma história que terminava com uma imitação do companheiro dela caindo em um antigo canal nas ruínas depois de ouvir muitas histórias de fantasma.

Dante deu uma risadinha, mas a alegria de Alessa sumiu rapidamente. Quanto mais longa a batalha, mais pessoas morreriam. Soldados, Marcados e seus filhos que eram novos demais para entrarem na Fortezza sozinhos. As ruas coloridas e vibrantes logo se tornariam um campo de batalha, e Alessa era a última linha de defesa do povo.

— Por aqui — disse Dante.

O guarda-costas entrelaçou os dedos nos dela e a conduziu enquanto abria caminho entre os foliões. Alessa só conseguia enxergar costas e peitos e, no meio de tudo, Dante segurando firmemente sua mão enquanto caminhava com confiança, separando a multidão com seus ombros largos e o ar de comando que lhe era natural. Os dois se livraram da massa de gente quando ele a levou para um beco tão estreito que Dante precisou soltar a mão dela.

Alessa não resistiu.

Quando ela parou, Dante deu meia-volta e Alessa fez toda uma cena, examinando o beco e mexendo as sobrancelhas.

— Eu juro — disse ele com uma risada. — Existem lugares melhores do que becos.

Pouco depois, o oceano se estendeu diante deles, tão glorioso no pôr do sol que mal dava para acreditar que algo cruel e horrível poderia existir no mesmo mundo que aquilo.

Eles não foram os únicos carnevalescos que tinham tido a mesma ideia, e Alessa desviou o olhar dos casais espalhados pela areia com uma dor crescente no peito.

A presença de Dante e a maneira como ele se movia despertavam uma centena de desejos que Alessa não tinha permissão para ter, e ela sabia que, independentemente do que acontecesse de manhã ou no dia do Divorando, jamais se esqueceria da rouquidão na voz de Dante quando ele estava cansado, nem do jeito como os olhos dele formavam ruguinhas quando tentava não rir, muito menos de seus provérbios ridículos para cada ocasião.

De que adiantava sonhar com uma vida pós-batalha em que a Finestra de Dea e o ghiotte de Crollo encontravam um final feliz?

As rochas viraram pedregulhos, os pedregulhos viraram areia e Dante a esperou tirar os sapatos, afundando os dedos dos pés no calor da areia que desvanecia lentamente. O oceano os calou enquanto a cidade cantava lá em cima e a Finestra esticou as pernas para acompanhar os passos do guarda-costas, os sapatos pendurados na ponta dos seus dedos como se fossem brincos.

Eles desaceleraram o ritmo em uníssono e foram chegando mais perto, até as costas das mãos roçarem a cada passo.

Quase se encostando, mas não exatamente, os dois pararam de andar para encarar o mar. As águas se dividiam no centro e o contorno irregular de uma orla distante rompia o horizonte, um pico mais alto que o outro. Lá, naquele exato momento, os demônios estavam traçando seu caminho inexorável até a superfície.

— É difícil acreditar que algo tão bonito possa ser tão letal, né? — perguntou Alessa.

Ela se virou e o encontrou olhando para ela, em vez de para o oceano.

— É — concordou ele em voz baixa. — Difícil acreditar.

Alessa sustentou o olhar de Dante. Não inclinou a cabeça de modo provocante nem o encarou com desafio nos olhos. Não fez nenhuma piada. Era apenas uma garota esperando um garoto a beijar.

E ele a beijou.

O oceano suspirou com eles, como se também estivesse esperando. Dante roçou os lábios nos dela, de leve, com curiosidade. Como se Alessa fosse apenas uma garota e ele, apenas um garoto. Como se o mundo não estivesse para acabar e ela não fosse se casar com outra pessoa de manhã.

Os toques ficaram mais quentes lentamente, porque não era momento para afobação, mas sim afeto. Não era para ter pressa, mas sim uma delicadeza lenta. Como uma apresentação. Ela o conhecia e ele a conhecia, mas eles não se conheciam daquela maneira.

Quando Dante apoiou a testa na dela, nenhum dos dois disse nada. A batida suave do coração de Alessa e o roçar do polegar de Dante na palma de sua mão diziam tudo que as palavras não conseguiam.

Sinto muito.

Vou sentir saudade.

Eu espero.

Eu quero.

— Me leve para casa — pediu ela. — Quero adormecer com você uma última vez.

Dante lhe deu um beijo demorado nos lábios antes de pegar sua mão.

Uma última noite.

O quarto de Alessa nunca pareceu tão pequeno, nem sua cama tão grande. A Finestra mordeu o lábio enquanto Dante tirava os sapatos. Ele franziu a testa para o chão, descalço, mas, fora isso, completamente vestido.

Que maravilha. Nenhum dos dois sabia o que fazer a seguir. Bom, Alessa presumia que Dante soubesse *alguma coisa* a respeito do que estava por vir, mas o próximo passo imediato pareceu deixar os dois atrapalhados.

— Quando você disse que queria dormir... — Dante esfregou a nuca.

— Eu não estava falando de dormir — falou Alessa rapidamente. — Quer dizer, dormir também, mas...

— Você está *muito* corada agora. — Ele se aproximou e passou a ponta do polegar na maçã do rosto de Alessa.

— Não é para você reparar. — Ela ficou na ponta dos pés, mas, mesmo assim, ainda não conseguia alcançá-lo. — Você tem *mesmo* que ser tão alto? Como vou beijá-lo?

— Escalando? — Com uma risada, ele se curvou para beijar Alessa.

— Você ainda sente? — perguntou ela, de repente insegura.

Dante inclinou a cabeça, confuso.

— Você vai ter que ser mais específica.

— Meu... meu dom. Qual é a sensação agora que não estou tentando usá-lo em você?

— Vejamos. — Ele levantou o queixo de Alessa e seus lábios encontraram os dela, bem devagarinho, como se ele fosse capaz de transformar uma noite em uma vida inteira. Ela reagiu imediatamente, e Dante a segurou pela cintura. Ele a beijou mais intensamente, com a urgência de um homem que torcia para que o dia seguinte nunca chegasse.

— Qual era a pergunta mesmo? — Dante se afastou, sem fôlego.

— Hummm? — Alessa arregalou os olhos, atordoada.

Ele mordeu o lábio e parecia bem satisfeito com o efeito que causava nela.

— Ainda sinto aquele… ronronar… ou como você quiser chamar. Mas acho que gosto.

— Você acha?

Dante respondeu com outro beijo. Inequívoco.

Ela poderia ter passado a vida inteira saboreando o deslizar dos lábios de Dante, a dança de sua língua, a respiração que compartilhavam como se fosse o único ar que restava no mundo e sem o qual morreriam. Ela queria demorar todo o tempo do mundo explorando cada parte fascinante dele, mas estavam impacientes e, logo que encontrou a faixa de pele nua acima da calça de Dante, Alessa deslizou as mãos por baixo da camisa. Seu abdômen era todo cheio de protuberâncias e músculos firmes, mas os lábios eram carnudos e macios.

Os dedos dele apertaram sua bunda, puxando-a para mais perto, e ela derreteu; a maciez de Alessa foi sucumbindo à superfície rígida do corpo de Dante. Quando a mão dele envolveu seu seio, ela esqueceu como fazia para respirar. Recusando-se a se soltar pelo tempo que levariam para andar até o sofá, os dois caíram em cima dele num emaranhado de braços e pernas.

Alessa olhou para Dante em meio à cascata de cachos, beijando-lhe a barba do queixo, os lábios e o pescoço e deleitando-se com a rouquidão da respiração dele. Depois de segurá-la para não cair pela terceira vez, Dante rolou com ela, amortecendo a queda de ambos. Ela o envolveu com braços e pernas, então, ao se levantar, ele a levou junto, rindo no pescoço de Alessa enquanto a carregava para a cama.

— Eu sei que dizem que essas saias foram feitas para as escadas de Saverio — murmurou Dante, deixando um rastro de beijos na barriga de Alessa. — Mas preciso acreditar que *alguém* estava pensando nisso.

Ele a acariciou com o nariz por cima do tecido e a respiração aqueceu a pele nua da coxa de Alessa. O mundo se reduziu a desejo e uma escuridão aveludada e suas mãos se enredavam no cabelo de Dante enquanto ela implorava a Dea em silêncio para que aquele momento durasse uma eternidade — e, depois, não tão silenciosamente.

Mas Dante, o amante, assim como Dante, o lutador, estava determinado a encontrar cada ponto fraco de Alessa, e conseguiu, até ela se arquear contra ele e a respiração sair trêmula.

Alessa estava mole, exausta, leve e sonolenta quando ele foi para o lado dela e a puxou para perto de si, beijando-lhe a testa, os cílios, o pescoço — todas as partes que conseguia alcançar. Alessa se aninhou perto dele, sussurrando em seu pescoço.

— Tem certeza? — perguntou Dante.

Alessa tinha certeza. Tanta certeza quanto já tivera a respeito de qualquer assunto. Ela se pôs de joelhos e começou a tirar a blusa. A lua dourou seu corpo até que não parecesse em nada com o dela, e Dante ficou petrificado. A saia foi mais difícil, mas isso pareceu tirá-lo de seu transe reverente. Ele a desenganchou com um movimento do pulso, arremessou-a no chão e Alessa ficou nua e apenas levemente constrangida enquanto Dante a olhava.

Era Alessa que decidia, então. Um sorriso travesso surgiu em seus lábios quando ela o incentivou a levantar os braços e lutou para tirar a camisa dele. A roupa caiu no chão e ela semicerrou os olhos, atrapalhando-se com os botões da calça. Sua mão deslizou para dentro, mas ela a puxou rapidamente ao ouvir o grunhido que ele emitiu.

— Não — disse Dante com uma risada áspera. — É uma dor boa.

Como se desembrulhasse um presente muito aguardado, ela o despiu sem a menor pressa, desafiando-o a sentir vergonha, mas não aconteceu. A confiança de Dante era justificável. Os músculos esculpidos que ela admirara quando ele não passava de um desconhecido eram ainda mais cativantes olhando de perto, agora que estavam todos expostos.

Mesmo enquanto seus pensamentos se desfaziam, Alessa concluiu que Dea com certeza tinha dedicado tempo e esforço a mais criando Dante, porque ela era incapaz de achar um único defeito. Se bem que, se ele *tivesse* algum, não seria uma falha para Alessa. Mesmo assim, cada linha e superfície, cada curva de osso e músculo magro era mais perfeito do que o outro. Aos olhos e às mãos dela.

Dante permitiu que Alessa explorasse até parecer não aguentar mais. Em seguida, movendo-se com uma graciosidade felina, ele a rolou para baixo de seu corpo.

De alguma maneira, cada segundo da vida de Alessa parecia ter levado ao momento em que ele se acomodou acima dela. No pouco tempo desde que o conhecera, a Finestra havia aprendido a se virar sozinha, a ocupar espaço e a se amar, mas ainda tinha muito a aprender, começando pelo que significava tornar-se apenas um com outra pessoa, mesmo que temporariamente. Ela emitiu um som baixinho na primeira pontada de dor, então ele parou, acalmando-a com beijos lentos até Alessa implorar para que ele continuasse. Dante gemeu e ela prendeu a respiração. Seus olhos se abriram de repente.

— Machuquei você?

— É isso… — Ele parou para respirar. — É isso que *eu* ia perguntar.

Não parecia adequado rir, mas os olhos dele estavam sorrindo, então talvez não fosse tão estranho em um momento desses, ou talvez até fosse, mas ela não estava nem aí — antes que pudesse decidir, Dante flexionou os quadris e ela se esqueceu totalmente do assunto.

Dava para sentir o esforço de Dante para manter o controle, mas seus lábios eram macios e persuasivos e, pouco a pouco, Alessa relaxou. E então não havia mais dor, ou apenas breves pontadas, mas os pequenos incômodos eram quase que imediatamente expulsos por seu dom compartilhado.

— Não posso…

Alessa o silenciou com um beijo, incitando-o sem dizer uma palavra. Ela não ia — não conseguia — chegar ao clímax novamente, mas não importava. Queria observá-lo, memorizar sua expressão.

Quando Dante relaxou, tão mole e pesado que Alessa pensou que ele estivesse dormindo, ela correu as costas dele com as unhas, para cima e para baixo, roçando a bochecha macia na pele áspera da dele.

Alessa o fizera ficar daquele jeito. Pela primeira vez, seu corpo — seu toque — havia compartilhado prazer, não dor. Fazia muito tempo que o poder era algo ruim, algo que ela precisava suprimir, controlar e temer. Mas aquilo... *aquilo* também era poder. O poder de dar, de conectar, de transmitir pensamentos e sentimentos para os quais ela não tinha nenhuma palavra.

Alessa passara cinco anos ouvindo que era uma janela para o divino e, pela primeira vez, ao observar o rosto de Dante, ela acreditou nisso.

Os músculos do guarda-costas se contraíam enquanto ele se preparava para se afastar. Alessa choramingou um protesto e agarrou-se a ele.

— Eu vou acabar esmagando você. — Ele levantou a cabeça e lhe deu um beijo no nariz.

— Vou morrer feliz.

Rolando para o lado, ele a puxou junto de si e a deitou com a cabeça em seu peito.

— Você não pode morrer hoje. Precisa salvar o mundo.

O momento era precioso demais para entristecê-lo com medos e dúvidas, por isso Alessa mergulhou nos braços de Dante enquanto ele murmurava coisas fofas na língua antiga, com a boca em sua testa. Algumas coisas não precisavam de tradução.

Ao acordar, ela encontrou escuridão total e uma corrente de ar fresco em vez do calor de Dante. Alessa esticou os dedos e tocou as costas dele. Estava sentado na beirada da cama.

— Volte para mim — sussurrou ela.

O tempo tinha virado enquanto Alessa dormia, então a segunda vez dos dois foi apenas toque, gosto e sons. Os beijos deixaram rastros de calor e palavras murmuradas que não eram de fato palavras, mas sentimentos em forma de suspiros que se misturavam entre lábios entreabertos.

TRINTA E OITO

A gran salita, gran discesa.
Quanto mais alto se sobe, maior a queda.

DIAS ANTES DO DIVORANDO: 13

Se pudesse, Alessa teria feito a noite anterior durar para sempre, mas esperava que o sol nascesse pela manhã.

Não foi o que aconteceu.

Quando acordou, o céu lá fora estava escuro, e a cama, vazia, com nada além dos lençóis embolados ao seu lado. Alessa correu até a luminária, puxou a corda com força demais e teve que segurá-la antes que caísse.

Dante estava sentado no sofá.

— Volte para a cama — disse ela. — Ainda está escuro.

— Já é manhã — respondeu ele. — Tecnicamente. Feliz dia do casamento.

O relógio de parede confirmou que já passava muito da hora do nascer do sol. Crollo havia lhe enviado um dia inteiro de escuridão como presente de casamento.

Dante preparou um banho para ela e ela o convenceu a entrar. Deitada de costas contra o peito dele, Alessa observou as bolhas estourarem na superfície da água da banheira e as ondulações distorcendo o contorno de suas pernas nuas. As pernas de Dante eram compridas demais para a banheira, e seus joelhos se projetavam da superfície como ilhas em ambos os lados dos quadris nus de Alessa. Ele a banhou com a reverência dos fiéis e, pela primeira vez, Alessa aceitou aquilo como seu dever.

— Incline a cabeça — pediu ele, com as mãos em concha em cima dela.

Alessa fechou os olhos e o deixou enxugar a espuma. Vagarosamente, ela moveu as pontas dos dedos pelas coxas musculosas de Dante, circulando os pelos escuros. A respiração dele se agitou, mas, ao verdadeiro estilo Dante, ele se recusou a se distrair de sua tarefa. Depois de se ensaboar novamente, ele pegou as mãos de Alessa e massageou as palmas com os polegares, deslizando suavemente os dedos entre os dela.

— Minha família tinha um pomar — disse Dante. — Bem na praia. Isso me incomodou, no início. Você ser uma completa desconhecida, mas ter cheiro de casa.

Dante foi subindo pelos braços dela até chegar aos ombros, primeiro suavemente, depois, com mais pressão, massageando os músculos tensos.

— E agora?

As mãos de Dante deslizaram para a frente para traçar sua clavícula, e Alessa inclinou a cabeça para o lado.

— É perfeito. — Os lábios dele roçaram a pele corada de sua têmpora.

Foi só quando os dedos enrugaram e a água esfriou que Alessa se afastou dos braços de Dante.

Três casamentos. Mas, dessa vez, era diferente.

Certa vez, quando criança, Alessa fora convidada para ser florista no casamento de uma vizinha. Admirada com o bando de convidados que cuidavam do cabelo da noiva e ajustavam suas joias, dizendo-lhe como estava bonita, Alessa sonhara com o dia em que ela seria o centro das atenções, cercada de amor e emoção.

Em vez disso, acabou se vestindo para três casamentos sozinha.

Agora, em um dia em que o sol não queria brilhar, Dante fechou os botões de seu vestido creme, cravejado de diamantes. Na primeira vez que o usara, na noite da festa, ela dera de cara com um desconhecido que a olhava com desprezo. Agora, ele estava atrás dela, juntando seus cachos soltos com mãos dolorosamente familiares para lhe dar um beijo na nuca. Ele não fez um estardalhaço nem disse que ela estava bonita. Não precisava.

A lua pendia no céu feito uma sentinela vigiando a cidade. Apesar do escuro, Alessa não precisaria ter medo de tropeçar nos detritos do Carnevale, porque a cerimônia não aconteceria no Pico.

Essa cerimônia também era diferente de outras maneiras. Menos medo, mais esperança. Não a esperança ingênua de uma garotinha, mas uma esperança nascida de provações, fracassos e superações.

Kaleb não era um desconhecido. Sobrevivera ao toque de Alessa e ela sabia como usar o poder dele. Dessa vez, ela *ia* cumprir seu destino.

Juntos, eles enfrentariam a escuridão. E, depois disso, seu sonho era inalcançável.

Dante sentou-se na cama, observando Alessa se demorar com os pincéis de maquiagem, passando pó nas bochechas pela terceira vez.

O relógio soou.

— Chegou minha hora de ir — disse Dante.

Ela largou o pincel para ir até ele.

— Você não vai ficar para o meu casamento?

— Por favor, não me peça isso. — Ele enganchou um braço na cintura dela e a puxou para o colo.

— Você sabe que não é esse tipo de casamento. — Aninhando o rosto na curva do pescoço dele, Alessa absorveu o cheiro de Dante.

— Você não precisa estar na cama de uma pessoa para pertencer a ela — disse Dante. — Minha missão aqui está cumprida. Além disso, eu ainda sou um risco. Se a verdade sobre mim vazar, vocês dois vão levar a culpa por tabela.

Alessa engoliu um nó na garganta e pôs um cacho atrás da orelha dele.

— Para onde você vai agora?

— Está planejando me rastrear?

— Se você deixar.

— Alessa. — Ele suspirou. — Não era para a gente ter se conhecido, muito menos ter deixado isso virar algo mais. Nem agora. Nem nunca.

— Não era para eu ser viúva. Não era para você existir. Quem sabe as coisas *devessem* ser diferentes dessa vez? E se Dea estiver tentando nos dizer algo que nós não temos coragem de ouvir?

— E o que ela nos diria? Que um ghiotte e uma Finestra deveriam desafiar todas as leis da natureza *e* dos céus para satisfazer o egoísmo dos dois?

— Não é egoísmo.

— Eu garanto a você, os meus sentimentos são *totalmente* egoístas. — Ele acariciou a bochecha de Alessa com o nariz. — Você me disse para ser melhor, e eu estou tentando, mas não quero dividir você com ninguém. Eu nunca me senti tão egoísta na vida. — Ele foi pegar alguma coisa e a colocou nas mãos dela.

Um livro.

Pequeno, de couro, cheio dos provérbios dele e gravado com o nome da mãe.

— Para você. — Ele fechou os dedos de Alessa em volta do livro. — Para que se lembre de mim.

Ela queria traduzir em palavras todos os pensamentos que ocupavam sua cabeça e todos os sentimentos que enchiam seu coração, mas não conseguiria fazer isso sem chorar. E ela não ia prendê-lo com as lágrimas de novo.

Assim, Alessa aceitou um beijo final e não resistiu quando Dante a levantou e puxou para um último abraço.

Ela não o viu sair.

O livro ainda guardava o calor de Dante e um pedaço de papel marcava a última página que ele tinha lido. No verso da capa, abaixo da inscrição original, ele escrevera:

Luce mia,
Minha mãe me chamava de "minha luz" porque eu era a dela.
E você é a minha.
Estar com você foi um presente e uma honra.
— G. D. Lucente

Ela cobriu a boca para conter o choro enquanto as palavras de Dante transformavam cada memória de beijo em uma despedida silenciosa. Não estava pronta para superar. Jamais estaria. Por que ela o deixara ir embora?

Seu coração gritou para que ela corresse atrás dele para outro beijo, um último vislumbre, para fazê-lo prometer que essa despedida não era definitiva.

Mas, ao abrir a porta, Kaleb já estava ali.

O tempo acabara.

— Vamos resolver isso de uma vez por todas — murmurou a Fonte. Ele parecia exausto e infeliz o suficiente para os dois.

— Atencioso como sempre. — Alessa lhe ofereceu um sorriso hesitante.

— Desculpa. É a força do hábito.

Alessa pediu que ele esperasse e se arrastou até o travesseiro para guardar o livro. Dante não poderia ter se despedido *para sempre*. Ela precisava acreditar nisso. Em seguida, abriu o livro para dar uma última olhada, foi à última página e o pedaço de papel que ela pensava que fosse um marcador escapuliu.

Nele, havia um pós-escrito em caligrafia simples.

P.S.: Se você ainda quiser saber meu nome, considere a resposta seu prêmio por uma batalha bem-sucedida.

Ela abraçou o bilhete, tonta de alívio. Não era um adeus. Não era para sempre. Contanto que ela salvasse o mundo e sobrevivesse a uma guerra com os deuses. Em termos de motivação, não dava para pensar em nada melhor.

Alessa e Kaleb não falaram nada a caminho do templo. Coitado, ele parecia aterrorizado. E de ressaca. O estereótipo de um noivo, apesar das circunstâncias estranhas.

Renata e Tomo observaram a entrada dos dois da primeira fileira, ao lado do Consiglio inteiro. Para a surpresa de Alessa, Kamaria estava sentada perto do altar, com violão em mãos, e começou a tocar o "Canto della Dea" para acompanhar a caminhada deles.

Foi uma dificuldade manter os olhos em Kaleb durante a cerimônia, com Saida fungando bem alto ao lado de Josef e Kamaria claramente tentando não rir da situação, mas Alessa se levantou quando pediram, recitou as palavras necessárias e chegou até a rir — um pouquinho — quando as risadinhas de Kamaria renderam uma careta do Padre.

Em pouco tempo, a cerimônia terminou, e Kaleb sorriu. Um sorrisinho nervoso, mas não deixava de ser um sorriso.

Antes, Alessa tinha sido a Finestra apenas no papel. Agora, era de verdade. Kaleb era sua Fonte e seria seu consorte na batalha.

Tomo e Renata vieram cumprimentá-los, tecendo elogios ao Padre e aos demais membros do Consiglio e dizendo como o plano tinha dado certo e como a ilha estaria protegida por conta do brilhantismo deles.

— Podem ir — falou Renata, mudando de assunto. — Vamos distraí-los por um tempo para que vocês dois possam escapulir.

Quanto mais cedo eles pudessem voltar ao treinamento e vestir suas roupas normais, mais cedo Alessa poderia fingir que era apenas um dia como outro qualquer, então ela aproveitou a deixa.

— E agora? — perguntou Kaleb, enquanto voltavam pelo corredor.

— Não sei — disse Alessa. — Acho que a gente segue treinando até o Divorando.

Os outros aguardavam no saguão do lado de fora do templo — Kamaria de muleta, Saida secando os olhos com a manga e Josef esperando para dar um tapinha no ombro de Kaleb como o homem severo e idoso preso no corpo de um adolescente de dezessete anos que era.

Eles puxaram uma salva de palmas e Kaleb fungou alto.

— Está cheio de poeira por aqui.

Alessa tirou as luvas para enxugar os olhos e Kamaria acenou com a cabeça para eles.

— Pela última vez, juntos?

O mundo ficou embaçado quando todos eles se aproximaram, empilhando as mãos.

Os poderes de todos formigaram na pele de Alessa, fundindo-se numa sensação que ela nunca tinha experimentado antes e expandindo-se dentro de seu peito até virar algo flutuante e elétrico.

O saguão se iluminou enquanto tentáculos elétricos serpentearam através de espirais de flocos de neve em meio a tornados flamejantes cercados por nuvens de névoa. Uma ecosfera mágica se expandia e se contraía ao redor deles no ritmo da respiração de Alessa, iluminando seus rostos estupefatos. Cristais de gelo cintilantes dançavam e ressoavam numa música linda e estranha, como se o poder de Alessa — o poder de todos — se regozijasse. O dom de Alessa ronronava de satisfação.

Quase ao mesmo tempo, Kamaria, Josef e Saida soltaram as mãos. Todo mundo, menos Kaleb. A magia permaneceu ali por um instante, e então seus dons sumiram. O poder de Alessa se expandiu para ocupar o espaço vazio. O que antes era suficiente deixou de ser, seu dom não se sentia mais saciado, como uma sede repentina.

Kaleb afrouxou a mão. Os olhos se arregalaram e os dedos se curvaram como se fossem papel incendiado. Ele caiu no chão com um baque nauseante.

Não. De novo não. As costelas de Alessa eram barras de ferro, trancafiando os pulmões.

A culpa era dela. A culpa sempre era dela.

— Não. Não. Não. — Alessa recuou pelo corredor e balançou a cabeça, afastando-se de mais uma Fonte à beira da morte.

Um fracasso. Uma assassina.

Ali estava. Sua resposta. O veredito. Dea se pronunciara.

Alessa não fora feita para salvar. Fora feita para matar. Era tudo que sabia fazer.

Do outro lado do corredor do templo, as escadas levavam de volta à Cittadella.

À sua direita, o corredor para a cidade.

À sua esquerda, a escuridão.

A escuridão venceu. Ela correu.

Trinta e nove

A torto si lagna del mare chi due volte ci vuol tornare.
Quem volta uma segunda vez para o mar não pode reclamar.

DIAS ANTES DO DIVORANDO: 13

Havia lugares piores para morrer.

A lua que pairava logo acima do horizonte parecia duas vezes maior que na cidade. Alessa se sentou em um grande tronco de madeira e passou as mãos pela casca áspera até que alguma coisa se prendeu na pele. A Finestra arrancou a farpa e a jogou na grama, depois espremeu o dedo até uma gota de sangue pingar na palma da mão.

Se fosse outra garota, vivendo outra vida, talvez Alessa estivesse esparramada em cima de uma canga com alguém que ela amasse, contando as estrelas, trocando beijos e observando a ondulação da luz do luar nas ondas. Mas essa vida não era para ela.

Certa vez, Dante descrevera aquela praia como o lugar mais bonito que ele já tinha visto, e agora seria o último lugar que ela veria. Isso teria que ser suficiente.

A única coisa que Alessa havia pedido em troca de anos de sua vida, de se afastar de sua família e abrir mão de seu nome era não estar sozinha quando os monstros viessem. Encarar a morte naquele penhasco com alguém ao seu lado.

Se ela morresse, teria sido como uma heroína.

Se ela sofresse, pelo menos não teria tido que sofrer sozinha.

O acordo era aquele. A promessa era aquela.

Mas era mentira. Tudo não passava de mentira.

Os deuses deram o veredito.

Ou os humanos eram um fio solto a ser arrancado ou o problema não era a humanidade, e sim *ela*. De qualquer maneira, Alessa não tinha escolha.

Seu coração ainda batia, mas ela *era* a morte. Não fora criada por Dea para salvar. Fora criada por Crollo para marcar o início do fim.

Ela era incapaz de se conectar. Incapaz de salvar Saverio.

Será que Alessa seria bem-vinda aos céus por tentar, ou sua alma fora condenada no dia em que as mãos se tornaram armas?

Ela sujou o rosto de lágrimas com um movimento apressado do braço e rasgou o próprio vestido. Essa seria a última marca que deixaria no mundo: um vestido de noiva manchado em meio à sujeira.

Vestida apenas com uma combinação fina, ela entrou no oceano.

Quando não deu mais pé, ela nadou.

Não era possível forçar um afogamento, mas, se Alessa continuasse nadando, seus braços acabariam ficando fracos demais para trazê-la de volta à superfície. A água cobriria sua cabeça, uma nova Finestra surgiria e sua família, seus amigos, Dante — todos, menos ela — poderiam ter uma chance de sobreviver.

Ivini disse que a única maneira de salvar a ilha era sacrificando *Alessa*, mas um sacrifício exigia perda. Exigia escolha. *Escolha dela*.

Ela morreria se precisasse, mas não como vítima.

Se fosse para alguém ganhar um santuário por matar a Falsa Finestra, seria ela.

Um soluço fora de hora a fez engasgar com um bocado de água quando ela passou pela rocha no meio da enseada. Alessa ordenou que seu corpo aceitasse, que permitisse que a água inundasse seus pulmões, mas o pânico fez seus braços se debaterem em busca de alguma coisa para segurar.

As mãos encontraram a pedra e ela se arrastou para a superfície plana, arfando e tossindo.

Era tão egoísta que não conseguia nem se afogar para salvar o mundo.

Alessa se abraçou com os joelhos no peito e encarou o oceano calmo. O tempo e o espaço não tinham nenhum significado no dia da noite sem fim.

Ao ouvir as águas se agitando ao longe, a apatia se transformou em raiva. Alessa passara todos aqueles anos odiando a solidão e, quando precisava ficar sozinha, seu desejo era negado. Ela não queria ver ninguém.

— Estou procurando você há horas.

Nem ele. Muito menos ele. Dante escalou a pedra.

— Achou — disse ela, soando morta até para os próprios ouvidos. — Agora pode ir embora.

A noite o escondia, mas ela não precisava enxergar para saber sua aparência. As memórias eram mais vívidas do que qualquer coisa que Alessa pudesse distinguir na escuridão.

— Não foi culpa sua. — A mão dele encontrou a base do pescoço de Alessa, mas ela não sucumbiu ao toque.

— É *sempre* culpa minha.

Sua ilha e seu povo estavam condenados, e só havia um jeito de salvá-los: sacrificando-se. E ela não queria. Queria fingir ser uma garota qualquer, esquecer tudo que estivesse além da praia e ficar ali para sempre com aquele homem lindo e teimoso que não se encolhia com seu toque nem se esquivava dela como o restante do mundo.

Ele era o ghiotte, mas o monstro era ela.

— Você me ouviu? — perguntou Dante, em voz baixa e insistente. — Kaleb está *vivo*. Inconsciente, mas vivo.

— Como sabe? Você não estava lá.

— Eu voltei, mas você já tinha ido embora. Os médicos disseram que ele vai sobreviver.

— Tá bom. Kaleb está vivo. — Talvez, se saísse do estado de apatia profunda, Alessa poderia se sentir aliviada, até mesmo feliz. Ela esperava que não. Sentimentos só dificultariam ainda mais o que ela precisava fazer. — Se eu não sou capaz de manter uma Fonte consciente durante um casamento, não vou ser capaz de manter uma viva durante uma batalha. Não posso nos salvar.

Ela não percebeu que estava balançando a cabeça até Dante segurar seu rosto entre as mãos.

Por mais que fugisse, ela sempre seria arrastada de volta para aquele terrível pico onde fracassaria e veria seu mundo inteiro acabar. Era culpa dela. O amor de Dante era apenas mais um laço que a ligava à vida que Alessa nunca quis.

— Estou exausta de tentar e fracassar e machucar as pessoas. — Lágrimas quentes rolaram por suas bochechas. — Não quero mais fazer isso.

— Então não faz.

— Não tenho escolha.

Ela queria rasgar o céu e triturá-lo com as unhas, arrancar todas as estrelas do tecido do firmamento até que a escuridão insondável combinasse com o vazio dentro dela.

— Sempre tem uma escolha. — Ele segurou o rosto dela, forçando-a a olhá-lo nos olhos. — Se você não quiser voltar, então nós não voltamos. Encontramos uma caverna e a enchemos de suprimentos. Formamos uma barricada até os scarabei sumirem.

— Eu seria uma traidora. Uma pária. Mesmo se Saverio sobrevivesse de alguma maneira, eu seria uma marginal pelo resto da vida.

— Você faz parecer algo ruim. — Ele deu de ombros.

O som que escapuliu dos lábios de Alessa estava entre uma risada chorosa e um sussurro reprimido.

— Milhares de pessoas morreriam.

— É verdade. — Ele apontou para uma faixa de grama depois da areia. — A gente pode construir uma casinha bem ali.

— Em meio à terra infértil e dizimada por um enxame de demônios vorazes.

— As plantas voltarão a crescer.

— Antes de a gente morrer de fome?

— Eu poderia pescar para os nossos jantares.

— E eu criaria galinhas. — Ela suspirou.

— Provavelmente você daria nomes e conversaria com elas o tempo todo.

— Seria necessário, senão eu enlouqueceria você com o meu falatório.

Dante acariciou a bochecha dela com o polegar.

— A gente poderia adotar um gato.

Ele estava oferecendo tudo que ela sempre quisera. Só que não haveria visitas de nenhum amigo para o jantar. Nem família. Nem mesmo desconhecidos. Somente Alessa e Dante e uma casinha numa praia perfeita. Seu sonho, com defeitos e distorções.

Alessa se jogou contra ele, beijando-o com tanta intensidade que ele caiu de costas. Ela arranhou os joelhos na pedra de cada lado de Dante e ele prendeu a respiração, mas, em vez de pôr juízo na cabeça de Alessa, suas mãos a abraçaram pela cintura.

Quente, insistente, exigente, ela o desafiava a tentar acalmá--la, mas, em vez de apagar o seu fogo, ele também se incendiou. A chama de Alessa ardia com cada vez mais brilho e calor até ela ter certeza de que explodiria como uma estrela à beira da morte e destruiria tudo ao seu redor.

Então, as respirações trêmulas se tornaram soluços trêmulos e ele a abraçou enquanto ela chorava.

Dante acariciou seu cabelo, sussurrando sonhos que jamais se tornariam realidade e dias ensolarados que os dois nunca veriam, na voz doce e grave que ela tanto amava, com palavras lentas e lânguidas, como se tivessem todo o tempo do mundo.

Quando seu corpo se exauriu e as lágrimas se esgotaram, Alessa deixou Dante ajudá-la a se sentar.

— Se nós não morrermos, podemos voltar para cá?

Dante olhou para a lua com a vulnerabilidade estampada no rosto.

— Você acha mesmo que vai querer ficar com um ghiotte quando for a salvadora favorita de todo mundo?

— Eu não salvei ninguém ainda.

Dante levou a mão de Alessa aos lábios dele.

— Não tenho tanta certeza assim disso.

Quarenta

L'armi dei poltroni non tagliano, né forano.
As armas dos covardes não cortam nem perfuram.

DIAS ANTES DO DIVORANDO: 12

Já passava da meia-noite quando os dois voltaram para a Cittadella, mas Alessa precisava ver com os próprios olhos.

Uma mulher de jaleco branco fez uma breve reverência quando Alessa entrou na suíte da Fonte. Curvada sobre a cama larga de dossel, a médica responsável pela Cittadella não ergueu o olhar imediatamente, ocupada com qualquer que fosse a tarefa que estava realizando.

Kaleb estava imóvel sob lençóis branquíssimos, com pálpebras azuis e lábios pálidos.

As paredes se fecharam ao redor de Alessa.

Eles mentiram.

Alessa tateou atrás de si em busca de alguém para segurar sua mão, mas Dante estava esperando no corredor. Ela teria que enfrentar isso sozinha.

— Como ele está? — perguntou, prendendo a respiração até ouvir a resposta. Certamente um cadáver não precisaria de cuidados médicos.

— Estável. — A resposta curta e a expressão da médica responsabilizavam Alessa pela situação. — Ele estava bastante desidratado e exausto. Eu o teria aconselhado a evitar qualquer atividade extenuante, se tivessem me consultado. Mas, obviamente, não fui consultada.

— Então, você não acha... Quer dizer, ele ficou bem nas vezes anteriores.

— Na minha opinião profissional, o colapso dele foi resultado de diversos fatores. Divina ou não, sua profissão é fisicamente exaustiva, e o sr. Toporovsky deveria ter se cuidado melhor. Eu espero que, quando forem chamados para treinar o próximo Duo, vocês possam convencer o Consiglio a montar uma equipe de consultores médicos. Apesar do que alguns possam dizer, *não* é um insulto a Dea usar a sabedoria que ela nos concedeu.

Alessa curvou a cabeça como uma criancinha culpada, embora jamais tivesse sido contra aquilo, para início de conversa. Foram os membros do Consiglio que fizeram uma tempestade em um copo d'água quando Tomo sugeriu buscar opiniões externas sobre o probleminha de Alessa.

— A expectativa é de que ele se recupere cem por cento, mas, até lá, ele precisa de repouso. Repouso *absoluto*.

— Sim, Dottoressa. É claro.

A enfermeira lançou um olhar triste para o perfil angelical de Kaleb, como se suspeitasse de que Alessa estava ali para acabar com ele.

Alessa fechou a porta rápido demais e o som ecoou no silêncio.

Apoiado no corrimão de pedra, Dante ergueu as sobrancelhas, como quem dizia:

— Viu só? Eu falei.

Ela queria rir. Ou chorar. Ou os dois.

Dante estendeu os braços e Alessa se jogou neles. Seu porto em mares tempestuosos, quente e firme e difícil de matar.

Kaleb estava vivo. E assim permaneceria, contanto que Alessa ficasse longe dele. Ainda tinha uma Fonte. Tecnicamente. Ele podia até não ter força o suficiente para lutar, então teriam que substituí-lo por uma das outras Fontes para a batalha de fato, mas ela não o matara.

Após um grito repentino, os dois se afastaram às pressas, sobressaltados, e o rosto de Dante refletia o susto de Alessa.

Com medo de olhar, mas precisando saber quem vira o abraço inoportuno, Alessa espiou por cima do parapeito.

Renata estava no pátio lá embaixo, com a mão colada na boca.

Atrás dela, Tomo encarava Alessa com a aparência mais desgrenhada em que ela já o vira.

Dante sussurrou:

— Eles estavam ensandecidos quando saí daqui.

Alessa absorveu a informação enquanto seus mentores corriam escada acima.

— *Graças a Dea*, nós achávamos que você estava morta! — disse Renata, sem fôlego, quando chegou no andar de cima.

— Não exatamente — respondeu Alessa com um sorriso pesaroso.

— Achávamos que tínhamos perdido você — comentou Tomo.

Renata olhou para o teto em uma oração silenciosa.

— Criança, você quase me matou de susto.

As lágrimas tremeram nos cílios de Alessa. Eles estavam aliviados de vê-la com vida — *ela*, não a Finestra. Alessa não tinha se dado conta do quanto precisava disso.

— Sinto muito. Pensei que tivesse matado Kaleb e que os deuses estavam me dizendo que eu precisava me sacrificar.

— Querida. — Tomo balançou a cabeça com tristeza, emocionado demais para continuar.

— Por mais que eu admire sua determinação, esse teria sido um *excelente* momento para pedir uma segunda opinião. — Renata soltou a respiração, trêmula. — Mas devo admitir que estou orgulhosa de você por sua disposição para fazer escolhas difíceis. Você amadureceu.

A onda de culpa recuou com o tom gentil de Renata, e Alessa se recompôs.

— O que vamos dizer às pessoas?

— Nada — respondeu Renata com firmeza, passando a mão nas mangas como se tentasse alisar as dobras. — Você vai escolher outra pessoa e vamos manter tudo em segredo até passar o Divorando. Eu não gosto de mentir para o público, mas tudo será perdoado quando você nos salvar.

— Estamos simplesmente gratos por *você* estar a salvo — disse Tomo fervorosamente.

A expressão de Renata se suavizou.

— Se Dea quiser, talvez eu consiga dormir essa noite, no fim das contas.

— Vamos lá, então. — Tomo deu uma puxadinha no braço de Renata. — Você precisa dormir e eu preciso de um drinque.

Alessa se afastou do parapeito quando os dois foram embora e a Cittadella mergulhou no silêncio mais uma vez.

Dante jogou o cabelo dela de lado e lhe deu um beijo na nuca.

— É melhor eu partir — disse ele, mas lhe deu um abraço firme.

Ela virou de frente para ele.

— Nina jurou que não ia contar, e aquele homem não faz ideia de que você esteja aqui. Fica até o Divorando, aí eu mesma posso arrastar você até a Fortezza e enfrentar a batalha sabendo que você está seguro, e não fazendo alguma coisa sem noção, tipo tentar proteger as docas por conta própria.

— Sempre com esse papo de herói — ele murmurou nos lábios dela. — Já falei mil vezes que não tem nada a ver comigo.

— Você pode até mentir para si mesmo, mas a mim você não engana. — Ela deslizou as mãos até os bolsos traseiros de Dante e o puxou para mais perto.

Ao ouvirem o som de alguém pigarreando alto, eles se afastaram às pressas de novo.

Parada no topo da escada, o rosto de Renata estava cuidadosamente impassível.

— Esqueci de comentar que sua armadura está no seu quarto.

— Armadura? — Ainda faltavam duas semanas para a batalha.

— Para a Bênção das Tropas.

É claro. Quando o sol nascesse, ela estaria diante do exército reunido e da maior parte de Saverio para conceder a graça de Dea ao exército. As festividades do Carnevale acabaram, ela se casara com Kaleb no dia de Descanso e Arrependimento e, agora, começava a última etapa dos preparativos. Os soldados se despediriam de suas famílias, marchariam para os seus postos e montariam acampamento em cada encosta, penhasco e trecho da orla que rodeava Saverio, com armas a postos e olhos voltados para o céu. Os saverianos com passe livre para a Fortezza começariam a se mudar em turnos, e aqueles que foram marcados lacrariam todas as janelas, ergueriam barricadas e rezariam com um desespero até então desconhecido.

— Com sorte, vai ser tão ofuscante que ninguém vai reparar que sua Fonte não está com você. — Renata os fuzilou com o olhar. — Até lá, será que eu poderia sugerir que vocês continuem essa reunião em um lugar *reservado*?

Morrendo de vergonha umas mil vezes, Alessa conseguiu assentir majestosamente. Ela nunca perguntara qual era a punição para uma Finestra que violava as regras a respeito de tocar alguém que não fosse uma Fonte antes do Divorando, mas não dedurar provavelmente era uma daquelas cortesias tácitas que cada Finestra oferecia à seguinte.

Alessa seguiu Dante até a suíte quando os passos decorosos de Renata terminaram com uma porta se batendo no andar de baixo. Ela cobriu o rosto.

— Por favor, me diz que isso não acabou de acontecer.

Ocupado demais tentando não rir, Dante nem respondeu.

— Como é que você consegue *rir*? Foi vergonhoso.

— Considere um rito de passagem. — Dante beijou as bordas do rosto de Alessa ao redor dos dedos abertos. — Você *sabe* que rolava mão boba entre aqueles dois antes da grande batalha *deles*.

— *Por que* enfiar essa imagem na minha cabeça? — choramingou Alessa. — Além disso, eles estavam casados e abençoados, então tinham permissão. — Ela o cutucou com o cotovelo. — *Eu* sou a pessoa horrível que deixou o lado da cama do consorte inconsciente e foi pega passando a mão no guarda-costas.

— Você chama *aquilo* de passar a mão? — Dante tirou as mãos de Alessa do rosto dela. Seu sorriso morreu enquanto os dois se encaravam, e ela sabia que ele ia puxar o assunto de ir embora, para lhe oferecer o pouco de segurança que podia com sua ausência caso Nina desse com a língua nos dentes. Contando que Dante não estivesse ali, Alessa poderia negar qualquer rumor alegando ser fruto da histeria.

Mas, se ele fosse embora... seria definitivo.

Duas armaduras jaziam em sua cama como corpos rígidos de metal. Uma delas tinha sido fabricada para as medidas exatas de Alessa; a outra, uma das várias normalmente montadas na suíte da Fonte, fora escolhida por ser a mais próxima das medidas de Kaleb.

— Você e Kaleb têm quase a mesma altura, sabe? Têm o tipo físico parecido também. Por baixo da armadura, ninguém saberia a diferença.

— Não posso ser sua Fonte. — Dante pôs o cabelo de Alessa atrás das orelhas. — Eu faria o quê? Me curaria até o scarabeo desistir e fugir?

— Não estou pedindo para você ficar para a *batalha*. — Alessa beijou a cavidade na base do pescoço de Dante. — Só para a Bênção das Tropas. É meu último evento público, e o povo vai falar se minha Fonte não estiver presente.

Alessa entrelaçou os dedos nas costas de Dante.

— Por favor? — disse ela. — Fica mais um pouquinho e me salva pela última vez?

O metal era de um frio impiedoso, mesmo por cima da túnica e das calças. Dante colocou uma túnica de cota de malha sobre seus ombros e ajudou Alessa a vestir o peitoral e a amarrar os painéis nas coxas e panturrilhas.

Ela usaria luvas para a Bênção, mas não para a batalha de verdade.

As mãos, os pés e as pernas de Alessa ficariam descobertos debaixo da armadura quando chegasse a hora de lutar, para que sua Fonte pudesse se segurar, por mais que estivesse ferida demais para ficar de pé.

Quando recebera seu primeiro tutorial de armadura, Alessa perguntara por que os elmos da Fonte e da Finestra deixavam a nuca exposta, mas Tomo explicara que olhar para cima era essencial numa guerra em que os inimigos atacavam do alto. E, com sorte, a Finestra e a Fonte fariam seu trabalho bem o suficiente para que poucos scarabeo chegassem perto do alcance dos dois, de qualquer maneira. As numerosas tropas, amontoadas nas encostas, eram um campo de alimentação muito mais tentador do que duas figuras solitárias no topo de um pico, protegidas por magia. Assim ela esperava.

— Eu achei que ele nem conseguisse se sentar — disse Renata enquanto Dante descia a escada para o pátio. — Como foi que você pôs a armadura nele?

Dante levantou a viseira.

— Ah — disse Renata. — Brilhante.

Dante voltou a abaixá-la quando o Capitão Papatonis chegou marchando para escoltá-los até a piazza.

Alessa precisava admitir que era impressionante — os milhares de soldados de armadura, enfileirados em linhas perfeitas, em posição de sentido na piazza. E, se ela deixou escapar um "uuh" de admiração quando eles começaram sua primeira série de exercícios, o som foi abafado pelo fascínio da multidão que assistia.

À medida que avançavam para a segunda série, ela fixou os olhos em um alvoroço de branco. Alessa sentiu um calafrio enquanto Ivini conduzia uma fileira de figuras de túnica até a piazza.

Ivini nunca trouxera nada de bom para a vida de Alessa, e ela duvidava de que ele estivesse ali para fazer as pazes, mas a Fratellanza não deu nem sinal de interromper nada e limitou-se a ocupar o espacinho vazio num canto. Não dava para expulsá-lo só porque seu pescoço se eriçou em estado de alerta.

Renata também não estava gostando daquilo e disse algo ao Capitão Papatonis que o fez ir na direção de Ivini com uma expressão fria de determinação no rosto.

Alessa encarou Ivini uma última vez, perfurando-o com o olhar, e depois voltou a atenção para as tropas. Ivini havia tentado seu melhor e falhado. Ele não valia nem mais um segundo de seu tempo.

O Capitão voltou a se juntar a eles quando os exercícios acabaram, e Alessa deu um passo à frente para ocupar seu lugar para a Bênção. Dante estava ligeiramente atrás dela de um lado, Renata e Tomo do outro.

— Dea, abençoada Deusa da Criação — começou Alessa. — Pedimos que guie as nossas armas...

Com um silvo de metal, um guarda na fileira da frente sacou sua arma.

— Criatura de Crollo! — ele gritou e correu na direção deles.

Com o coração na boca, Alessa se atrapalhou para pegar a espada cerimonial, mas Dante a sacou primeiro, colocando-se na frente dela. Para protegê-la.

— Volte, Finestra — gritou o Capitão, correndo para juntar-se a Dante como um escudo humano.

Ou foi o que ela pensou.

Mas, quando o Capitão Papatonis ergueu a espada, não foi para afastar o soldado rebelde. E Dante estava se preparando para um ataque pela frente, não por trás.

Alessa gritou para alertá-lo, mas era tarde demais.

Quarenta e um

Chi ha un cattivo nome è mezzo impiccato.
Aquele que tem um nome ruim é meio enforcado.

DIAS ANTES DO DIVORANDO: 11

O punho da espada do Capitão bateu na nuca de Dante, e ele tombou no chão.

Depois de cinco anos de treinamento, cada pingo de bom senso voou pela janela quando Alessa tentou se jogar em cima dele, mas Renata, que nunca, jamais, encostara nela, a segurou firme pelo braço.

— Calma, Capitão. — A frieza na voz de Renata fez Alessa parar.

— Explique-se.

— Garanto que vou — disse o Capitão Papatonis com seriedade.

Dois soldados ergueram Dante pelos braços e o Capitão tirou o elmo à força.

— Ele não é a Fonte dela. — Com um puxão violento no cabelo de Dante, ele forçou sua cabeça para cima. — É um impostor.

A multidão arfou e recuou horrorizada, como se estivesse testemunhando a presença de um fantasma grotesco, não de um homem bonito que tinha sido abatido por um ataque covarde por trás.

Naquele momento, Alessa odiou todo mundo.

— Meu Deus. — Tomo deu uma risada desconfortável. — Dadas as circunstâncias, decidimos que estudar era mais útil para o tempo de Kaleb Toporovsky, então trouxemos um substituto, Capitão. Uma manobrinha inofensiva.

— Está vendo, Capitão? Você o desarmou e o deixou inconsciente, quando simplesmente poderia ter nos perguntado. — Renata subiu o tom de voz. — Querido, que tal mandar o Signor Toporovsky ir até a varanda?

A bengala de Tomo emitia uma batida frenética nos degraus conforme ele se afastava às pressas.

Alessa não conseguiu respirar ao longo dos cem anos que Kaleb demorou para surgir na varanda. Tomo provavelmente o segurava por trás, e havia uma boa chance de que ele estivesse prestes a desmaiar, mas Kaleb acenou e soprou beijos, sorrindo como se fosse o convidado de honra numa festa de aniversário. O ar voltou correndo aos pulmões de Alessa quando milhares de soldados e mais uns mil civis ergueram os olhos para ver sua Fonte, viva.

— Com todo respeito, Signora — disse o Capitão. — Mas esse não é o único problema.

Dante abriu os olhos com um grunhido baixinho.

— Permita-me. — Ivini deu um passo à frente, virado meio de lado para que a multidão pudesse ouvir cada palavra sua. — Peço perdão pelo espetáculo, mas precisei agir quando um membro do meu rebanho me informou que o mal havia se infiltrado na Cittadella.

— Não — disse Alessa. — Não é…

— Calada — sibilou Renata. — Pelo bem dele e do seu.

Sem nenhum aviso, o Capitão cortou o rosto de Dante com sua adaga.

Alessa deu um salto, mas Renata foi mais rápida.

— Chega!

O sangue escorria pela bochecha de Dante, formando uma poça na pedra branca, mas ele não podia esconder o rosto com os braços presos e uma faca no pescoço.

Dea, socorro, implorou Alessa em silêncio. *Não sei o que fazer.*

Ela abriu a boca para falar, mas Dante balançou a cabeça no mais discreto dos nãos.

— Como todos vocês verão, essa *coisa* — prosseguiu Ivini — é um ghiotte.

O olhar de Dante perfurou Ivini enquanto o corte cruel na bochecha começava a cicatrizar, e a multidão rugiu como os primeiros sinais de uma tempestade.

— Com o uso de seus truques perversos, ele garantiu um lugar ao lado de nossa Finestra, estragando a magia dela e enfraquecendo nossas Fontes. — Ivini gesticulou como se estivesse se protegendo da maldade de Dante. — Uma execução formal é uma solução boa demais para essa criatura, mas meu rebanho vai se livrar dela.

— Não — disse Alessa, arfando. — Isso não... Nós não podemos... Tomo tossiu, implorando com os olhos.

— Finestra, você é uma alma compassiva, mas talvez devêssemos deixar quem não está de cabeça quente falar mais alto.

— Controle. A. Língua. — Renata a segurou ainda mais firme.

Não havia nada que ela pudesse dizer. Nada que pudesse fazer. Se Alessa demonstrasse misericórdia — se qualquer um percebesse que ela já sabia e tinha deixado Dante ficar, ou, pior, que ela o acolhera nos braços...

— Não haverá nenhuma morte hoje. — A conduta calma de Tomo foi um banho de água fria nos incêndios que se espalhavam por toda parte. — A Bênção das Tropas não deveria ser contaminada por tamanha feiura.

Ivini, o retrato do horror indignado, pareceu perceber que seu plano de se tornar o anjo vingador de Saverio, o algoz de demônios, estava desmoronando.

— Mas, Signor. Ele trouxe o mal para este lugar sagrado. Contaminou a pureza dela com seu pecado. Ele merece ser punido.

— E espero que o Consiglio concorde, mas essa decisão cabe a eles, não a *você* — disse Renata.

Alessa tremia de raiva e medo. Eles estavam tentando, mas não podiam fazer muito.

Ivini girou para assumir o papel de mártir culpado.

— La Finestra sul Divino. Sua benevolência é inspiradora. Eu imploro para que me deixe transportar a criatura para o continente, então. Mesmo que isso signifique minha própria morte. Meu último ato de penitência pela forma como prejudiquei minha salvadora. — Um sorriso de satisfação brincou nos lábios dele enquanto vozes dispersas na multidão gritavam em protesto.

— Não queremos que você se arrisque, Padre — falou Renata com um sorriso benigno. — Deixaremos o Consiglio decidir qual deve ser a punição apropriada. Agora, Capitão, leve o prisioneiro para dentro e aguarde novas ordens.

Alessa ficou tensa, meio com medo e meio na expectativa de que Dante fosse se libertar dos guardas.

Os olhos dele estavam sem vida quando o viraram para a Cittadella. Uma terceira soldada foi atrás, cutucando-o nas costas com sua espada.

— Se tentar fugir, matamos você.

Alessa sentiu um aperto no peito. Ela não tinha nenhuma influência, a não ser se recusar a lutar caso não o soltassem. E ninguém acreditaria nela. Se Alessa não lutasse, Dante morreria como todo o resto.

Tudo que ela podia fazer era garantir que ele não fosse executado. Dentro da Cittadella, pelo menos, Dante estaria protegido até ela dar um jeito de soltá-lo ou de convencer o Consiglio a mostrar piedade. Quando o Divorando acabasse, ele poderia fugir para o continente, mudar a aparência e se esconder por alguns anos até o povo esquecer.

— Podemos terminar? — Renata ocupou o espaço em que Dante estivera alguns instantes antes.

— Gostaria de dizer uma coisa à Finestra primeiro — falou Ivini.

— Você já não disse o bastante? — perguntou Alessa.

Renata a apertou com força.

Ivini já tinha vencido. O que mais poderia querer? Acusá-la *de novo*? Exigir que Kaleb dançasse na frente deles para provar que estava realmente vivo?

O rosto de Ivini tombou de angústia e ele caiu de joelhos. Atrás dele, figuras vestidas de túnica seguiram o exemplo, de cabeça baixa.

— Finestra. Você me perdoaria por difamá-la? Tudo o que eu esperava era servir a Dea. Agora está claro que Crollo viu seu incrível potencial, o dom que é a sua força, e curvou-se de medo. Enviar um dos lacaios dele para impedi-la só prova seu valor. Eu deveria ter tido fé. Eu deveria saber. Estou profundamente arrependido. Se você me banir, irei embora hoje à noite.

Renata falou antes que Alessa pudesse mandá-lo se jogar do penhasco mais próximo.

— Não será necessário, Padre. Afinal de contas, errar é humano.

— E perdoar é divino — sussurrou Ivini. — Finestra, você me perdoa?

A resposta era não. Definitivamente não. Mas Renata era esperta e tinha um plano. Alessa não sabia qual era, mas não arriscaria estragar tudo.

Alessa abriu o sorriso mais amplo e doloroso de sua vida.

— Crollo já enganou muitos homens *melhores* do que você. Que tipo de Finestra eu seria se punisse um homem santo que estava tentando proteger seu povo?

Ivini chorou, maldito seja.

Cada lágrima falsa que rolava pelo rosto dele aumentava sua fúria, mas Alessa precisava reconhecer sua capacidade de atuação.

Ivini não queria perdão. Ele queria poder. Tinha se posicionado contra Alessa quando ela estava fracassando, a chutado quando estava caída, conspirado contra ela e roubado a lealdade de seus próprios guardas. Agora que Alessa tinha uma Fonte, e viva, Ivini encontrara um novo bode expiatório. E, assim, seu maior inimigo assumia um novo papel como seu firme defensor e humilde suplicante. Não importavam as consequências.

Não haveria mais assassinatos. Não haveria mais veneno. Alessa tinha uma saída, e Ivini se realinhou com uma nova causa para mobilizar seus cordeiros.

O sargento-instrutor gritou um comando e as tropas entraram em posição de sentido com um clamor ensurdecedor. Em perfeita sintonia regimentada, o exército de Alessa se ajoelhou e bateu o punho contra o peito.

Dessa vez, todos olharam diretamente para ela.

— Parabéns, Finestra. — Renata falou somente para os ouvidos de Alessa. — Eles amam você. Lutarão até a morte por você. E é *assim* que se ganha uma guerra.

A que custo?

— Vença a guerra e tudo será perdoado. Você nunca teve mais poder — afirmou Renata. — Seu povo fará tudo que você pedir.

— Quero que ele seja solto.

— Tudo, menos isso. — Renata soltou o braço dela.

Quarenta e dois

Ciò che Dio fa è ben fatto.
Deus sabe o que faz.

DIAS ANTES DO DIVORANDO: 11

— **Eu exijo vê-lo** — disse Alessa no instante em que entraram.

Renata a silenciou violentamente, mas ela não seria calada, não com a vida de Dante em jogo.

— Você pode parar para pensar pelo menos uma vez? — Renata nunca parecera tão velha. — Sua Fonte está de cama e o povo precisa acreditar que tudo está seguindo de acordo com o plano. Ivini conduz essa cidade como uma orquestra e declarou publicamente estar do seu lado. Não desperdice esse presente.

— Ela tem razão — disse Tomo. — O povo não pode suspeitar que você se compadece dele.

— Vocês sabem que ele não foi o responsável pelas minhas Fontes mortas. Vocês sabem que ele não é mau. Sem ele, eu já estaria morta uma meia dúzia de vezes. Não é justo.

— Você chegou até aqui sem se dar conta de que a vida nunca é justa? — A expressão de Renata suavizou.

— Pelo menos me deixem vê-lo. — Alessa se engasgou com as palavras. — Por favor.

— Querida… — disse Tomo em voz baixa.

Renata fechou a cara.

— *Nada* de choro. Cabeça erguida. Olhos em chamas. Entre lá como se estivesse prestes a arrancar os membros dele.

Para a sorte de todos eles, Alessa tinha raiva contida de sobra para fingir.

Com as lágrimas secas e a máscara de majestade a postos, ela seguiu Tomo e Renata até uma salinha reservada para soldados bêbados ou indisciplinados que precisavam se acalmar.

O Capitão fez uma reverência quando eles se aproximaram.

— Finestra, Signor, Signora, fui incapaz de enxergar a ameaça dentro de nossos próprios muros. Se assim desejarem, eu me demito imediatamente.

O que Alessa desejava era cortar o rosto *dele* com uma das facas de Dante.

— Você ainda duvida de sua Finestra? — Renata exigiu saber.

— Não — respondeu o Capitão, sem fôlego. — Nunca mais. Crollo deve estar morrendo de medo. Nossa Finestra será a maior da história.

Renata lançou um olhar severo para Alessa.

Alessa estendeu a mão enluvada para o Capitão, com a palma virada para cima.

— As adagas.

— Ah, é claro. — O Capitão as pegou e as entregou.

Alessa examinou as lâminas, depois pôs a adaga manchada com o sangue de Dante dentro do bolso embutido do vestido. Em seguida, jogou a outra para cima e a segurou pelo punho, como Dante a ensinara.

Sem sinalizar sua intenção, ela deu um passo à frente e empurrou a adaga em direção ao queixo do Capitão.

Ele ergueu a cabeça e olhou freneticamente para Tomo e Renata, que não disseram nada enquanto Alessa cutucava o pomo de adão do Capitão com a lâmina. Ele poderia tê-la desarmado.

Tanto ela quanto ele sabiam disso. Mas ela era sua Finestra e, se quisesse matá-lo, ele deixaria.

— Eu o perdoo, Capitão — disse Alessa, curta e grossa. — Só se você jurar que, de agora em diante, vai se reportar diretamente a *mim* a respeito de qualquer preocupação relacionada à minha segurança.

O Capitão Papatonis concordou com a voz rouca.

— E, se você bolar qualquer artimanha como aquela sem a minha aprovação — disse ela —, eu mesma entrego você de bandeja para um scarabeo.

— Maravilha. Agora que resolvemos essa questão — disse Tomo —, nós gostaríamos de falar com o prisioneiro antes de fazermos nossas recomendações ao Consiglio.

O Capitão passou o dedo sob o colarinho quando Alessa abaixou a adaga.

— Não sei se é seguro.

— Se nós três não tivermos a capacidade de nos protegermos de um ghiotte acorrentado, seríamos salvadores bem patéticos, não acha? — comentou Renata.

— E, além disso — disse Tomo com um sorriso neutro —, a Finestra está armada.

O Capitão ficou sem resposta.

Dentro da sala, Dante estava sentado contra a parede, com os tornozelos presos e as mãos amarradas nas costas. Ele podia parecer feroz — até mesmo monstruoso —, mas Alessa só via medo em seus músculos tensos, desespero em sua bravata desdenhosa. Seu olhar fixou-se nela como se ele estivesse se afogando e ela segurasse a única corda.

— Deixe-nos, Capitão — disse Tomo.

Alessa conseguiu esperar a porta fechar antes de se pôr de joelhos e abraçar Dante pelo pescoço. O corpo dele estava rígido feito ferro, frágil feito vidro.

— Odeio me intrometer, mas precisamos de algumas respostas — disse Tomo. — O que você tem a dizer em sua defesa, garoto? Por que veio à Cittadella? Por dinheiro? Poder?

— Ela me pediu. — Dante arrastou um dedo do pé no chão.

— Algum outro motivo?

Alessa respirou fundo.

— Ele queria descobrir informações sobre outros ghiotte. Para onde podem ter ido. E nós temos procurado pistas a respeito de onde a Fonte di Guarigione possa estar, se é que ela ainda existe.

— Por quê? — Renata perguntou a Dante. — Você já tem o poder da fonte.

— Achei que, se eu a encontrasse, talvez fôssemos perdoados. — Cada palavra que Dante dizia parecia doer, como se ele tivesse que arrancar a verdade de si mesmo. — Ou, pelo menos, deixados em paz.

— E você, Finestra? — perguntou Tomo. — Há quanto tempo sabe?

Alessa pressionou a testa no pescoço tenso de Dante e respirou várias vezes antes de se levantar para encarar os mentores.

— Já faz um tempo. Ele tem me ajudado a controlar meu poder. Por isso que as coisas estavam indo tão bem... até deixarem de ir.

— Ele já tentou machucar você? — perguntou Tomo.

Machucou, sim. Tentar?

— Não. E o que mais teve foi oportunidade. Ele foi gentil comigo quando mais ninguém foi. Dante tem um milhão de motivos para ser cruel e sem coração... — Alessa deu uma risada triste. — Mas ele é péssimo em ser mau.

A respiração de Dante saiu trêmula.

— Eu já estava planejando ir embora depois do Divorando, então não se preocupem, não vou manchar ainda mais a reputação dela.

Um buraco se abriu no peito de Alessa.

— Quando as pessoas perceberem...

Ele balançou a cabeça.

— Se você me deixar sair, todo mundo vai achar que estava certo a seu respeito. Eu não valho a pena.

— Para mim você vale.

Renata juntou as sobrancelhas.

— Você acha que eles vão ficar do seu lado se você se aliar a um ghiotte? Você é esperta demais para isso, Alessa. Por mim, quando o Divorando acabar, vocês dois podem fugir juntos. Eu contrato um navio para vocês e... *eu* treino a próxima Finestra. No momento, você precisa se concentrar em salvar Saverio. Se não salvar, ele vai morrer de qualquer maneira.

— Infelizmente ela está certa. — Tomo pegou a mão de Renata. — Já pedimos muito de você, querida, mas agora Saverio precisa mais de você do que você precisa dele. Longe de mim querer ofender, rapaz.

— Ele está preso, não morto — falou Renata com firmeza. — Agora, Tomo e eu vamos pegar tudo que descobrimos com nosso *interrogatório* e persuadir o Consiglio a deixar tudo *do jeito que está*. Enquanto isso, você vai visitar sua Fonte acamada e garantir que nossa pequena artimanha não o mate de uma vez por todas.

A Cittadella zumbia com o burburinho dos soldados cochichando a respeito do monstro que estava entre eles e dos criados transmitindo sem fôlego a notícia para todas as pessoas que cruzavam seu caminho, como se Saverio inteira já não tivesse ouvido a história umas dez vezes.

Alessa viu mais preocupação no rosto das pessoas durante sua caminhada pelo prédio do que tinha visto enquanto lamentava a morte de todas as suas Fontes juntas.

O medo e a raiva passaram a ter um novo alvo, um inimigo compartilhado, e todo mundo se encheu de uma fúria honrada por um monstro ter enganado a *amada* salvadora.

Um jovem soldado bloqueou sua passagem para as escadas, aos prantos e se ajoelhando.

Alessa absolveu o homem, toda sem jeito, bastante ciente de quantas pessoas assistiam à cena para ver se ela ofereceria piedade.

Depois de anos desejando um pouco de compaixão, Alessa finalmente tinha conseguido — porque o homem que amava estava levando a culpa por todos os males que ela causara.

Os olhos de Kaleb se abriram quando Alessa abriu a porta da suíte da Fonte.

— Você está acordado — disse ela ao entrar. — Eu sinto muito. Não sei o que aconteceu. Estava tudo certo. Estava tudo bem, até, mas... foi tudo por água abaixo.

— Eca. Pedidos de desculpa são tão constrangedores. — Kaleb franziu o nariz. — Além disso, parece que talvez eu tenha alguma coisa no coração. Diz a médica que normalmente não seria nada de mais, mas essa sua explosão de poder foi um gatilho.

Um problema cardíaco. Não era culpa dela. Mas ele já tinha suportado o toque de Alessa várias vezes sem desmaiar.

— Sinto muito — disse ela. — Quer dizer, *não* sinto muito.

— O segredo vazou, né?

Ela fez que sim, infeliz.

— Por favor, para de chorar. Eu não aguento.

— Passei esse tempo todo achando que o dom de Dea era minha maior arma e as lágrimas são ainda mais eficazes para destruir os homens.

— Você tem um baita arsenal — disse Kaleb. — Onde ele está?

— Eles vão levá-lo para uma cripta vazia enquanto o Consiglio delibera. — Alessa puxou os lençóis na lateral da cama.

Kaleb estremeceu.

— Que gótico. Pode me servir um copo?

Alessa pegou o jarro d'água ao lado da cama, mas hesitou antes de entregá-lo a ele.

— Ah, para. Não tenho medo de você — disse Kaleb. — O que vai acontecer agora?

— Não sei. Ainda não decidi quem vai ocupar seu lugar.

— Por que escolher? — perguntou Kaleb. — Traz todo mundo.

— Imagina só a cena. Um bando de Fontes no Pico. A gente ficaria sem espaço.

— Não, basta um abraço em grupo e você derrotaria os scarabeo com uma versão maior daquele tornado de flocos de neve que quase me matou. Tirando o fato de o tiro ter saído pela culatra para *mim*, foi bem maneiro.

Saído pela culatra. Algo cutucou o fundo da mente de Alessa, pensamentos desconexos tentando se encaixar, mas foram interrompidos por Tomo e Renata antes que ela terminasse de montar o quadro inteiro.

— Foi unânime — disse Tomo com a expressão séria. — Nós os convencemos a esperar passar o Divorando, mas eles pretendem fazer um julgamento.

Alessa se levantou de um salto.

— Você disse…

— Eu disse que *tentaríamos*. E vamos tentar. Essa história não acabou.

Uma semana antes, Alessa teria morrido de vergonha de chorar na frente de Kaleb, Tomo e Renata, mas ninguém parecia enojado ou decepcionado, nem mesmo Kaleb, com sua aversão a choro.

Com muito esforço, Kaleb se sentou.

— Depois de tudo que ele fez por nós, eles vão deixá-lo mofando numa cripta durante o Divorando, sem nenhuma possibilidade de fugir se as coisas derem errado? E depois, o que vai acontecer? Um apedrejamento público?

— Tomara que não, mas, por enquanto, não temos escolha. — Renata olhou para Alessa. — Ele vai receber água e comida pelas grades, mas os guardas não vão ter chave. Nós deixamos bem claro que não vamos tolerar nenhum sumiço misterioso nem mortes "acidentais". A justiça será feita.

Justiça. Não havia nenhuma justiça em levar uma pessoa a julgamento pelo que ela era, não pelo que tinha feito.

Alessa tentou se ater à pontinha de esperança. Por enquanto, Dante estava seguro. Porém, ficaria sozinho durante o cerco, rodeado de túmulos de mármore e pessoas que o odiavam.

— Vamos — disse Renata, segurando Alessa pelos ombros. — Chore. Sinta raiva. Você merece. Você está furiosa, e deveria estar mesmo, mas tem a chance de escolher se isso deixará você amarga ou a tornará alguém melhor.

O canto da sereia era forte, mas Renata estava certa. Reclamar da injustiça não seria útil para ninguém.

— Seu povo nunca deu ouvidos a você antes, mas agora vai. — Renata apertou os ombros de Alessa. — Vença a batalha e nós poderemos dar um jeito de salvá-lo. Mas, primeiro, você precisa vencer. Não desperdice o sacrifício dele. Pegue o poder que esse sacrifício lhe dá e *use-o*. Ele não é o único que precisa ser salvo.

Quarenta e três

Belle parole non pascono i gatti.
Elogios não enchem barriga.

DIAS ANTES DO DIVORANDO: 11

Ao pôr do sol, Alessa apresentou-se diante de uma multidão reunida na piazza. O silêncio da expectativa era tão profundo e a acústica tão perfeita que ela não precisou gritar.

— Hoje é um dia de piedade — começou Alessa. — O Consiglio decretou que o ghiotte será julgado após o Divorando e eu... — Ela respirou fundo. — Eu concordei. Como Dea nos ordena, os saverianos *devem* ser um povo de misericórdia, perdão e acolhimento, que protege uns aos outros das forças do mal e do caos.

Alessa olhou para um rosto mordaz sob o cabelo grisalho penteado para trás.

— Não há graça divina como o perdão, certo, Padre Ivini? — perguntou ela.

— Sua benevolência para com os ímpios é como ver o rosto de Dea. — Ivini assentiu, avaliando-a com olhos aguçados.

Alessa abriu um sorriso tão doce que esperava que ele tivesse dor de dente.

— É mesmo, não é?

Ela levou um tempão para encontrar os rostos mais sujos na multidão, as bochechas fundas e os olhos temerosos dos Marcados. Logo os portões da cidade se fechariam de vez e eles ficariam do outro lado. Eles a observavam para garantir que ela era forte o bastante para derrotar o enxame antes que os scarabeo descessem em suas casas decrépitas e os devorassem.

Enquanto eles estavam ali, os últimos aldeões afastados iam entrando pouco a pouco na cidade, passando por grupos de Marcados e mostrando o pulso nos portões para receberem suas atribuições na Fortezza.

Quando o Divorando chegasse, ela teria um exército às suas costas e magia nas mãos. Os Marcados tampariam as janelas e portas e se amontoariam dentro de casa, rezando e esperando que sobrevivessem para ver o amanhecer.

— Há cinco anos, fui escolhida por Dea para protegê-los, e não entendi o motivo. Eu não era a mais inteligente nem a mais corajosa. Nem sempre era gentil, e muitas vezes dizia a pior coisa nos piores momentos. Signor Miyamoto e Signora Ortiz tiveram uma trabalheira.

Algumas risadas irromperam, mas logo foram caladas.

— Dea me fez poderosa. A princípio, achei que era poderosa demais. Meu dom era um desafio para que eu me tornasse mais do que eu pensava que fosse. E, hoje, eu vou desafiar vocês. Tive um irmão que acreditava que eu sempre faria a coisa certa. O que é irônico, já que ele estava me pedindo para fazer a coisa errada na época, mas, como a maioria das irmãs, não dei ouvidos.

Ela fez uma pausa, com um sorriso indulgente para as risadas nervosas aqui e ali.

— Certa vez, pedi a uma pessoa que ela melhorasse, e ouvi que as pessoas não mudam, que são egoístas e cruéis e só fingem ser boas. Na época, eu discordei. E ainda discordo. Hoje, peço que vocês provem que estou certa. Nós temos falhas, somos imperfeitos e, muitas vezes, cheios de problemas, mas todos nós temos potencial para sermos mais. Aqueles que carregam a marca dos crimes cometeram erros. Alguns, graves. Eles roubaram, feriram e, de tempos em tempos, tiraram vidas. Eu sou sua Finestra. Eu também tirei vidas.

Alguns murmúrios preocupados flutuavam entre os grupos, mas ela insistiu.

— Não intencionalmente, e não por raiva, impulso ou vingança, mas conscientemente. Não sou tão diferente daqueles que roubaram para comer ou mataram para viver. Suspeito que muitos de vocês sintam o mesmo a respeito dos erros que cometeram, mas acredito em vocês assim como Dea acreditou em mim. E, se aprendi alguma coisa, foi que nós somos mais fortes quando amamos mais, perdoamos mais. Não menos.

Ela era mais forte por amar Dante, que cresceu convencido de que era mau. Ele assistira aos pais morrerem nas mãos de pessoas que conhecia e confiava, acreditou que a culpa de o medo e o ódio terem levado as pessoas à crueldade era dele. Dante podia até ser o último ghiotte vivo, mas não era a única pessoa que crescera acreditando que o pecado corria em suas veias, que seu legado era seu destino.

— Dea criou a Finestra porque a conexão é nossa salvação. Hoje, peço que vocês provem que ela está certa. Vamos barricar nossas portas e tampar os ouvidos contra os gritos daqueles que entregam nosso leite e preparam nossa cerveja ou vamos tentar salvar todas as almas que pudermos?

Silêncio.

Uma tosse solitária ecoou pela quietude e Alessa sentiu o estômago afundar enquanto se perguntava quanto tempo ficaria ali.

Um homem bem-vestido deu um passo à frente com o chapéu nas mãos.

— Não é uma fortaleza, mas a casa da nossa família comporta umas dez pessoas ou mais, e paredes de pedra são melhores do que nenhuma. — Ele gesticulou para uma mulher de roupas esfarrapadas com um bebê no quadril e uma criança agarrada à perna, e os pulsos marcados se fizeram visíveis quando ela se abraçou às crianças. A mulher irrompeu em lágrimas.

— Eu sou velho demais para ser um soldado, mas sou bom de braço — disse um homem moreno com músculos protuberantes. — Um dos Marcados pode ficar com a minha vaga na Fortezza. Prefiro jogar pedras nos insetos, de qualquer maneira.

Uma a uma, e depois em duplas e em grupos, as pessoas se apresentavam. Algumas se voluntariavam para lutar, outras, para oferecer seus lugares aos necessitados, várias outras para receber o grande contingente de pessoas em seus lares.

Centenas de pessoas voluntariando-se para enfrentar um exército de demônios, armadas com nada além de paus, bastões, facas e canos enferrujados, escolhendo lutar para que outros pudessem sobreviver.

Ah, se Dante pudesse ver isso… A fé de Dea neles não fora em vão. E, ao compartilhar o sacrifício, ninguém precisaria suportá-lo sozinho.

Juntos, protegemos. Divididos, esmorecemos.

E, de repente, ela compreendeu.

A chave para o poder de Alessa estivera ali o tempo todo.

Quarenta e quatro

Nessuna nuova, buona nuova.
Nenhuma notícia é uma boa notícia.

DIAS ANTES DO DIVORANDO: 11

Ainda se recuperando da epifania, Alessa não reparou que a porta da suíte estava aberta e quase caiu no chão quando alguém surgiu do nada.

— Ah, desculpa! — guinchou Saida.

Kamaria se levantou desajeitadamente do sofá, tomando cuidado com a perna machucada.

— Kaleb acordou e está com um mau humor dos infernos, mas não sabe nada do que está acontecendo, então a gente falou para ele voltar a dormir. O que foi que aconteceu lá fora? Dante vai ficar bem?

A compaixão no rosto delas foi demais para suportar, e Alessa desabou.

— Ah, não. — Kamaria foi mancando até ela e lhe deu um abraço esmagador, enquanto Saida lhe dava tapinhas nas costas.

Não tinha sido a primeira vez que Alessa chorava naquele dia, mas, dessa vez, ela estava chorando rodeada de braços amigos.

Quando o pior dos soluços acabou, Saida mandou Alessa se sentar e saiu apressada para juntar ingredientes para algo que ela jurava curar a tristeza.

Alessa estava sem fome, mas toda filha de confeiteiro sabia que a comida acalmava tanto o confeiteiro quanto o destinatário, então ela deixou Saida pôr a mão na massa.

Kamaria parecia aliviada por terem superado a parte emotiva e começou a contar nos dedos uma lista de aspectos não terríveis da situação atual.

— Um: ele está dentro da Fortezza, então não vai ser devorado pelos scarabeo. Dois: ao que parece, várias outras pessoas vão estar seguras também. Podemos pensar em algum plano depois do Divorando, mas, primeiro, precisamos passar por ele.

— Sério mesmo? — disse uma voz masculina indignada lá da porta. Era Kaleb, que agarrava o batente para ficar de pé. — Vocês estão dando uma festa sem mim? Chegar à beira da morte não foi suficiente para me render um convite?

— Estamos planejando, Kaleb — disse Kamaria.

— E cozinhando! — gritou Saida da cozinha.

— Usando nosso cérebro e nossas habilidades. — Kamaria sorriu como um gato prestes a dar o bote. — Com o que você poderia contribuir?

— Rá, rá, rá — disse Kaleb, e se virou para olhar para alguém que estava no corredor. — Não conseguiu ficar longe, não é? Me ajuda a entrar, sim?

Alessa se levantou enquanto Josef ajudava Kaleb a cambalear para dentro do quarto.

— Não era para você estar aqui. Eu prometi à Nina que riscaria seu nome da lista.

— Em troca de um segredo — disse Josef. — O segredo vazou, então o acordo acabou.

— Foi ela? — perguntou Kamaria. — Foi *ela* que contou a Ivini?

— Diz ela que não. — Josef parou, forçando Kaleb a parar com ele. — Nina estava com medo e tentando me proteger antes, mas ela não é má. Dante na prisão não ajuda ninguém.

— Então, se ela manteve a parte dela do acordo... — disse Alessa em tom de pergunta.

— Eu fiz minha escolha. — Josef ajudou Kaleb a se sentar no sofá. — Quer ela goste ou não, estou aqui para ajudar.

Saida limpou a farinha das mãos e foi até eles com uma bandeja de xícaras de chá. Kaleb fungou a dele e resmungou sobre acrescentar algo mais forte.

— Mais alguma distração antes de continuarmos? — perguntou Kamaria. — Alguém aí precisa ir ao banheiro? Todo mundo já pegou seu lanchinho? Sua bebida preferida?

— Não — resmungou Kaleb, olhando para o chá.

— Ownnn, o bebê precisa de uma sonequinha?

Kaleb deu a língua para ela.

— Se todos nós estivermos satisfeitos, então chegou a hora de decidir quem vai substituir Kaleb. Eu posso não estar nas melhores condições da minha vida, mas, se me arrumarem um par de muletas melhor, estarei lá.

— Qualquer um de nós iria — disse Saida. — Você decide.

A ideia de Alessa entrou totalmente em foco quando todos voltaram a se voluntariar. Por dias, as peças estiveram fora de seu alcance, mas ver tanta gente se oferecendo para abrir mão da própria segurança ajudou a forjar a conexão final.

— Acho que as escrituras estão erradas.

— Quer ser mais específica? — disse Kamaria.

— Desculpa — respondeu Alessa. — Ainda estou refletindo. Tá bom, então, de todas as pessoas de Saverio que Dea poderia ter escolhido, ela deu esse dom para *mim*, sabendo quem eu sou. Sabendo o quanto odeio ficar sozinha. O quanto queria fazer parte de uma comunidade. Criar laços e ter amigos.

— Aaaahhh, abraço em grupo. — Saida deu um passo à frente com os braços abertos.

Kamaria a puxou de volta pela saia.

— Deixa ela terminar.

— A doutrina sagrada diz que eu precisava perder minha identidade e ficar isolada do mundo para formar o tipo de conexão de que Finestra e Fonte precisam, mas estou começando a achar que talvez essa merda seja mentira.

— *Finestra*. — Kaleb arfou com um horror fingido. — Mas que *linguajar* é esse?

— Cale a boca, Kaleb — disse Kamaria.

— Cale a boca, Kamaria — rebateu Kaleb, imitando o tom de voz tão perfeitamente que Saida teve uma crise de riso.

— Já que estamos no assunto — disse Alessa —, será que todos vocês podem usar meu nome, por favor? Eu sei que existem regras, mas acho que algumas se perderam ao longo das últimas centenas de anos.

— Danem-se as regras — disse Kamaria. — Regras são superestimadas.

Alessa sorriu.

— Bom, hum, oi. Eu sou a Alessa Paladino. Prazer em conhecer vocês oficialmente.

— Alessa? — repetiu Kaleb. — Sério? Para mim, você tinha cara de Mary, talvez Marie.

— Que aula de teologia divertida — disse Kamaria, ganhando uma cotovelada de Kaleb. — Mas você ainda não nos disse quem vai segurar sua mão quando os insetos chegarem.

— É isso que estou tentando dizer. — Alessa respirou fundo. — Eu meio que esperava que fossem… todos vocês.

Quatro pares de olhos a encararam sem expressão.

— Eu acho que Kaleb desmaiou porque cada um de vocês estava absorvendo uma parte do meu poder, então ninguém ficou sobrecarregado, mas, quando vocês me soltaram, a energia foi toda para ele, e foi coisa demais.

— E o que isso significa? — perguntou Josef.

— Significa que eu *deveria* ter mais de uma Fonte. Simultaneamente.

— Uau — disse Saida. — Nenhum dos textos nunca mencionou algo do tipo.

— Será que não? — Alessa abriu um sorriso triste. — *Juntos, protegemos*. Está em todas as músicas. Em todos os murais. Talvez fosse isso que Dea esperasse desde o início. Ela nos disse para encontrarmos segurança na conexão. Na comunidade. Nós, o *povo*, anotamos essa ideia e a transformamos em um milhão de regras que controlavam tudo que uma Finestra podia vestir, tocar, amar ou falar. Os deuses não criaram essas regras. *Nós* criamos.

— O apocalipse vai chegar em... — Kaleb fingiu conferir o relógio. — Dez dias? Onze? Quem dá conta de acompanhar? E nós estamos jogando o livro de regras no lixo. Que legal. E a parte que diz que os ghiotte são maus?

Alessa não conseguia sorrir.

— Essa parte pode levar mais tempo para consertar, mas vamos dar um jeito depois que salvarmos o mundo.

— Uma *equipe* de Fontes? — Josef ainda parecia atordoado.

Kaleb pigarreou.

— Eu soube por gente bem confiável que o plural correto é *Fonti*.

Kamaria lhe deu um soco no braço e eles deram início a uma guerrinha infantil de tapas.

Alessa assistiu à briga com uma intensa afeição. A *Verità* podia até ter dito que não amar ninguém era a única maneira de amar a todos, mas ela se apaixonara por Dante e, no momento, seu coração seria capaz de explodir de amor pelos amigos.

O amor não exigia perfeição. As pessoas — humanas, falhas, imperfeitas — que haviam começado a escrever a *Verità* centenas de anos antes podiam até ter dado início ao trabalho no caminho certo, mas acabaram se perdendo ao longo do processo, como um pêndulo empurrado para tão longe que acabara arrebentando. E, se elas erraram a respeito disso, podiam ter errado a respeito de outras coisas.

Alessa tentara ser como Renata — forte e estoica, escondendo as emoções por baixo de uma camada de fria indiferença —, e não tinha dado certo. Ela tentara ser o que achava que os deuses queriam que ela fosse, o que lhe disseram que o povo precisava que ela fosse, e isso só lhe rendera três consortes mortos e uma casca em volta do coração. Alessa fora tolhida até jogar as regras no lixo, fechar os livros sagrados e se deixar ser o caos de emoção, teimosia e distração que era.

Seu erro foi fingir ser outra pessoa.

Ela ainda era Alessa. Era uma pessoa, uma filha, uma irmã, uma amante, uma amiga. Ela não precisava largar esses papéis para se tornar Finestra. Só precisava reorganizar os que já tinha. Podia até ser um ponto na tapeçaria, mas cada ponto tinha um propósito, e os fios não podiam se tornar arte sem eles.

Para se tornar uma entre muitas, Alessa precisava ser *uma*.

E, para vencer a batalha, precisava dos amigos.

Quarenta e cinco

Tardi si vien con l'acqua quando la casa è arsa.
É tarde demais para água quando a casa já pegou fogo.

DIAS ANTES DO DIVORANDO: 7

Quando faltava uma semana para o Divorando, Alessa já não aguentava mais.

Saida e Kamaria estavam dormindo na cama de Alessa depois de a Finestra fazer toda uma cena para mostrar que tinha "dormido sem querer" no sofá, e Josef e Kaleb estavam na suíte da Fonte, então, quando saiu de fininho do quarto e fechou a porta devagar, a barra deveria estar limpa. Mas Kaleb, como sempre, era um pé no saco.

— Indo embora sem mim? — disse ele, ofegante, apoiado no parapeito.

— O que você está fazendo fora da cama?

— Estava sem sono e ouvi seus passos pesados por aqui. Vou com você.

— Vai aonde? — perguntou ela, inocentemente.

Ele lhe lançou um olhar de absoluta exasperação.

— Se você disser que me levou para ver o monstro com meus próprios olhos, talvez não seja acusada de traição. Eu queria repreender o vira-lata que ousou sujar meu anjo, ou algo do tipo. — Ele agitou a mão com desdém. — Vem, me ajuda a descer a escada.

Alessa não queria a companhia de ninguém e não queria compartilhar os poucos instantes roubados que tinha com Dante, mas Kaleb estava certo.

Eles pararam no meio do pátio para que Kaleb pudesse recuperar o fôlego.

— Ninguém se perguntou por que eu não tenho perambulado por aí? Sério mesmo?

— Nós dissemos a todo mundo que você tem levado seus deveres tão a sério que acabou se tornando um eremita. Se bem que sua aparição foi bem útil. — No dia anterior, Kaleb acenara magnanimamente do parapeito do corredor para os criados.

— Você vai soltá-lo, não vai? — Kaleb se encolhia a cada passo, afundando os dedos no braço dela. A mão livre estava branca no parapeito.

— Não posso. Ivini mandou seus seguidores nos apoiarem em vez de lutarem contra nós, e tudo iria por água abaixo se eu me aliasse a um ghiotte. Eu não posso correr esse risco, ainda mais depois que todo mundo concordou em deixar os Marcados entrarem. Finalmente estamos unidos.

— É — disse Kaleb. — Contra alguém que não merece isso.

— Para a surpresa de todos, no fim das contas, todo esse lance de salvadora divina não é *exatamente* tão divertido quanto fizeram parecer.

— Não é *divertido*? Qual parte disso aqui não é divertida? — Kaleb riu pelo nariz. — Eu estou me esbaldando, você não?

— Todo dia é uma festa.

— Carnevale da manhã à meia-noite!

— Um aniversário que nunca acaba.

À medida que desciam lentamente pela Fortezza, deixaram para trás as paredes lisas do corredor principal, indo para túneis mais antigos e ásperos e, por fim, chegando às catacumbas. Kaleb estava tremendo e suando apesar do frio úmido, e os ecos dos seus chiados davam a impressão de que os milhares de crânios que revestiam as paredes estavam respirando.

Havia dois guardas sonolentos do lado de fora da cripta onde todas as Fontes e Finestras falecidas haviam sido veladas.

— Viemos rezar pelo... — Alessa estava com dificuldade de dizer as palavras.

— Monstro revoltantemente hediondo — Kaleb completou para ela, e falou mais alto do que precisava. Ele fez uma careta e acenou para espantar os guardas. — Caiam fora daqui, sim? Já é ruim o bastante sem ter ninguém encarando.

Os guardas trocaram olhares irritados, mas os deixaram passar.

O mausoléu era todo feito de pedra, com tumbas individuais de cada lado e fechado para que nada perturbasse o sono eterno dos ocupantes.

Quando chegaram à primeira cripta vazia, que Alessa percebeu, com um sobressalto, que poderia ser dela um dia, ela conseguiu enxergar a figura solitária no escuro.

No dia em que Alessa o conhecera, Dante estava em uma jaula, mas ele parecia magnífico, dominando o espaço com poder e graciosidade. Agora, estava caído em um canto, com os olhos opacos e sem vida. E a culpa era dela.

Talvez ela tivesse se jogado nas grades chorando se Kaleb não tivesse interrompido o momento.

— Você não está morto — disse Kaleb alegremente.

— Nem você. — Dante se levantou devagar, como se qualquer movimento fosse um esforço imenso.

— Não sei se você ouviu falar, mas ela se esforçou ao *máximo* — falou Kaleb em um sussurro nada baixo após se inclinar perto das grades.

— Ela também tentou me matar algumas vezes. — Os lábios de Dante se curvaram num meio-sorriso.

— Primeiro ela tortura, depois coloca atrás das grades? — Kaleb balançou a cabeça. — Mulheres.

— Sim, isso obviamente é coisa de *mulher*. — Alessa revirou os olhos.

Mas Alessa poderia ter dado um beijo em Kaleb por fazer pouco caso da situação. Dante não conseguia disfarçar a própria infelicidade; cada movimento era carregado de tensão, desde os dedos inconscientemente cerrados até o tique na mandíbula. Aquilo quase a destruiu.

—Alessa contou a teoria dela a você? — Kaleb perguntou a Dante.

Depois que ela terminou de explicar, Dante não disse nada a princípio, apenas encarou a parede. E então:

— Todos eles, é? Não dava para ter pensado nisso algumas semanas atrás?

Eles riram por tempo demais, sentados no escuro, com barras os separando e túmulos de mármore por toda parte, em meio à correria de ratos e insetos, a poucos dias do Armagedom.

Kaleb lhes deu um sorriso encabulado.

— Bom, tenho certeza de que vocês gostariam de um pouco de privacidade, mas eu acho que não consigo subir as escadas sem ajuda. — Ele se voltou para Alessa. — E você não deveria ficar aqui sozinha.

Dante ficou tenso.

— Relaxa — disse Kaleb. — Não o estou acusando de nada. Bom, quer dizer... ah, não é da minha conta. Na verdade, acho que é, sim, da minha conta? Mas não quero que seja, então, enfim, temos que manter as aparências e dar a *impressão* de que ela o odeia, então eu vou só... virar de costas por alguns minutos.

Era o mais perto que eles chegariam de ficarem a sós, então Alessa ignorou a presença de Kaleb e pressionou o rosto nas grades. Dante a encontrou ali, pele quente emoldurada pelo metal frio. Ela passou as mãos no tecido manchado de sua camisa e o puxou para o mais perto possível.

O único som foi o da respiração áspera de Dante.

— Não vai demorar muito — sussurrou ela. — Eu nunca vou deixar isso acontecer com você de novo.

— Não faça promessas que não pode cumprir, *luce mia*. — Dante beijou sua testa por trás das grades. — E não se preocupe comigo. Já passei por coisas piores. Provavelmente vou passar de novo.

— Como foi que você sobreviveu a isso por todos esses anos? — As bochechas de Alessa ficaram encharcadas de lágrimas.

Dante fez um som baixo e exausto.

— Nem queira saber.

— Quero saber tudo que você estiver disposto a compartilhar comigo. — Ela levantou a mão de Dante para traçar as linhas de sua palma suja de terra, procurando memorizar a sensação de cada calo e cada tendão tenso. Levando-a à boca, ela deu um beijo na mancha escura na parte de dentro do pulso, tudo que havia restado da tatuagem falsa, em um pedido de desculpas silencioso. — Você não precisa me contar nada. Muito menos agora. Não é a hora.

— Estou em uma cela de prisão. Me parece o momento perfeito para confissões. — Dante puxou a mão de Alessa pelas grades e a segurou contra sua bochecha áspera. — Ele me provocava.

Alessa engoliu em seco. Ela aprendera a reconhecer a entonação da palavra "ele" quando Dante falava de seu captor. Ele nunca dizia o nome do homem, e ela suspeitava que jamais fosse dizer. Nomes tinham poder, como Dante sabia.

— Ele gostava de me lembrar que eu era o último ghiotte. "Você está sozinho e morrerá sozinho. E, quando isso acontecer, não sobrará mais nenhum." Como se ele soubesse que isso acabaria comigo.

— Acho bom os scarabeo o devorarem bem devagar.

Dante bufou uma risada.

— Mas ele estava errado. E me agarrei a isso por três anos.

Alessa se ressentiu do tremor involuntário que seu corpo conjurou ao pensar em outros ghiotte rondando as florestas de Saverio, como sempre imaginara em seus pesadelos, mas era difícil esquecer uma vida inteira de fábulas.

— *Existem* outros? Em Saverio?

— Não mais. — Dante relaxou a mão, uma permissão tácita para ela se afastar, mas não foi o que ela fez. — Quando me libertei e fui encontrá-los, já estavam mortos. Queimados nas próprias camas. Não sobrou nada das casas além de cinzas e ruínas.

Alessa fechou os olhos para evitar as lágrimas que ardiam no canto dos olhos.

— No início, me recusei a acreditar. Fui à aldeia mais próxima, certo de que eles estariam lá, e vi minha tia. Ela mal olhou para mim, me disse para ir para o mais longe possível, mudar de nome e nunca mais voltar. Ela não é ghiotte, então foi poupada, mas o tio Matteo e Talia… se foram.

Não é à toa que ele praguejava contra os deuses. Crollo podia até ter tornado o corpo dele imune a ferimentos, mas não o coração. Alessa se recusava a acreditar que Dante *era* amaldiçoado, mas não dava para negar que a vida dele tinha sido. Mesmo assim, de alguma forma, ele seguiu nadando contra um oceano de dores, lutando contra a corrente que fazia de tudo para afogá-lo, transformá-lo no monstro de Crollo.

— Está quase acabando. — Ela entrelaçou os dedos nos dele. — Logo, logo, tudo vai se resumir a céus claros, gatos e praias para sempre.

Ele abriu um sorriso triste.

— Você vai se sair muito bem, sabia?

— Eu lutaria melhor se tivesse o mais empenhado guarda-costas de Saverio cuidando de mim. — Ela acariciou as costas da mão dele com o polegar.

O suspiro de Dante foi tão cheio de remorso que ela sentiu nos dedos dos pés.

Os dias finais voaram em um borrão vertiginoso de preparativos enquanto a Fortezza se preparava para se transformar em um hospital, o exército arrumava seus postos de batalha e a milícia improvisada praticava com seus armamentos feios, mas de aparência eficaz, na piazza.

Alessa e as Fontes treinaram sem cessar.

Eles bolaram um sistema, uma espécie de revezamento, para garantir que todos tivessem a chance de respirar e recuperar suas forças, assegurando que ninguém acabaria sozinho para suportar o impacto do poder de Alessa. Mesmo agora, as poucas vezes em que a sincronização se perdeu deixaram as Fontes em agonia.

A cada dia, o poder dela crescia, como se também pudesse sentir a escuridão que pairava no horizonte.

Dante também pairava, o rosto dele surgindo na mente de Alessa o tempo todo, não importava o quanto fosse inoportuno, e, todas as vezes, seu poder divagava com ela.

Kaleb não participou dos treinos, embora tivesse se oferecido, mas teve permissão para ficar sentado em uma cadeira, coberto com mantas, apesar dos protestos irritados de que estava parecendo um velho triste.

Três dias antes do Divorando, o treino foi interrompido por uma cozinheira que torcia as mãos nervosamente em um avental coberto de farinha.

Ao que parecia, um certo entregador havia formado uma barricada dentro da despensa e se recusava a ir embora a menos que Alessa falasse com ele. A garota até poderia ter chamado os guardas para arrombar a porta e arrancá-lo dali à força, mas parecia que o pessoal da cozinha gostava bastante do rapaz encantador da confeitaria, e todos esperavam que Alessa não insistisse nessa opção.

— Traidores — murmurou Alessa. Depois de mandar a cozinheira transmitir uma mensagem cuidadosamente formulada com um monte de palavrões, Alessa resumiu seu último encontro com o irmão bitolado para as Fontes antes de conduzir Saida, Josef e Kamaria para o andar de baixo.

Kaleb ficou para trás, emburrado por ficar de fora da diversão.

O pessoal da cozinha saiu quando Alessa chegou.

— Vá para casa, Adrick — disse ela, olhando feio pela porta rachada da despensa.

— Só depois que você me ouvir.

— Na última vez em que eu o ouvi, você tentou me convencer de que eu deveria me matar.

— Você gostaria que a gente o fizesse ir embora, Finestra? — Josef se aproximou da despensa. — Posso congelá-lo com prazer, ou Kamaria poderia incendiar a porta.

Kamaria estalou os nós dos dedos ruidosamente. O cabelo de Adrick voou ao redor do rosto quando Saida se juntou a eles.

— Eu fui um babaca e sinto muito — disse Adrick. — Se você preferir me incendiar a me ouvir, que seja, mas eu não vou embora.

Alessa grunhiu.

— Deixem a gente a sós um minuto, mas, se eu gritar, podem vir correndo.

Kamaria, Josef e Saida se retiraram para a outra ponta da cozinha de cara feia enquanto Adrick saía de fininho da despensa.

— Sinto muito — disse ele, de ombros caídos. — Estou me sentindo péssimo desde que... bom, você sabe. Mas eu realmente achava que estivesse fazendo a coisa certa. Como é que eu poderia saber que você estava sendo sabotada? Nem sabia que os ghiotte ainda existiam!

Alessa flexionou os dedos. O propósito era aquele, não era? Deixar Dante levar a culpa para que ela fosse absolvida? Mesmo assim, era exasperante ouvir isso dos lábios de Adrick.

— Eu fiquei muito, mas muito bêbado naquela noite, porque estava arrasado, e o irmão com quem estava bebendo não parava de divagar sobre um menino que ele tinha tentado salvar da danação, jurava que era um ghiotte, e o rastreou até a cidade onde o menino estava lutando por dinheiro... enfim, levei dias para entender por que o nome soava tão familiar, mas, no fim das contas, veio o estalo.

Alessa praguejou.

— Contei a Ivini assim que descobri — prosseguiu Adrick, indiferente. — E ele salvou você, então estamos quites, certo?

— Foi *você* que contou a Ivini? — As mãos de Alessa se coçavam para enforcar o irmão. — Porque achou que isso me faria *perdoar* você? Se você não fosse meu irmão, eu o mataria.

Adrick moveu os lábios numa confusão silenciosa.

— Eu... eu achei... Alessa, ele é um ghiotte!

— Estou sabendo — disse ela. — Um ghiotte que salvou minha vida mais de uma vez, inclusive quando meu próprio irmão tentou me convencer de que eu deveria *me matar*. Então, é por isso que você está aqui? Para assumir o crédito por ter me salvado de um ghiotte? Dante me *ajudou*. Ele *acreditou* em mim. *Ele* nunca me traiu. Peço desculpas por trazer essa notícia, Adrick, mas você não pode jogar a culpa para cima dele. Ainda gostaria que eu tivesse tomado aquele veneno?

Adrick expirou, trêmulo.

— Não. Não, estou muito feliz por você não ter tomado. Você é minha irmã. Eu amo você.

Ela revirou os olhos.

— E… — Ele se encolheu. — E porque chegou um navio de Altari uma hora atrás, cheio de gente.

— Altari? Por quê? — perguntou Alessa. — A Finestra deles é ainda pior do que eu?

Adrick engoliu em seco.

— A Finestra deles morreu.

O ar batia contra os tímpanos de Alessa.

— E não surgiu uma nova. A ilha deles está completamente desprotegida.

— Você está dizendo que existem *duas* ilhas contando comigo agora? — concluiu Alessa.

Justo quando ela achava que não tinha como o peso da responsabilidade ser mais intenso.

— E aí aconteceu o quê? Você ouviu a história deles e se deu conta de que *você* poderia ter sido responsável por deixar duas ilhas na mesma situação?

Adrick parecia se encolher cada vez mais.

— Nada legal, não acha? Bem-vindo à minha vida, Adrick. É bem mais fácil culpar outra pessoa quando as coisas dão errado do que quando as *suas* decisões têm péssimas consequências. Se eu tivesse tomado aquele veneno, a população de duas ilhas estaria à espera da morte.

— Vai lá — disse Adrick categoricamente. — Pode deixar eles me transformarem em uma estalactite de gelo ou numa tocha ou sei lá o quê.

— Você chegou a ver meu irmão, o Shomari? — interrompeu Kamaria, incapaz de fingir que não estava bisbilhotando por nem mais um segundo. — Ou tem mais navios a caminho?

Adrick fez uma careta.

— Eles embarcaram as pessoas mais vulneráveis nos navios mais rápidos e as mandaram primeiro. O pessoal que tem dons ficou com o último e mais lento, porque vão ter mais chance de se defender se não conseguirem chegar a tempo.

Kamaria murchou.

— Mas ainda dá tempo. A gente pode juntar todo um exército de Fontes no pico!

— Hum — disse Adrick, parecendo meio pálido. — Mas o vento não soprou o dia inteiro. Esse navio mal conseguiu chegar.

A visão de Alessa de um exército de Fontes sumiu num piscar de olhos, mas a decepção perdia a força em comparação com o horror de pensar em um navio encalhado no mar quando os scarabeo chegassem.

— Eu tenho o dom de fazer vento — disse Saida. — Essa é minha deixa para correr para as docas?

E, assim, com Kaleb enfraquecido, Kamaria ferida e Saida partindo em uma desesperada missão de resgate, a recém-descoberta equipe de Fontes de Alessa definhou mais uma vez.

QUARENTA E SEIS

Le leggi sono fatte pei tristi.
As leis foram feitas para os rebeldes.

DIAS ANTES DO DIVORANDO: 2

A última sessão de treinamento de Alessa com as Fontes restantes estava indo de mal a pior. O dia seguinte era reservado para oração e descanso, enquanto a Finestra e a Fonte pediam as bênçãos de Dea, os soldados preparavam as armas e o que restava de Saverio se acomodava em seus aposentos marcados dentro da Fortezza, que seria trancada à meia-noite. Ela precisava de cada minuto de prática, mas era impossível se concentrar.

Saida ainda não retornara, então, em algum lugar além do horizonte, um navio inteiro de Fontes estava perdido no mar, desprotegido. O tempo tinha ficado caótico — chuva gélida em uma hora, sol escaldante na seguinte, tempestades de vento repentinas arrancando telhas de telhados e fazendo-as rolar pela piazza feito folhas de outono — e cada mudança climática era pontuada por tremores da própria ilha.

Enquanto isso, Dante estava mofando em uma cripta e Alessa era incapaz de fechar os olhos sem visualizar paredes de mármore rachando e grades de metal gritando debaixo um teto que desmoronava em um amontoado de escombros. A Cittadella havia resistido a cada Divorando anterior, e Dea também manteria a estrutura de pé durante o seguinte, mas Alessa sentia um embrulho no estômago toda vez que pensava em Dante enjaulado e sozinho na escuridão.

Alessa tinha um trabalho, uma responsabilidade — usar o dom de Dea para salvá-los —, mas, naquele último treino, quando deveria estar no auge, ela não parava de derrapar, perder o controle e sobrecarregar seus companheiros de treino.

Ela insistia que era apenas nervosismo, mas não era.

Alessa tinha visitado Dante duas vezes antes de Renata flagrá-la voltando e proibi-la de fazer isso de novo. A cada vez, ele parecia mais abatido do que a anterior. Talvez ambos fossem morrer em breve, e os últimos suspiros de Dante aconteceriam exatamente com a mesma tristeza da qual ele fugia havia anos.

Kaleb jogou as cobertas no chão e se levantou.

— Chega.

— Chega de quê? — rebateu Kamaria. Sua perna ferida tinha desistido uma hora antes e ela estava sentada no chão, rebelde.

— Ela está caindo aos pedaços.

— Desculpa. — Alessa se encolheu. — Não vai acontecer durante a batalha, prometo.

Kaleb fez uma careta.

— Só me deixa dar um jeito nisso.

Kamaria olhou feio para ele.

— Dar um jeito no *quê*?

— Ocupar o lugar dele. Óbvio. Todo mundo sabe por que ela está um caos. Eu tiro uma soneca atrás das grades e você vai ter condições de se concentrar na luta.

— Acho que o povo de Saverio não vai trocar a Fonte por um ghiotte. — Alessa franziu a testa.

— O povo não precisa saber — disse Kaleb sombriamente. — Para quem tem medo de chegar perto demais, não faz diferença que homem está dentro da cripta.

— Se as pessoas descobrirem…

— Eles trancam a Fortezza até o fim da batalha, e qualquer um que tentar abrir os portões depois da meia-noite é expulso. Eu só preciso evitar me virar até que os portões sejam fechados e pronto. É bom para todo mundo, sério. Menos para mim.

— Por que você faria isso?

— Ele vai ser muito mais útil do que eu naquele pico. — Kaleb cutucou as unhas. — Não posso dizer que estava ansioso para lutar, mas, no fim das contas, estou ainda menos animado para ficar de bobeira escondido debaixo das cobertas que nem um imbecil sem nenhuma utilidade. Então, dá logo uma espada para ele e me enfia no meio dos mortos. Pelo menos vou ajudar de *alguma* maneira.

— E qual é sua sugestão para trocarmos vocês de lugar sem ninguém notar? — perguntou Kamaria.

— Vocês esperam que eu faça todo o trabalho por aqui? — Kaleb se jogou na cadeira.

— Tenho uma ideia. — Alessa se iluminou de esperança. — Por acaso eu tenho um irmão que me deve um favor.

— E aí? — perguntou Kaleb, saindo de trás da tela de Alessa. — Que tal? — Usando as roupas do guarda-costas e graxa para escurecer o cabelo, Kaleb poderia ter se passado por Dante para a maioria das pessoas. Mas não para Alessa. Talvez, se não olhasse diretamente para ele. Não, nem mesmo assim. Mas o disfarce teria que servir.

Até onde Renata e Tomo sabiam, Alessa, Kaleb, Kamaria e Josef estavam abrigados na suíte da Finestra, bolando estratégias e trocando conselhos de última hora. Não era *totalmente* mentira. Eles só precisavam garantir outra vitória primeiro.

Kaleb se encostou na parede, cruzou os braços e fez cara feia para Josef e Kamaria.

— Nada mal, hein?

— Cirúrgico — disse Alessa. Parecia errado rir num momento desse, mas todos estavam nervosos e rir talvez fosse a melhor válvula de escape.

— Você só precisa deitar e não se mexer. Não é hora de ficar se achando. — Kamaria cutucou Kaleb nas costelas.

O rapaz olhou para Kamaria de nariz empinado, pegou uma grande capa verde-musgo com forro magenta e a passou por cima dos ombros.

— Kammy, eu não me acho, eu *sou*.

— Ridículo. — Kamaria fez que ia vomitar. De calça bege amarrada na cintura com uma corda e os cabelos cobertos por uma boina xadrez, Kamaria parecia o entregador mais bonito do mundo. Com sorte, ninguém a reconheceria nem se perguntaria por que havia tantas Fontes zanzando pelas criptas horas antes de a Cittadella ser trancada em preparação para o Divorando.

— Será que a gente pode, por favor, se concentrar na tarefa? — pediu Alessa. — Josef, você vai ficar esperando. Kamaria?

— Pronta. — Kamaria tirou uma caixa de fósforos do bolso e riscou um palito. Com um clarão, ela fez o ponto de fogo bruxuleante pular do fósforo para um lampião em cima da mesa mais próxima, aumentando e diminuindo a chama até ficar exatamente do jeito que queria. — Vai ser divertido.

— Se não formos pegos — disse Alessa.

— O que eles vão fazer? — perguntou Kaleb. — Nos expulsar? Tarde demais agora. Eles trancam tudo à meia-noite. Ninguém entra e ninguém sai até que a batalha seja ganha. Ou perdida. Mas, por favor, não percam. Eu vou ficar pê da vida se passar meus últimos dias dentro de uma cela nojenta.

Alessa bufou.

— Acho que estamos prontos, então.

Kamaria deu uma piscadela atrevida para Alessa e inclinou a boina.

Abaixo da Cittadella, vozes ecoavam do túnel principal.

O ar estava carregado com as respirações compartilhadas e com o barulho constante das pessoas. Havia gente por toda parte.

Alessa e Kaleb paravam o tempo todo para receber palavras de estímulo e trocar sorrisos solidários com os altarianos, que se misturavam aos saverianos.

De braço dado com Alessa, Kaleb abria sorrisos e mandava beijos, balançando a capa de um jeito bem espalhafatoso para garantir que todos o vissem usando-a.

Os portões ficariam abertos por mais uma hora.

Eles viraram no último corredor para as criptas e deram de cara com a entrada bloqueada por uma multidão de civis e meia dúzia de membros do culto vestidos com túnicas, incluindo Ivini.

Um dos integrantes era Adrick, que lançou um olhar severo para Alessa, levantou a mão como se fosse coçar a orelha e fez um sinal de "Eu tentei".

Alessa cerrou os dentes. O único trabalho de Adrick tinha sido convencer Ivini a deixá-lo vigiar o ghiotte durante a noite. Ele deveria estar *sozinho*. Em vez disso, aquilo tinha virado uma verdadeira festa de pessoas que ela não queria ver.

— Ah, Finestra, Fonte — disse Ivini com brilho nos olhos ao ver Alessa e Kaleb. — O que traz vocês aqui embaixo?

Alessa sorriu com uma graciosidade inofensiva.

— Uma última visita para rezarmos pela criatura, Padre. Ao abençoá-lo, espero mitigar a mortalha que ele lança sobre nossa Fortezza.

— Maravilha — sussurrou Ivini. — Viemos fazer o mesmo. Você deve ter ouvido, assim como eu, que os bravos soldados que o vigiavam tiveram que se apresentar para a batalha, mas não tema, nós prometemos assumir a posição deles. Vamos garantir que o prisioneiro seja bem vigiado.

— Que ótimo — disse Alessa, revirando as mãos dentro dos bolsos. Hora do plano B.

Alessa conduziu a procissão absurdamente grande para dentro das criptas e se ajoelhou diante da prisão de Dante. Ele estava encolhido lá nos fundos, no chão, e não se mexeu apesar do barulho de tanta gente do lado de fora.

Ela sentiu o coração martelar nos ouvidos, mas começou a recitar a bênção de Dea o mais lentamente possível. Dante não deu o menor sinal de vida.

Dea, se você realmente me ama, agora é o momento perfeito para um milagre.

Em vez disso, ela ganhou uma pedrada.

A pedra bateu nas grades e ricocheteou nela. Alessa virou-se de frente para a multidão.

— Quem foi que jogou isso?

Rostos impassíveis. Um garotinho levantou a mão.

— Não estava mirando em você, senhora. Achei que podia acertar o ghiotte.

— Estamos aqui para rezar. — Alessa se enfureceu.

— Mas ainda não tive minha vez.

O menino grasnava enquanto um homem — provavelmente seu pai — o puxava de volta pela camisa, sibilando para que ele ficasse quieto.

Sua vez. Ele não tivera *sua vez* de jogar uma pedra em um ghiotte.

A imobilidade de Dante era mais sinistra do que nunca. Ela jamais tivera tanta dificuldade de fingir calma e controle.

Justo quando as coisas não poderiam piorar mais, Nina chegou.

Quarenta e sete

In bocca al lupo / Crepi il lupo.
Na boca do lobo / Que o lobo morra.

DIAS ANTES DO DIVORANDO: 1

— **Padre, o senhor não deveria se aproximar dessa criatura.**
— Nina fungou, esticando o queixo. — Ah, olá, *Josef*. Engraçado
encontrar *você* aqui. Ainda está executando as tarefas da Finestra?

— O dever me chamou — disse Josef, tão orgulhoso quanto um
pavão. — E eu atendi.

— Com certeza chamou. — Nina olhou para o teto e piscou
como se tentasse não chorar. — Eu sabia que você ia voltar correndo para ela. Ela claramente o cativou com toda a beleza e a benevolência. Como uma reles mortal pode sequer competir?

Josef se empertigou ainda mais.

— Nós estamos enfrentando o fim do mundo, Nina. O futuro
de cada ser vivo de Saverio é mais importante do que seus sentimentos bobos.

— *Sentimentos bobos?* — Nina ficou boquiaberta.

— Misericórdia — murmurou Kamaria de algum lugar na multidão, e todos os lampiões se apagaram.

Nina deu um berro ensurdecedor, então não havia nada além de briga, gritos e Kaleb sussurrando no ouvido de Alessa:

— As coisas estão indo maravilhosamente bem, não acha?

Alessa tirou uma das mãos sem luva do bolso. Uma mãozinha a segurou, e ela sentiu um embrulho no estômago.

Gritos consternados ecoaram pela cripta, pedindo que alguém reacendesse os lampiões, mas todos os fósforos acendidos se apagavam imediatamente.

A mãozinha sumiu e um tecido de seda roçou seu braço.

— *Ninguém* tem luz aí? — perguntou a Finestra.

Uma chama se acendeu, tão brilhante que Alessa teve que proteger os olhos.

Kamaria, com a boina puxada para fazer sombra no rosto, desfilou até ela, segurando um lampião.

— Aqui, senhorita — disse ela com a voz grave. — O meu parece estar funcionando.

Ivini pegou o lampião antes de Alessa.

Ele ignorou uma enxurrada de suspiros indignados, correu até o portão de metal da prisão de Dante e, na pressa, bateu o lampião nas grades. A mesma forma imóvel jazia curvada lá nos fundos.

Com olhos semicerrados de suspeita, Ivini abaixou a luz para analisar o pesado cadeado, inteiro e intocado.

— Com licença — pediu Alessa.

Ivini resmungou em voz baixa e devolveu o lampião.

Alessa puxou seu acompanhante em direção ao corredor, onde uma quantidade suspeita de lampiões havia se apagado. A capa com capuz sombreava o rosto dele, mas não o suficiente para disfarçar os hematomas a uma distância tão curta.

— O que foi que fizeram com você? Achei que eles não tivessem chave.

— Ninguém precisa de chave quando pode jogar pedra — disse Dante entredentes.

A raiva ardia nas veias de Alessa, mas teria que esperar. Ela planejara uma marcha rápida pelos andares lotados com um Dante alerta e a acompanhando. Em vez disso, seu braço pesava nos ombros dela, ele parava de andar o tempo todo e, enquanto avançavam com cuidado em direção aos andares mais cheios de gente, cada rosto que se virava para olhar lhe causava uma onda de medo.

Ela lançou um olhar desesperado por cima do ombro para Kamaria e Josef, que ficaram para trás e tentavam se misturar às centenas de saverianos que circulavam pela área.

As pessoas entrariam em pânico se corressem para amparar "Kaleb", mas seria pior se ele caísse. Pior ainda se todo mundo percebesse que não era Kaleb coisa nenhuma.

Por fim, chegaram ao corredor principal e ela conseguiu enxergar o portão da Cittadella.

— Quase lá — sussurrou Alessa. — Só mais um pouquinho.

Duas figuras entraram em seu caminho. Justo naquele momento.

— Finestra — disse a mãe, segurando firme o braço de papai. — Gostaria de um segundo do seu tempo.

Alessa posicionou os pés para escorar Dante.

— Estamos com um pouco de pressa, infelizmente.

— Por favor. — A voz dela falhou. — Seu irmão nos contou o que ele fez.

— Não tenho irmão nenhum — disse Alessa, sem emoção. — Nem família. — E ainda doía tanto quanto doera no dia em que ela foi embora.

— Eu sei que você está com raiva de mim, mas eu estava tentando fazer o que mandaram. O que os deuses queriam que eu fizesse. Adrick… — Ela levou a mão à boca.

— Ele deveria ter protegido você. — Seu pai puxou a barba curta. — E não feito… o que fez.

Dante tropeçou e se segurou como se tivesse quase desmaiado, e Alessa foi atingida por uma onda de pânico.

— Que bom que vocês se opõem ao seu filho tentando matar a Finestra, mas eu realmente preciso ir.

— Nós nos opomos ao nosso *filho* tentando machucar a própria *irmã*. — Sua mãe puxou uma mecha de cabelo grisalho que estava solta do coque. — Fui criada para acreditar que era meu dever abrir mão da minha criança se ela fosse escolhida. Mas eu também tinha um dever em relação a você. Eu sabia... — Ela acenou com a mão. — Eu sabia que ele visitava e nunca fiz nenhuma pergunta. Tinha medo do que ia ouvir. E agora... — Ela pressionou a mão na boca e a respiração saiu chiada. — Eu deveria ter perguntado. Eu deveria ter vindo.

— O ghiotte... ele machucou você? — perguntou papai.

— Não — falou Alessa. Não sabia se Dante estava totalmente ciente das palavras que ela estava dizendo, mas as disse para ele também. — Ele me protegeu. Sempre.

— Quando eu penso em como você devia estar solitária para confiar nele...

Adrick veio correndo, com o susto estampado no rosto ao absorver a reunião de família.

— Eu já pedi desculpas, papai. Deixe ela ir. Ela tem coisas importantes a fazer.

Alessa lançou um olhar de desespero para Adrick enquanto os joelhos fraquejavam sob o peso de Dante.

— Pelo menos fique com isso. — Sua mãe lhe ofereceu um maço de envelopes amarrados com um barbante.

— Muito bem, mamãe, deixe eles irem. — Adrick pegou o pacote e se curvou para enfiá-lo no bolso da capa de Dante. Ao espiar por baixo do capuz, empalideceu.

A mãe franziu a testa quando a cabeça curvada de Dante pendeu para a frente.

Eles precisavam entrar. Imediatamente.

— Mamãe, papai — sussurrou Alessa, segurando-os com o olhar. — Se um dia vocês já acreditaram em mim a respeito de qualquer coisa, confiem em mim nessa. Ele é filho de Dea, tanto quanto vocês ou eu mesma. Provavelmente mais. Eu sei o que a *Verità* diz, mas...

— Se você diz, nós acreditamos — disse mamãe.

Um alívio desesperado inundou o corpo de Alessa.

— Então me ajudem.

Eles podiam até não ter entendido totalmente, mas seus pais não eram tolos.

— Posso rezar com você, Finestra? — perguntou sua mãe em voz alta. — Meu marido e meu filho gostariam de rezar com nossa boa Fonte.

Papai abriu os braços musculosos e Alessa empurrou Dante para ele. A Finestra não podia encostar em ninguém além de sua Fonte, mas a Fonte não tinha tais limitações.

Com um sorriso jovial, papai arrastou o braço de Dante ao redor de seus ombros enquanto Adrick apertou o braço do guarda-costas com força e, juntos, os dois o levaram até o portão.

Josef e Kamaria passaram por eles discretamente enquanto Alessa fingia ouvir a oração desconexa da mãe.

Quando estavam perto do portão, ela foi encerrando a oração gradualmente. Os olhos se encheram de lágrimas.

— Tome cuidado, minha menina.

Alessa engoliu o nó na garganta e correu para alcançar seu pai e Dante.

No portão da Cittadella, o pai deu um tapinha nas costas de Dante, praticamente jogando-o em cima de Josef.

O dom de Kamaria apagou todos os lampiões do corredor mais uma vez, suscitando gritos de todas as direções enquanto eles entravam aos tropeços. Adrick e Josef dividiram o fardo de subir as escadas com Dante, cada degrau parecendo mais alto do que o outro, até chegarem ao andar principal e Adrick ter que voltar. Alessa assumiu o comando e, juntos, eles atravessaram o pátio. As roupas estranhas e os movimentos afetados atraíram um olhar confuso de um guarda que passava por ali.

Alessa abriu um sorriso de orelha a orelha.

— Brindes demais, mas um pouquinho de café logo, logo dá um jeito nele!

O guarda deu de ombros.

Lá em cima, Kamaria mancava de um lado para o outro, pegando sabão e suco enquanto Josef firmava Dante para que Alessa pudesse ajudá-lo a tirar as roupas imundas.

Enquanto tentava arrancar os sapatos de Dante, Alessa ergueu os olhos quando ouviu um arquejo vindo da porta.

— Eu não estava olhando, Josef, eu não estava olhando! — Nina cobriu os olhos.

Josef suspirou e balançou a cabeça.

— Eu fiz tudo certinho? — Nina se agitou de orgulho. — Sei que minha atuação foi um *pouquinho* exagerada, mas eu precisava me comprometer ao papel, senão eu não ia convencer ninguém. Josef, você foi tão *estiloso*! As grades voltaram ao lugar lindamente, e acho que o grito foi bem útil.

— Foi mesmo — disse Alessa. — Obrigada.

— Era o mínimo que eu poderia fazer. — O lábio de Nina tremeu. — Eu sinto…

— Depois da batalha você pede desculpas, combinado?

— Ou durante? — As lágrimas brilharam nos cílios acobreados de Nina.

— Claro. — Alessa sorriu. — A gente deve ter algumas pausas, né?

Kamaria depositou uma bandeja de tigelas e canecas fumegantes em cima da mesa e tirou a pilha de roupas sujas e rasgadas de Dante do chão.

— Vou jogar isso fora.

Alessa nem se deu o trabalho de tirar as próprias roupas quando ela e Josef levaram Dante aos banhos de sal, entrando na água completamente vestida.

— Se precisar de você, eu dou um grito.

Josef assentiu.

— Vou trazer o caldo.

Com o braço ao redor do peito de Dante, ela o segurou na água, usando a outra mão para molhar seu cabelo e afastá-lo do rosto.

Alessa sentiu um aperto no peito ao se lembrar de quando era *ela* quem estava machucada naquelas águas enquanto Dante descansava na escada, zombando de suas teorias a respeito dos ghiotte. Ela não se lembrava do que tinha dito, mas as palavras devem ter doído e acrescentado mais uma camada de cortes em cima de uma vida inteira de cicatrizes. Quantas vezes Dante já deve ter mordido a língua enquanto gente como ela falava de como ele era mau, de como seus pais tinham sido horríveis e egoístas?

Alessa passara anos se questionando se havia algo de errado consigo mesma, se ela era um erro, uma falha na tapeçaria divina do mundo, e isso chegara perto de matá-la. Dante tinha vivido desse jeito a vida inteira.

Apesar de toda uma vida de infelicidade, Dante ajudara uma garotinha sendo intimidada em um beco por alguém mais forte e mais poderoso. Ele escolhera dizer sim quando uma jovem assustada pediu ajuda.

Ele ficara quando poderia ter ido embora, amara quando podia ter odiado e se permitira ser encarcerado para proteger pessoas que não tinham escrúpulos quando o assunto era fazê-lo sofrer.

Elas não o mereciam.

Josef entrou na pontinha dos pés na sala de banho com uma bandeja, empurrando-a para perto da borda para que Alessa pudesse alcançar.

Os olhos de Dante estavam fechados, mas sua consciência ia e voltava e, ocasionalmente, ele se contraía enquanto Alessa limpava bem de leve suas feridas com um pano molhado.

— Não se incomode. Daqui a pouco eu me curo — disse ele.

Ela pegou uma colher, determinada a alimentá-lo para que os poderes de Dante pudessem funcionar sem impedimentos.

— Será que dá para me deixar cuidar de você pelo menos uma vez?

— Ninguém cuida de mim — balbuciou ele.

As lágrimas arderam nos olhos de Alessa.

— Eu cuido. Agora fica quieto.

O caldo — ou os próprios poderes de Dante — o reviveu o suficiente para que um sorriso se insinuasse em seus lábios.

— Você não deveria dar um beijo nas feridas para elas sararem?

Ela lhe deu um beijo na têmpora.

— Isso não conta.

— Se eu o beijasse do jeito que eu *quero* — disse ela, censurando-o —, você cairia morto de tanto esforço. Trate de se curar que eu faço a espera valer a pena.

Ele abriu os olhos.

— Quando é o Divorando?

— Ainda falta um dia. Não pense nisso agora. Você precisa descansar.

Josef devia estar esperando com os ouvidos a postos lá de cima da escada, porque desceu ruidosamente no instante em que ela gritou por ajuda. Juntos, os dois tiraram Dante das águas, envolveram-no em toalhas e o conduziram escada acima.

Josef estava adoravelmente envergonhado de pôr um ghiotte sonolento para dormir na cama de sua Finestra.

— Vai lá ficar com Nina. Ela se saiu muito bem.

— Foi mesmo, não foi? — Josef abriu um sorriso radiante. — Ela realmente se arrepende muito...

Alessa o interrompeu levantando a mão.

— Todos nós já cometemos erros. Ela estava com medo e tentando proteger alguém que amava. Além disso, vou precisar de todos vocês lá no pico.

— Será minha honra, Finestra. — Josef fez uma reverência.

Alessa riu.

— Depois da noite de hoje, você não acha que consegue usar meu nome?

— Seria uma honra, senhorita Paladino.

— Por enquanto, está bom. — Ela lhe deu uma cutucada no ombro. — Vamos trabalhar nisso.

Quando Josef saiu, ela foi para a cama ao lado de Dante.

— Estou me sentindo uma merda. — Ele grunhiu e abriu um olho.

— Sua aparência também está uma merda.

Ele chiou com uma risada.

— Ahhh, *luce mia*. Você sabe mesmo fazer o coração de um homem bater mais forte. — Ele grunhiu. — Essa é a sensação de morrer? Será que eu deveria dizer meu nome agora?

— Você não está morrendo. Você está desnutrido e não está se curando no ritmo normal. Mas você *pode* me dizer seu nome.

— Rá — disse ele, contraindo-se. — Boa tentativa. Se eu *não* estou morrendo, você não vai ter essa informação até salvar o mundo.

— Bom, você está fraco demais para fugir, então, mais cedo ou mais tarde, eu arranco a resposta de você. Agora, durma.

A certa altura, a respiração dele se estabilizou e, com isso, as últimas reservas de energia de Alessa a abandonaram.

Ela passou a noite inteira agarrada a ele, de pernas entrelaçadas e rosto colado no ombro, contando as horas no metrônomo dos batimentos cardíacos de Dante.

Ela acordou com a voz rouca de sono dele.

— Você não deveria passar esse tempo em adoração?

Alessa jogou as cobertas para trás e suspirou de alívio ao ver que ele estava sem feridas.

— E você acha que eu estou fazendo o quê?

Dante soltou um som baixinho de aprovação enquanto ela descia a mão pelo peito dele.

— É preciso lembrar pelo que se está lutando, não é? Você não falou que ia beijar todos os meus machucados?

— Você estava *cheio* de machucados, mas vou me esforçar ao máximo.

Quando a fome enfim os tirou da cama, Alessa e Dante saquearam o estoque de comida que a equipe da cozinha separara antes de se retirar para a segurança da Fortezza. A manhã se desenrolou em uma enxurrada de beijos, estratégias e comidas — Dante insistiu que deveriam "se abastecer para a batalha", o que aparentemente significava lanchar a cada hora —, além de intervalos ocasionais de quietude quando o impacto total do que estavam prestes a enfrentar deixava Alessa sem ar. Nesses momentos, Dante parecia sentir a mudança de humor antes que ela mesma percebesse e a puxava para o colo para acalmar seus dedos agitados com um aperto das mãos, que a seguravam até passar.

Durante um ataque de calafrios nervosos, ele tirou uma capa do encosto do sofá e cobriu os dois.

— O que é isso? — Dante puxou um maço de papéis e Alessa os pegou, desamarrando a corda em silêncio.

— Cartas — respondeu ela. — Da minha mãe. — A Finestra folheou a pilha, observando as datas escritas no topo de cada uma, mas não leu mais detalhes.

— Você vai ler?

— Não sei. — Ela fechou os olhos. — Estou soterrada de sentimentos só de saber que ela escreveu isso tudo.

— Vou dar a você um minuto para pensar. — Dante lhe deu um beijinho na bochecha.

Ele saiu para tomar banho e ela se atreveu a abrir a primeira carta, com a data de seu décimo quarto aniversário, semanas após ter saído de casa para a Cittadella.

Minha querida menina,

Eu sei que não deveria, mas não consigo deixar de sentir uma saudade maior do que as palavras são capazes de dizer. Hoje fizeram um desfile para você. Adrick disse que você estava linda, mas não tive coragem de ir. Como eu poderia, se meu coração se partiria ainda mais de ver você e ter que fingir que não é minha filha?

— Toc, toc. Já rezou o bastante aí?

Alessa enxugou as lágrimas do rosto, enfiou a carta no livro de provérbios de Dante e o abraçou no peito enquanto ia abrir a porta.

— Todo mundo aí de roupa depois de tanto rezar? — Kamaria espiou por uma abertura entre os dedos. — Não posso macular meus olhos virgens na véspera da batalha.

Nina corou e Josef parecia escandalizado.

— Não queríamos interromper suas orações… — Nina lançou um olhar de censura para Kamaria pela risadinha que ela soltou pelo nariz. — Mas queríamos saber como Dante está, e o sol está se pondo, então o *dia* de oração tecnicamente acabou. Além do mais, não temos nada para fazer além de descansar, e está cedo demais para dormir.

— A gente podia passar mais um tempo se preocupando — disse Kamaria. — Esse item ainda está na minha lista de afazeres.

Houve mais uma batida na porta.

— Que Dea nos ajude — disse Alessa. — O apocalipse é amanhã e estamos dando uma festa.

Adrick estava do lado de fora e parecia encabulado.

— O que você está fazendo aqui? — questionou Alessa. — Você deveria estar dentro da Fortezza.

— Eu sabia que você ia fazer um escândalo, então me escondi até trancarem os portões. Agora é tarde demais! Vou lutar com a milícia e ajudar a cuidar dos feridos. Guerreiro médico, a seu dispor.

— *Agora* você resolve ser heroico? — Alessa caiu contra o batente da porta. — Eu juro, você vai ser o motivo da minha morte.

— Pelo menos dessa vez não é intencional? — Adrick abriu um sorriso hesitante.

— Entra aqui, então. — Ela suspirou. — Temos comida o suficiente para servir o exército inteiro, mas nada está quente e nós não temos uma seleção de bebidas, a menos que você goste de limoncello em temperatura ambiente.

— Minha favorita. — Adrick esfregou as mãos.

— Acredito que alguns de vocês já tenham conhecido meu irmão. — A ajuda de Adrick com o golpe não tinha sido o suficiente para compensar suas ofensas passadas, mas parecia que eles o tolerariam.

Dante saiu do banho, despreocupado e seminu, enquanto Alessa terminava as apresentações tensas. Adrick se assustou, visivelmente impressionado com a imagem de Dante brilhando de saúde, em contraste com o caco de gente que eles tinham tirado às escondidas de dentro das criptas na noite anterior.

— Ah, oi. A turma toda está aqui — disse Dante, flexionando o bíceps enquanto passava a mão pelo cabelo úmido.

Adrick fez um som de aprovação e deu uma cotovelada em Alessa, o que ela fez questão de ignorar.

— Eles vieram ver como você estava — comentou ela. — E o idiota do meu irmão resolveu virar médico de última hora, então vamos ter que aturar ele aqui também. Eu vou expulsar todos eles depois que a gente comer, porque todo mundo precisa de uma boa noite de sono.

— Tá, tá — disse Kamaria, dispensando os comentários. — Alguma instrução de última hora? Discursos motivacionais? Gritos de guerra?

— Sim — respondeu Josef. — Precisamos de um lema.

Dante olhou para o livro de provérbios nas mãos de Alessa.

— *In bocca al lupo*. Na boca do lobo. Significa "boa sorte".

— A boca do lobo? — perguntou Kamaria. — Não entendi.

— Há quem diga que significa enfrentar o perigo, ou o lobo, e torcer pela vitória. Outros acham que se refere a como uma mãe loba carrega os filhotes e os protege de todos os males, apesar dos dentes afiados. A resposta correta é *Crepi il lupo*, ou *Crepi. Que o lobo morra.*

Alessa se encolheu.

— É só uma expressão — disse Dante apenas para ela.

— Gostei — comentou Josef. — *In bocca al lupo*!

— *Crepi*! — gritou Kamaria em resposta, de punho erguido. Só que pareceu que ela tinha falado "crépe", não "crêpi", e todo mundo acabou rindo, a não ser Dante, que pareceu fazer um esforço imenso para não ceder.

— Quando essa batalha acabar, vou dar aulas de pronúncia para todo mundo.

— Muito bem — disse Alessa. — Agora que temos nosso grito de guerra, podemos atacar a comida.

— Coma, beba e alegre-se. — Nina passou uma cesta de pão fresco para Josef.

Kamaria ergueu a baguete como se fosse uma taça de prosecco.

— Pois amanhã podemos morrer.

Quarenta e oito

Tutti son bravi quando l'inimico fugge.
Todos são corajosos quando o inimigo foge.

DIVORANDO

A destruição iminente tinha cor. Não era exatamente preta, mas de um tom cinza-escuro com traços de azul que fedia a mau presságio.

Uma sombra distante no mar de ardósia crescia e se aproximava cada vez mais, expandindo-se para esconder o horizonte. Abaixo do Pico da Finestra, a superfície do oceano estava imóvel, prendendo a respiração.

A linha de tambores da infantaria que batia de forma baixa e constante tinha a intenção de evocar um exército de batimentos cardíacos sincronizados. Sem medo, sem dúvidas, sem indivíduos. Um coletivo.

O coração de Alessa se revoltou e passou a bater tão depressa que parecia sair do ritmo a cada poucos segundos.

As janelas foram tapadas e as ruas, esvaziadas. Seu exército era uma falange de armaduras reluzentes, mas o muro de metal não era capaz de esconder inteiramente as pessoas por trás dele. Os rostos encardidos, mas determinados, da milícia improvisada espiavam pelas brechas, em busca de salvação.

Em busca da Finestra.

Quase dava para ver a si mesma pelos olhos deles. Uma garota em um penhasco, usando só um vestido fino, um peitoral e um elmo, com mãos, pernas e pés despidos. Cada membro tinha que ficar exposto e acessível para suas *Fontes*, não Fonte, para que pudessem se segurar com facilidade, mesmo se caíssem.

As Fontes também usavam o mínimo possível de armadura. Apenas uma túnica de cota de malha delicada, um elmo e calças que iam até o meio da panturrilha.

O Capitão da Guarda e seus melhores combatentes ocuparam áreas ao redor do pico, prontos para morrer, se necessário, para manter Alessa e as Fontes vivas para lutarem. Dante estava entre as Fontes e seus soldados, um pouco mais perto de Alessa do que o restante dos guardas porque ainda estava, de certa maneira, fingindo ser Kaleb.

Tomo, Renata e os membros do Consiglio estavam barricados atrás dos muros altos da Cittadella, coordenando a comunicação entre os vários batalhões posicionados ao redor da ilha para deter qualquer scarabeo que ultrapassasse as primeiras defesas, preparados e a postos para coordenar o resgate dos feridos.

Em breve, a encosta estaria repleta de corpos estilhaçados e a terra, manchada de sangue.

Se Alessa observasse apenas a superfície do oceano, poderia até ter pensado que havia uma tempestade a caminho. Uma sombra que se estendia pelas ondas, um zumbido que se transformou em estrondo. Mas a cascata de terror que a inundava não tinha a ver com o clima.

Asas batiam, o som de uma carroça desgovernada rolando cada vez mais depressa pela trilha de uma colina íngreme. Seu coração acelerou. Com o oceano calmo, não havia ondas quebrando ou rugindo para abafar o zumbido de um milhão de asas, o estalar de mandíbulas.

Em cada Divorando anterior, Finestra e Fonte sobreviveram para irem embora.

Será que eles sobreviveriam?

Será que alguém sobreviveria?

Alessa estendeu as mãos para Josef e Kamaria.

Era absolutamente ridículo sentir vergonha enquanto se esperava pela morte, mas Alessa moveu os pés e ficou encarando o chão depois de soltá-los pela segunda vez. Era difícil medir distâncias num oceano, e ela não parava de agir cedo demais. E, a cada vez que pegava as mãos deles, mantendo o próprio poder sob controle, o exército inteiro batia os pés no chão e as armas umas nas outras, deixando tudo ainda mais constrangedor quando mais dez minutos se passavam sem um ataque.

Quando Alessa soltou as mãos deles e agitou os pés para se alongar, Dante saiu da fileira de Fontes e foi até ela. Ele ergueu o escudo facial, revelando olhos castanhos por trás dos cabelos escuros desgrenhados, e abriu seu sorriso torto.

A uma distância tão curta, ela não enxergava nada que havia além de Dante e, durante várias respirações, não havia nenhum exército, nenhum campo de armas nem combatentes. Havia apenas o oceano atrás de Alessa, o vento chicoteando mechas soltas de cabelo em seu rosto. Havia apenas Dante, que se movia com cuidado para que ninguém o visse apertar a mão dela entre os dois.

— Você consegue.

— Eu sei.

Alessa conseguiu resistir ao impulso de se jogar nos braços dele. Resistiria porque precisava. E, às vezes, aquilo era tudo que existia: necessidade. Ela amava seu lar. Amava o povo de Saverio. Ela os protegeria a *todo* custo. Parecia tão simples agora... Pouco tempo antes não parecera, mas o mês que passou a fizera se lembrar do amor, e Alessa jamais se esqueceria novamente.

Saverio não precisava amá-la, nem protegê-la, nem lhe dar nada. Ela amava a ilha como uma mãe amava um filho, sem medir o custo-benefício. Do mesmo jeito que amava Dante. Mesmo que ele não tivesse aparecido, ou não a tivesse amado, Alessa ainda o amaria até seu último suspiro.

O amor era incondicional. O amor era apenas amor.

— Vou estar logo atrás de você — disse ele, dando-lhe um beijo na mão.

Um grito veio lá de baixo, mas o enxame ainda estava longe.

Confusa, Alessa deu a volta e viu um homem abrindo caminho em meio à multidão. Os soldados o deixaram passar.

Não deveriam.

Quarenta e nove

A chi dici il tuo segreto, doni la tua liberta.
Não ponha uma espada nas mãos do inimigo.

Ivini marchou com um tímido Kaleb pelas fileiras de soldados.

— Oi, Finestra! — exclamou Kaleb com um aceno alegre. — Esse cara simplesmente não supera. Mandou abrirem os portões e tudo, mas quero que fique registrado em todos os livros de história que eu disse a ele que isso era um crime passível de expulsão. Mais de uma vez. Só que ele não é o melhor ouvinte do mundo.

— Ela trouxe a *criatura* para ficar ao lado dela. — Os olhos de Ivini brilhavam lá de baixo. — Eu estava certo o tempo todo.

— E eu estava certa sobre *você* — retrucou Alessa. — Tão determinado a vencer a todo custo que jogou fora sua chance de ser protegido. Eles estão a caminho, *Padre* Ivini. Se você não estiver pronto para lutar, espero que esteja pronto para morrer.

— Eu precisava alertar o exército. — Ivini olhou de relance para as tropas. — Um ghiotte no pico? Inaceitável.

— Você está se oferecendo para pegar o lugar dele? — perguntou Alessa. — Nós temos mesmo a melhor vista.

Kaleb subiu em uma carroça de arsenal próxima, abastecida com armamento extra para qualquer um que perdesse o seu no caos.

Depois de uma busca prolongada, ele pegou uma espada larga e, então, com uma risada, um florete de esgrima.

Kaleb puxou a rolha da ponta e a jogou nos pés de Ivini.

— Eles trancaram os portões depois que você passou, Padre. Melhor pegar uma arma ou arrumar uma casa para se abrigar. Quer dizer, se alguém o deixar entrar. Se bem que você não era lá muito fã de abrigar outras pessoas, né?

Ivini começou a gritar com os soldados, exigindo que eles subissem o pico e arrastassem Dante de lá, mas Alessa andou até a beira a passos largos. Era hora de ver a quem eles de fato eram leais.

— Esse é mesmo o limite? Será que já chegamos nele? — Ela falou com o exército. — Vocês vão nos enfraquecer para que possam matar um homem... um ghiotte, mas mesmo assim um homem... que veio até aqui, de boa vontade, para lutar por Saverio, por mais que não fosse obrigado? Vocês vão mesmo pôr seus amigos e familiares em risco derrubando um guerreiro abençoado com habilidades de cura, que escalou o pico hoje para proteger sua Finestra e suas Fontes?

Eles a encaravam, inseguros.

— Por que estamos aqui, se não for para lutar? Por que estamos lutando, se não for para sobreviver? Dante pode lutar. É difícil matá-lo. Eu o escolhi para ser meu guarda, e ele está aqui para me proteger. Agora eu pergunto: vocês lutarão contra *mim*? Porque eu não vou deixar que vocês o peguem. De novo não.

Um tinido de metal a fez se encolher. Capitão Papatonis, com uma carranca ameaçadora, bateu no próprio peito com o punho da espada e depois se ajoelhou.

Por um instante, Alessa segurou a respiração, pensando que ele seria o único. Então, alguns soldados repetiram o movimento, e o número foi aumentando, até que quase todos os guerreiros vestidos de metal curvaram a cabeça em saudação. Atrás deles, a milícia maltrapilha, em suas armaduras e elmos improvisados, ergueu os punhos em solidariedade e, se o rugido de aprovação que eles soltaram com a imagem de um companheiro pária diante dos milhares de soldados de elite foi carregado demais de orgulho, ela não se ressentiu.

Padre Ivini empalideceu, percebendo que tinha cometido um erro terrível.

Alessa abriu um sorriso resoluto para os soldados.

— Hoje, lutamos juntos.

Os soldados se puseram em posição de sentido, numa onda de prata que subia a encosta. Catapultas e arqueiros estavam a postos, espadas e foices foram sacadas, e todos olharam para o inimigo no céu.

Cinquenta

La morte mi troverà vivo.
A morte me encontrará com vida.

Os scarabeo não atacavam como um exército. Em um minuto, eram uma nuvem escura turvando o oceano, e, no seguinte, estavam por toda parte — asas e garras e bocas escancaradas emolduradas por mandíbulas reluzentes. Os movimentos coordenados contavam com um sistema, mas não dependiam de formações ou estratégias pré-planejadas.

Os soldados rugiram e Kaleb apertou o ombro de Alessa, adicionando sua faísca ao fogo de Kamaria e ao frio de Josef. Alessa recorreu ao poder deles, devagar e com jeito, confiando que Dante manteria o espaço ao redor deles livre enquanto o poder de Nina se entrelaçava com o relâmpago de Kaleb, atravessando seus músculos e penetrando seus ossos até o corpo inteiro formigar.

Até mesmo Nina estava de olhos fechados e com o semblante sereno. Confiante. Nenhum sinal de duvidar da capacidade de Alessa.

— Hora de matar aquele lobo — murmurou Kamaria.

Kaleb lhe lançou um olhar perplexo, mas não dava tempo de explicar.

Alessa reuniu o poder que eles ofereceram, reteve-os e, então, virou a palma da mão para o céu.

Cem scarabeo encontraram seu fim em uma explosão de fogo e gelo, e Alessa escancarou os dentes em um sorriso vitorioso.

Com mais uma onda de poder, um scarabeo se despedaçou diretamente acima de todos eles, resultando em uma chuva brilhante de cacos pretos. Alessa não se encolheu nem limpou os fragmentos dos braços nus. Que os detritos dos demônios cobrissem sua pele. Que ela brilhasse com cada pedacinho. Que fosse um alerta aos demais:

Ali estava ela, a assassina de demônios.

Seu poder ronronava de satisfação. Dante tivera razão o tempo todo. Ela abriu um sorriso de orelha a orelha, saboreando a descarga de adrenalina que corria pelas veias. Alessa tinha um time, e seu poder se encheu de alegria. Juntos, eles lutavam para vencer.

As Fontes se revezavam para soltar Alessa e escolhiam armas quando não estavam *sendo* armas. Não havia descanso para os exaustos, apenas um tipo diferente de esforço.

A guerra era ensurdecedora. Metais estridentes, zunidos de arcos, explosões de canhões, gritos e berros e, por toda parte, a vibração profunda de milhares de asas.

Ritmo. Controle.

Se ela forçasse demais, ou se não tomassem o cuidado de manter pelo menos duas Fontes em contato o tempo todo, qualquer um deles poderia desabar.

Os scarabeo gritavam, mil unhas chiando através da ardósia, e a leva seguinte caiu, congelada.

Alessa tentou manter um ritmo, reunindo e retendo os dons, testando novas combinações. O dom de Nina ainda a deixava enjoada, mas todos gritaram de alegria quando Alessa o usou para transformar os scarabeo em lindos jatos de icor azul.

Os guardas que os protegiam eram ferozes e estavam dispostos a morrer pelos salvadores. Alessa os amou por isso e os perdoou por todas as vezes que se esquivaram dela. Agora, quando mais precisava deles, eles cumpriam seu dever.

Asas, afiadas feito facas, cortaram o ar diante dela e, por um segundo, Alessa enxergou o próprio reflexo multiplicado nas facetas dos olhos vermelhos e reluzentes.

Ela *era* assustadora. E, pela primeira vez, deleitou-se com isso.

Os soldados gritaram e se esquivaram dos scarabeo congelados, que tombaram duros e quebradiços feito vidro. Em pouco tempo, os estilhaços fizeram a encosta toda parecer a praia das rochas pretas.

Dante dava socos e golpes, mantendo o ar ao redor deles livre. Ele não lutava por dever. Lutava por ela. E era espetacular.

Em uma tentativa de jogar água eletrificada no enxame, Alessa descobriu que Kaleb e Josef formavam uma dupla formidável. Dezenas de scarabeo tombaram rumo ao mar, contorcendo-se de agonia enquanto a eletricidade percorria a faixa de água que os envolvia e os relâmpagos dançavam nas carapaças.

— Mamãe sempre dizia para ficar longe da água quando chovia — disse Kaleb. Apesar do humor forçado, ele estava branco feito cera e a segurava tão firme que Alessa se perguntou se seu poder sofreria com a falta de circulação nas mãos.

A cada poucos minutos, as Fontes se moviam em conjunto, trocando de lugar sempre que alguém ficava cansado e coordenando os movimentos para que ninguém tivesse que sofrer as verdadeiras consequências do poder da Finestra sozinho.

O exército estava sitiado, mas um segmento cada vez maior do enxame passou a ignorar o banquete que era um campo repleto de mortos e feridos e começou a circundar o pico, chegando mais perto a cada segundo. Disparando pela área e cheios de energia, eles passavam zumbindo como se a estivessem provocando.

As criaturas tinham começado a perceber que o grupinho no penhasco, sobretudo a garota no meio, era a principal fonte de seus problemas.

O vento a golpeava de todos os lados. Ondas de calor da costa encontravam rajadas frias do mar, transformadas em torrentes graças ao bater das asas. A cada vez que ela inspirava, o ar vinha carregado de água e sal.

Um scarabeo se despedaçou acima de Alessa. Ela se esquivou da ponta da asa congelada, mas a lâmina cortou um pedaço de sua trança. Alguns centímetros de cabelo pareciam um sacrifício justo para uma batalha, mas agora seus fios estavam soltos, chicoteando o rosto e atrapalhando a visão, e as duas mãos de Alessa estavam ocupadas.

Balançando a cabeça como um cavalo irritado, ela estava com dificuldade para enxergar o que havia por trás das mechas emaranhadas.

Mirar. Disparar. Respirar.

Algo roçou seu pescoço e ela deu um pulo, mas era apenas Kamaria juntando os cachos úmidos e afastando as mechas soltas do rosto de Alessa para amarrá-las.

— Eu sempre trago um a mais — gritou Kamaria por cima do ganido das asas e do ruído das armas.

Alessa riu.

— Você mal tem cabelo para prender.

Kamaria cutucou Nina para ocupar seu lugar ao lado de Alessa.

— Não, mas minhas amigas têm.

À medida que a batalha avançava, as Fontes começaram a perder as forças, levando junto seus poderes, mas os scarabeo não paravam.

A boca de Alessa ficou seca e os olhos, arenosos de sal do mar. Só um brilho desbotado por trás da cobertura de nuvens carregadas lhe disse que não haviam se passado dias e, até onde ela sabia, aquilo era a lua, não o sol.

Alguém — ela não viu quem — deu cantis às Fontes, e Nina despejou um pouco de água na boca de Alessa para que ela não tivesse que soltar Kaleb e Josef.

Não era o suficiente, mas daria para o gasto. Eles teriam tempo para comer e beber água quando ganhassem a batalha.

Alessa trocou de mãos de novo, reunindo o poder que as Fontes lhe davam tão generosamente, e o disparou para derrubar mais uma onda de demônios.

Respirar. Trocar. Adaptar-se à nova fonte de magia. Reunir. Disparar.

Repetidas vezes. Trocar. De novo.

O mantra dentro da cabeça de Alessa abafava o som da batalha.

Reunir. Disparar. Respirar.

A cada hora que se passava, o frio de medo na barriga de Alessa aumentava.

Os scarabeo não paravam de chegar, onda após onda.

O exército estava se afogando. Suas Fontes estavam esmaecendo.

Não havia mais piadas nem surtos de bravura para levantar o moral. Ninguém tinha força para fazer mais nada além de sobreviver.

Não conseguiriam levar aquilo para sempre.

E então, em meio ao céu dominado por demônios, um clarão de luz branca irrompeu ao longe.

— Um navio! — gritou Nina.

Esperança no horizonte.

Cinquenta e um

A mali estremi, estremi rimedi.
Para males extremos, extremos remédios.

— **Graças aos deuses** — disse Kaleb, ofegante.

— Será que eles chegam a tempo? — perguntou Nina.

— Depende. — Kamaria tentou abrir a mão cerrada de Kaleb à força para ocupar o lugar dele, mas ele estava muito fora de si para se soltar. — De quanto tempo a gente vai dar a eles.

Josef acenou para que ela ocupasse seu lugar e se curvou, ofegante e com as mãos nos joelhos.

Um scarabeo passou zumbindo acima deles e Kamaria se esquivou, jogando as mãos para o alto por reflexo.

Kaleb arfou, momentaneamente sozinho com o impacto total da força de Alessa. Ela se afastou antes que o derrubasse.

Reunindo o que ainda lhe restava de poder, Alessa o lançou em direção ao céu. Dezenas de criaturas se acenderam e raios se partiram ao redor delas. Em seguida, elas se contraíram e perderam altitude.

Kaleb estava de joelhos, rosto pálido.

— Aguenta firme — pediu Alessa. — Só aguenta firme.

Dante se pôs à frente de Kaleb com a espada a postos. Um scarabeo passou voando por ali, provocando-o, fora de alcance, e ele posicionou os pés para esperar. Na próxima vez que a criatura deu um rasante, a espada de Dante cortou uma asa. O scarabeo girou e ele lhe deu mais um golpe, inutilizando a outra asa e decepando um membro por precaução.

Kamaria gritou quando uma garra sem corpo cortou seu braço até o osso.

Nina se agachou, tentando estancar a ferida de Kamaria.

Asas zumbiram perto demais e, logo depois, um jato de algo molhado e pegajoso atingiu o rosto de Alessa.

Dante gritou e tropeçou. O sangue encharcou sua camisa e começou a pingar na pedra.

— Vou ficar bem — disse ele com uma tosse carregada. — Preciso só de um minuto.

Um minuto que talvez eles não tivessem. Alessa transformou seu medo em raiva e lutou com mais afinco.

O navio tinha parado o mais perto possível da costa e uma pessoa, depois outra, pulou na água pela lateral. As outras entraram em um barco a remo.

O oceano agitou-se, balançando violentamente o barco e os nadadores. Alessa parou de lançar raios. Por trás das explosões de fogo e das rajadas de vento, ela não conseguia distinguir os indivíduos, mas seja lá quem estivesse remando também estava impulsionando o barco com sopros de vento, enquanto os outros mantinham os scarabeo agressivos à distância.

As mãos de Kaleb estavam frouxas; ele esmorecia cada vez mais. Josef e Nina, porém, agarravam-se a Alessa como se fosse uma tábua de salvação.

Alessa reuniu o poder deles mais uma vez, disparando uma rajada de frio que derrubou uma parte enorme do enxame.

Nina gritou de dor, mas Alessa não podia parar para ver o que tinha acontecido.

Ela precisava ganhar tempo. Preciosos minutos para que as outras Fontes pudessem subir o pico, para que Dante se curasse. Tempo.

Ela não tinha nenhum.

O barco estava boiando de volta para o mar e as figuras corriam pela parte rasa, com água na altura dos joelhos, enquanto explosões de luz e redemoinhos de gelo desabrochavam acima delas. Era pouco e ineficaz em comparação com o que Alessa podia fazer com os dons das Fontes, mas, de qualquer maneira, mantinha as criaturas afastadas.

Tão perto. Eles estavam tão perto.

A primeira nadadora a chegar à costa levantou a saia encharcada para correr pela praia. A figura alta atrás dela era parecida com Kamaria. Só poderia ser Shomari, o irmão traidor que ela jurara que os ajudaria.

À medida que sumiam abaixo do pico, Alessa voltou-se para suas Fontes fracas e feridas. Tentar escolher era um jogo de sorte mortal.

Ignorando os protestos de Dante, Alessa pegou a espada das mãos fracas do rapaz e, no processo, reuniu um pouco de seu dom para a luta.

Ela olhou feio para as criaturas voadoras lá em cima, atenta para ver qual seria a próxima.

Uma delas mergulhou, e Alessa traçou um arco no ar com a lâmina. O impacto reverberou por seu corpo, mas ela mal tinha feito cócegas no monstro. A criatura deu outro rasante e Alessa desferiu mais um golpe.

As habilidades de luta de Dante desapareceram, mas os demônios não paravam de chegar. Ela gritou de raiva e frustração.

Um segundo sem ataque, um momento de alívio. Um respiro. Era tudo que ela pedia.

Sujeira e suor embaçavam sua visão, e a espada bambeou na mão de Alessa.

Dea, me ajude.

Ofegante, Saida tirou a espada dela.

— Desculpa o atraso.

Shomari deslizou os dedos pelos de Alessa, usando a outra mão para apertar o ombro da irmã em um pedido de desculpas silencioso. Kamaria lhe deu um soco no braço, mas estava com os olhos cheios de lágrimas.

Alessa não podia olhar para ver como Dante estava se virando. Não tinha tempo. Só lhe restava esperar que não fosse tarde demais para ele.

Um século, uma vida inteira, um batimento cardíaco, uma respiração. Ela só saberia mais tarde quanto tempo se passou enquanto lutava.

O vento de Saida e a água de Shomari puxaram uma tromba d'água do mar, sugando os scarabeo do céu, e, quando as criaturas mais próximas foram consumidas, Alessa deixou a água cair e girou o vento em direção à costa para embaralhar os padrões de voo demoníacos.

Asas quebraram, demônios caíram e os soldados estavam de prontidão logo abaixo, esperando com espadas e foices para destruí-los.

As criaturas pareceram sentir o cheiro da derrota e intensificaram os gritos.

Cada pelo do corpo de Alessa se arrepiou.

Nina tapou os ouvidos, com o rosto contorcido de agonia, mas Josef era uma estátua.

— Continue — disse ele. — Sem parar.

Ela não tinha escolha.

O sangue se espalhava ruidosamente com cada mão que ela apertava; quando uma sumia, outra tomava seu lugar.

O mundo não passava de um turbilhão de frio e calor, fogo e gelo, o fluxo e a ondulação do estranho dom de Nina, que desviava e distorcia tudo, abrindo caminhos em meio ao enxame.

Alessa viu o céu por um breve instante, um brilho de sol que lhe dizia que o tempo estava passando; então, a escuridão, as asas e as garras fecharam o cerco de novo. Mas ela havia visto o céu e lutaria para vê-lo de novo.

Uma lâmina prateada passou desferindo golpes: prova de que Dante estava vivo e seguia lutando.

Ao longo da encosta atrás do Pico da Finestra e da praia diante dela, os soldados lutavam, tropeçando no meio das ondas e esfaqueando scarabeo semissubmersos. As fileiras ordenadas de guerreiros que seguiam os comandos haviam se desintegrado, e comandantes gritavam ordens para soldados que não os ouviam por cima dos gritos ou estavam apavorados demais para escutar.

E, ao mesmo tempo, o enxame lá em cima dava rasantes e se reagrupava, comunicando-se sem palavras: uma mente coletiva que não precisava de instruções nem planos para funcionar em conjunto.

Dois scarabeo mergulharam na direção de Dante.

Ele esfaqueava e retalhava, escondido por um emaranhado de garras e mandíbulas, e ela disparou uma explosão de chamas para ajudá-lo.

Os scarabeo caíram, gritando, pela beira do penhasco.

Dante tombou de joelhos, pressionando a lateral ferida do corpo, a espada abandonada a seu lado.

Dante podia se curar. Ele *ia* se curar. Precisava fazer isso.

Mas, enquanto os soldados lutavam ao redor da Finestra e das Fontes, mantendo a área ao redor delas livre, Dante estava desprotegido.

A escuridão turbulenta se juntou quando mais uma onda de scarabeo viu uma presa fácil.

Alessa pegou uma foice do chão e correu, dando um golpe amplo em direção ao scarabeo empenhado em alcançar Dante. A lâmina curvada na ponta do cajado cortou cada perna de um lado, e a massa desabou no pico, quase esmagando Dante.

— Ajudem-no — gritou ela para os soldados mais próximos. — Mantenham-no afastado até que ele se cure.

De mãos a postos, as Fontes esperavam Alessa retomar a luta, mas, para onde quer que olhasse, só havia caos.

Ela estava se esforçando ao máximo, mas não era suficiente. Scarabeo demais passaram por ela, baixando sobre um exército entregue ao pânico. Alessa se encolheu quando dois soldados, lutando lado a lado, foram emboscados e partidos ao meio.

Seria ótimo se seu exército também conseguisse se comunicar sem palavras.

Uma ideia desesperada se alojou em sua mente.

Hora de quebrar todas as regras.

Cinquenta e dois

Alla fine del gioco, re e pedone finiscono nella stessa scatola.
Quando o jogo termina, o rei e o peão voltam sempre
para a mesma caixa.

O scarabeo moribundo se contorcia violentamente, curvando as pernas como uma aranha morta.

Alessa deu o bote, fechando a mão desnuda sobre uma garra lisa.

Sentiu náuseas quando um poder oleoso escorreu para dentro de si, mas se manteve firme até que ele alcançasse o cerne de seu dom.

Algo dentro dela despertou com um solavanco, como a sensação de cair da cama no meio de um sonho.

— Reagrupar — mandou ela, mas a palavra não foi meramente dita em voz alta. Era uma ordem, uma força mental, uma dezena de pensamentos condensados em um, como um cérebro exigindo que um corpo se levantasse.

O exército — o exército dela — logo se pôs em posição de sentido, milhares de guerreiros sintonizados como se fossem um. Pelos olhos de Alessa, pelos olhos uns dos outros, eles viram a luta de todos os ângulos, inúmeras mentes entrelaçadas em uma.

O scarabeo estremeceu uma última vez e ficou imóvel.

— Venham até mim! — Alessa gritou para as Fontes, que se puseram ao lado dela.

O poder do scarabeo — Alessa era incapaz de pensar naquilo como um dom — já estava sumindo, e a simetria precisa de seus guerreiros começava a desandar, mas, quando ela lançou uma tempestade de gelo e raios para derrubar uma fileira de demônios, os soldados lá embaixo lutaram com um propósito renovado, unidos novamente.

Talvez eles de fato saíssem vivos do Divorando.

Alessa se arrependeu do pensamento assim que a ideia lhe ocorreu. Jamais provoque os deuses. Jamais.

Um fogo a atravessou. Um fogo que ela já sentira antes.

Nina gritou.

Ela também já tinha ouvido aquilo.

Alessa olhou para a parte da frente do próprio vestido, para o membro afiado enfiado em sua barriga com o último espasmo de um scarabeo. A criatura se enrolou em torno de si mesma.

O sangue encharcou os elos da cota de malha de Alessa.

Gritos. Encontros de lâminas. Fontes e exército entraram em ação, lutando para cercá-la enquanto ela cambaleava.

Dante não conseguiria desacelerar sua queda dessa vez, pois já estava no chão. Um corte amplo atravessava seu rosto do queixo à orelha, e ele estava tão ensopado de sangue que Alessa não sabia ao certo se os ferimentos fatais dos dois eram iguais ou diferentes. Mãos a seguraram, tentando amortecer a queda, mas ela sentia o cheiro e o gosto da terra. Dante estava deitado a poucos metros de distância, com um lampejo de luz do sol no rosto.

O exército teria que cuidar do resto. Ela não poderia salvá-los.

Dante abriu os olhos e suas pupilas se contraíram quando ele se concentrou nela. Então, levantou a cabeça. Arranhando a terra, ele se arrastou para mais perto, depois parou para tossir. Nem se deu ao trabalho de limpar o sangue do queixo antes de voltar a se arrastar.

Uma braçada. Mais uma.

O dom dele talvez fosse suficiente para salvá-lo. Não era suficiente para os dois.

Alessa pensou em todas as lembranças que não criaria, em todos os beijos que eles nunca dariam, em todas as vezes que deixariam de assistir juntos ao nascer e ao pôr do sol.

Ela se concentrou nele e se desconectou da batalha atroz à sua volta. Não era mais capaz de ajudá-los. Não conseguia nem ajudar a si mesma.

A escuridão se espalhou dentro de si, mas Alessa resistiu. Dante estava tentando alcançá-la. Ela precisava continuar ali até que ele conseguisse.

O que era mais uma morte, ou duas, em um dia em que inúmeras pessoas já tinham morrido?

Tudo.

De alguma forma, ele chegou até Alessa. Com os olhos fixos nela e se apoiando em um cotovelo com muito esforço, Dante acariciou sua bochecha com as costas dos dedos.

— Gabriel — disse ele. — Meu nome é Gabriel.

Ela levantou a mão para encontrar a dele.

— Mas eu não venci.

Ele sorriu.

— Você vai vencer. — Ele pegou a mão dela e cerrou a mandíbula para abafar um grito de dor.

— Não — disse ela, tentando se desvencilhar quando percebeu o que Dante estava fazendo, mas ele não queria soltá-la. Lágrimas quentes embaçaram sua visão enquanto a vida se esvaía do rosto dele.

Dante estava lhe dando seu próprio dom.

Alessa não conseguia se soltar e não conseguia impedir que o dom a adentrasse. Tentar resistir só desperdiçaria o presente que ele lhe dava tão generosamente.

Algo se distorceu no lugar em que seu poder se originava: a mudança de receber um dom para ampliá-lo. A essa altura, Alessa já conhecia bem a sensação, mas só tinha sentido aquilo com o poder das Fontes, nunca com o *dele*.

Ela chorou de soluçar quando a dor sumiu e um novo poder, maior do que qualquer coisa que já havia experimentado antes, se libertou.

Dante estava salvando a vida dela para que ela pudesse salvá-los.

O mundo desapareceu em um clarão, seguido por uma ausência tão completa de som que ela achou que seus tímpanos tivessem estourado.

Um círculo de luz se expandiu, aniquilando os scarabeo enquanto os engolia, mas deixou as pessoas intactas. O poder de cura e autoproteção dos ghiotte floresceu e baniu a escuridão.

Alessa olhou para cima, em meio ao círculo de Fontes e guardas que empunhavam armas contra inimigos que estavam se desintegrando.

Onde a luz encontrava a escuridão, ambas desapareciam, e a bolha começava a se parecer com uma renda.

— Está vendo? — Alessa sussurrou para ele. — Está vendo o que você fez?

A luz duradoura que brilhava através da janela divina reduziu os demônios a cinzas.

O dom de Dante salvara a todos.

— Dante? — Ela olhou para ele e segurou seu rosto entre as mãos.

Ele estava de olhos abertos, mas não via nada.

Nunca mais veria nada.

Cinquenta e três

La speranza è l'ultima a morire.
A esperança é a última que morre.

O grito angustiado de Alessa se perdeu no clamor da batalha.

Ela ainda tocava a pele de Dante, mas o espaço entre eles era tão grande quanto o oceano. Os cílios dele não estremeceram, nem quando um scarabeo morto se chocou contra o pico e os salpicou de sangue.

Alessa chacoalhava com tremores violentos, mas vozes distantes a encorajavam, mãos a puxavam para cima com uma força contundente. Eles não a deixariam chorar, não a deixariam em paz.

O exército ainda estava lutando. Seus amigos ainda estavam lutando.

Ela não estava sozinha.

Ela não podia desistir.

Soltá-lo foi a coisa mais difícil que Alessa já tinha feito, mas a batalha não terminara.

Seus amigos estavam por toda parte, infundindo-lhe amor e solidariedade, além da magia.

Kaleb se levantou com muito esforço. A certa altura, uma garra de scarabeo o acertou no rosto, deixando um corte brutal que descia da testa e passava por um olho, mas ele estava vivo, mesmo que metade do rosto estivesse arruinado e cheio de sangue. Semicerrando o olho bom, ele estendeu a mão para ela. Kamaria apertou a outra com tanta força que doía, mas Alessa aguentou a dor.

A dor era real. A dor indicava que ela estava viva. *Eles* estavam vivos. A Fortezza estava cheia de gente, inclusive sua família e milhares de outras, vivas.

O muro impenetrável de garras e asas que bloqueara o céu antes havia se reduzido a uns grupos dispersos de scarabeo. Os monstros raivosos enlouqueceram de desespero ao sentirem o fracasso iminente. Os scarabeo perderiam a batalha, de uma maneira ou de outra, mas Alessa poderia impedi-los de tirar mais vidas. Poderia evitar que mais demônios chegassem à cidade, onde o povo se escondia atrás de venezianas de metal amassadas enquanto as paredes tremiam e os scarabeo roíam suas portas.

Alessa construiu uma fortaleza em volta da garota desolada que chorava dentro de si e se voltou para o céu.

O instinto guiava sua luta. Duas mãos, mais duas. Alessa movia-se em meio ao batalhão de Fontes, reunindo e acumulando seus poderes para utilizar o máximo possível de dons a cada onda.

O grito de angústia que ela não conseguia soltar foi canalizado em uma arma, e seu poder se tornou um crescente de fúria e tristeza que explodiu em um tufão de relâmpagos, fogo e gelo. Até o oceano reagiu, erguendo ondas imponentes que engoliam os scarabeo e os arrastavam para as profundezas.

Pouco a pouco, o céu clareou. O som voltou.

Alguém soltou sua mão. E mais alguém. Kaleb caiu e rolou de costas, arfando.

Grunhidos e berros de dor se misturavam com gritos de vitória. Alessa foi ficando frouxa, vazia e exaurida à medida que os dons deles desapareciam.

Ela se afundou no chão e se jogou sobre o corpo de Dante, protegendo-o na morte como não o protegera em vida. Suas mãos percorriam o pescoço dele em busca de uma pulsação, da mais frágil das respirações, de qualquer sinal de vida, mas não havia nada. Nenhuma vibração nas pontas dos dedos, nenhuma respiração na palma da mão. Nada.

Com o rosto ferido repleto de sangue e restos de scarabeo, o general se curvou para ela, assegurando-lhe de que os soldados poderiam concluir a limpeza sem Alessa.

Ela piscou algumas vezes e Nina e Saida a seguraram pelos braços, guiando-a pela descida do Pico da Finestra e subindo a estrada em direção à cidade.

O pânico a dominou e ela se desvencilhou, virando-se para procurar Dante.

Ele não deveria ficar sozinho. Não podiam deixá-lo sozinho.

— Eles vão trazê-lo — afirmou Nina, e Alessa teve a estranha sensação de que não era a primeira vez que Nina a tranquilizava a respeito daquilo. — Logo atrás da gente, está vendo?

Como era de se esperar, dois soldados seguiam atrás delas carregando uma maca, e Josef a firmava.

Os portões da cidade se abriram e a primeira onda de equipes de limpeza saiu, com lanças a postos para ferir qualquer scarabeo que ainda restasse correndo pelas sombras. Um homem, seguido por uma mulher, e então outros. Eles encararam o céu azul limpo, o que havia sobrado da paisagem. Suja e marcada, Saverio ainda estava de pé.

Pouco a pouco, os olhos se voltavam para Alessa com admiração.

Ela se ouviu declarar o fim da batalha e todos vibraram. Um grito de vitória do qual não podia fazer parte. Berros de alegria e alívio muito distantes da agonia que a dilacerava.

Ela seguiu olhando para a frente enquanto as pessoas abriam caminho para permitir que seus salvadores exaustos passassem, mas dava para sentir a presença de Dante, ou a falta dela, atrás de si.

A raiva sangrava nos buracos que a dor deixara. As pessoas precisavam saber quem as salvara, e não tinha sido ela.

Alessa parou no meio da multidão.

— Ali está o salvador de vocês. O nome dele era… — Ela se recompôs. — O nome dele era Gabriel Dante Lucente.

Gabriel Dante Lucente. *Força concedida pelo Divino e luz duradoura.*

Ela deu uma risada em meio ao choro. Não era à toa que ele não lhe contara.

— Ele acreditava ser um monstro porque nós dissemos que ele era. Ele acreditava que só podia trazer a escuridão ao mundo porque nós dissemos que ele só tinha escuridão. Mas ele era a luz. E ele deu *tudo* para salvar vocês.

Ele dera tudo e ela o perdera.

A mão hesitante de alguém encontrou o ombro de Alessa. Nina — cujas lágrimas escorriam pelo rosto manchado de sangue.

E então Kamaria, também hesitante, mas seguindo em frente do mesmo jeito.

Josef deu uma pausa para fazer uma reverência.

Mais à frente na fila, alguém saudava de uma maca. Kaleb.

Alessa chegara ao fim da batalha com não apenas uma, mas várias Fontes vivas.

Seu exército de amigos feridos e encharcados de sangue.

Em algum momento, ela veria sua família e também ficaria grata por eles terem sobrevivido. Em algum momento, lembraria que o mundo era mais do que uma pessoa e que uma morte não apagava milhares de vidas salvas. Um dia Alessa teria a sensação de dever cumprido. Mas não naquele dia.

Ela instruiu os homens que carregavam a maca de Dante a segui-la até o templo.

— Você está ferida, Alessa — disse Nina, baixinho, enquanto os soldados posicionavam o corpo de Dante no altar. — Você deveria entrar e ser examinada pelos médicos.

— Ela já vai — falou Kamaria. — Dê um minuto a ela.

— Vem, me ajude a levar Kamaria lá para cima. — Saida chamou Nina com um gesto.

Elas foram embora, seguidas pelos soldados, e Alessa ficou sozinha no escuro.

Já havia se ajoelhado diante de corpos naquele altar três vezes.

Dessa vez, as lágrimas vieram com facilidade, mas o choro que levara Dante para a Cittadella e o mantivera ali não poderia trazê-lo de volta.

O frio úmido atingiu seus ossos, mas ela mal sentiu, porque estava em outro lugar. Em um lugar quentinho, com areia quente debaixo dos dedos dos pés e a mão calejada de Dante segurando a dela.

Alessa fechou os olhos delicadamente. Dante poderia até estar dormindo, se é que alguém dormia numa pedra fria.

Se é que alguém dormia com as roupas encharcadas de sangue.

Ela correu os dedos pelos dele, tão frios e rígidos.

Sozinha no silêncio do templo, Alessa se ajoelhou diante do homem que ela amava. Nada de caixão cravejado de joias nem de cama aveludada. Nada de funeral nem de coral. Depois de morto, Dante estava do mesmo jeito que estivera durante a maior parte de sua vida — sozinho e esquecido.

Mas, por ela, jamais.

Com as mãos trêmulas, Alessa juntou as palmas como se rezasse, curvando a cabeça para permitir que as lágrimas caíssem, desimpedidas.

Lá fora, as pessoas precisavam de sua salvadora, pessoas feridas, entre a vida e a morte, que mereciam agradecimentos e bênçãos, mas Alessa não suportava deixá-lo sozinho sem nada que provasse que ele tinha sido amado e estimado em vida.

Um presente. Um dom.

Ela abriu os dedos no peito dele e seu coração batia forte o suficiente pelos dois.

Não deveria nem ter esperança.

Era impossível.

Mas, assim como fizera com Hugo na última vez em que se ajoelhara no altar, ela vasculhou o vazio dentro de si.

A princípio, nada.

Então, um lampejo.

Um eco do dom de Dante, o fragmento que ela havia roubado — não, a parte que ele lhe dera quando morreu.

Lenta e cuidadosamente, Alessa mergulhou nas profundezas do poder, chegando mais perto da parte de si mesma que os deuses haviam abençoado.

Ela reuniu o dom de Dante.

E o devolveu a ele.

Cinquenta e quatro

Piccola favilla gran fiamma seconda.
Uma pequena faísca acende uma grande chama.

Alívio.

A dor, o barulho, a luz — tudo cessou. A batalha sumiu e Dante não sentia nada.

Não porque o corpo ficou dormente, mas porque ele… não existia.

Dante não tinha coração, então o pulso não batia. Ele *sabia* o que era o medo, reconhecia o formigamento mental do alerta, mas não da forma como sentira antes. Não tinha olhos, então sabe-se lá como era capaz de enxergar um brilho no escuro. Contudo, ali estava. Por toda parte. Uma luz quente e rosada, concentrada em um ponto, expandindo-se ao seu encontro.

De certa forma, a luz tentava acalmá-lo, e *não estava* dando certo.

Depois de vinte anos esperando a morte em cada maldita esquina e instigando os deuses repetidas vezes, desafiando-os a *acabarem logo com isso*, Dante enfim estava morto. E furioso.

Escolhera tornar-se guarda de Alessa. Subir aquele pico horrível. Curá-la com seu dom, sabendo que isso o mataria. E faria tudo de novo.

Mas ele não tinha nem a oportunidade de ver se tinha dado certo? Se ela estava bem? Se haviam vencido a batalha? Finalmente decidira se tornar algo além de um babaca egoísta e seu prêmio era um show de luzes e uma dor de cabeça mesmo sem ter cabeça?

Fanculo. Que se foda.

Dante não conseguia se virar para encontrar a origem do som, mas não importava, porque não estava atrás dele. Nem na frente. Se é que existia o conceito de direção no lugar em que estava. O som estava dentro dele. Talvez a luz também estivesse. Ou, pelo menos, estaria, se houvesse algum *ele* para adentrar.

O som não era música. Não havia uma palavra para aquilo. Porém, tinha *significado*. Era meio que uma linguagem, ou talvez *fosse* a linguagem em sua forma mais pura. *Miseria ladra*, sua cabeça teria latejado se ele tivesse uma.

A morte deveria ser um alívio, um fim para o sofrimento mortal. Que palhaçada.

Talvez, se tivesse uma eternidade para ouvir, Dante entenderia o que a luz estava tentando lhe dizer, mas a morte não o abençoara com o dom da paciência.

Eu não sei falar a língua das cores nem a da música. Ele direcionou o pensamento para a parte mais brilhante daquele treco misterioso e reluzente. *Escolha uma língua que eu conheça ou caia fora. Tive um dia bem longo.*

A coisa... riu? Em silêncio. Uma bolha de diversão repleta de afeto que explodiu dentro dele.

Dante fechou a cara mentalmente. *Por favor, me diga que não vamos ficar nessa por toda a eternidade.*

Algo formigou. Seus... dedos? Eles se materializaram diante de seu rosto. Seu rosto! Ele tinha um rosto. E um corpo. *Graças a Dea.*

Literalmente.

— Hum, valeu — disse ele, para testar a própria voz. Parecia igual. — Dea?

A bolha de alegria voltou, mais acolhedora e brilhante, mas não era bem uma confirmação. Dessa vez, pelo menos, a sensação estava em seu peito, porque ele tinha um. E roupas também, que eram desnecessárias, mas bem-vindas. Provavelmente os deuses não estavam nem aí para a nudez, mas era um hábito difícil de superar.

— Então... você é Dea? Ou não?

Correto.

Ele conhecia aquela sensação. Só que não respondia à pergunta. Era *e* não era Dea. Que jogo divertido.

— Olha só, não quero dar uma de ingrato aqui, mas você pode me dizer se deu certo? Ela vai ficar bem?

A luz vacilou e quase ganhou forma, mas não completamente, tremeluzindo como uma vela em uma janela aberta.

Era a miragem de uma mulher, alta e magra, de cabelo castanho-claro e os mesmos olhos escuros que ele via toda vez que se olhava no espelho.

— Mamãe?

Sua mãe — ou a deusa parecida com sua mãe — estendeu a mão para ele, e os olhos, de alguma maneira, pareciam cheios de amor e pesar ao mesmo tempo.

Nada poderia ter impedido Dante de se aproximar também.

Ele encontrou apenas calor onde a mão dela deveria estar. A luz subiu por seu braço, fazendo a pele formigar, encharcando-o para aquecê-lo por dentro. A primeira onda de emoção — orgulho, amor, conforto — foi tão acolhedora quanto uma lareira após uma chuva gelada, e ele poderia ter desfrutado daquilo para sempre.

Mas o calor se intensificou — escaldante, crepitante, inflamado —, marcado por um profundo pesar por não haver tempo para fazer isso de outra maneira. Esse era o jeito mais rápido de mostrar a Dante o que ele precisava saber. E não dava para esperar.

Sua mãe sorriu, mas era a coisa mais triste que ele já tinha visto.

Ela desapareceu e a mente dele explodiu.

Um oceano turvo e voraz engolia a orla, batendo nos muros da cidade e cuspindo criaturas cheias de escamas e garras que pareciam foices. Nuvens de cinzas sufocavam os céus acima de rios de sangue e, por toda parte, as pessoas queimavam e queimavam e queimavam.

Um ser, a escuridão em carne e osso, liderava o ataque, lutando contra um exército de...

O reconhecimento o atingiu com um solavanco, e um grito rasgou sua garganta enquanto o inferno o consumia.

Cinquenta e cinco

Chi mora mor, e chi camba cambe.
Morre quem morre e vive quem vive.

Alessa curvou a cabeça sobre o peito imóvel de Dante, indiferente à sujeira, ao sangue e ao icor de scarabeo que cobriam sua camisa.

Salvar o mundo era uma vitória tão vazia...

De olhos bem fechados, ela lutou para bloquear cada lembrança que tinha dele. A maneira como seus olhos escuros sorriam, mesmo quando os lábios não faziam o mesmo. O jeito como ele a observava, como se quisesse desesperadamente parar, mas fosse incapaz de desviar o olhar. O quanto ela se sentia segura e querida nos braços dele. E como amava quando ele a chamava de...

— *Luce mia.*

Alessa deu um pulo.

O olhar apreensivo de Dante encontrou o dela.

Alessa piscou repetidas vezes, mas a ilusão ainda estava ali. A pele do rosto dele estava repuxada de dor, mas ele estava vivo.

— Dante. — Ela tocou sua bochecha e ele arfou.

Alessa puxou a mão, levantou-se aos tropeços e correu até o corredor, gritando por ajuda.

Ela ficou para trás enquanto os médicos entravam às pressas

no templo. Tinha superado uma guerra inteira sem passar mal, mas sentiu a acidez subir a garganta enquanto Dante gritava, rangendo os dentes em uma careta de agonia.

Ele estava vivo. Vivo. A palavra tornou-se um cântico e, depois, uma oração.

Durante horas, os médicos cutucaram aqui e ali e o enfaixaram antes de colocarem Dante em uma maca para transportá-lo até o centro de triagem na Cittadella, mas ele estava vivo.

Ele quase se esvaiu em sangue no caminho até lá, mas, quando o sol nasceu — ou se pôs, ela sinceramente não tinha certeza —, os médicos disseram que Dante estava estável.

Estável.

Ela jamais se esqueceria dos sons, ou dos cheiros, dos soldados feridos e à beira da morte. Sua batalha entraria para a história como uma das mais curtas, mas o número de baixas fora alto e os feridos estavam entregues demais à dor para se importarem com seu lugar na história.

Alessa tentou ficar sentada ao lado de Dante, mas ele não parava de abrir os olhos e murmurar a respeito de sombras que falavam e memórias de futuros, e parecia tão angustiado por ela não estar entendendo que, quando uma enfermeira sugeriu que ela saísse para Dante descansar, foi o que Alessa fez.

Dante não era o único a sofrer. Alessa percorreu fileiras e mais fileiras de soldados feridos e parava para agradecê-los, ouvir suas últimas palavras, pegar água, caldos e bandagens. Além disso, chamava os médicos quando parecia valer a pena tentar salvá-los e ouvia suas palavras finais quando não valia.

Alessa estava começando a achar que tinha esquecido como se rezava, mas ela rezou com centenas de pessoas, e cada palavra vinha do fundo do coração.

Proteja-os, Dea, e leve-os para casa em segurança. Seja para suas vidas mortais ou para o descanso eterno, conduza-os com suas mãos gentis e ilumine seu caminho com amor.

Alessa tinha cumprido seu dever, assim como eles.

Apesar dos rostos em choque, a Finestra correu de um lado a

outro e se fez útil de todas as maneiras possíveis à medida que as horas se arrastavam.

Ela estava limpando a testa de um soldado com um pano úmido quando uma voz baixinha a chamou.

— Tem gente precisando de você na ala de cuidados intensivos — disse uma enfermeira que não parecia ter idade o bastante para aquela responsabilidade.

Com o coração na boca, Alessa correu até a área reservada para os casos mais sérios. As feridas de Dante eram terríveis, mas ela já o tinha visto se curar antes...

— Adrick? — reconheceu ela, assustada com a imagem de uma cabeça loira e cacheada ao lado do leito de Dante.

Adrick estava ali, cuidando dos doentes. Ele era auxiliar de boticário. E seu irmão. Claro que viria.

— Trouxe os melhores analgésicos que nós temos, mas ele não quer tomar antes de falar com você. — Adrick se levantou.

Os olhos de Dante estavam abertos, mas ele encarava o céu, não Alessa, que estava com o rosto pálido, a mandíbula contraída e os punhos cerrados nas laterais do corpo.

Ele piscou e ela soltou o ar.

Adrick a puxou para um abraço, apertando-a com força e tirando-a do chão.

— Você conseguiu, irmãzinha.

— Me põe no chão, seu bocó. — Ela lhe deu um tapinha de leve nas costas. — Eu ainda sou perigosa. E, pelo amor de Dea, você é dois minutos mais velho que eu. Chega dessa besteira de irmãzinha.

Adrick riu e a colocou no chão.

— Não quero que você fique se achando só porque salvou todo mundo. Agora, fala com esse demônio bonitão para tomar a droga do remédio, tá? Ele é mais teimoso do que você.

Ela caiu de joelhos e tirou uma luva.

— Dante...

Ele contraiu o corpo inteiro quando a mão de Alessa encontrou a sua.

— Desculpa. — Ela arfou e se afastou, atrapalhando-se para vestir a luva novamente. Em seguida, praguejou baixinho. Era claro que ele ainda estava fraco demais para tolerar seu toque.

— Você não vai tomar o remédio até me contar alguma coisa, é isso? — perguntou Alessa, sorrindo em meio às lágrimas. — Então desembucha logo. Depois, vou enfiar o remédio goela abaixo.

— Crollo — disse Dante, sem fôlego. Uma lágrima escorreu do canto do olho dele e Alessa teve que lutar contra o impulso de enxugá-la. — Ele ainda não terminou o trabalho. Eu vi... eu ouvi... — Ele parou para respirar, tremendo e ainda sem fôlego. — Está tudo conectado. O seu poder. O fim. Ainda não acabou.

— Mas acabou por enquanto, tá? — Ela o silenciou.

Dante assentiu, tenso e desconfortável.

— Então descanse um pouco para poder se recuperar. E, pelo amor de Dea, Dante, tome o remédio.

Adrick mediu uma dosagem e ajudou Dante a levantar a cabeça o suficiente para engolir. Alessa fez sinal para a médica mais próxima.

— Você sabe o que ele é, não sabe? — perguntou, desafiando a mulher de meia-idade e de óculos a ter algo contra a identidade de Dante.

A mulher assentiu, juntando as sobrancelhas.

— Sei, sim, e seria fascinante ouvir o que você testemunhou. Mas, por enquanto, ele está estável, sem apresentar melhora. Se bem que essas coisas levam tempo.

— Mas você viu alguma melhora, certo? — disse Alessa. — Cortes pequenos cicatrizando, hematomas desaparecendo?

Não era incomum alguém oscilar à beira da morte durante dias ou até semanas após uma lesão grave. Era, no entanto, incomum para um ghiotte.

— Infelizmente não, Finestra. Pelo contrário, ele chegou a ter uma recaída, mas cuidamos disso antes que ficasse grave demais.

Alessa franziu a testa. *De fato*, ainda era cedo. E ele *tinha* voltado dos mortos. Era coisa demais para se exigir de um homem. Não havia muito no que se agarrar, mas ela se contentou com uma pontinha de esperança.

Cinquenta e seis

Tutto sapere è niente sapere.
Saber tudo é saber nada.

— *Porca troia* — praguejou Dante, acordando com um sobressalto. Nos últimos dias, era só assim que ele acordava.

Toda vez que fechava os olhos, morria novamente; toda vez que os abria, era como se renascesse do fogo.

Dormindo ou acordado, não fazia diferença. Não havia alívio.

O ruído incessante mexia com os nervos dele. Dificuldade de respirar, grunhidos baixos, vozes graves. Mais um dia nesse leito, inalando desinfetante e acordando com o sofrimento de outras pessoas, o mataria.

— *Puttana la miseria* — resmungou Dante entredentes.

Dottoressa Agostino lhe lançou um olhar sombrio.

— *Mi scusi* — disse Dante, e só estava sendo meio sarcástico. Já ouvira outros pacientes dizendo coisas piores na língua comum todo maldito dia, mas ela ia encrencar com ele?

Dante não *sentia* dor, ele *era* dor. Cada fio de cabelo doía. Mas já tinha adiado aquilo por tempo o suficiente. Engolindo outro grunhido, ele se sentou.

Alessa atraiu seu olhar feito um ímã. Sentada em um leito do outro lado do salão, o rosto dela se iluminou de alegria quando o viu.

Ela se levantou em um salto, pediu licença e correu até ele, deixando o soldado com quem estava conversando boquiaberto às suas costas. Dante segurou o riso. Alessa fazia isso o tempo todo e não tinha a menor ideia: pulava de uma pessoa para outra, ou de um pensamento para o outro, sem se dar conta de que talvez as pessoas não conseguissem acompanhar.

— Como está se sentindo? — Alessa se ajoelhou ao lado dele e pegou sua mão, luvas de seda em contato com a pele nua.

— Pode tirar — disse ele em voz baixa.

Os olhos dela, mais verdes do que castanhos aquele dia, se arregalaram, e os cílios longos vibraram de nervoso.

— Mais tarde. Você ainda está se recuperando e...

— Por favor — implorou ele. — Tira.

Alessa empalideceu. As mãos tremeram quando ela tirou as luvas e roçou as costas da mão de Dante com os dedos.

Seus músculos se contraíram. Ele mordeu o lábio com força. *Che palle.*

Alessa se levantou de supetão, piscando para afastar as lágrimas.

— Cedo demais. Você precisa de mais tempo para se curar. Vou achar Adrick e Josef. Eles prometeram que iam ajudá-lo a subir as escadas, e a médica disse que você está pronto... — Ela saiu correndo no meio da frase.

Dante deixou a cabeça cair contra a parede de pedra e encarou a filigrana de metal sobre o pátio.

Não adiantava negar.

Ele não estava piorando, mas não estava melhorando. Não mais rápido do que ninguém, pelo menos.

Uma enfermeira aproximou-se dele a passos largos com uma tigela de algo fumegante e um sorriso no rosto que Dante não era capaz de retribuir.

As pessoas o tratavam como alguém normal e, a princípio, ele presumira que não sabiam do seu segredo. Mas elas sabiam, sim.

Caramba, chegaram a disputar para ver quem ia cuidar da *Fonte Ghiotte*. Dante curvou os lábios ao pensar na expressão.

Elas sabiam exatamente o que ele era.

Ou, pelo menos, o que *tinha sido*.

Cinquenta e sete

Traduttore, traditore.
Tradutor, traidor. Toda tradução é imperfeita.

Um mês depois do Divorando, Alessa observava Kaleb e Dante ajudando um ao outro a ficar de pé, oscilando até se equilibrarem. Cheios de curativos e com túnicas folgadas, eles pareciam uma dupla de piratas bêbados que havia perdido as calças.

Dante percebeu que Alessa estava assistindo e desviou o olhar quase rápido demais.

Inspirando pelo nariz, ela reprimiu o impulso frequente que tinha de sacudi-lo.

Seus sentimentos não tinham mudado. Pelo contrário: Alessa se importava ainda mais do que antes, mas o orgulho de Dante havia sofrido um golpe ainda mais brutal do que o corpo, e seus demônios se recusavam a lhe conceder paz, sussurrando ameaças ou promessas que ele não compartilhava com ninguém.

O tempo podia até não ser o suficiente para curar todas as feridas, mas era a única coisa que ela podia oferecer.

Kaleb se inclinou, tentando segurar o ar como se fosse um corrimão, e Alessa se levantou de supetão, pronta para ajudar. Dante o estabilizou antes que ela pudesse, e os dois homens se prepararam para começar a caminhar.

As outras Fontes e os soldados feridos tinham voltado para casa a fim de se recuperarem, mas Kaleb alegou que já estava acostumado demais ao luxo da Cittadella para abrir mão disso e, tecnicamente, ele *era* a Fonte oficial de Alessa.

Dante não tinha casa.

Portanto, eles ficaram.

Kaleb fazia chapéus com as bandagens e exigia que as enfermeiras lhe dissessem que ele era mais bonito que Dante. Ele fazia todo um drama dizendo que a sopa estava se parecendo demais com uma sopa e que os bolos estavam muito doces até que elas lhe trouxessem outra coisa, e então comia toda a comida e roubava um pouco da bandeja intocada de Dante até o guarda-costas se irritar e comer alguma coisa só de birra.

Kaleb não aprontava *apesar* das caretas de Dante, e sim por causa delas. Dante precisava de uma distração e Kaleb a fornecia.

Mais importante, Kaleb oferecia o tipo de incentivo detestável via insultos de que Dante precisava, por mais confuso que fosse. A Fonte e o amor que ela havia escolhido passavam os dias frustrando enfermeiras e fisioterapeutas que os forçavam a fazer exercícios e monitoravam a recuperação de ambos, enquanto um atormentava o outro em uma competição bizarra para ver quem era capaz de expressar seu sofrimento com o uso mais criativo de palavrões.

Por ser bilíngue, Dante costumava ficar em primeiro lugar.

Graças a Dea ela mal o tocara quando ele abriu os olhos no altar.

Se tivesse encostado nele, Dante poderia ter morrido de novo.

Quando gastou o que restava de seu poder de cura para salvar Alessa, Dante acabara com boa parte de seu dom. O resquício final, o eco, foi transferido para a Finestra quando Dante morreu, e ela usara tudo — com uma bela ajuda de Dea — para trazer seu corpo de volta à vida. Mas o poder de Dante não o acompanhara.

Alessa engoliu o nó na garganta e gritou algumas provocações encorajadoras para Kaleb enquanto ele dava um passo hesitante. A Fonte grunhiu e inventou um novo xingamento, fazendo a enfermeira ter um ataque de risos.

Ao ver Dante se apoiar na cabeceira da cama dela, sozinho com os próprios pensamentos, Alessa fez de tudo para amenizar a queimação no fundo da garganta.

Ele estava *vivo*.

Ela não podia tocá-lo, pelo menos não por enquanto, mas ele estava vivo.

Era isso que importava.

A enfermeira disse algo para Dante e ele balançou a cabeça, contraindo a mandíbula.

Alessa olhou nos olhos de Kaleb e ele cobriu a testa com as costas da mão, num falso desmaio exagerado.

— Tenha piedade! Enfermeira, esse ghiotte está tentando me matar! Me deixe descansar, monstro!

Dante disfarçou um meio-sorriso enquanto Kaleb aceitava o auxílio da enfermeira e saía mancando do quarto.

O guarda-costas se sentou no sofá com uma careta e jogou a cabeça para trás com um suspiro de alívio.

— Quer que eu pegue alguma coisa para você? — perguntou Alessa.

— Não, só vem aqui — murmurou Dante. — Prometo que vou recolher as mãos.

Alessa deu uma olhada para garantir que não havia nenhuma pele visível entre as luvas e as mangas antes de se aproximar.

— Já ouvi isso antes.

Ao passar pelas portas abertas da varanda, a multidão lá embaixo vibrou. As pessoas se reuniam diariamente na piazza, na esperança de um vislumbre de seus salvadores na varanda, então Alessa atendia aos desejos do povo todas as manhãs e noites, enquanto Kaleb insistia em ser levado até a janela várias vezes ao dia para acenar para os apoiadores.

Dante sempre se recusava. Ele não sabia ser celebrado ou amado. Outra coisa que levaria tempo.

Ela se aninhou ao lado dele e notou as olheiras de exaustão.

— Você está tendo aqueles sonhos de novo.

Uma sombra passou por trás dos olhos de Dante.

— Não tenho certeza de que são *mesmo* sonhos.

Alessa franziu a testa.

— E o que isso quer dizer?

— Acho que ela está tentando me dizer alguma coisa.

— Ela?

— Dea. Minha mãe? Quem quer que fosse. Ela estava orgulhosa, como se eu finalmente estivesse onde deveria estar ou algo assim. Mas ela precisava que eu soubesse que meu trabalho ainda não tinha terminado. — Ele encarou o teto. — Quanto mais o tempo passa, menos certeza eu tenho do que vi… ouvi… não sei como definir. Mas ela estava tentando nos ajudar, nos dar uma pista.

Alessa ainda estava de luva, então afastou um cacho escuro da têmpora dele.

Dante se apoiou na palma dela, movendo os lábios contra a seda.

— Acho que ela quer que eu encontre La Fonte di Guarigione.

— Ainda existe? — Alessa se sentou. — Então eu vou lá agora mesmo trazer a água para você. Você vai ser curado. Talvez você possa voltar a…

— Não. — Ele balançou a cabeça. — Acho que não é assim que funciona.

— Por que não? Eu vou atrás dela, não importa a distância. Você pode ser curado, recuperar seu poder. E, se você estiver certo e Crollo estiver mesmo planejando algo pior, precisamos daquela água para as tropas.

— Acho que é isso que ela está tentando me dizer. Que a gente precisa achar a fonte antes que ele ponha em prática seja lá o que estiver planejando.

— Bom, e cadê a tal fonte, então? Está em Saverio?

Dante fechou os olhos.

— Não mais.

— Não mais? — Seu couro cabeludo se arrepiou. — Dante, como uma fonte muda de lugar?

— Não é uma fonte.

Ela fechou a cara.

— Não entendo muito da língua antiga, mas essa parte eu sei: *Ha dato loro una fonte di guarigione*, ou seja, *uma fonte de cura ela lhes dera*.

— Seu sotaque *ainda* é péssimo. — Dante deu um meio-sorriso. — *E quando arrivò il momento della battaglia, i combattenti sarebbero stati forti, poiché ha dato loro una fonte della guarigione.* Nós pensamos de cara em fonte como um chafariz ou algo do tipo, mas o outro significado de "fonte" é "nascente"... ou uma origem.

Alessa sussurrou a informação para si mesma, experimentando as palavras com o novo sentido.

E, aos guerreiros em batalha, a força, pois... a origem da cura ela lhes dera.

A Finestra ficou imóvel.

— Você está dizendo que o terceiro dom de Dea não está mais em Saverio porque...

Dante fechou os olhos.

— Porque nós os banimos.

O ar deixou o corpo de Alessa.

Para sobreviver ao horror que Crollo havia planejado, eles precisavam de um exército de soldados quase invencíveis.

Mas, primeiro, teriam que encontrá-los.

AGRADECIMENTOS

Sempre contei histórias a mim mesma, mas faz poucos anos que comecei a escrevê-las. Veja bem, escritores "de verdade" sempre me pareceram almas discretas e solitárias, e eu... não sou isso. E, mesmo assim, desde que decidi virar escritora — ou, pelo menos, desde que *percebi* que tinha decidido, porque aparentemente todo mundo já sabia, menos eu —, a minha vida se encheu de mais pessoas maravilhosas do que nunca. Eu seria capaz de preencher cem páginas de gratidão e ainda faltaria espaço, mas vou tentar ser (na medida do possível) breve.

Em primeiro lugar, meu eterno agradecimento à minha agente, Chelsea Eberly, a maior defensora que uma escritora poderia pedir. Obrigada por acreditar neste livro e em mim, além do entusiasmo, da orientação e de toda a maravilhosidade.

Vicki Lame, editora extraordinária, trabalhar com você foi um sonho que virou realidade. Obrigada por enxergar tudo que este livro poderia ser, por trabalhar incansavelmente para fazê-lo cruzar a linha de chegada e por me acrescentar à sua incrível lista de autores.

Toda a minha gratidão a todos da Wednesday Books, tanto ex--funcionários quanto funcionários atuais: Jennie Conway, Angelica Chong e Vanessa Aguirre, pela paciência, gentileza e atenção aos detalhes que me mantiveram (quase sempre) dentro do prazo, apesar das minhas perguntas infinitas e de todas as vezes em que me esqueci de clicar em "responder a todos". Eu juro que, mais cedo ou mais tarde, vou pegar o jeito. Michelle McMillian, Melanie Sanders, Lena Shekhter, Anne Newgarden, Meghan Harrington, Alexis Neuville e Brant Janeway, pelo trabalho árduo nos bastidores, e Rhys Davies pelos lindos mapas. Um agradecimento muito especial a Kerri Resnick e Olga Grlic, pelo design de capa incrível, e a Kemi Mai, por dar vida a ela. Estou admirada. Eu não poderia ter pedido uma equipe editorial melhor do que a da St. Martin's Press e da Wednesday Books, e me sinto muito honrada de trabalhar com todos vocês.

Meus mais profundos agradecimentos aos meus parceiros de crítica, amigos, especialistas e leitores sensíveis que moveram mundos e fundos para me ajudar a fazer justiça a esse elenco de personagens, incluindo, entre outros, Claudia Giuffrida, Amy Acosta, Anah Tillar, Iori Kusano, Anonymous e Irtefa Binte-Farid, que ganha pontos de amizade a mais por ter lido o livro inteiro em uma só noite. Espero ter dado orgulho a vocês.

Ron Harris, Kristie Smeltzer, Megan Manzano e todo mundo da Writer House, obrigada por enxergarem potencial em mim antes mesmo de eu saber que tinha. Taylor Harris, minha companheira estreante local, olhe só para nós agora! Alice, Naomi, Christine, Jess, Meghann, Chae-Yeon e todos os meus amigos e familiares tão pacientes, obrigada por ouvirem minhas divagações literárias. Autumn Ingram, obrigada por me ensinar (e, por extensão, a Alessa) como inocentemente jogar duplos sentidos em qualquer conversa.

Eliza, Melody, Ryan, Brook, Jeff, Emily, Kristine, Erin e todos da equipe do No Excuses, obrigada por lerem os primeiros rascunhos, apesar da minha primeira apresentação *horrorosa*, em especial Lyla Lawless, por dissecar todas aquelas sinopses. Margie Fuston, você é uma salvadora e o único motivo pelo qual este livro tem uma continuação. Obrigada por ser o anjinho (diabinho? Anjinho endiabrado?) no meu ombro.

Apesar dos desvios, das decepções e dos manuscritos descartados, meu caminho para a publicação resplandeceu com magia graças às fadas madrinhas da mentoria, Brenda Drake e Alexa Donne, e às comunidades do Pitch Wars e do Author Mentor Match, especialmente os meus mentores, Molly E. Lee e Jamie Krakover. Turma de 2017 do Pitch Wars, vocês têm meu coração para sempre. Kylie Schachte, Jade Loren, Ipuna Black, Julie Christensen e tantos outros, obrigada por me buscarem quando pensei que nunca chegaria aqui e por comemorarem em alto e bom som quando cheguei. Um agradecimento especial a Shelby Mahurin, por um discurso motivacional quando eu mais precisava e por me inspirar a escrever o livro que eu queria ler.

Meus queridos amigos Rajani LaRocca e Andrea Contos, sou muito grata por ter encontrado vocês por meio da escrita. Anna Rae Mercier, minha alma gêmea escritora, companheira de podcast e a parceira de crítica mais paciente do planeta, obrigada, obrigada, obrigada. Por tudo.

Ayana Gray, Lauren Blackwood e Natalie Crown, nunca pensei que faria novas amizades durante o lockdown, mas fico muito feliz de termos nos encontrado. Lyssa Mia Smith e Sophie Clark, foi uma alegria ser mentora de vocês e, melhor ainda, virarmos amigas.

Tamora Pierce, Elle Cosimano, Sarah Glenn Marsh, Hannah Whitten, Lyndall Clipstone, Lauren Blackwood, Ayana Gray e Allison Saft, obrigada por terem dedicado um tempo para ler e pelos elogios generosos que levarei para sempre. E a cada escritor, leitor e livreiro que compartilhou seu entusiasmo, obrigada, do fundo do coração, por amarem Alessa e Dante.

Grazie mille a Monica, Emma e Diletta, por me inspirarem, me emprestarem seus nomes, corrigirem meu italiano quando assassinei a língua acidentalmente e me perdoarem quando fiz isso de propósito. Este livro certamente não existiria sem vocês. Dante tem sorte de chamar vocês de família e eu também.

Nada disso teria sido possível sem minha incrível família. Minha mãe, que passou para mim seu amor pelas palavras e a determinação para tentar aperfeiçoá-las e que ainda tenta bravamente me ensinar a gramática italiana e o uso das vírgulas. E meu pai, que me ensinou a amar comédias românticas, ficção especulativa e filmes de desastres. Eu sou o que sou e este livro é o que é graças a vocês.

Agradeço a meu marido, Brian, a pessoa mais pragmática que conheço. Você escolhe ter uma fé inabalável em mim e no meu sonho impossível, e isso significa tudo para mim. Ser casado com uma escritora *deveria* trazer benefícios bem bacanas, porém, infelizmente, você ganha apenas seu nome nos agradecimentos, uma casa bagunçada, uma vida inteira ouvindo pessoas perguntarem qual personagem é inspirado em você e meu amor. E, por fim, meus filhos. Obrigada por todos os abraços e as ideias de *brainstorming*, por serem meus maiores torcedores e, acima de tudo, pessoas maravilhosas. Vocês são minha luz.

Confira nossos lançamentos, dicas de leituras e novidades nas nossas redes:

 editoraAlt

 editoraalt

 editoraalt

 editoraalt

Este livro, composto na fonte Fairfield,
foi impresso em papel Pólen natural 70g/m² na gráfica Coan.
Tubarão, março de 2023.